BOUSCOTTE
L'amnésie globale transitoire

Bouscotte
DE VICTOR-LÉVY BEAULIEU

1
Bouscotte,
le goût du beau risque

2
Bouscotte,
les conditions gagnantes

3
Bouscotte,
l'amnésie globale transitoire

Victor-Lévy Beaulieu

BOUSCOTTE
L'amnésie globale transitoire

ROMAN

ÉDITIONS TROIS-PISTOLES

Éditions Trois-Pistoles
31, route Nationale Est
Paroisse Notre-Dame-des-Neiges
G0L 4K0
Téléphone : 418-851-8888
Télécopieur : 418-851-8888
C. élect. : ecrivain@quebectel.com

Saisie : Martine R. Aubut
Conception graphique, montage et couverture : Roger Des Roches
Révision : Marc Veilleux
Photographie de la couverture : Radio-Canada

Les Éditions Trois-Pistoles bénéficient des programmes d'aide à
la publication du Conseil des Arts du Canada, du ministère du
Patrimoine (PADIÉ), de la Société de développement des entreprises culturelles du Québec (SODEC) et du programme de
crédit d'impôt pour l'édition de livres du gouvernement du
Québec (gestion Sodec).

EN EUROPE (COMPTOIR DE VENTES)
Librairie du Québec
30, rue Gay Lussac
75005 Paris, France
Téléphone :   43 54 49 02
Télécopieur :   43 54 39 15

ISBN 2-89583-021-5
Dépôt légal : Bibliothèque nationale du Québec, 2002
Dépôt légal : Bibliothèque nationale du Canada, 2002

Je cherche un baiser
à donner aux chiens.

PAUL ÉLUARD

1

Le Kouaque

MON NEZ ÉCRASÉ sur la vitre de la fenêtre, je regarde la volée d'outardes passer au-dessus des Trois-Pistoles. On dirait des tapons d'ouate qui vont s'effilocher avant d'atteindre les battures du fleuve. Il fait si froid depuis une semaine que même les oies sauvages en paraissent désorientées. Plutôt que d'aller tout droit, elles zigzaguent dans le ciel, virent et dévirent sur elles-mêmes comme si la danse de Saint-Guy les avait atteintes, rendant nuls les radars qui leur tiennent lieu de têtes. Elles virevoltent donc n'importe comment, par soubresauts, sauts de puce et de mouton puis, les ailes collées à leurs corps, elles piquent brusquement du bec, comme des F-18 qu'on aurait chargés de bombes et lancés sur le monde à la vitesse supersonique.

Ce sont sur les trois clochers de l'église des Trois-Pistoles que foncent les outardes, l'espace avalé par leurs sifflements plus aigus encore que ceux de l'Océan limité lorsqu'il se fait aller le mâche-patates aux passages à niveau. À cent pieds des clochers, les oies sauvages remontent à la verticale vers le ciel, pareilles à des flèches qu'on enverrait crever l'œil du soleil et celui de tous les astres qui tournent dans son orbite. Puis elles font volte-face encore. Quand je me rends compte que ce sont aux vitraux de la voûte centrale qu'elles veulent s'en prendre, je décolle mon nez de la vitre de la fenêtre, je sors de mon soubassement sans même me rendre compte que je suis habillé comme la chienne à Jacques, et pire qu'elle encore — ce soutien-gorge rembourré qui me donne des seins gros comme des pamplemousses, cette petite culotte rose et renforcée par devant qui empêche mon sexe de devenir bâton de baseball quand le gros nerf de la fornication me pogne, mes ongles d'orteils peints chacun d'une couleur différente, et ma face aussi, beurrée épais par le maquillage, grosses lèvres pulpeuses, joues fardées comme celles d'une provocante guidoune, faux cils longs d'un pied au-dessus de mes yeux.

Et c'est ainsi attiraillé que je cours vers l'église des Trois-Pistoles, pressé d'y arriver avant que la horde des oies sauvages ne passe au travers des vitraux de la voûte centrale. Alors que je m'attends à me faire lancer des tomates pourries par tous les Pistolets qui ont pris place devant l'église, c'est par de multiples mains d'applaudissement que je suis accueilli, comme si on me prenait pour Alexis-le-trotteur ou pour Barbare Lévesque, ces triomphants centaures aux jarrets durs comme pierre, au souffle si puissant qu'atteints par lui-même, les arbres devaient tirer leur révérence.

J'entre dans l'église mais je ne devrais pas puisque c'est le désastre partout. Les oies sauvages ont passé au travers des vitraux, faisant s'émietter le verre. Comme des confettis ça tombe du ciel tandis que les outardes virevoltent dans la nef et le chœur, souillant le maître-autel de leurs défécations verdâtres. Je cours après elles, je voudrais tant les attraper et leur tordre le cou avant que leurs déjections n'emplissent l'église de malodorance et de dégoût! C'est trop tard, je m'enfonce dans une mer visqueuse, frappé au visage par les ailes de tous ces oiseaux qui ont perdu le nord, emportés dans la démence et l'impiété. Je crie. Je crie à m'égosiller, mais aucun son ne sort de ma bouche pleine de ces puantes défécations qui ne cessent pas. Jusqu'à la hauteur des jubés que c'est maintenant rendu, jusqu'au sommet de cette colonne contre laquelle je me tiens, mes bras y faisant ceinture, bien en vain parce que tout est devenu si gluant que n'importe quelle prise, c'est de la grosse peine perdue. Je cale dans les défécations, je vais y disparaître, submergé à jamais, mon corps pareil à une forçure s'englaçant à mille milles de la surface de la terre, là même où la chaleur de l'enfer se revire contre elle et ne produit plus que des stalagmites. Je ne veux pas mourir! Je ne veux pas mourir! Sortez-moi de là! Je vous en supplie: sortez-moi de là avant que je ne devienne moi-même déjections verdâtres d'oies sauvages! J'entends les grondements du tonnerre, j'entends les éclairs qui me traversent le corps, j'entends la voix de Dieu crier après moi tandis que mon sexe, comme écrasé dans un étau, gicle aux quatre coins du monde, par puissants dévalages de blanc-mange. Puis le silence, aussi noir qu'une nuit de Chine trop encrée, me prend dans mes dessous de bras et me fait les poches. Quelle horreur, vieux bout de madrier! Quelle horreur quand c'est le cauchemar qui vous étampe ainsi sa grosse main sale dans la face aussitôt que vous fermez les yeux pour mieux tomber dans les bras de Murphy!

Je devrais donc être content de pouvoir ouvrir l'œil et de constater aussitôt qu'il n'y a pas d'oies sauvages

au-dessus des Trois-Pistoles et qu'il n'y en a pas davantage dans la nef et le chœur de l'église, en train d'y
tourbillonner et de s'y vider affreusement le corps. De
comprendre que j'ai mal rêvé, que j'en suis tombé de
mon lit, me coinçant la tête entre la commode et la
grosse valise qui me sert de table de chevet, ça devrait
me renmieuter l'esprit par le soulagement que ça im-
plique. Mais ce n'est pas le cas. Je reste mou comme un
tapon de guimauve, je reste la bouche bête et l'esprit à
l'avenant parce que je sais que si je rêve aussi obscène-
ment, c'est à cause que mes péchés sont sans rémission
parce que je les commets dans le plein du jour, au vu et
au su de tout le monde, et que j'aime que les choses se
passent ainsi, dans cet exhibitionnisme qui rend le réel
aussi bandant que le sont les films cochons.

Pendant vingt ans, j'ai vécu en marge de mes besoins
profonds parce que j'avais peur de m'avouer ce qui en
faisait la vraie nature. J'avais peur aussi pour l'amour
que ma mère me portait même si elle ne m'en parlait
jamais à cause de la gêne qui l'obligeait à manger ses
bas dès qu'elle ouvrait la bouche. C'est par la nourriture
qu'elle s'exprimait. Quand elle voulait me montrer qu'elle
était contente de moi, elle mettait plus de beurre sur
mon pain, plus de patates jaunes dans mon assiette, plus
de fruits sauvages dans ses gâteaux et ses biscuits, elle
me laissait lécher le fouet et la grosse cuiller avec lesquels elle brassait les pâtes à glacer. Lorsque mon père
me battait, sans raison, simplement parce qu'il buvait trop
et portait mal la boisson, ma mère me faisait prendre un
bain, elle s'occupait de mes blessures, comme si ça avait
été à elle-même que mon père les avait infligées. Je ne
voyais plus alors cette bosse que j'avais au milieu du

front, j'oubliais le beurre noir dans lequel pochait mon œil, je ne pensais plus à cette douleur qui montait de mes couilles parce que mon père aimait me fesser entre les jambes. Les onguents que ma mère y mettait, la douceur de ses mains sur mon ventre qu'elle réchauffait, ce souffle très chaud de son respir sur ma peau, voilà la seule enfance que j'ai jamais eue.

J'en suis sorti lorsque mon père a tué le chien que j'hébergeais dans l'appentis derrière la maison. Je l'avais trouvé en revenant de l'école, après ce grand détour que je faisais en suivant la voie ferrée pour me rendre à la maison des sœurs Morency, deux vieilles filles qui habitaient à l'autre bout des Trois-Pistoles, dans un grand enclos comme ceux dans lesquels on garde les chevaux trop belliqueux pour être domptés ou simplement apprivoisés. Au milieu de l'enclos, il y a souvent une cabane dans laquelle on enferme les chevaux hargneux, qui mordent et ruent tout ce qui bouge autour d'eux. C'est en attendant qu'on vienne les prendre, qu'on les emmène dans un abattoir, qu'on les passe au hache-viande qui va en faire de la nourriture pour les hommes ou pour les animaux domestiques, c'est selon les caprices du bon docteur Ballard.

Le père des sœurs Morency était l'un de ces maquignons-là faisant commerce des chevaux rétifs, blessés ou trop vieux pour être encore bons à quelque chose. C'était un homme sans-cœur, un brise-fer qui avait mené sa femme comme il le faisait avec les chevaux qu'il achetait et vendait, au casse-gueule. Ça explique pourquoi il s'entendait si bien avec mon père qui travaillait pour lui. Je dis travailler mais c'est un grand mot pour rien, parce que mon père n'a jamais été fort pour

s'esquinter la corporation, préférant s'approprier les affaires des autres comme l'effronté voleur de chemin
qu'il était. En fait, il passait ses journées à boire avec le
bonhomme Morency, à battre les chevaux et à les bles-
ser, juste parce que les deux aimaient quand ça saigne
et que ça hurle d'épouvante. C'étaient des marâtres et
des vicieux que rien n'arrivait à contenter, particulièrement quand la boisson finissait par les revirer à l'envers
dans leur bougrine. Ils s'en prenaient alors à la bonne-
femme Morency et la forçaient à faire toutes sortes de
cochonneries, aussi bien par devant que par derrière, et
parfois avec des animaux qu'ils emmenaient dans la
cabane. Bozo fut l'une de ces bêtes-là, un jeune chien
trop follette pour comprendre ce qu'on attendait de
lui. On le chassait de la cabane en le rouant de coups
de pied, ou bien en lui arrosant le dessous de la queue
de térébenthine. Le chien se sauvait, sa queue de chemise en feu, son arrière-train démanché par la douleur,
qu'il frottait dans le sable en zigzaguant comme un
échappé d'asile.

Près de l'enclos aux chevaux, il y avait les débris
d'un verger laissé à lui-même, les arbres ne payaient
pas de mine, leurs branches cassées, leurs pommes
pleines de tavelures et piquées par les vers, sauf pour
l'un d'eux que l'absence de soin n'avait pas affecté: il
produisait de gros fruits tout rouges, si juteux et si su-
crés qu'une seule mordée dedans me donnait le goût de
remplir mes poches et le gros sac d'écolier fabriqué par
ma mère dans la toile d'un sac de farine. Le problème,
c'était de se rendre jusqu'au pommier magique sans que
les sœurs Morency ne s'en rendent compte. Comment
elles faisaient pour deviner que j'allais m'en prendre à

leurs pommes, c'était là quelque chose d'incompréhensible pour moi, comme ces mystères de la religion que le commun des mortel ne peut déchiffrer par manque de jarnigoine. Et comment les sœurs Morency arrivaient toujours à me surprendre alors que mon sac d'école rempli, je me préparais à sauter la clôture, je ne pouvais pas le comprendre non plus. Elles me tiraient chacune par une oreille et m'entraînaient vers la cabane en faisant exprès pour me mettre dans les pattes des chevaux, riant chaque fois que l'un d'eux ruait dans ma direction. Une fois que nous étions dans la cabane, les sœurs Morency me faisaient mettre à genoux, m'ôtaient ma culotte, me tapotaient d'un bord et de l'autre et me forçaient à jouer avec elles au jeu de l'avion qui doit se dresser dans les airs, puis piquer du nez brusquement vers la piste d'atterrissage, en l'occurrence la grosse touffe de poils roux qu'elles avaient toutes les deux entre les jambes.

Si j'obéissais sans chier sur le bacul, c'est que j'avais peur de me retrouver au milieu de chevaux plus vicieux encore que les sœurs Morency. Et puis, ma sexualité s'était éveillée très tôt. À dix ans, j'avais peut-être les jambes grêles, mais je me trouvais déjà amanché de la queue comme un quelqu'un qui n'aurait grandi que de là. J'étais plutôt innocent aussi et il n'y avait pas grand-chose qui m'entrait dans la caboche, pas davantage les chiffres que les lettres. Les uns et les autres, c'était du pareil au même pour moi, je n'arrivais pas à mettre d'images sur ce qu'ils devaient représenter, c'était comme de se retrouver dans une forêt épaisse pareil à ceux qui ont les cheveux en brosse et que même les poux finissent par s'égarer dedans. J'aimais me traîner à quatre pattes, j'aimais manger les vers de terre, les fourmis et les cigales que j'attrapais comme font les lézards, en sortant brusquement la langue de leur gueule. J'aimais me retrouver en compagnie des bêtes, du moment qu'elles n'étaient pas des chevaux. J'étais toujours rendu là où il y avait des canards, des oies, des porcelets et des veaux. Contrairement à ce qui se passait à l'école où je ne comprenais rien au langage de l'institutrice, je savais déchiffrer les nasillements du canard, les sifflements de l'oie, les grognements du porcelet et le meuglement du veau. Sur le bord d'un étang, dans un boxon ou bien dans un pacage, je me sentais pareil aux bêtes avec lesquelles je me trouvais, je voyais des plumes me pousser sur le corps, je voyais ma queue se mettre à tirebouchonner, je voyais ma langue s'allonger démesurément pour lécher par grands coups râpeux le fondement des bouvillons.

J'eus le même plaisir avec Bozo, qu'un coup de pinceau trempé dans la térébenthine et appliqué sur ses parties avait rendu fou. Je le sauvai de la mort en l'interceptant sur le bord de la voie ferrée alors qu'il allait la traverser au même moment que passait l'Océan limité. Je me suis jeté sur lui et, malgré qu'il se débattait en essayant de me mordre, je ne l'ai pas lâché. Nous avons roulé dans le fossé qu'il y avait de l'autre bord de la traque et qui était plein d'eau. Nous y sommes restés, à surnager comme soudés l'un à l'autre tant que l'effet de la térébenthine n'a pas lâché Bozo. Après, ça a été comme si on avait fait partie de la même meute, lui et moi. Pauvre chien tout dépoilé, avec juste deux moitiés d'oreilles et un semblant de queue, si maigre que j'aurais pu compter le nombre de ses côtes si j'en avais appris la chanson à l'école. Je m'en suis occupé pendant un mois, me privant de manger pour le lui donner, n'allant pas à l'école afin de passer mes journées en sa compagnie. Au fond de l'appentis, j'avais dressé deux murs avec de vieux bouts de planches, des morceaux de tôle et des bottes de foin. C'était sombre comme la caverne d'Ali Baba, mais je ne m'en rendais pas compte : quand je devenais chien, ça l'était pour de vrai. Je mordillais Bozo autant qu'il me mordillait lui-même, je lui donnais des coups de pattes et le léchais partout comme il le faisait par-devers moi. Parfois, il me montait sur le dos et n'arrêtait plus de zigner. Parfois, je n'avais pas de linge sur moi à cause de la chaleur qu'il y avait dans l'appentis et ça me faisait tout drôle entre les fesses quand Bozo se mettait à zigner. Je ne savais pas alors que c'était mal parce que je ne comptais pas aussi loin dans ma tête. J'étais un chien et ça me suffisait de l'être aussi naturellement.

Quand mon père me surprit à m'amuser ainsi avec Bozo dans l'appentis, il faillit me décoller la tête des épaules tellement son poing s'abattit avec violence dans ma face. J'en eus le nez cassé et le cabochon encore plus mêlé qu'avant, ce que j'endurai sans me plaindre pour la simple raison que je vivais toujours tandis que Bozo avait connu la plus affreuse des morts, émasculé par mon père puis saigné — ce couteau s'enfonçant sous la gorge, ce sang pissant de la blessure, ces hurlements d'épouvante, quelle horreur !

Si je n'avais pas rencontré Belle Blonde au *Grand Beu qui swigne*, si je ne m'étais pas mis en ménage avec elle, sans doute mes souvenirs n'auraient-ils pas refait surface, emprisonnés qu'ils étaient depuis tant d'années tout au fond du dernier tiroir de ma mémoire. C'est parce que Belle Blonde m'a raconté sa vie d'avant sa vraie naissance, si semblable à la mienne, que mon passé s'est réveillé. Belle Blonde s'appelait alors Finn et vivait à East Angus. Ses parents étaient d'ascendance irlandaise, les ancêtres Ryan ayant dû fuir leur patrie quand la maladie se mit dans leurs pommes de terre, leur ruinant la santé et le moral. Plutôt que de mourir de faim à Galloway, ils s'embarquèrent sur un vieux rafiot, entassés là-dedans comme des sardines avec des pareils à eux-mêmes. Atteints par le choléra, ils avaient dû faire escale dans l'Île de la Quarantaine près de Québec avant de continuer leur route jusque dans l'Estrie. Ils avaient défriché la terre et amassé une petite fortune dans le commerce de la potasse, ce qui les avait autorisés à emménager dans un semblant de château à North Hatley. Belle Blonde y vint au monde, en même temps que cette sœur qui ne survécut pas, étouffée par le cordon ombilical enroulé autour de son cou. Belle Blonde m'a dit :

— Sans ma jumelle, c'est comme si la meilleure partie de moi-même m'avait manqué. Je ne marchais pas encore que je partais déjà à sa recherche. Quand je me suis rendue compte que je ne la retrouverais pas à North Hatley et pas davantage ailleurs dans le monde, mais au plus profond de mon corps, ce fut comme une révélation : ce que je pouvais être moi-même ne m'intéressait plus, à cause de ma jumelle enallée qui me demandait de lui laisser toute la place. C'est ainsi que je suis devenue fille, malgré mon père qui fit ce qu'il put pour m'en empêcher. Il aurait voulu que je sois plein de poils partout sur le corps, que je me fasse couper les cheveux en brosse, que je me départisse de ces longs cils dont la nature m'avait greyé, que je n'exhibe pas mes longues jambes et que je ne laisse pas pousser les ongles de mes doigts de main. Il avait horreur du timbre de ma voix, qui n'a jamais été celui d'un garçon et qui ne le deviendrait jamais. Il m'a fait enfermer dans une école de réforme, mais je m'en suis échappé. Quand je me suis retrouvé à Montréal, ce fut le paradis pour moi : je pouvais y être ma sœur jumelle sans que cela ne fasse sauter les plombs de quiconque. J'aurais voulu me faire ôter le sexe que j'avais et m'en faire modeler un autre mieux approprié à ce que j'étais devenu, mais je manquais d'argent. Quand j'en ai eu, ce n'était plus aussi important : tout le reste de mon corps étant désormais celui de ma sœur jumelle, pourquoi ne garderais-je pas la petite queue de cochon que j'avais entre les jambes, symbole de ma vie antérieure ? Je ne l'ai jamais regretté. Tout ce qui donne du plaisir n'est pas regrettable en soi.

Belle Blonde ne m'a pas raconté son histoire dans une seule flopée d'images comme je m'en rappelle, mais de la manière qu'on s'y prend pour faire un puzzle, en tâtonnant avec chacun des morceaux. Tu penses que le bleu du ciel est le même partout, qu'il n'y a pas de nuances dans les couleurs que l'œil intercepte, mais ce n'est pas vrai : toute chose peut se décomposer à l'infini, en autant de petits ensembles qui pourraient bien ne rien avoir à faire entre eux si on savait regarder plus loin que le bout de son nez. Si j'en parle comme un quelqu'un qui se serait greyé de la tête à Papineau, c'est que je me sers de celle de Belle Blonde plutôt que de la mienne. Moi, je sais bien que je n'ai pas assez d'intelligence pour vraiment tirer profit de ce qui m'est arrivé depuis l'été dernier. Je suis trop attaché aux petits riens qui sont mon lot depuis si longtemps, que la fine épouvante me pognerait si je devais en être privé brusquement. De toute façon, il n'y a pas grand-chose qui a de l'importance aussitôt qu'on commence à se creuser la tête et à se questionner sur son corps et la façon qu'il a de se tenir debout tout seul. On se rend vite compte qu'il s'est formé dans la peur, la lâcheté et la menterie, et que ça ne valait pas la peine de forcer autant pour que les autres ne s'en aperçoivent pas. Moi, ma sexualité a toujours été de travers, comme ça a été le cas aussi pour tout le monde de ma famille, à cause de cette bestialité inhérente à notre nature depuis trop de générations pour que malgré l'éducation et la religion, ça puisse rester cantonné à l'intérieur de soi, là où seul le rêve a les moyens de ses prétentions. J'ai eu un oncle qui s'est fait arrêter par la police parce que la nuit, il courait la galipote jusqu'aux Lots-Renversés, non pas pour détrousser les veuves et les vieilles filles, mais pour forniquer avec des taurailles. Il entrait dans une étable, prenait l'un de ces petits bancs dont on se sert pour la traite, l'emmenait jusqu'à une vache attachée dans son boxon, le mettait derrière elle, montait dessus, baissait son pantalon, se pognait la queue à deux mains pour mieux se masturber puis, le feu de la concupiscence le consumant, prenait son plaisir en se faisant aller l'alouette dans le cul de la bête. J'ai eu un cousin qui est devenu aux États-Unis une vedette du film pornographique. Avant que ça ne le rende millionnaire et qu'il en perde la carte, il m'envoyait les vidéo-cassettes de ses exploits avec les chèvres, les brebis, les truies et les chameaux. J'ai cessé de les regarder parce que j'avais peur d'en venir à faire comme lui. Moi, mes goûts sont plus simples et tout à fait en équipollence avec la jarnigoine que j'ai.

Ça explique pourquoi je suis si heureux avec Belle Blonde et pourquoi je n'ai pas vu l'été passer, ni venir les premières bordées de neige, les grands vents de décembre et les tempêtes de février. J'étais à mille milles de ce qui pouvait bien se passer aux Trois-Pistoles. Même mon ouvrage à la quincaillerie, c'était comme si un autre le faisait pour moi, empilant les madriers à ma place, triant le bois de colombage à ma place, passant à la déchiqueteuse les planches mal planées à ma place. Moi je ne voyais rien de ma besogne, je planais trop haut au-dessus d'elle grâce à Belle Blonde, à la beauté de son corps et au don qu'elle m'en faisait sans presque rien me demander en retour. Quel bonheur ont été ces jours et toutes ces nuits passés dans la fornication, aussi foisonnante que le sont les courants de citrouille quand ça se décide à occuper le plein de la terre dans la rondeur de leurs fruits, par prodigieuses masses amoureuses. Je n'aurais jamais cru que Belle Blonde me ferait remonter jusqu'à mon enfance, qu'elle viendrait à bout des formes qu'avaient alors mes rêves, trop sexués pour que je songe seulement à m'en confesser. Je sais maintenant qu'il n'y avait pas de mal à les laisser venir en moi.

J'en ai donc profité avec Belle Blonde pour me contenter le paroissien. Je n'ai pas cessé de m'habiller en femme, j'ai appris à me maquiller et à me farder, à faire de ma bouche un cœur plein de désir, à m'enduire le corps débarrassé de ses poils d'huiles odorantes et de crèmes qui vous gardent la peau brune même quand ça fait des semaines que le soleil est disparu sous la ligne d'horizon.

J'ai appris à marcher sur le bout des pieds, à me dandiner du fessier, à porter le talon haut et la cuisse légère, à mettre en valeur ces jambes que je n'aimais pas avant parce que je les trouvais trop maigres pour le reste de mon corps. Au lieu de perdre mon temps à renforcer la puissance de mes poignets afin de devenir champion au bras-de-fer, ce qui me portait à manger n'importe quoi, du moment que c'était gras et juteux je ne me plaignais pas, je me suis adonné aux huiles vierges, aux graines, à la laitue frisée et aux légumes. Je me suis aminci au point que j'ai dû faire recoudre mes vêtements, du moins ceux que Belle Blonde a jugé qu'ils étaient encore portables. J'ai appris aussi à sucer une queue comme aucune femme ne sait s'y livrer, à faire jouir par derrière et à y prendre moi-même grand plaisir. Quand j'entre ainsi dans Belle Blonde, je sens tous ses muscles m'enserrer la queue comme une infinité de petites mains s'agrippant après pour la décalotter jusqu'aux couilles et la pression qu'elles exercent ainsi est telle que lorsque gicle le blanc-mange, ça devient ce puissant jet s'enfonçant dans le corps de Belle Blonde comme une flèche lancée d'un arc qu'on aurait bandé à l'extrême. Quand j'habitais avec Ti-Truck, tout était mou, lâche et sans énergie. Ma queue se perdait dans un sexe que les muscles avaient déserté ou dans un trou du cul que les excès avaient tout écrianché. Ça ne donnait pas grand-chose du côté de la jouissance, à peine quelques chialements en guise de satisfaction. Avec Belle Blonde, ça atteint de tels sommets que j'en hurle, en vesse, en pisse et en défèque.

Belle Blonde ne me déniaise pas seulement que le corps. Elle lit *Le Journal de Québec* et me force à en faire autant. Avant, c'était à peine si je prenais le temps de consulter les pages qu'on y consacre au sport, me contentant de regarder les photos et de lire les quelques lignes imprimées dessous. Et encore, n'étais-je jamais certain de ce que je lisais, trop méconnaissant des mots pour savoir les relier entre eux et trop peu attentif pour les garder en mémoire. Bien que sortant sept jours par semaine, *Le Journal de Québec* me paraissait dire tout le temps la même chose : les joueurs de hockey sont nuls, et c'est pourquoi il faut leur accorder autant de pages et de photos ; les joueurs de baseball sont américains, le coach des Expos est Porto-ricain et ne parle pas deux mots de français bien qu'il ait épousé une Québécoise et vive avec depuis dix ans, et c'est pourquoi il faut leur accorder autant de pages et de photos ; les coureurs automobile représentent ce qu'il y a de pire dans le capitalisme sauvage, l'égocentrisme du chacun pour soi, et c'est pourquoi il faut leur accorder autant de pages et de photos, pour que leurs péchés leur soient remis et que tout le monde, sans en avoir les moyens, rêve de devenir comme eux, de plus en plus riches et de plus en plus nuls.

À cause de Belle Blonde, je me suis intéressé au fait d'hier, aux mutilations, aux meurtres, aux assassinats et aux suicides. De ça aussi il y en a tellement dans *Le Journal de Québec* qu'on finit par croire que, d'une édition à l'autre, seuls les noms, la marque des haches, des poignards, des fusils et des bâtons de dynamite changent. En me lisant les articles publiés, Belle Blonde m'a fait comprendre que je me trompais, que sous l'évidence se cachait la profondeur de la réalité. Si on mutile autant, si on meurtrit autant, si on assassine et se suicide autant, c'est qu'on n'obéit plus aux besoins de son sexe, qu'on ne trouve pas à les assouvir, que cela rend le monde frustrant au point qu'on veuille en faire de la lanière de babiche, un corps décapité ou troué par les balles d'une mitrailleuse ou quelque chose dont on doit se débarrasser en lui mettant la corde au cou. Belle Blonde m'a dit:

— Au fond, ce n'est jamais rien d'autre que du cul mal assumé parce que la peur, c'est comme dans les combats extrêmes: si elle fait son apparition, même un champion ne devient plus qu'un tapon de muscles désorientés. On lui casse le nez, on lui brise les côtes et les jambes, et il est bien forcé de se laisser faire parce que la peur lui a enlevé tout ce qui devrait se trouver dans ses couilles.

Moi je me sens pas mal moins peureux qu'avant. Ça ne me fait plus rien que le monde sache que j'aime un homme et que je suis aimé de lui. Ça ne me fait plus rien si on placote dans mon dos parce que je me déguise en femme et qu'avec Belle Blonde, je vais danser au *Grand Beu qui swigne* ou *Chez Grand-Père Minou*. Ça ne me fait plus rien quand le grand-vicaire des Trois-Pistoles survient dans mon soubassement et menace de m'exorciser en me traitant de sodomite. Comme aux autres, je suis capable de lui répondre. C'est d'autant plus facile dans le cas du grand-vicaire des Trois-Pistoles qu'il est pédophile et profite de toutes les occasions pour qu'on lui mousse le créateur, souvent même dans le presbytère. Quand le curé s'en va à l'Hôtel-Dieu de Québec où on lui soigne son cancer du côlon, le grand-vicaire donne congé à la ménagère et rassemble au presbytère les jeunes traîne-pichous qui vandalisent les abords de l'église, la gare de Via Rail et le vieux quai de la grève des Rioux. Il leur fait la morale, paraît-il, son seul but étant de les ramener dans le droit chemin. Le problème, c'est que la boucane des joints remplace celle de l'encens et que le vin de messe n'est plus offert qu'à Dieu seul. Il me manque sans doute quelques bardeaux sur la toiture, mais il y a des limites même pour l'insignifiance dont on voudrait me voir gréyer des pieds à la tête !

À dire vrai, mon bonheur serait total si je ne faisais pas de cauchemars presque toutes les nuits. Quand je dis à Belle Blonde que ça doit être parce que quelque chose de méchant me pend au bout du nez, elle essaie de me rassurer en me rappelant que ma libération date de peu, que j'ai trop fantasmé pendant trop d'années pour rien, que cela use les petites roues dentées qu'on a dans le dedans de la caboche et qu'ainsi, c'est tout à fait normal qu'on finisse par en dormir tout croche. Quand je me réveille et que Belle Blonde se trouve à mes côtés, mes mauvais rêves ne me cassent pas la tête très longtemps. Je n'ai qu'à me grappigner des deux mains après le sexe de Belle Blonde pour que tout l'épeurant paquet d'images s'épaille dans la nature. Mais quand elle n'est pas là comme ce matin, ça se pigrasse en dedans de moi, ça me met sur le gros nerf pour le reste de la journée. De grandes volées d'outardes sauvages prenant d'assaut l'église des Trois-Pistoles, profanant le maître-autel et déféquant avec une telle rage que je vais finir par me noyer dans la déjection verdâtre, je ne peux pas dire que c'est là quelque chose susceptible de t'ouvrir l'appétit.

Il y a deux jours maintenant que Belle Blonde s'en est allée à Montréal. Bien qu'elle n'ait pas voulu me dire pourquoi elle devait s'y rendre, je sais bien que c'est pour une question d'argent. Elle et moi, on a été sur la rumba depuis l'été dernier. Ça vide un bas de laine que tu n'as même pas le temps de t'en rendre compte. Une fois le mien à sec, celui de Belle Blonde est sorti par la porte d'à côté et ne s'est plus remonté la face. Belle Blonde a trouvé à se faire embaucher au *Grand Beu qui swigne*, mais elle s'est lassée bien vite de porter un casque de Viking avec deux cornes de chaque bord des oreilles. Être serveuse *Chez Grand-Père Minou* ne pouvait pas être une solution non plus. Depuis son retour aux Trois-Pistoles, le maniaque aux chats n'a pas pris de mieux: après avoir stocké une quantité effarante de boîtes de manger dans le sous-sol du bar, il est parti à la recherche de tous les tapons de poils sur quatre pattes dont le seul désennui est de grimper sur les clôtures pour y miauler comme des perdus les nuits qu'il y a pleine Lune au-dessus des Trois-Pistoles. Ça n'a pas pris goût de tinette que *Chez Grand-Père Minou* est redevenu une manière d'Accueil Bonneau pour félins portés disparus. Deux douzaines de chats prisonniers dans une cave, ça fait du désordre pas ordinaire, qui sent la pisse et la crotte. Belle Blonde en a fait une allergie, de grandes plaques vineuses survenant un peu partout sur son corps. Ce n'était pas beau à voir pantoute, vieux bout de madrier pourri! Belle Blonde a dû laisser tomber *Chez Grand-Père Minou* et passer un mois encabanée, les bras, la poitrine et les jambes enveloppés dans du papier d'aluminium.

J'aurais pu aller à Montréal avec elle, mais j'ai décliné la conjugaison. Je ne me suis jamais rendu plus loin qu'à Kamouraska et j'y ai vu la même chose que ce qui se passe par ici, du monde chicanier comme les Beauchemin et les Bérubé, leurs baguettes toujours en l'air pour un oui ou pour un non même quand il n'y a pas de référendum. Rien pour m'exciter dans mon poil de jambe. Devant le grand miroir que Belle Blonde m'a demandé d'installer dans la salle de bains, j'aime autant me passer un coup de poignet avant de mettre mes oripeaux et de m'enaller cager de la planche à la quincaillerie. En attendant que Belle Blonde revienne de Montréal, c'est tout ce qui me reste si je veux tuer le temps avant qu'il ne prenne le dessus sur moi comme dans ce mauvais rêve qui m'a trituré les méninges toute la nuit passée. Des outardes plus nombreuses que le nombre, déchaînées, malocœurantes et vicieuses, on va dire que j'en ai assez vu.

Je m'habille, me regarde dans le miroir et me trouve beau. C'est comme si je rajeunissais, aussi bien par en dedans que par dehors. Un peu plus et je ne porterais plus à terre, je léviterais comme les langues sales prétendent que le fait Marie-Victor depuis qu'il a construit un oratoire au fond de sa cour et qu'il y joue au grand-prêtre de la Jérusalem nouvelle. Quelle crasserie et quelle hypocrisie dans cette crasserie-là! Quand j'y pense, j'aime autant me retrouver mal pris avec un horde d'oies blanches schizophrènes et défécantes!

J'ouvre la porte du soubassement, je mets le pied gauche dehors et me le fais manger aussitôt par le vent qui souffle furieusement. Quand j'avance l'autre pied, c'est pour le perdre aussi dans cette tempête de neige tout à fait imprévue, en tout cas par moi. Quelque part en Amérique du Sud, un canard sauvage a dû battre trop fort des ailes et le courant d'air qui en a résulté a semé la pagaille dans le ciel. Si j'avais le moindrement de jugeotte, je ferais demi-tour et reprendrais mon encabanement jusqu'au retour de Belle Blonde, mais je suis depuis si longtemps sans nouvelles du monde, moi jadis si bien informé à son sujet, que je me jette corps et biens dans la tempête, pressé que je suis de courir enfin au-devant de lui.

2

Obéline

DEHORS, ce n'est pas regardable. Dehors, ce n'est jamais regardable quand le printemps arrive avant son heure, en a du remords et se met de lui-même en pénitence sous trois pieds de neige. Je devrais m'en retourner au salon pour y dormir dans le grand fauteuil ainsi que je le fais depuis la mort de Borromée. Pourtant, je reste là devant la fenêtre, mes mains ouvertes appuyées sur la vitre, comme si j'espérais, en la débarrassant du givre qui en a pris possession, faire comprendre à la tempête qu'elle s'est trompée de saison et qu'elle n'a plus qu'à s'en retourner d'où elle vient, sur ces côtes de la Nouvelle-Angleterre qu'une tornade a dévastées. Je pense au vœu que ma mère nous récitait quand ce déluge de neige qu'est l'hiver n'en finissait plus de finir et que nous avions tous hâte d'en sortir. Dans la bouche de ma mère, ça se disait ainsi :

> *Depuis l'automne,*
> *L'oie est gelée dans le lac.*
> *Je vais faire fondre la glace*
> *Et la délivrer.*

L'oie s'est blessée aux ailes.
La glace est venue vite.
Les autres sont parties sans elle.
La glace est venue trop vite dans le lac.

Je vais faire un petit feu
Juste à côté de l'oie.
Regardez la peur dans ses yeux.
Vois: son cou se tend
Vers là où ses sœurs sont parties.

L'oie a retrouvé
Le sud de son cou,
Tendu par là.
Mais ses ailes la retiennent ici,
Ses ailes brisées
La retiennent toujours ici.

Je vais quand même faire fondre la glace
Et la délivrer.

Du bout des doigts, je gratte dans la vitre, y faisant une série de petits cercles s'imbriquant les uns dans les autres. Dans chacun, j'écris les noms de mes enfants comme si j'avais besoin de les avoir devant moi. Il y a trois jours, je leur ai pourtant demandé de s'en aller. Après six mois de deuil, je trouvais que le temps était venu de passer enfin à autre chose. Léonie ne s'est pas fait prier pour décamper vers les hauteurs du Bic où elle va bientôt faire chantier sur cette terre à bois qu'elle a achetée de Marie-Victor Leblond. Samuel aurait voulu rester avec moi, mais je lui ai fait comprendre que les affaires du moulin à scie de Squatec ne pouvaient plus être négligées, non pas à cause des milliers de pieds de planches qui sont restés sous forme de billots depuis la mort de Borromée, mais pour continuer de faire vivre femmes et enfants. Quant à Benjamin, je n'ai pas eu à peser pesant afin de lui faire reprendre le chemin du lac Sauvage et de la réserve de Whitworth : il y vit déjà pour ainsi dire en permanence, occupant son temps à déchiffrer le journal de ma mère et à faire dans les bois toutes ces trails qui, le printemps prochain, relieront les ravages du sud et ceux du nord au cœur de la réserve, là où le petit lac a été creusé et agrandi, comme une étoile à cinq branches enfoncée creux dans l'argile.

Dès que j'enlève mes doigts de sur la vitre, le givre se reforme et les noms de mes enfants disparaissent dedans. La tempête n'en a toutefois plus pour longtemps. Les grands vents venant de la mer Océane s'épuisent vite à ce temps-ci de l'année et c'est pareil pour la neige qu'ils charrient. Dans quelques heures, ça va cesser de souffler et cesser aussi de tourbillonner, le soleil apparaissant entre les nuages et forçant le printemps à survenir enfin, aussi brutalement que l'hiver nous est tombé dessus par cette balle de carabine que Borromée, à bout de résistance, s'est tiré dans la tête. J'entends encore le coup de tonnerre qui a déchiré l'espace, me surprenant sur la galerie, au milieu de cette discussion que j'avais avec Samuel : devait-on nous rendre jusqu'au fenil afin de supplier Borromée d'en sortir avant que les chauves-souris lancées par Léonie contre lui ne l'assaillent et ne le défigurent à jamais ? À cause du coup de fusil, la question est restée à jamais en suspens entre Samuel et moi. Entouré de bottes de foin, assis dans son fauteuil braquetté de braquettes dorées, Borromée n'était plus qu'un

∾ 31 ∾

corps décapité dont l'esprit s'était tout enallé déjà, emporté par la jument de la nuit. Ces images qui m'en sont restées à cause de la tête éclatée, des morceaux de cervelle maculant les bottes de foin, du sang noirâtre coulant sur le plancher ajouré du fenil pour ensanglanter, douze pieds plus bas, les chevaux attachés dans leurs boxons, de cet œil qui s'était détaché de la tête et roulé jusque devant les grandes portes, épeurant comme l'est la mort quand elle survient ainsi portée par le désespoir.

J'ai laissé la fenêtre, ai pris le téléphone sans fil sur la table et l'ai ouvert. Je vais d'abord appeler Benjamin parce que la simple chaleur de sa voix suffit à déporter loin en moi les images de la mort de Borromée ; puis, je vais joindre Samuel à Squatec et Léonie sur les hauteurs du Bic. Après, ce sera au tour de Charles et ce sera plus compliqué pour l'atteindre : quand il démoule le beurre qu'il fabrique à Saint-Paul-de-la-Croix, il le fait dans l'arrière-boutique, trop loin du téléphone pour seulement en entendre la sonnerie. Je devrai patienter, mais je vis dans cette patience-là depuis six mois et ce ne sont pas quelques heures de plus ou de moins qui pourraient en venir à bout.

Le téléphone remis à sa place sur la table, je monte au deuxième étage de la maison. On y a accès par un escalier en tire-bouchon et une porte si basse qu'il faut pencher la tête pour passer si on ne veut pas frapper de son front la grosse poutre sur laquelle elle prend son appui. De l'autre bord de la porte, c'est le grenier. Dans les premiers temps de mon mariage avec Borromée, j'y venais souvent. Ça me rappelait le shaque du lac Sauvage. De grosses billes équarries à la hache, étoupées avec de l'écorce de bouleau jaune et un plancher teint avec du sang de bœuf. Sur les murs, plein de vieux agrès accrochés à des clous, envahis par la poussière et les toiles d'araignée. Au centre du grenier, cette table qui a longtemps servi d'étal de boucherie quand la famille de Borromée élevait ses poulets, ses dindons et ses lapins. Les coups de couteau en ont raviné le bois, le sang séché des bêtes l'a croûtée, y faisant de petites montagnes desquelles se sont échappés rivières et ruisseaux. Autour de la table, des caisses de bois et de carton empilées les unes sur les autres, certaines s'y trouvant déjà avant la création du monde. Des jaquettes à trou et des bonnets de nuit, des culottes à grand'manches et des chapeaux à voilette, que portaient les ancêtres Bérubé. De toutes ces choses vétustes, j'en ai débarrassé le grenier, les portant dans la cour derrière la maison. C'est Borromée qui en a exprimé le vœu dans ce testament qu'il a laissé sur la table dans la salle de conférence avant d'aller s'enfermer à jamais sur le fenil. Il m'y demandait de rapailler toutes les vieilleries ayant appartenu à sa famille, d'en faire un tas et de mettre le feu dedans. Il m'y demandait de faire pareil aussi avec son linge d'enfance, ses jouets, ses livres d'étude, ses papiers personnels et ses photos :

« Quand on prend la décision de s'en aller en circuitant le temps que la nature nous a alloué, aucune des choses venues de notre vie ne doit rester derrière nous, on doit les détruire puisqu'elles remplissent le monde d'une mémoire inefficace. Quand le passé est incapable d'ameuter l'avenir, on le brûle afin qu'il ne déparle plus jamais. »

J'ai mis six mois à me faire à l'idée. Je me suis promenée du grenier au salon, du salon à notre chambre et de notre chambre au petit établi qu'il y a dans l'appentis jouxtant la maison par derrière. Je n'ai pas eu de chagrin à rassembler ce qui venait de loin dans le temps de Borromée. N'ayant eu aucune part dans ce monde-là, je n'ai pas eu besoin de m'en détacher contrairement à ce qui est venu après quand Borromée s'est mis à me courtiser, qu'on s'est mariés et que les enfants sont arrivés. Bien qu'il en reste peu de souvenirs photographiques parce que je tenais à mon esprit qui est réfractaire à la multiplication des images, ceux que j'ai retrouvés de Borromée et de moi m'ont rendue nostalgique. Ces petits riens tapis dans le creux du quotidien des choses, moi jeune et souriante tandis que Borromée, son bras passé sur ma hanche, me lèche le lobe de l'oreille; ou cette baignade de nuit dans l'étang, nos corps si longiformes en ces premiers temps, des os, des muscles mais peu de graisse, vite consommée par les besognes à faire de la barre du jour à la tombée de la nuit, ces chaudronnées de nourriture pour les hommes de chantier, à monter dans les campes par des trails glacées, boulantes et coulantes, ces vêtements à laver, à rapiécer ou à rapetisser tous les deux mois, les bûcherons amaigris se perdant dedans, ces chevaux à soigner, à étriller, à guérir des fièvres grâce aux infusions de hart rouge rendues moins amères par quelques feuilles de menthe jetées dedans. Rien d'autre, immobilisés sur du papier photo, que quelques fugaces instants de ma complicité avec Borromée. Son sourire parfois, et l'œil taquin, et la casquette irlandaise toujours de travers sur la tête, clins d'yeux aux dieux hilares et simples.

J'ai fait tous les tiroirs de commodes et de bureaux, j'ai trié toutes les caisses dans les garde-robes et au grenier, j'ai vidé les boîtes à chaussures de leurs cartes postales, de leurs lettres et de leurs carnets, j'ai enlevé sur le dessus du piano les encadrements qui y figuraient déjà avant même que je n'entre dans la maison, portée par Borromée ce jour-là de nos noces. Je n'aurais pas voulu toucher à la salle de conférence, ni même entrer dedans parce que c'est de là qu'est venu le mal qui a fini par rendre Borromée cancéreux, comme si, dans tous ces papiers faisant état de la malocœuranterie des Beauchemin par-devers les Bérubé, se trouvait déjà la prolifération des tumeurs malignes et des mélanomes pigmentant le grain des feuilles. De grandes taches partout, des trous dans presque toutes les pages, formant de zigzaguants serpents, des gueules dentées de reptiles et d'épeurantes ailes de chauves-souris. Dans des caisses de bois, j'ai empilé par ramées tout ce que j'ai trouvé du cancer de Borromée. Puis j'ai lavé la salle de conférence à grande eau pour le cas que des cellules cancéreuses auraient fui le papier et, abrillées dans les craques du plafond, des murs et du plancher, y voudraient faire colonie.

Du corps malade de Borromée, j'ai ainsi désempli le grenier, la salle de conférence, le salon, la chambre des maîtres, la cuisine et l'appentis. Cela représente une bonne vingtaine de caisses qui occupent la moitié de la cuisine. Ne me reste plus qu'à m'habiller, qu'à sortir, qu'à me faire un chemin dans la neige jusqu'au tas de débris de Borromée que j'ai déjà transportés là avant que la tempête ne fasse l'enragée au-dessus de Saint-Jean-de-Dieu. Son linge de corps, ses fauteuils braquettés de braquettes dorées, les coussins dont il se servait pour paraître plus grand, ses bottes rehaussées de fausses semelles et d'épais talons. Tant de mascarade et sans que jamais ça ne change l'ordre des choses! Vouloir à tout prix être le premier, le mieux pourvu et le plus fort, pourquoi ce besoin de puissance par ailleurs impossible à assumer? Et quel intérêt y trouverait-on même dans la gloire de son accomplissement? Quelle utilité face aux bêtes et aux choses, face à l'évolution de la vie qui naît de presque rien, se multiplie puis une fois dans son accomplissement, périclite et meurt?

Devant le tas des débris de Borromée, qui a grossi de toutes ces caisses que je suis allé chercher dans la cuisine, je voudrais comprendre pourquoi la Terre a cessé de nous écouter, pourquoi elle a été aussi peu sensible aux vœux que nous lui avons adressés. Je tourne légèrement la tête vers la grange-étable parce que ma jument, du fond de son boxon, a poussé ce brusque hennissement aussi désemparé que ma réflexion. Je vois les grandes portes du fenil, je voudrais pouvoir fermer les yeux parce qu'elles me rappellent trop que je n'en ai pas terminé encore avec ce que la mort de Borromée et mon deuil exigent de moi, ne serait-ce que pour que je mette fin à l'un et à l'autre. Je préférerais toutefois ne pas avoir à me rendre jusqu'au fenil. Mais il faut au moins que j'en ouvre cette petite porte qui fait comme un œil de hibou du côté gauche des deux grandes par où on entre les bottes de foin, les sacs de grains et les gerbes de paille. L'esprit de Borromée ne doit plus tourner en rond sous les combles du fenil, poursuivi par ces chauves-souris que Léonie a lancées contre lui depuis les commencements du monde. Malgré la faute inexpiable que Borromée a commise contre l'idée de beauté qui elle seule donne à la Terre sa pérennité, je n'ai pas le droit de laisser son esprit s'épuiser dans l'entre-deux de la vie et de la mort. Quand Borromée est né, il y avait cette nuit-là une mauvaise étoile de trop dans le ciel et c'est celle-là qui lui fut attribuée — porteuse de tous les signes négatifs de l'Univers, amas de métaux se faisant chicane, prenant feu parce que fissibles, mais explosant dans l'inharmonie, rien d'autre qu'une grande colère essaimant par brins fuligineux jusqu'aux confins de l'espace.

Devant la grange-étable, la neige est plus épaisse et forme ce banc dans lequel je dois m'enfoncer jusqu'à la taille pour me rendre jusqu'au fenil. La porte-hibou est coincée dans la glace parce que la dégouttière au-dessus s'est brisée et que l'eau, en glissant le long du cadrage, a fait renfler les planches. De mon épaule, je frappe dans la porte-hibou. Elle résiste aux coups que je lui donne, comme si les chauves-souris à l'intérieur s'étaient toutes agglutinées sur ses parois, courtepointe de pattes et de gueules entremêlées. Au fond de son boxon, ma jument hennit pour une deuxième fois. Je recule de cinq pas, je respire puissamment, puis portant mon corps de côté, j'y mets toute ma force et fonce, tête baissée, dans la porte-hibou. Lorsqu'elle cède enfin, je culbute à l'intérieur et tombe sur mes genoux. Bien que Benjamin ait frotté à la brosse le plancher du fenil, l'encaustique dissous dans l'eau n'a pu venir tout à fait à bout de la mare de sang venue du corps fissuré de Borromée. Les petites bêtes ont joué dans le bran de scie, dégageant les madriers par endroits, le bois y est plus sombre et veiné rouge, reliquat du sang versé quand la balle, crachée par le canon tronqué de la carabine, a traversé le crâne de Borromée et fait ce trou dans la grosse poutre de soutien au beau milieu du fenil.

Je me redresse, pressée de me rendre jusqu'au fauteuil braquetté de braquettes dorées et sur lequel, enfoncée dans le dossier, se trouve la carabine de Borromée. Benjamin voulait aller les jeter du haut du pont des Trois-Roches, mais je lui ai fait comprendre que l'eau est inefficace contre le sang mal versé. Quand je mets les mains sur le fauteuil et la carabine, je voudrais avoir des ailes comme les chauves-souris et fuir par les trappes d'aération qu'il y a de chaque bord du fenil. Faire simplement ce qui doit l'être demande parfois plus de force et de générosité qu'il y en a dans l'épaisseur du monde quand le mal en a pris possession et le domine, dénaturant le sentiment et l'esprit qui le détermine. On se meut là-dedans comme au-travers d'une multitude de cordes de violon entremêlées, chacune résonnant sans harmonie aussitôt qu'on la touche, chacune interférant sur les autres pour produire encore plus de discorde, d'angoisse et de souffrance.

J'ai soulevé le fauteuil et j'aurais voulu que le plancher vienne avec, mais il est resté à sa place sous la couche de bran de scie, marqué de filaments rosâtres comme autant de veines, celles qui se sont échappées du corps de Borromée quand la balle lui a traversé la tête. Je m'arrête sur le seuil du fenil pour reprendre souffle, le pire étant maintenant passé. Le soleil est pareil à une balle de ping-pong dans le ciel, on dirait qu'il y bondit entre les amas de nuages, incertain après tous ces jours de ténèbres de l'espace qu'il doit occuper. Du sud souffle désormais ce vent chaud qui charrie déjà toutes les couleurs et toutes les odeurs que le printemps aura tantôt lorsque craqueront les glaces de la Boisbouscache et du lac Sauvage. La neige tombée depuis trois jours va se mettre à fondre, si vitement que ce sera comme si elle s'était rêvée en soi, pareille à tout ce qui est survenu depuis la mort de Borromée.

Le fauteuil et la carabine mises sur le tas des débris, je vais vers l'appentis et y entre. Sur l'établi, ce panier plein d'écorces de bouleau jaune que je suis allé ramasser dans les écores de la Boisbouscache et du lac Sauvage, les choisissant minces et comme dentelées à leur extrémité. Je prends le panier puis, sortant de l'appentis, je fais le tour du tas de débris et le ceinture d'écorces. Quand j'y mets le feu, l'espace entre la terre et le ciel se contracte, ça flambe et brûle — ce méchant qu'il y avait dans la mémoire, planté profond comme une écharde. Mes bras croisés et mes yeux à demi-fermés, je dis le vœu des os blancs du squelette d'ours :

> *Squelette d'ours,*
> *Os blancs*
> *Roulés dans les cendres.*
> *Les cendres s'y collent*
> *Mais le vent*
> *Les soufflera au loin.*
>
> *Squelette d'ours,*
> *Qui pleure sur lui ?*
>
> *Regardez-le,*
> *Tout seul,*
> *Os blancs*
> *Sans pelage.*
>
> *Regardez-moi,*
> *Je vis seul ici*
> *Entre deux villages.*

Pourquoi suis-je né ici
Entre deux villages ?

Squelette d'ours,
Os blancs
Roulés dans les cendres.
Les cendres s'y collent
Mais le vent
Les soufflera au loin.

Ainsi brûlent les photos, le linge de corps, les fauteuils braquettés de braquettes dorées, la carabine et les amas de papiers, ainsi brûle le squelette d'os de Borromée. Je porte mes mains vers le ciel, puis les ramène vers moi, effleurant du bout des doigts ma poitrine, mon ventre et mes cuisses. L'esprit du ciel et celui de la terre ne font plus qu'un à nouveau, ils vont rendre inefficaces les sparages que pourraient encore faire la jument de la nuit et ceux de ces chauves-souris que, par ses oreilles, Léonie lance contre le monde. Par trois fois, je frappe dans mes mains, puis je rentre à la maison. Mes lèvres ont la couleur grise de la cendre. Quand j'y passe lentement la langue, elles ont aussi le goût du bran de scie et de la terre noire. Je vais ouvrir toutes les fenêtres de la maison pour que le vent soufflant maintenant du sud en prenne possession. Je vais faire du café aussi, une pleine cafetière que je vais apporter à l'étage dans la salle de conférence. Sur le centre de la table, j'ai disposé en étoile des feuilles de menthe, de laurier et de tilleul, avec quelques branches de persil au milieu. Je m'assois sur cette chaise droite, à l'extrémité de la table, là où Borromée a toujours pris place dans son fauteuil braquetté de braquettes dorées. Puis je croise les bras et j'attends que Léonie, Charles, Samuel et Benjamin arrivent.

Quand Léonie apparaît la première dans la porte de la salle de conférence, je suis étonnée, mais n'en laisse rien voir. D'un mouvement de la tête, je demande à Léonie de s'asseoir à ma gauche, ce qu'elle ne fera pas, s'installant plutôt à l'autre bout de la table, croisant les bras comme moi je les ai, et disant :

— J'ai vu ce qui brûlait dans la cour. Est-ce que tu peux m'expliquer pourquoi c'est ainsi ?

— Tantôt. Je le ferai tantôt quand tout le monde sera là.

Elle regarde les étagères que j'ai vidées de leurs livres et de leurs papiers, elle voit sur les murs les rectangles et les cercles jaunâtres qui remplacent désormais les photos de Borromée que j'ai enlevées, elle baisse les yeux et dit :

— Pardonne-moi, Mam. Je voudrais tellement…

Elle n'achève pas sa phrase parce que Benjamin et Samuel font leur entrée, s'approchent de moi et m'embrassent. Samuel s'assoit aussitôt et ne fait plus que regarder Léonie. Tant de haine dans ses yeux, tant de souffrance et tant de désespoir ! Je décroise les bras et lui donne ma main à serrer tandis que Benjamin prend place au milieu de la table pour mieux verser le café dans les tasses. Depuis la mort de Borromée, c'est la première fois que nous nous retrouvons ensemble, chacun dans la chacune de son émotion, comme l'expression de ce qu'il y a de plus sauvage et de plus dépossédé quand l'absurde survient et déconstruit le monde — un coup de tonnerre dans le ciel, un volcan qui crache le feu de son estomac, une tornade trouant l'espace, déjection de la colère de la Terre parce que la pensée est devenue folle et suicidaire.

Charles frappe sur le cadre de la porte. Je dois retenir la main de Samuel dans la mienne parce que sinon, il se lèverait et fuirait aussitôt vers les confins du Témiscouata, là ou l'esprit de Borromée reste encore entier pour lui, au milieu des grands arbres de la forêt. Charles s'avance et met la main sur l'épaule de Léonie. Bien que je lui fasse signe de s'asseoir, il va rester debout derrière Léonie comme pour montrer que ne faisant pas partie de la famille, il doit en assumer la réalité. Je décroise les bras, je mouille mes lèvres de salive, puis je dis :

— J'ai respecté les usages et gardé le deuil pendant six mois. J'y ai mis fin aujourd'hui en agissant selon les désirs exprimés par Borromée. Je n'avais pas de questions à me poser là-dessus et vous n'avez pas à vous en poser non plus. Ce qui importe, c'est que cette page-là soit maintenant tournée. Nous devons revenir à l'esprit de la Terre et accepter ce qu'il peut avoir d'exigeant pour chacun de nous.

Samuel a ramené sa main vers lui, la referme, puis s'en frappe la poitrine :

— Le passé est toujours là, Mom. Ça ne cessera jamais d'être présent, ça ne cessera jamais de crier vengeance. Tourner la page comme tu le demandes, ça serait admettre que les choses pourraient être autrement qu'elles ne le sont. Ça serait trahir. Même si tu me le demandais, je refuserai toujours d'y consentir.

Samuel s'est levé, regarde Léonie et ajoute :

— C'est à cause de toi si le ciel nous est tombé sur la tête. Je regrette que tu sois ma sœur et je ne te pardonnerai jamais ce que tu as fait contre Pa. Jamais, Léonie! Jamais!

Il sort aussitôt de la salle de conférence et en claque violemment la porte. Benjamin se lève à son tour et dit:

— Je m'occupe de Samuel.

Il passe derrière moi, me tapote l'épaule et m'embrasse dans les cheveux. Son haleine sent la feuille mâchée du noisetier sauvage, sa main est chaude comme le brasier que tantôt j'ai allumé dehors. Quand Benjamin passe le seuil de la porte, je respire profondément, fais ce geste pour que Charles ne dise rien et s'assoie enfin à côté de Léonie. Je ramasse mes pensées éparses, je mouille encore mes lèvres de salive, je dis:

— Le deuil de Samuel n'est pas encore terminé, mais ça ne change rien pour ce qui doit être fait. Je voudrais donc savoir quand vous avez l'intention de vous marier.

Charles rétorque aussitôt qu'il préférerait en discuter un autre jour, qu'il se sent toujours mal à l'aise pardevers la famille à cause de la mort de Borromée et que l'expansion imprévue de la beurrerie-fromagerie de Saint-Paul-de-la-Croix ne lui a pas laissé le temps de penser à son avenir avec Léonie. Il ajoute:

— J'aime Léonie, j'ai hâte de tenir dans mes bras l'enfant qu'elle porte et d'être pour lui un père irréprochable. Je ne voudrais pas toutefois que ça fasse problème de ce bord-ci du monde ni du côté des Trois-Pistoles. Il y a suffisamment eu de mal pour rien, et suffisamment de haine aussi.

Après Charles, Léonie prend la parole. Elle dit qu'elle ne pouvait pas savoir que sa colère contre Borromée le porterait aussi loin dans la déraison et qu'elle le regrette. Elle dit qu'elle s'est trompée sur la maladie qui lui dévorait l'estomac, qu'elle ne la croyait pas aussi grave, Borromée en exagérant les manifestations afin d'obliger le monde à respirer à la même hauteur que lui, afin d'obliger le monde à revivre sans fin une chicane de clochers dont plus personne ne voulait entendre parler. Elle dit que c'est contre cela, et cela seul, qu'elle s'insurgeait. Elle dit qu'elle regrette de s'être enfermée elle-même dans une logique qui ne pouvait admettre le compromis parce qu'il aurait été tributaire d'un passé plein de mauvaise mémoire et capable à lui seul d'empêcher l'amour qu'elle porte à Charles et que Charles lui porte aussi. Elle dit encore :

— J'ai le goût d'être heureuse, Mam. J'ai le goût que tu le sois aussi. Cette maison, c'est toi qui l'as faite. Cette terre, c'est toi qui lui as donné son harmonie. Je voudrais tant que tu y trouves toi aussi ton fond de penouil au milieu du rêve qui t'a toujours habitée. Je sais toute la tristesse qui t'est venue de la mort de notre père. Je sais aussi qu'elle ne s'en ira pas de toi si je ne t'aide pas, si l'enfant que je porte ne t'aide pas aussi. C'est pourquoi je tiens à ce que Charles et moi, on se marie le plus rapidement possible. L'enfant que j'attends, c'est dans cette maison que je veux qu'il naisse, pas ailleurs.

J'en reste bouche bée, et Charles aussi en reste bouche bée. Tout ce que je vois, ce sont les oreilles de Léonie. Bien qu'elle les ait cachées sous la masse de ses longs cheveux noirs, elles prennent trop de place pour que les bouts n'apparaissent pas. On dirait de petites pattes de chauves-souris repliées à la surface de la peau avec parfois, entre les brins de cheveux, une bouche vorace qui s'ouvre brusquement sur deux rangées de dents minces comme des aiguilles. Je ferme les yeux, cherchant à faire monter en moi un vœu qui ferait disparaître à jamais les petites pattes de chauves-souris et les bouches voraces. J'aimerais que l'espace de la salle de conférence se remplisse d'huile de merlan, de boue et de mousse, comme dans ce vœu que racontait ma mère lorsque nous lui faisions mensonge et qu'elle voulait nous en guérir. L'huile de merlan, la boue et la mousse s'agglutinaient l'une à l'autre pour former cette bête à grande queue, mangeuse de langues et d'oreilles, que l'esprit fâché de la Terre envoyait contre ceux qui trahissaient la parole donnée. Leurs oreilles et leurs langues leur étaient enlevés, remplacées par de faux organes qui, en plus d'être hideux, les rendaient sourds et muets à jamais.

J'ai fermé les yeux pour me recueillir. Quand je les rouvre, Léonie et Charles ne sont plus assis au bout de la table. Je me lève, vais vers la porte et tends l'oreille. De la cuisine me parvient l'écho de leurs voix. Je ne veux pas entendre ce qu'elles disent, je ne veux pas encore savoir si elles penchent vers le bon côté des choses ou si elles en interpellent le mauvais, là où par milliers veillent les chauves-souris. Je crois simplement avoir fait ce qui devait l'être maintenant que mon deuil est terminé et que la vie, par petites secousses, reprend possession de la maison. Devant la fenêtre qui donne sur les bâtiments, je regarde la fumée noire qui s'élève du tas de débris finissant de consumer ce que Borromée ne pouvait pas emporter avec lui dans la mort. Au-delà, Benjamin et Samuel marchent dans la neige vers le fronteau de la terre et la Boisbouscache. Les traces de leurs raquettes font comme les grains de deux chapelets jetés dans le paysage par l'esprit de la Terre. Je pense à ma mère, au vœu qu'elle faisait lorsque venait vraiment le temps d'ameuter le printemps. Ça disait tout simplement ceci :

Elle sortit pendant une tempête de neige
Pour attraper du poisson.
Et emporta son pic avec elle
Pour creuser un trou dans la glace.

Elle resta là-bas sur la glace
Jusque très tard dans la nuit.
Puis nous vîmes le feu de sa torche
Se rapprocher de nous.

Elle rentra dans la maison
Et mit sur le feu
Le gros poisson qu'elle avait pris.
Notre peur ne s'arrêta pas là.

Elle s'assit avec nous et regarda
Le poisson gelé qui cuisait.
Elle s'assit avec nous,
Au milieu, et grelottant fort.

Puis on entendit son rire
Se dégeler enfin.
C'est alors seulement que la peur
Nous quitta.

3

Philippe

L'ASSEMBLÉE NATIONALE a veillé tard hier soir, à cause de la grève des infirmières qui, depuis quelques semaines déjà, paralyse le fonctionnement des hôpitaux. Ne sachant pas comment régler le problème, le gouvernement a agi comme il le fait toujours en pareille circonstance, par une loi d'exception forçant les infirmières à rentrer au travail. Il y a quelque temps, ce sont les camionneurs indépendants qui ont essuyé de même façon les foudres du gouvernement. Avant eux, il y avait eu les professeurs et les producteurs de porcs qui ont transformé, entre Québec et Montréal, la Transcanadienne en parc d'engraissement. Demain, ce sera au tour des gens de la Fonction publique ou des policiers de la Sûreté du Québec. Ils ont commencé une grève dite du zèle, qui se limite à une surveillance moindre sur les routes, une bonne affaire somme toute pour des automobilistes qu'on considère autrement que comme les vaches à lait d'un système fiscal aberrant. Contrairement aux infirmières, aux camionneurs et aux professeurs, les policiers obtiendront ce qu'ils demandent même s'ils jouissent déjà d'un contrat de travail qui en fait les grands privilégiés de notre société. Les policiers sont les seuls à pouvoir prendre leur retraite au détour de la cinquantaine et sans que le reste de leur vie n'en soit pénalisé. Pourtant, tous les sondages commandés par le gouvernement disent que, contrairement aux infirmières, aux camionneurs et aux professeurs, les policiers ont l'appui de la population dans leurs revendications.

Ce dont les sondages ne parlent pas toutefois, ce sont des raisons qui justifient un tel choix de société. De tous les peuples occidentaux, celui du Québec vieillit le plus rapidement. De tous les peuples occidentaux aussi, celui du Québec arrive moins que quiconque à faire suffisamment d'enfants pour assurer un nécessaire équilibre démographique. Les gens âgés, qui se sont tassés d'eux-mêmes de la vie réelle, représentent un problème dont même le gouvernement ne veut pas voir l'énormité, pas seulement sociale mais culturelle. En les parquant dans ces maisons où ils se retrouvent coupés de ce qui fait l'ordinaire de la vie, privés de leurs familles, de leurs parentèles et surmédicamentés, la société fait bien davantage que les abandonner à leur sort : elles les rend indignes et inutiles, sauf pour les firmes pharmaceutiques qui font leur pain et leur beurre avec eux. Dans un tel contexte, comment s'étonner que les gens âgés vivent dans la peur et que cette peur-là, comme les métastases du cancer, essaime partout ailleurs ? Une société qui réclame toujours plus de policiers et toujours plus de médecins ne peut plus déterminer grand-chose, surtout quand ça exige d'elle un minimum de volonté.

Avant d'entrer à l'Assemblée nationale par la petite porte du Parti des régions, je me doutais bien que notre système parlementaire n'a plus grand-chose à voir avec ce qu'on appelle la démocratie. Les députés ne sont libres qu'en autant qu'ils ne s'éloignent pas de la ligne tirée par le parti qui, lui-même, doit se référer aux bureaucrates contrôlant l'appareil d'État dès qu'un choix doit être fait, dès qu'une décision doit être prise. Alors que nous vivons dans un monde extrêmement rapide, les parlementaires se meuvent dans la lenteur. On les occupe à de petites choses sans importance au sein de comités et de commissions qui mettent tant de temps à se réunir et à faire rapport que, bien souvent, le problème qui les a fait naître s'est estompé de lui-même ou a pris un tout autre sens dans la société. Il n'y a que les avocassiers qui y trouvent leur compte. Avec eux, même le simple doit être complexe, ce qui s'exprime dans l'écriture toujours tarabiscotée des projets de loi et des règlements. On croit qu'ils disent ceci alors qu'au fond, c'est de cela qu'il s'agit, à cause d'une virgule mise quelque part dans le texte plutôt qu'ailleurs, à cause de ce deuxième paragraphe déconfortant le premier et piégeant le sens qu'il devrait avoir. Les avocassiers sont des terroristes du langage. Ils font si peur qu'on ne détermine rien sans eux, quitte à faire des coquilles vides avec tout ce qu'on leur donne à mettre en mots. Le simple député n'a pas grand-chose à y voir : après être passé par les instances supérieures du parti, le Conseil exécutif et le Conseil du trésor, les projets de loi et de règlements ne lui sont soumis que pour la forme. Il n'en comprend d'ailleurs pas souvent ni les tenants ni les aboutissants, n'étant guère préparé à discuter du sexe des anges ni du nombre qu'on peut asseoir sur une tête d'épingle.

N'importe qui peut devenir député puisque ce n'est ni un métier ni une profession. N'entre pas qui veut dans les forces armées, ne se retrouve pas qui veut comme professeur universitaire, chirurgien, prêtre ou même co-médien. Avant de s'en réclamer, on doit pouvoir prouver son apprentissage, on doit pouvoir défendre les qualifications auxquelles on prétend. Cela est tout à fait étranger au monde du député. Il suffit d'être né dans l'un ou l'autre des comtés du Québec, d'être majeur et membre d'un parti pour se porter candidat et être élu. Le parti lui-même n'accorde pas beaucoup de soin à choisir ses candidats, sauf pour ceux d'entre eux dont il espère faire ses ministres. Il s'agit là d'une denrée rare, ce qui explique qu'après une élection, on ait tant de mal à former un cabinet, surtout si l'on tient à ce que la plupart des régions administratives y soient représentées. Du seul fait de leur appartenance géographique, certains se voient ainsi nommés à de hautes fonctions que leurs états de service ne justifient aucunement. Parce qu'on a été producteur de porcs avant d'être élu, on se retrouve au ministère de l'Agriculture quand ce n'est pas, de façon plus dérisoire encore, à celui de l'Environnement. Parce qu'on a été un joueur professionnel, on a la compétence nécessaire pour prendre en charge le Tourisme, sinon la Culture. Les cabinets sont donc toujours le résultat de compromis, ce qui explique qu'ils ne font pas des enfants très forts et qu'on doit recourir à l'appareil gouvernemental pour les encadrer.

Je me suis fait donner la liste de tous les députés qui siègent au parlement. Les avocats et les professeurs y sont en surnombre, tout comme les petits entrepreneurs. La plupart ont milité longtemps dans leur parti respectif, y accomplissant toutes sortes de besognes pour mieux se pousser en avant et détricoter une hiérarchie tenant à ses privilèges. Quand ils arrivent à Québec, beaucoup de députés ne connaissent rien d'autre que les officines de leur formation et les électeurs de leur comté. S'ils ont une bonne connaissance des problèmes que vivent les habitants de leur coin de pays, ils sont incapables de trouver par eux-mêmes les solutions qui mettraient fin à la pauvreté et à l'indigence de leurs commettants. C'est donc l'Assemblée nationale qui leur sert de lieu d'apprentissage. La plupart s'y retrouvent comme à la petite école, assis derrière des pupitres d'où ils assistent, passifs, aux passes d'armes des ténors du parti gouvernemental et de ceux de l'opposition. Ce sont presque toujours les mêmes qui prennent la parole parce qu'ils ont de grandes gueules et sont toujours prêts à les ouvrir même quand ils n'ont pas la moindre idée de ce dont ils parlent. Ce qui se dit à l'Assemblée nationale n'a pas beaucoup d'importance de toute façon, ce n'est qu'un jeu dépourvu de toute vérité. Si le parti gouvernemental prétend que les choses sont noires, l'opposition prend automatiquement la direction inverse, peu lui importe si, quelques années plus tôt, alors qu'elle assumait le pouvoir, elle défendait les mêmes points de vue que ceux du gouvernement actuel. Ça s'appelle le parlementarisme qui rend caricaturale la pratique de la démocratie. Les mots y sont galvaudés, ils finissent par ne plus rien vouloir dire, sinon la seule chose qui importe pour les ministres et les députés, c'est-à-dire leur ré-élection.

Établi au dix-neuvième siècle, ce système parlementaire n'a plus grand-chose à voir avec ce que notre société est devenue. Il avait sans doute ses mérites quand le monde se mouvait dans une homogénéité de traditions, de religion et de langue, qui le préservait dans sa quintessence, mais l'éclatement de l'histoire moderne le rend aussi vétuste que les moteurs fonctionnant au charbon. Le monde s'est compliqué du fait de son expansion, il a généré grâce à la technologie des réseaux de communication qui ne passent plus par les parlements. Désormais, les idées, et ce que les idées rendent praticables, ça voyage à la vitesse de la lumière et dans toutes les directions, ça ne connaît plus ni droite ni gauche, ni haut ni bas, ni centre ni périphérie. Il n'y a plus guère de certitudes. L'homme surchauffe de l'intérieur comme la planète s'embrase sous l'effet de serre et la destruction de la couche d'ozone. Il faudrait apprendre à penser autrement et de plus en plus vite, au même rythme que les neuves machines-outils porteuses de ce qui donne désormais son sens au monde.

Après une session parlementaire passée à Québec, mon constat est simple : l'Assemblée nationale est devenue une manière d'Accueil Bonneau pour des gens qui n'ont pas la moindre idée, non seulement de ce qui se passe dans le monde, mais aussi de ce qui se vit dans leur propre cour. Cette ignorance autorise la machine gouvernementale à se comporter comme si elle seule avait le droit de détenir le pouvoir et de l'exercer. Tout se noue et se dénoue derrière les portes du Conseil exécutif ou dans des comités restreints qu'on forme et déforme selon une nécessité qui échappe aux lois de la logique. Les projets de lois sont conçus par des mandarins dont le jargon est incompréhensible sauf d'eux-mêmes. Plusieurs députés ayant déjà de la difficulté à lire un simple article de journal, on a souvent l'impression de se retrouver à la petite école, dans une classe où tous les cancres auraient été rassemblés sous l'égide d'un maître devant les faire manger à la petite cuiller. D'où l'importance de la ligne de parti qui sous-tend tout débat parlementaire. En entrant à l'Assemblée nationale, le député laisse au vestiaire sa liberté de parole. S'il décide malgré tout d'en user, les représailles contre lui ne tardent pas : on le met en pénitence sur la banquette la plus éloignée de l'assemblée, on s'arrange pour qu'il n'ait plus à se prononcer sur quoi que ce soit, on ne fait plus appel à lui au sein de ces nombreuses commissions où son rôle, de toute façon, a autant d'importance que celui des plantes vertes qu'on retrouve partout au parlement.

Ce qui étonne, c'est que le député accepte aussi facilement de n'être qu'un pion sur un échiquier dont les enjeux lui échappent. Comment une telle démission peut-elle s'expliquer ? Par le simple espoir qu'en ne soulevant pas de vagues à l'intérieur du parti comme ailleurs, on accédera à un pouvoir qui vous resterait autrement à jamais interdit ? Faut voir le contentement des députés d'arrière-banc dès qu'on les nomme adjoints de ceci ou présidents de cela, des postes presque toujours créés sur mesure pour eux, peu exigeants quant au libre arbitre puisque dépendants totalement de la bureaucratie gouvernementale. Le parlement est un gigantesque miroir déformant : quand on s'y regarde, on s'imagine être plus grand que nature, plus intelligent et plus rusé que le commun des hommes, on en devient bouffi d'orgueil et de vanité comme tous ceux qui jouissent de privilèges. Faire perdurer cette jouissance et la conforter devient vite l'ambition véritable du député. Le peu d'idées qu'il pouvait avoir en entrant en politique s'escamote lorsqu'il songe qu'il y aura bientôt des élections et qu'un vent contraire au sien risque de le renvoyer à jamais dans un coin de pays trop occupé par sa survie pour être capable de voir plus loin que le bout de son nez.

Longtemps, le Parti québécois s'est différencié des libéraux par le projet d'indépendance qu'il portait. Ça s'est traduit par le renforcement de nos institutions nationales et l'éclosion de nos grandes sociétés financières, aussi bien celles de l'État que celles des corporations privées. En moins de trente ans, nous sommes passés d'une dépendance extrême au grand capital étranger à une espèce de souveraineté d'argent grâce à laquelle on croyait pouvoir enfin devenir maître chez soi. C'est loin d'être ce qui est arrivé. Pour que nos avoirs puissent fructifier le plus rapidement possible, on les a investis sur les marchés étrangers. Nos épargnes ont contribué à faire prospérer l'Ontario, l'Europe et l'Asie au détriment de notre propre territoire et sans que le citoyen ordinaire puisse seulement savoir de quoi il en retourne. Le premier ministre du Québec a organisé deux voyages d'affaires en Asie du sud-ouest parce que ses prétendus experts et ceux du Canada anglais lui faisaient accroire que l'avenir économique passerait dorénavant par là. Investissez en Thaïlande, en Malaisie, au Japon et en Chine! Oubliez que ces pays n'accordent aucune importance à la protection des droits de l'homme, qu'ils consentent à ce que des enfants de dix ans travaillent en usine pour presque rien et dans des conditions si insalubres que la grande majorité d'entre eux n'auront jamais le temps de se rendre jusqu'à la vie adulte! Investissez, sans compter et sans penser, en bénéficiant pour ce faire de généreuses subventions gouvernementales! Un désastre que ces deux missions économiques en Asie du sud-ouest.

Le premier ministre et ses joyeux hommes d'affaires n'étaient pas encore rentrés de leur deuxième voyage que le marché boursier de cette partie-là du monde s'effondrait, entraînant plusieurs banques et des tas d'entreprises dans la faillite. Le gouvernement en resta béat, tout autant que l'opposition d'ailleurs, qui ne le questionna jamais sur son engouement pour l'Asie du sud-ouest. Il en fut de même quand la compagnie minière Bre-X fit banqueroute après qu'on eût découvert qu'elle trompait ses actionnaires en leur faisant accroire à la découverte de nouvelles mines d'or en Afrique. La Caisse de placement et dépôts du Québec perdit soixante-quinze millions dans l'aventure. Croyez-vous qu'on profita de la chose pour s'interroger sur ceux qui gèrent les épargnes des Québécois ? Détrompez-vous ! On fit comme si de rien n'était, on raya le nom de Bre-X dans les livres comptables de la Caisse de placement et dépôts, et sans doute le fonctionnaire responsable, plutôt que d'être congédié, obtint-il une promotion ! Si la chose avait eu lieu en Gaspésie, pour un quelconque projet de développement impossible à mener à terme, quel scandale ça aurait été ! Et que de palabres on aurait entendus à l'Assemblée nationale !

Assis à la terrasse de ce petit café près du Château Frontenac, je jette toujours un coup d'œil aux notes que j'ai prises durant cette première session parlementaire à laquelle j'ai participé. En fait, il s'agit d'un mot bien trop grand pour le rôle qu'un député non péquiste ou non libéral peut tenir à l'Assemblée nationale. Les occasions sont rares qui l'autorisent ne serait-ce qu'à prendre la parole afin qu'il fasse part à tous de ses convictions. Lorsque la chose se présente, les banquettes sont au trois-quart vides et ceux qui s'y trouvent, plutôt que de vous écouter, préfèrent lire leur journal, répondre à leur courrier ou plus simplement somnoler, le vin du Café parlementaire les rendant aussi passifs que des lézards se faisant dorer la couenne au soleil. Par dépit, j'aurais voulu transporter mon fauteuil à l'extérieur du Parlement comme l'a fait récemment ce député du Bloc québécois à la Chambre des communes d'Ottawa afin de marquer son désaccord quant à un système procédurier conçu pour empêcher que puisse s'exprimer toute dissidence. Ce sentiment qui m'a habité depuis mon élection, celui d'être pris au centre d'une toile d'araignée dont il est impossible de s'échapper autrement que par des points de presse que couvrent peu de journalistes puisque dès que les autres partis apprennent que vous allez intervenir à l'extérieur de l'Assemblée nationale, ils tiennent eux-mêmes conférence, vous coupant l'herbe sous le pied par-devers les représentants de la presse nationale. Vous vous exécutez alors devant des chaises vides, et vous vous considérez chanceux qu'une station de télévision communautaire se soit déplacée afin d'enregistrer vos propos.

Si mon désenchantement est grand quant à la pratique démocratique telle qu'elle se fait à l'Assemblée nationale, me désappointe encore bien davantage un cabinet ministériel qui oublie trop souvent le bien commun au détriment d'un pouvoir qu'il tient à conserver à tout prix. Selon les vents différents que font souffler les sondages, les intentions politiques fluctuent, les volontés s'effilochent, ce qui était blanc hier se retrouve noir aujourd'hui et sera sans doute jaune ou vert demain. Les idées et la primauté des idées qui donnent naissance à tout parti politique finissent par en devenir la moins bonne part, celle qu'on se complaît à escamoter parce que l'exercice du pouvoir vous rend lâche et velléitaire à mort. C'est pourquoi le projet de l'indépendance du Québec a si peu profité depuis vingt ans, aucun politicien ne voulant en payer le prix, et Lucien Bouchard encore moins que quiconque. Quel malentendu que son élection à la tête du Parti québécois et quel désastre c'est depuis qu'on l'a attelé au char de l'État! Quelle dérision aussi! Et quelle inconscience politique! Se fier à quelqu'un qui a été de tous les partis, non par conviction profonde, mais par arrivisme, libéral lorsque le rouge se portait bien, conservateur quand le bleu du ciel devint celui du Beau Risque, puis indépendantiste une fois que la chose lui parut être de réalisation imminente. Un cheminement typique d'avocat capable d'embrasser toutes les causes et de les défendre, passionnément certes, mais sans que cela touche quoi que ce soit de déterminant en soi, ce qui explique qu'on puisse passer aisément du rôle d'accusateur à celui de défenseur et s'y sentir aussi à l'aise. Ce vide de la pensée véritable, Lucien Bouchard le détourne au profit d'une soi-disant évolution intérieure à mi-chemin entre le mysticisme et le mystère, donc incompréhensible autrement que par un acte de foi de la part de ses partisans. À l'Assemblée nationale, cette confiance obligée est carrément pathétique. Muni des Tables de la loi, Dieu le Père se lève et de son front sort la lumière aussitôt qu'il cligne de l'œil et que s'ouvre sa bouche. Les ministres et les députés le regardent plus qu'ils ne l'écoutent, si béats d'admiration qu'on dirait des louveteaux portant culottes courtes. Du côté de l'opposition, ce n'est guère plus enthousiasmant. Transfuge d'un parti conservateur qu'il a contribué à faire tomber dans la niaiserie, Jean Charest est la personnification même de l'opportunisme politicien: aucune certitude sinon celle de profiter un jour du pouvoir pour défaire ce peu que malgré eux les péquistes auront réussi à accomplir.

J'ai proposé à l'Assemblée nationale une révision de notre système électoral et défendu un mode de scrutin à la proportionnelle afin de corriger la plus grande des aberrations de notre pratique parlementaire qui ne tient compte des suffrages exprimés qu'en fonction du candidat obtenant le plus de votes. Que plus de la moitié de la population ne partage pas son idéologie ne se traduit d'aucune façon à l'Assemblée nationale puisque l'élection terminée, on s'empresse aussitôt de l'oublier. Ça rend à toutes fins impossible l'émergence des tiers-partis: quand bien même ils obtiendraient vingt pour cent des votes déposés dans les urnes, ça ne leur donne aucun pouvoir de représentation. Les électeurs se détournent donc très rapidement d'eux puisque les appuyer, c'est admettre de perdre la voix dont on dispose. On se prive donc ainsi des véritables courants de pensée qui interrogent notre société autrement que dans le cercle vicieux de deux partis se singeant l'un l'autre avec comme seul objectif, le pouvoir. Les mécontents n'ont qu'à descendre dans la rue où on aura tôt fait de les ramasser à la petite cuiller après les avoir bombardés de gaz lacrymogènes, de poivre de Cayenne et battus à coups de matraque.

Ça serait absolument décourageant si Québec n'était pas une aussi belle ville, peu importe à quel temps de l'année on s'y trouve. On n'a jamais l'impression d'y étouffer comme dans les grandes capitales et l'on ne s'y sent jamais aussi seul que lorsqu'on habite les Trois-Pistoles ou Cabano. Quand m'abrutit ce qui se passe au Parlement, je m'escamote comme député par la porte du Sauvage, je descends jusqu'à la rue Saint-Jean puis, en zigzaguant d'un trottoir à l'autre, je m'oriente sur le Château Frontenac près duquel j'ai loué cet appartement qui me donne une vue imprenable sur les plaines d'Abraham, la terrasse Dufferin et le fleuve. C'est immense mais ce n'est pas de l'immensité pour rien comme ce qu'on a devant les yeux lorsqu'on se promène dans l'arrière-pays, parfois pendant des heures sans y voir âme qui vive, le paysage ne renvoyant jamais qu'à plus de paysage encore — un monde peuplé de grands arbres, que traversent lacs et rivières comme une hémorragie, celle de la solitude et du silence. Juste à le voir du haut des airs ainsi que ça m'arrive souvent depuis que je suis député, j'en ai de l'effroi. Ce qui n'est pas habité et ne peut l'être me fait peur, ce qui ne parle pas ni ne chante me terrorise. Je suis bien là où ça grouille de vie, là où se trouvent des femmes et des hommes porteurs de rêves, de projets et de réalisations. C'est au milieu d'eux que la pensée m'est possible, qu'elle se conforte et se développe, stimulée par les uns et forcée à une plus grande détermination par les autres. Parce qu'elle est unique en Amérique du Nord, Québec attire vers elle le meilleur de ce qui se meut en Occident — ces professeurs spécialistes de l'Afrique noire ou du métissage de l'Amérique du Sud, ces chercheurs scientifiques en train de décoder le cerveau humain ou notre bagage génétique, ces universitaires étudiant l'accélération de l'histoire et l'expansion vertigineuse de l'humanité, ces intellectuels interrogeant autrement qu'avant la matière et ce qui se cache derrière elle. Quelle fascination j'éprouve à les entendre et à les lire, quelle satisfaction j'ai à pouvoir discuter avec eux même si j'en ai parfois la tête qui tourne parce que mes certitudes s'en trouvent presque toujours ébranlées. Tout est si relatif dans le temps et l'espace, surtout lorsqu'on s'éloigne de son point d'ancrage et qu'on se jette, tête baissée, dans l'étendue du monde et dans sa profondeur, cela même qui voyage désormais à la vitesse de la lumière.

Appuyé au garde-fou de fer forgé qui ceinture la terrasse Dufferin, je fume une cigarette, content que le printemps soit enfin là, gorgé de lumière et d'oiseaux virevoltant dans le bleu du ciel. J'en oublie le dur hiver que j'ai passé au Parlement et la frustration qui m'est venue à m'y sentir aussi peu efficace malgré que le Parti des régions, à l'extérieur de l'Assemblée nationale, ait trouvé ses assises. Manu a si bien travaillé que nous sommes désormais représentés partout par des comités de citoyens qui, chacun dans son comté, sont en train d'établir les priorités économiques, sociales et culturelles que nous défendrons lorsqu'auront lieu les prochaines élections. Chaque district électoral jouissant de son autonomie, les candidats qui postuleront le job de député seront souverains sur leur territoire et imputables par-devers les gens qui auront voté pour lui. N'ayant plus à se contraindre à la ligne de parti, les députés retrouveront donc cette liberté d'expression que les péquistes et les libéraux ont bannie de leur pratique de la démocratie.

Manu n'a pas besogné seulement dans les comtés, mais à l'intérieur aussi de l'Assemblée nationale. Plusieurs députés de l'arrière-pays ne cachent pas leur mécontentement face à un gouvernement qui joue au yoyo avec l'idée de l'indépendance nationale, tantôt paraissant farouchement souverainiste et tantôt agissant comme s'il y avait eu erreur dans le programme du parti, c'est selon les leçons à tirer des nombreux sondages qu'on autorise et qui font de la mouvance passagère de la pensée des oracles dont on doit prendre obligatoirement conseil. Le projet de notre libération nationale fluctue donc au gré des humeurs capricieuses de citoyens qui ne savent plus où donner de la tête tant sont contradictoires les signes qu'on leur envoie par l'entremise du messie péquiste. Est-ce qu'on a véritablement voté pour que se réalise l'indépendance ? N'avons-nous pas donné plutôt notre accord pour le renouvellement du fédéralisme, à moins qu'on ait pris cause et parti pour le statu quo, cet art politique de faire deux pas par devant puis trois par derrière ? Que pense vraiment Lucien Bouchard, le dieu péquiste ? Pourquoi a-t-il si désastreusement perdu le charisme qui l'habitait pendant ce référendum que, grâce à sa détermination, nous sommes venus à un cheveu de gagner ? Est-ce la simple pratique du pouvoir qui l'a ainsi si mal usé déjà ? Gouverner le Québec n'a pourtant rien à voir avec la complexité à laquelle le président des États-Unis doit faire face tous les jours. Si notre jardin est vaste, il est peu peuplé, de sorte qu'avec un minimum de patience, il serait possible de connaître tous les habitants qui y vivent. Pourtant, pas plus Lucien Bouchard que la plupart des ministres et des députés ne connaissent vraiment le Québec. Leurs vacances, c'est à l'étranger qu'ils les passent. La plupart des politiciens connaissent mieux la Floride, Haïti, le sud et le nord de la France que l'Abitibi, le

Saguenay ou la Matapédia. Les députés anglophones de Montréal font bloc à part, même à l'Assemblée nationale. Ils ne s'y sentent pas très utiles et ne font rien pour le devenir. Ils n'habitent pas le même pays que nous et ne s'en cachent pas. Dès que le ton monte au parlement, principalement quand il y est question de la langue, les députés anglophones deviennent hystériques, pour ne pas dire carrément racistes. Leur héros est Mordecaï Richler, cet écrivain juif de Montréal dont les romans sont publiés à New York, ce qui l'autorise à parler du Québec francophone comme d'une truie dévorant ses petits parce qu'elle serait nazie de cœur et d'âme. Lucien Bouchard laisse dire. Plutôt que d'y voir là le parti pris, non seulement d'un homme mais celui du peuple juif de Montréal contre l'indépendance, il retourne la bougrine à l'envers: si le peuple juif de Montréal se considère fondamentalement comme *canadian*, la faute nous en revient à nous, Québécois francophones de souche. Nous ne sommes pas suffisamment inclusifs et, même au risque d'être mordus, nous ne tendons pas assez la main, aussi bien aux Juifs qu'aux anglophones, aussi bien aux Arabes musulmans qu'aux intégristes de toutes confessions. Ce n'est pas à eux de s'intégrer à la majorité que nous formons, mais à nous de faire partie de leur monde, et cela en dépit du fait que nous ne sommes les bienvenus chez personne. Ça rend notre nationalisme frileux et ça reporte loin dans le temps ces fameuses conditions gagnantes, par ailleurs jamais identifiées, auxquelles s'accroche Lucien Bouchard pour ne pas avoir l'air trop fou par-devers lui-même et un projet de société qu'il a été le premier à mettre sous le boisseau.

Pour avoir accompagné Manu dans ces tournées qui nous ont menés aux quatre coins du Québec, je sais bien maintenant que Lucien Bouchard ressemble aux Québécois que nous sommes. Nous n'avons pas beaucoup de conscience politique, pas beaucoup de conscience sociale et pas beaucoup de conscience culturelle. Nous avons surtout bien de la difficulté à les rattacher ensemble par manque de cohésion dans la pensée et par manque d'exigence vis-à-vis de nous-mêmes. C'est sous un gouvernement du Parti québécois qu'on a aboli l'étude véritable de l'histoire dans nos écoles. Comment pourrions-nous savoir ce que nous devrions devenir quand nous ignorons de plus en plus d'où nous venons ? Substituer aux leçons d'histoire le discours lâche des psychologues est une véritable peau de chagrin, qui contracte l'espace autour de nous, le moi primaire de chacun finissant par prendre toute la place pour qu'on le console, le conforte et le congratule même quand il ne mériterait pas autre chose que d'être violenté. Ne parle plus que de ton vécu immédiat, ne sois plus qu'autobiographique, c'est-à-dire égoïste, considère-toi comme irremplaçable dans le cycle de la création, ne prolifère qu'à l'intérieur de toi, apprends à dire non aux autres afin de mieux répondre à tes seuls besoins, tes seuls désirs et tes seuls rêves.

Ce narcissisme se traduit par une conception du droit qui privilégie l'individuel au détriment du collectif. Quand quelques-uns se mettent ensemble, c'est pour créer un corporatisme se considérant comme une finalité en soi. Le gouvernement a encouragé cette façon d'être et d'agir. Il est plus facile de négocier avec des groupes sans grands moyens et de les jouer les uns contre les autres et de gagner à tout coup. Tout ce dont on a besoin, c'est d'une bureaucratie aveugle dont la seule stratégie est la lenteur: pourquoi régler rapidement un problème quand on sait qu'il suffit de le faire traîner en longueur pour que se lassent ceux qui sont aux prises avec lui? Les coûts de l'administration publique grugent la meilleure part des budgets alloués aux ministères. On y crée des tas de règlements pour des tas de programmes souvent plus inutiles les uns que les autres. Dans le seul domaine de l'aide aux entreprises, on peut en principe recourir à mille programmes différents de subventions, mais ils sont assujettis à tant de contraintes qu'ils en deviennent carrément inapplicables tout en coûtant un bras à la collectivité. Nous ne sommes pas en Occident les contribuables les plus imposés pour rien et sous toutes les formes possibles. Quand on paie même des taxes sur les taxes elles-mêmes, c'est qu'il y a depuis longtemps pourriture en royaume de Danemark.

J'ai laissé le garde-fou de fer forgé qui ceinture la terrasse Dufferin et, près du funiculaire, j'allume une cigarette. Du ventre de la terre, Marjolaine devrait apparaître bientôt. Je l'embrasserai, lui donnerai le bras et l'entraînerai dans le dédale des petites rues de Québec jusqu'au *Hobbit*, le café que je fréquente depuis que je suis à Québec. Nous y mangerons, d'abord en silence, nous interrogeant tous les deux sur nos sentiments intimes. Je sais bien que Marjolaine est amoureuse de moi, mais j'aimerais mieux qu'elle ne m'en parle pas maintenant. Députée de la région du Saguenay pour le Parti québécois, elle est déçue de Lucien Bouchard et de ses prétendues conditions gagnantes. D'ici les grandes vacances de l'été, je compte la convaincre de joindre les rangs du Parti des régions, ce qui pourrait avoir un effet boule de neige auprès de députés de la Gaspésie, de l'Abitibi et de la Côte-Nord qui branlent déjà dans leur manche, mécontents eux aussi des rôles de figurants qu'on leur fait tenir à l'Assemblée nationale. Pour m'avancer dans mon projet par-devers Marjolaine, je vais accepter de l'accompagner dans cette tournée des grands parlements européens que nous entreprendrons dès que sera terminée la session au Parlement. Auparavant, je devrai toutefois me rendre à Saint-Jean-de-Dieu pour assister au mariage de Charles et de Léonie Bérubé, ce qui a autant d'importance à mes yeux pour l'avenir que l'entrée de Marjolaine au Parti des régions. Quand l'une et l'autre de ces choses seront accomplies, je serai en mesure de jouer aussi fort que j'en suis capable et ne me priverai pas d'un tel plaisir.

Tout compte fait, cette première session parlementaire n'est pas aussi décevante qu'elle m'a paru l'être. Il fait beau, Québec est un vaste jardin dont les fleurs ne demandent qu'à venir. Qui me blâmerait de vouloir en profiter sous ce soleil déjà gaillard et parmi cette foule que le printemps rend rieuse et comme gorgée de sensualité?

4

Eugénie

Depuis quelques jours, ça ne sent plus pareil autour du lac Sauvage, comme si la sève remontant des racines des érables gouttait déjà dans les chaudières qui ressemblent à des pis de vache sur les troncs où nous les avons installées hier, Benjamin et moi. Nous avons joué du vilebrequin pour que les chalumeaux puissent pénétrer loin sous l'écorce rugueuse et crevassée par les pluies acides. Même si le lac Sauvage est à mille milles des grandes usines polluantes de l'Amérique capitaliste, les vents n'ont pas de frontière et les nuages non plus. Ce qui coule désormais du ciel, ce sont les déchets d'une société ne croyant plus qu'à l'idée de prolifération. La matière n'est plus qu'utilitaire. Ce n'est pas au nom de la beauté qu'on la transforme, mais pour le simple profit qu'on compte en tirer, peu importe si les choses, les bêtes et l'humanité doivent en mourir.

Assise sur le bout du quai encore pris dans les glaces, je regarde Benjamin s'en venir vers moi. Ses raquettes aux pieds, il suit la trail qui traverse le lac Sauvage sur toute sa longueur. Au-delà, les ravages sont nombreux et pleins encore de chevreuils et d'orignaux. Il est tombé tellement de neige cet hiver et il y a eu tant de redoux que les pistes sont devenues mal marchantes, boulantes et coulantes. Les bêtes sont donc restées à proximité du lac parce que les pousses d'épinette et de sapin y sont nombreuses et faciles d'accès. Contre les coyotes, Benjamin a mis des pièges entre les ravages et le lac. Il a suffi que quelques-uns s'y prennent pour que les autres s'en aillent loin dans la forêt afin d'y trouver de quoi manger. Quand les pousses d'épinette et de sapin sont devenues plus rares, Benjamin a acheté de gros sacs de grains et installé des mangeoires sous les arbres. Les bêtes n'ont pas mis de temps à se laisser apprivoiser même par le chien-loup tout blanc que j'ai donné à Benjamin en guise de cadeau de Noël. Il ressemblait à une pelote de laine quand je l'ai apporté au lac Sauvage tant ses poils étaient longs et soyeux. C'est maintenant un jeune chien-loup fringant qui a déjà oublié que je l'ai sauvé de l'euthanasie parce qu'il s'était cassé une patte et que, par manque de soins, les os avaient guéri tout de travers. On a dû lui recasser la patte et la plâtrer pour qu'elle reprenne ses formes. Après, j'ai couru tous les jours avec le chien-loup sur les battures de la grève Fatima et sur les crans de tuf qui la bordent. Ça n'a pas pris de temps que la boiterie a cessé et que le chien-loup est devenu aussi fougueux que tous ceux de sa race. Benjamin est son chef de meute, il l'accompagne partout, dans une sollicitude généreuse qu'il m'arrive parfois d'envier parce qu'elle n'a pas besoin de poser de questions ni de recevoir de réponses pour trouver son fond de penouil. C'est simplement là, dans une joyeuseté toute confortante que l'instant habite totalement.

Je me redresse, traverse le quai vers le shaque. Les totems que j'ai plantés devant pleurent comme des

Madeleines maintenant que le soleil est revenu et en fait fondre la glace qui les chapeaute. Les vives couleurs reprennent le dessus. Je suis contente de me rendre compte qu'elles seront les premières à braver cette entre-saison dans laquelle nous sommes entrés, qui foisonnera bientôt tout autour du lac Sauvage afin que l'été fasse basculer le paysage, le sortant de sa dormance pour le remplir de chants d'oiseaux, de cris énamourés, ceux des bêtes déchaînées par l'urgence de s'accoupler et de faire des petits qui trouveront leurs grosseurs dans les longues herbes et les mousses épaisses, chaudes comme l'est le ventre maternel une fois que dedans, la semence devient corps et esprit.

Je mets une bûche dans la truie, verse du café dans la tasse de fer-blanc, puis vais m'asseoir à la table. Par la fenêtre dégivrée, je vois Benjamin et le grand chien-loup qui s'approchent du bout du quai où je me tenais assise tantôt. Benjamin enlève ses raquettes et, par leur queue, les fiche dans la neige. Il se laisse ensuite tomber sur les genoux et reste là, immobile, si semblable aux totems qu'il y a devant le shaque que le grand chien-loup lui donne des coups de patte et lui mordille les mocassins comme pour s'assurer que son chef de meute est toujours vivant et plein de tendresse pour lui. De sa main gauche, Benjamin lui caresse la tête. Le chien-loup la lèche, puis se couche. Benjamin regarde devant lui, là par où calera bientôt le lac Sauvage, près de la petite île qui en marque le milieu. Le chien-loup regarde Benjamin et seules ses oreilles bougent. Je sais ce que Benjamin lui dit et je sais pourquoi Benjamin le lui dit à lui plutôt qu'à moi. Même quand on ne le veut pas, il y a quelque chose de censurant dans l'amour qu'on a pour l'autre. Tout dire n'est pas toujours ni défendable ni seulement possible. Dans les profondeurs, quelque chose se vit et ne regarde que soi.

Benjamin n'a pas arrêté ni d'étudier ni de travailler depuis l'automne dernier. Dans les nombreux dictionnaires et lexiques sur les langues amérindiennes, il a apprivoisé les images fondatrices de sa nation — ces jetées de consonnes soudées les unes aux autres, qui donnent les couleurs du tonnerre, celles des volées d'oies sauvages ou des hurlements nocturnes des loups, ces jetées de voyelles se tenant ensemble par leurs empattements, chantantes voyelles, longues comme l'est le foin de mer deux semaines après la fonte des neiges. Dans le journal écrit par sa grand-mère, Benjamin a appris qu'elle l'avait baptisé Né-en-faisant-des-Nœuds parce qu'à sa naissance s'était noué autour de ses doigts de pieds le cordon ombilical. La grand-mère de Benjamin a composé ce vœu que Benjamin a traduit du malécite et copié sur une grande feuille blanche qu'il a encadrée et clouée près de la fenêtre. Le vœu dit :

> *Quand il vint au monde*
> *Le cordon ombilical*
> *Entourait ses doigts de pieds.*
> *Ça ne nous dérangeait pas*
> *Qu'il fasse des nœuds aussi jeune.*
> *On le détacha.*
>
> *Plus tard on lui raconterait*
> *L'histoire de sa naissance.*
> *Il se remettrait à faire des nœuds,*
> *Il attacherait les objets*
> *Près de sa maison,*

Serré, comme si tout risquait
D'être emporté par le flot
D'une fougueuse rivière.

Cette rivière venait d'un rêve
Qu'il avait fait.

La nuit, les choses de la maison
Étaient toutes attachées.
Chemises, autres vêtements aussi,
Et une très vieille bouilloire.
Tous ces objets
Étaient attachés à ses pieds
Pour qu'ils ne soient pas emportés
Par le flot de la rivière
Dont il avait rêvé.
On pouvait entrer chez lui
Et voir tout ça.

Je n'ai pas eu besoin que Benjamin m'explique pour trouver le sens du vœu écrit par sa grand-mère. Tout l'hiver, Benjamin a besogné afin de rattacher l'une à l'autre ces choses épaillées de la maison malécite. Dans les livres qu'il a lus, il a retrouvé l'esprit de son peuple, tressé en paniers pour que la mémoire, même endormie, ne s'en échappe pas. Il a aussi rendu vivante la Maison de Cacouna. Des artisans sont venus de Montréal, de Pointe-Lévy, de la république du Madawaska et de la vallée de la Matapédia afin que renaisse l'idée des raquettes, celle des mocassins, celle des wampuns, celle des chichigouanes, celle des broderies et celle des vêtements taillés dans les peaux tannées des bêtes. Sur la réserve de Whitworth, les chemins font désormais comme une main étoilée dont chacun des doigts mène à l'amas des bâtiments qui en occupent le centre. Une semaine sur deux, Benjamin s'y retrouve. Il a déjà radoubé les deux petites granges, la bergerie, le poulailler et la soue, ce qui a été une lourde besogne, la plupart des bâtiments de la réserve de Whitworth ayant été construits avec de vieilles boîtes de camions mises les unes à côté des autres. Benjamin en a démoli plusieurs et récupéré tout le bois qu'il a pu afin de faire de jolis toits pour les cabanes qu'il voulait conserver. Moi, je me suis occupée des portes et des fenêtres, j'ai sculpté dans les cadres et les boiseries l'histoire de Plusieurs-Paroles, qui raconte la vie d'un poisson portant le crâne d'un oiseau-chat à l'intérieur de lui, celle de Qui-vécut-tout-seul, sans doute l'oncle de Benjamin pour qui le pays dévasté de Whitworth était l'unique à pouvoir être habité malgré sa grande pauvreté. J'ai inscrit dans l'érable et le merisier le vœu de la perche courbée, si important dans le conte de *Qui-vécut-tout-seul* :

> *Il y avait des nuits si noires*
> *Qu'on se demandait*
> *Si Qui-vécut-tout-seul mangeait bien.*
> *C'est alors qu'on allait*
> *Vers l'endroit où il vivait.*
>
> *On marchait dans l'encre*
> *Pour aller voir la perche courbée.*
> *C'était une perche*
> *Qu'avait planté dans la terre*
> *Qui-vécut-tout-seul.*

Cela venait qu'il pêchait
Avec de longues perches plantées
Et il y en avait une
Plantée dans la terre près de sa cabane.
Après chaque jour de pêche,
Il pliait cette perche
Pour nous faire savoir
Qu'il avait été chanceux:
Quand la perche était pliée
Jusqu'au sol, retenue par ses cordes,
On savait qu'il prenait du poisson.
Quand la perche était tout droite,
On laissait du poisson
Pour lui.

J'ai sculpté aussi plein de golurures à têtes de porc-épic sur les poteaux des galeries qui ceinturent le bâtiment principal de Whitworth. J'en ai fait un certain nombre à la boutique de forge avec des débris de fer et, pour les autres, je me suis servi des petites souches déracinées qui peuplent la bordure du lac Sauvage. D'ici quelques semaines, Benjamin en aura terminé avec les radoubs de la réserve de Whitworth et il pourra y habiter, au milieu des chevreuils, des orignaux, des bisons, des marcassins, des oies et des canards qu'il compte faire acheter par la Maison de Cacouna. Les jeunes y seront accueillis tous les week-ends, ils apprendront à connaître la forêt, à soigner les bêtes et à tirer de l'arc comme cela se faisait autrefois en pays malécite. Ils y apprendront aussi la beauté des chants et celle des vœux, que Benjamin collige dans de grands cahiers de sa belle main d'écriture.

Je regarde encore par la fenêtre. Devant le shaque, Benjamin joue avec le grand chien-loup. Il lui donne son avant-bras à mordre, puis le tend dans l'espace. Le grand chien-loup s'y retrouve comme suspendu par les mâchoires. Il n'aurait qu'à les fermer comme il faut pour que les os de l'avant-bras de Benjamin cèdent, mais il n'y aurait plus de plaisir et le grand chien-loup en a besoin pour montrer à Benjamin toute l'affection qu'il a pour lui. Quand le jeu est terminé, Benjamin se laisse tomber dans la neige mouillée et fait plein de caticheries au grand chien-loup. Ça a quelque chose d'apaisant parce que simplement ludique, et j'en profite. Rue Notre-Dame, la soirée et la nuit dernières ont été plutôt catastrophiques. Même si je me suis réfugiée dans ma chambre, pourtant au bout du couloir à l'étage, j'entendais pareil Pa japper après la Lune. À cause du vent, la maison craquait jusque sous les combles. On aurait dit qu'elle ne tenait plus sur ses fondations, emportée dans les eaux gelées du fleuve vers l'île d'Anticosti et les bancs de morues de Terre-Neuve. Charles luttait du mieux qu'il pouvait pour que cesse la dérive, mais Pa n'était plus qu'un gros nerf impossible à calmer. Quand je suis descendue de ma chambre avec le petit matin, il était assis à la table de la cuisine et buvait du whisky en tapant du poing sur la bouilloire oubliée là par Mam. Comme un coup de vent, je suis passée près de lui et suis sortie sans répondre aux bêtises qu'il éructait et que j'entendais encore, une fois la porte refermée sur moi.

Benjamin a laissé dehors le grand chien-loup. Entré dans le shaque, il enlève son mackinah et le suspend au crochet qu'il y a à côté de la porte. Ça sent la gomme de sapin et c'est doux-amer comme quand on s'embrasse après une nuit de sommeil. Benjamin va vers la truie, y met un rondin, se verse du café dans une tasse de fer-blanc, en boit une gorgée avant de venir s'asseoir en face de moi. J'ai apprécié la lenteur de ses gestes et le silence dont ils étaient pleins. Il avale une autre lampée de café, puis dit :

— Avoir su que t'arriverais si tôt, je ne me serais pas rendu jusqu'aux ravages et je n'aurais pas cheminé aussi lentement. Je n'aurais pas joué non plus avec le grand chien-loup. La neige est lourde partout, même dans tes yeux. Raconte-moi pourquoi ce n'est pas autrement par-devers toi.

Je ne sais pas par quel bout commencer tellement la journée d'hier fut pleine de mauvais présages, de malentendus, de gros mots et d'énervement, comme dans la musique de Beethoven quand il est devenu complètement sourd et que son neveu s'est rebellé contre lui, si écrasé par la domination de son oncle qu'il voulut mettre fin à ses jours en se tirant une balle dans la tête. Je dis :

— Pa a engagé un détective qui doit espionner Marie-Victor chez lui. Il était à la maison quand j'y suis allée hier et je n'ai pas aimé ce que j'ai vu de lui. Son corps est comme chargé d'hypocrisie.

Pour que Benjamin comprenne, je lui explique que Magloire Saint-Jean a d'abord travaillé comme enquêteur pour la police de Québec avant de s'associer avec un marchand de bois de Beauport, fournisseur de bouleau jaune à des entreprises spécialisées dans la confection de fuseaux, de cannettes et de cure-dents. Le bouleau jaune poussant surtout dans la vallée de la Matapédia et en Gaspésie, Saint-Jean y a donc déménagé ses pénates, écumant l'arrière-pays d'une richesse naturelle que l'invention du plastique devait finalement remplacer. Saint-Jean a donc pris sa retraite à Amqui où il est revenu à son premier métier, celui de détective.

— Dans un coin perdu comme Amqui, ça ne devait pas lui donner beaucoup d'ouvrage!

— Ne crois pas ça. On divorce là autant qu'ailleurs et les chicanes entre clans sont aussi pénibles que les nôtres. Comme il y a toujours un fin finaud qui cherche à en profiter, ce ne sont pas les escrocs qui manquent. Magloire Saint-Jean en serait un que je ne serais pas étonnée pantoute.

— Il se passe quoi de si alarmant au Bic pour qu'un détective s'en mêle?

Je raconte à Benjamin que Marie-Victor a transformé sa maison en gîte du passant, qu'il a liquidé toutes ses anticailleries, abandonné les Témoins de Jéhovah et fait un oratoire d'une ancienne porcherie.

— C'est plein là-dedans de statues de saints et d'anges. De l'encens et des lampions y brûlent jour et nuit. Avec un Marie-Victor portant une longue robe orange et faisant la lecture de textes soi-disant apocalyptiques, ça n'a rien pour rassurer personne. Souviens-toi de la secte de Moïse Thériault sur le mont Éternel en Gaspésie. C'était sensé n'être qu'une commune comme tant d'autres, peuplée de gens voulant se vouer à la réflexion alors qu'en réalité, on avait affaire à un illuminé et à un escroc. Des enfants en sont morts et des femmes en sont sorties affreusement mutilées. Fragile comme elle l'est, Victorienne ne s'en remettrait jamais si Marie-Victor devait se servir d'elle pour une cause inavouable.

— Ton père a donc eu raison d'agir comme il l'a fait. Ce que je ne comprends pas, c'est pourquoi ça posait problème chez vous hier.

— C'est Manu Morency qui a suggéré l'embauche de Magloire Saint-Jean, en passant par Philippe pour que son message se rende jusqu'à Pa. Manu n'agit jamais sans arrière-pensée. Quand Léonie a acheté les terres à bois de Marie-Victor, qui peut nous assurer que Manu n'y a pas été pour quelque chose aussi ? Pa a peut-être raison de crier à la conspiration par-devers Léonie. Son idée de se marier avec Charles et de l'emmener vivre à Saint-Jean-de-Dieu, comment voudrais-tu que Pa ne la voie pas comme l'injure suprême ?

Benjamin paraît étonné du discours que je lui tiens. Pour tout dire, je le suis moi-même aussi puisque, hier soir, je me suis fait aller l'alouette bien autrement par-devers Pa en prenant le parti de Charles et de Léonie. Je lui ai dit : « Si tu t'entêtes à faire perdurer une chicane de clochers dont plus personne ne veut maintenant, prends note tusuite que tu en seras quitte pour ta peine parce que moi aussi je vais me marier avec Benjamin, et ça ne sera pas dans la semaine des quatre jeudis, crois-moi ! » Pa en est presquement tombé de son fauteuil. C'était si inattendu, même pour moi, qu'on aurait pu entendre une mouche voler dans la cuisine ou une souris grigno-ter un grain de blé dans l'entre-plancher du grenier. Quand Pa a retrouvé l'usage de son mâche-patates, ce fut pour m'abîmer de bêtises, même sur la galerie où il est sorti après que j'eus fait claquer la porte derrière moi.

— T'étais sérieuse pour ton mariage avec moi ? demande Benjamin.

Je voudrais bien lui dire qu'il n'en est rien, que mes mots, ainsi que s'en excusent si souvent les politiciens, sont allés bien au-delà de ma pensée, mais ça serait mentir à Benjamin tout autant qu'à moi-même. Avant que ne viennent me visiter les odeurs de Benjamin, je ne savais pas quel plaisir c'est que celui de se réconcilier avec son corps, je ne savais pas jusqu'à quel point il était habité par la beauté. Je me réfugiais dans la seule idée de puissance qu'il me donnait et donnait aux autres — cette force dans les muscles, les nerfs et le sang, je n'étais encore qu'une enfant quand elle a pris possession même de mes rêves, par ce petit livre d'images sur Louis Cyr, mis dans le bas de Noël suspendu au pied de mon lit. Comme une épiphanie ça a été : on pouvait être gros et n'en pas souffrir si on savait se montrer aux autres tel qu'ils voulaient qu'on soit, comme Louis Cyr enfant dont on oubliait l'obésité aussitôt qu'il mettait un veau sur ses épaules et traversait en courant l'arrière-pays de Saint-Rémi de Napierville. Ainsi devenait-il ce héros malgré lui, et devait-il l'assumer dans la représentation plutôt que dans la réalité, ce qui en fit un homme fort sans doute, mais aussi ce montreur de tours et cet exhibitionniste qui rendit célèbre le cirque de Barnum & Bailey. Bien que déjà malade, Louis Cyr ne cessait pas de s'empiffrer puisque la légende l'avait aussi établi comme le plus gros mangeur du monde. Il devait donc se tenir à la hauteur de sa réputation, là où ses rêves les plus profonds n'avaient pas droit de cité, probablement parce qu'ils étaient maigres et végétariens dans un monde gorgé de graisse et de suif.

J'étais ainsi avant que Benjamin n'arrive dans ma vie, grosse et faisant semblant d'en être contente, grosse et acceptant toujours de le manifester pour ne pas avoir à faire voir la fragilité sous l'épaisse carcasse. Mon amour de Benjamin m'a délivré du corps honteux que je m'étais donné. Mes muscles, mes nerfs et mon sang se sont purifiés, les traits de mon visage se sont remodelés : quand je ris maintenant, c'est pour vrai et non pas comme avant pour cacher parfois les tristes sentiments dont j'étais pleine, comme femme enceinte mais l'ignorant encore ou ne voulant pas que ça se sache. Cette transformation de mes humeurs, Paul Éluard l'a bien décrite dans un tout petit poème que j'ai lu hier soir en tournant en rond dans la boutique de forge de la rue Vézina :

> *Tous devaient l'un à l'autre*
> *Une nudité tendre*
> *De ciel et d'eau*
> *D'air et de sable*
> *Tous oubliaient leur apparence*
> *Car ils s'étaient promis*
> *De ne rien voir qu'eux-mêmes.*

Je ne veux toutefois pas imposer à Benjamin mon amour de lui et je ne veux pas non plus qu'il m'impose le sien. Sans liberté, rien ne résiste à ce qu'il y a de safre dans le monde, tout s'y use et s'y maluse. L'idéal serait que rien ne change de ce qui s'est établi par la force des choses entre Benjamin et moi. Nous avons chacun notre territoire. Quand je suis dans le mien à la boutique de forge, l'univers est chargé de métaux, de débris de cuir, de feuillards et d'échoueries. Pour hideux qu'ils puissent paraître parfois, mes golems constituent la nouvelle famille que je me suis donnée, ils peuplent l'espace qu'il y a entre ce qui est réel et ce qui ne l'est plus, comme dans les bandes de mœbius qui font du territoire une boucle exclusive bien qu'indéfinissable. Quand Benjamin s'y promène, il est en quelque sorte un golem lui-même, que je peux remodeler selon mes désirs. C'est pareil pour moi dès que m'avalent le lac Sauvage et la réserve de Whitworth : ce que je suis prend les formes que dessine Benjamin, je peux y être un torrent ou la profondeur d'un remous, le corps souple d'une biche ou la mase formidable d'une ourse noire. C'est selon l'appétit que Benjamin a, selon ses besoins et selon ses fantasmes. Si nous étions toujours ensemble, peut-être nos territoires respectifs finiraient-ils par se confondre comme ça arrive avec les gens qui sont mariés depuis longtemps, qui n'appartiennent plus à eux-mêmes et pas davantage à l'autre, comme en dérive dans leur corps, et seuls comme ils ne l'ont jamais été depuis leur naissance.

Benjamin m'a écouté sans m'interrompre, la main posée sur le journal de sa grand-mère, les yeux fixés sur la fenêtre. On entend les cris des oies sauvages qui passent dans le ciel et le vent qui fait ployer les branches des grosses épinettes noires. Je me sens un peu honteuse d'avoir autant parlé et de ne pas l'avoir fait plus clairement. Les mots ne sont pas comme les métaux dont je me sers à la boutique de forge, ils ne sont pas malléables de la même façon que le fer qu'il suffit de chauffer pour lui donner la forme de son imagination, de sorte que ça reste toujours dans l'en-deçà de la pensée ou très loin d'elle. Quand je viens pour m'en expliquer par-devers Benjamin, il détourne la tête, enlève sa main du journal de sa grand-mère, et dit au même moment qu'il se lève :

— J'ai besoin d'un peu de temps pour penser à tout ce que tu viens de me dire. Je vais aller m'asseoir au bout du quai, face au printemps. Quand ça sera réchauffé pour la peine, je pourrai sans doute faire réponse.

Il m'embrasse dans les cheveux, puis passe le seuil de la porte du shaque, aussitôt accueilli par les jappements joyeux du grand chien-loup. Je regrette de m'être épanchée, je n'en ai maintenant que déconfort, comme quand on arrive de nuit sur une terre qu'on ne connaît pas : mettre un pied devant l'autre, c'est risquer de défaire sans le savoir l'ordonnement naturel du monde ou de tomber sur les dents acérées d'un piège à ours ; mais quoi qu'on fasse, le paysage mal foulé par soi ne sera plus jamais le même. Comme la brume quand elle s'établit au-dessus du lac Sauvage, l'inquiétude formera partout de petits bancs gorgés de malentendus — on s'y retrouvera précaires et menacés, et le plaisir d'être heureux se détricotera comme une couverte sauvage mal maillée.

La tasse de fer-blanc à la main, je me suis levée pour me rendre jusqu'à la truie. Dans le vieux thépot, c'est devenu tiède et épais comme du sirop, les grains de café pareils à des mottes de terre noire sur les parois du vaisseau. Je mets le thépot sur la canisse renversée qui sert de réchaud, y dépose à côté la tasse de fer-blanc, puis m'en retourne vers la table. De biais, le soleil frappe la fenêtre. Les vieux carreaux la décomposent en autant de prismes qui couleurent chaudement les grains de poussière. On dirait un feu de forge renversé dans les airs et tombant par jets lumineux. J'appuie mon front contre le plus grand des carreaux et regarde dehors. Au bout du quai, Benjamin s'est assis sur le bloc de glace que j'ai sculpté en forme de chaise, le grand chien-loup courant sur le lac plein de fissures. De l'eau commence à en sortir, bleuissant la neige que les grands vents de février ont tassée autour de la petite île qu'il y a en plein milieu du lac. Ça me donne le goût de sortir et de faire comme le grand chien-loup qui gingue au-dessus des fissures. J'ouvre la porte, prête à me jeter dehors comme une tauraille qu'on a tenue enfermée tout l'hiver, mais je me barre aussitôt les pieds parce que je me rends compte que Sammèque est maintenant aux côtés de Benjamin. Je fais deux pas par derrière et referme la porte.

Si je sais que Sammèque travaille à la Maison de Cacouna, j'ignorais que Benjamin lui donnait accès au lac Sauvage, et rien que d'y penser, j'en ressens un pincement au cœur. Sammèque est une spécialiste des langues amérindiennes, elle parle le cree, l'ojibway, le mohawk, l'abénaquis et, bien sûr, le malécite qui est la langue de ses ancêtres. Avant que les terres de sa famille ne soient vendues aux enchères, les Talonshauts habitaient la pointe de Cacouna, vivaient de la chasse au marsouin et de la pêche à l'anguille. Chassés de leur territoire, ils allèrent rejoindre les guerriers de la nation métisse qui, dans les plaines de la Saskatchewan, rêvaient de créer un pays dont ils seraient les seuls maîtres. Ils combattirent à Batoche, aux côtés de Louis Riel et de Gabriel Dumont, et furent écrasés par les mercenaires de l'Empire britannique. Après, la misère noire s'abattit sur les débris d'une société dont les riches Écossais du pays ne voulaient pas, les profits qu'ils attendaient du chemin de fer transcanadien comptant autrement plus que quelques milliers d'aborigènes réfractaires à leur langue, à leur religion et à leur culture. Les Talonshauts abandonnèrent Regina et Edmonton, montèrent vers le nord, au-delà du Grand lac des Esclaves, dans la région de Yellowknife. Ils y devinrent n'importe quoi jusqu'au réveil récent des Premières Nations. Quand le gouvernement du Québec reconnut les Malécites comme la douzième des grandes tribus amérindiennes, les Talonshauts se souvinrent de leurs origines et décidèrent de revenir habiter le pays ancestral. Charpentier, le père de Sammèque a bâti la Maison de Cacouna; elle-même, elle est allée vivre chez les Malécites de la république du Madawaska afin de ré-apprendre une langue qu'on ne parlait plus depuis un siècle dans le Bas-Saint-Laurent. Sammèque fait maintenant la classe à Cacouna. C'est une fille prodigieusement belle, comme l'est son père d'ailleurs, pommettes des joues saillantes, yeux noirs bridés, longue chevelure si foncée qu'elle en paraît bleutée de nuit, et ces lèvres aussi, si invitantes que même moi j'aurais le goût de mordre dedans.

Ça se devine tusuite que Sammèque n'est pas indifférente au charme de Benjamin. Ça se devine tusuite aussi que Benjamin ne se force pas pour apprécier la présence de Sammèque auprès de lui. Quand les deux sont ensemble, le monde n'est plus tout à fait pareil, il perd de son épaisseur, il se réchauffe, il devient aussi gracieux que ces chevreuils qui s'esbaudissent aux confins du lac Sauvage. Si léger semble alors le poids des choses, comme une coulée de lumière traversant magiquement l'espace pour le rendre aussi doux qu'une main amoureuse vous effleurant la peau.

Je regarde Benjamin et Sammèque s'éloigner sur les glaces fissurées du lac Sauvage. Le grand chien-loup gingue autour d'eux, se roule dans la neige mouillée ou devient cette flèche s'enfonçant tout droit vers la petite île qu'il y a au milieu du lac. Benjamin me manque déjà. Le désir que j'ai tout le temps de lui m'entre avec lancinement dans le corps, comme si une infinité de petites aiguilles forçaient ma peau en même temps, y faisant autant de blessures. Pour y échapper, je pense à la colère dont Pa était plein hier soir, je pense aux amours de Charles et de Léonie, je pense à l'enfant qu'elle porte, je pense à Victorienne et à Marie-Victor revêtus de longues robes et priant devant des anges de plâtre dans cette soue transformée en oratoire, et jamais le monde ne m'a paru aussi peu fait pour le plaisir et la joie. Sommes-nous les seuls sur les quatre continents à faire semblant de ne pas voir que la vie passe vite et qu'elle est précieuse justement parce qu'elle est fulgurante ?

Je ne vois plus Benjamin et Sammèque, disparus comme le grand chien-loup au-delà des écores du lac Sauvage. Je baisse les yeux. Le soleil dore les dictionnaires et les lexiques amérindiens empilés sur la table, et dore aussi le journal de la grand-mère de Benjamin. C'est plein dedans de petits papiers collés maintenant que Sammèque aide Benjamin à traduire les passages écrits en langue malécite. J'ouvre le journal au hasard, et je lis :

Cette fille connaissait bien
Les bruits du lac Sauvage
La queue du castor qui claque
Et le bruit des arbres
Qui tombent dans l'eau
À cause des castors.

On pouvait trouver ses empreintes de pieds
Qui descendaient jusqu'au lac Sauvage
Et parfois la voir écouter dedans
À travers un roseau.
Elle doit avoir entendu
D'autres bruits comme ça
Mais je ne lui ai pas demandé.

Une fois, je l'ai vue claquer l'eau
Avec sa main et rire.
Après j'ai cherché dans ses dents
Des copeaux d'écorce.
Alors, on a ri tous les deux.

Je ne crois pas qu'elle ait
Jamais rongé d'arbres, pourtant.
Pas encore, mais demain?
Est-ce que ça sera aussi certain
Demain?

5

Bouscotte

HABILLÉ EN COSMONAUTE, je monte dans la navette spatiale, je prends place devant l'énorme tableau de bord, je vérifie toutes les données du vol en actionnant les touches de l'ordinateur qu'il y a devant moi. C'est plein de lumières qui s'allument et s'éteignent tandis que de Houston me parvient le signal de la mise à feu des moteurs des trois fusées qui vont permettre à la navette spatiale d'échapper à l'attraction terrestre pour filer tout droit vers la Lune. Quand ça s'ébranle, c'est pareil à une secousse sismique dans l'habitacle, on dirait que mon corps va passer au travers du fauteuil dans lequel je suis presque couché. Les muscles de mon visage sont tirés vers le bas, je n'arrive plus à bouger les doigts de mes pieds, c'est comme si je pesais brusquement des centaines de livres. La Terre ne voudrait pas que je sorte de son champ de gravité et elle pèse fort sur tous mes membres pour me le faire savoir. Mon cœur bat à se rompre dans ma poitrine, les neurones et les synapses de mon cerveau s'affolent, je ne sais plus où je me trouve vraiment, je voudrais fuir, je voudrais revenir sur le Plateau Mont-Royal, je voudrais retrouver la rue Henri-Julien et l'appartement que j'y habite avec Fanny même si c'est l'enfer ce qui se vit là désormais. J'essaie d'ouvrir la bouche, mais mes mâchoires sont comme soudées l'une à l'autre. J'ai envie de vomir. Je ferme les yeux, terrorisé par mon impuissance. Je suis en train de mourir, peut-être même le suis-je déjà, mon corps déchiqueté par la terrible pression que l'attraction terrestre exerce sur lui. Les étoiles, les étoiles! Je veux voir les étoiles avant de n'être plus qu'une poignée de cellules dispersées dans l'espace!

Je rouvre les yeux, étonné de me rendre compte que les muscles de mon visage ont repris leur place, que je peux bouger aussi bien les doigts de mes pieds que les doigts de mes mains, que mon cœur a retrouvé son rythme grâce à mes neurones et à mes synapses qui se sont calmés. J'en éprouve cette euphorie qui me chatouille la peau comme si des milliers de brins d'herbe l'effleuraient en même temps. On dirait que mon corps ne pèse plus rien. C'est qu'il a vaincu l'attraction terrestre et qu'il se retrouve désormais en état d'apesanteur, à des milliers de kilomètres déjà de Cap Kennedy. La navette spatiale tournera bientôt autour de la Lune et je pourrai sortir de l'habitacle pour me promener dans l'espace ou réparer l'une des antennes brisées du satellite que j'arraisonnerai à la navette spatiale grâce au bras bionique qui se dépliera dans l'espace comme les mandibules d'une énorme mante religieuse. Même si je ne travaillerai qu'une demi-heure hors de l'habitacle, je serai absolument épuisé quand j'y reviendrai, si moulu dans ma bougrine que de seulement répondre aux voix me parvenant de Houston, ça sera un exploit digne de figurer dans le *Livre des records Guiness*.

Bien que tout ceci n'ait lieu qu'au cosmodome de Laval, dans des appareils de simulation qu'on a adaptés parce que la plupart de ceux qui s'en servent n'auraient pas la compétence de les faire fonctionner s'ils étaient aussi performants que ceux de Cap Kennedy, je profite quand même de l'expérience. J'ai travaillé fort sur le vidéo qu'il fallait présenter au concours organisé par le Cosmodome sur le thème «*Pourquoi je veux devenir cosmonaute ?*» Tous les élèves de la région de Montréal pouvaient y participer, mais peu l'ont fait. La découverte du cosmos n'intéresse pas grand-monde parce qu'elle exige de soi une grande curiosité et une liberté de pensée qui rendent extrêmement fragile tout ce qu'on a la prétention de connaître. On préfère donc s'accrocher aux évidences qui nous viennent du passé plutôt que de se sentir menacé par ce que le monde d'aujourd'hui apporte de neuf et de compromettant. Dans le commentaire qui accompagnait les images que j'ai filmées, j'ai dit que l'homme n'avait pas le choix de partir à la conquête des étoiles puisqu'il faut envisager dès maintenant le jour où il nous faudra quitter la Terre. Elle sera alors surpeuplée comme c'est déjà le cas dans beaucoup de pays, des régions entières seront devenues des déserts, il n'y aura plus d'eau ni de verdure, la couche d'ozone ceinturant la Terre aura disparu complètement, réchauffant la planète, faisant fondre les glaciers, tuant le bétail et faisant venir plein de maladies qu'on ne saura plus comment guérir. Ce sera pire que dans le plus absurde des films d'horreur puisque la richesse n'appartiendra qu'à quelques-uns et que le reste de l'humanité sera si pauvre qu'il en redeviendra barbare et cannibale comme c'était quand l'homme a pris sur Terre la place des dinosaures.

J'ai dit aussi dans mon commentaire qu'il était trop tard pour que la vie sur Terre redevienne un jardin d'Éden. Il aurait d'abord fallu interdire toutes les religions parce qu'elles contribuent à la dislocation du monde et non à son progrès : si les Africains font autant d'enfants malgré la grande pauvreté dans laquelle ils vivent, c'est que l'Église catholique interdit la limitation des naissances ; si les peuples du Moyen-Orient n'arrêtent pas de se reproduire, c'est que leur religion les y oblige. Les rats sont plus conséquents avec eux-mêmes : quand ils prolifèrent trop, ils se mangent entre eux pour que leur race puisse subsister. S'ils étaient religieux, les rats n'arrêteraient pas de se multiplier ; même les plus malades d'entre eux donneraient la vie à plein de petits rats tarés et malformés. Si les choses se passaient ainsi pour eux, on les trouverait rien de moins que démentiels de choisir ainsi la disparition plutôt que la vie. Pourtant, c'est l'enseignement que prêchent les religions, peu leur importe qu'en agissant ainsi on aille contre toutes les lois qui régissent la nature. Est-ce qu'on accorderait toute cette importance aux hôpitaux si l'homme n'était pas déjà aussi dénaturé ? Quand les budgets qu'on alloue à la maladie sont supérieurs à ceux qu'on attribue à l'éducation, n'est-ce pas admettre que, contrairement aux rats, nous sommes peu doués même pour la simple survie ?

D'où l'importance de la conquête de l'espace, ai-je ajouté en guise de conclusion à mon commentaire. Quand les religions auront transformé la planète en un cimetière si désastreux que même le jour du Jugement dernier en deviendra inutile, le seul espoir de l'humanité sera d'essaimer dans les étoiles, loin de la Bible et du Coran, loin de tous ces dieux dépassés et porteurs de proliférations et de maladies. Vouloir devenir cosmonaute, c'est d'abord comprendre au moins ça, et c'est aussi avoir conscience que la peur n'est jamais devant, mais dans le passé, là où c'était plein de promesses sans doute, mais non tenues parce que les superstitions s'en sont emparé pour les transformer en cauchemars. Loin dans l'inconnu, les idées et les croyances deviennent de la physique régie par la loi de la relativité générale, sinon de la mécanique quantique. Même l'intelligence, que nous nous croyons être les seuls à posséder dans tout l'Univers, est tributaire, non du sentiment, mais d'un théorème mathématique dont l'équation couvre toute l'étendue du cosmos.

J'ai bien failli ne pas remporter le concours parce que les membres du jury croyaient que j'avais plagié le texte de quelqu'un d'autre. Comme si on ne pouvait pas penser tant qu'on n'a pas de poils au menton ! Comme si on ne pouvait pas lire autre chose que les aventures débiles de Harry Potter ! Et celles encore plus idiotes, de tous ces prétendus héros pour la jeunesse ! Pour que les membres du jury le sachent, j'ai demandé à les voir. Je ne leur ai pas donné le temps de placer un mot, sortant de la caisse que j'avais apportée tous les ouvrages que j'ai lus sur l'espace, *Gödel, Escher et Bach* de Douglas Hofstadter, *Le commencement du temps et la fin de la physique* de Stephen Hawking, *Des quarks aux galaxies* de Paul Couteau et *Le grand débat de la théorie quantique* de Franco Selleri, tous annotés de ma main gauche, avec plein de papiers collés dedans, qui rendaient compte des questions que je me pose et des réponses

que j'ai trouvées après les avoir parfois cherchées longtemps sur Internet. Quand un membre du jury m'a dit
que je n'étais encore qu'un enfant et que les sujets que
j'étudiais étaient trop vastes pour moi, je lui ai rétorqué
que la Bible était autrement plus tarabiscotée parce que
pleine de propositions invérifiables, ce qui n'empêchait
pas les Juifs de se mettre le nez dedans aussitôt qu'ils ont
appris à lire. J'ai ajouté aussi que ce n'est pas ma faute
si les pédagogues du gouvernement ne savent pas encore que le temps s'est accéléré au rythme de l'expansion du cosmos, ce qui rend dépassé le vieux monde
qu'ils cherchent à faire perdurer tout simplement parce
qu'ils ont peur de ce qu'ils trouveraient s'ils se mettaient à chercher pour vrai.

Si je me suis défendu avec autant d'énergie, ce n'est
pas tellement parce que je tenais à participer à ce camp
spatial du Cosmodome de Laval, mais pour y rencontrer Julie Payette. Elle s'entraîne depuis des années afin
de devenir la première cosmonaute québécoise à échapper à l'attraction terrestre. Avant elle, seul Marc Garneau
a pu voir ce qu'est vraiment la Terre quand on l'observe
à des centaines de kilomètres dans l'espace. Si les médias paraissent s'intéresser à eux, ce n'est pas tellement
pour l'exploit qu'ils ont accompli, mais pour savoir ce
qu'ils mangent, à quoi ils occupent leurs loisirs, s'ils sont
amoureux et s'ils aimeraient être les premiers à devenir
les parents d'un enfant né dans le cosmos. On pose les
mêmes questions aux vedettes de la télévision et du cinéma, et personne ne s'intéresse vraiment aux réponses
qu'elles donnent puisqu'elles sont dénuées de toute importance. Du moment que les images sont belles et
qu'elles se succèdent rapidement entre deux annonces

publicitaires, tout le monde bave de contentement comme dans l'histoire du chien de Pavlov.

Descendu de la navette spatiale et dégreyé de mon costume de cosmonaute, je me rends à cette petite salle dont le plafond et les murs reproduisent la carte du monde interstellaire — la chevelure de Bérénice, le Grand Nuage de Magellan, la galaxie de la Baleine et celle d'Andromède, l'Hydremâle et le territoire de Petit Chien, le Canopus et l'Épi de la Vierge, rien d'autre que de minuscules points scintillants dans l'espace, et à peine dix pour cent de la matière qui nous est accessible. Tout le reste, on l'appelle de l'antimatière, non pas parce que ça n'a pas de réalité, mais parce qu'elle évolue dans un noir si profond qu'on ne peut pas savoir par quoi elle est constituée. C'est dans cet espace que se meuvent les trous noirs. En fait, il ne s'agit aucunement de trous noirs, pas plus que n'existent vraiment ces trous de vers que la courbure de l'espace rend possibles. Trous noirs et trous de vers sont des images, comme c'est le cas aussi pour l'antimatière. Les physiciens font souvent de la poésie comme Rimbaud s'y livrait et comme Nelligan y rêvait. Si les trous noirs existent vraiment, ils sont tout autres que ce que leur nom indique. En fait, ce sont des planètes dont la masse est si dense qu'elles happent toute la lumière se dirigeant vers elles. C'est comme une grande bouche qui ne ferait qu'avaler de l'énergie et qui ne la recracherait jamais, du moins pas de ce bord-ci des choses. Ça se passe de l'autre côté de l'Univers et c'est trop loin de nous pour qu'on puisse encore s'y rendre. Ça nous prendrait des vaisseaux spatiaux autrement plus rapides, donc autrement plus puissants, que ceux dont nous disposons. Pour aller sur Andromède, on aurait besoin d'une fusée si longue qu'elle occuperait tout l'espace qu'il y a entre la Terre et la Lune et il n'y aurait pas suffisamment de pétrole au Moyen-Orient, en Alberta, au Texas et au Mexique pour remplir même à moitié une fusée pareille. Plus tu t'éloignes de la Terre et plus tu vas vite, plus tu consommes de carburant. La dépense d'énergie est proportionnelle à la vitesse et à l'espace à parcourir. Ça explique pourquoi l'exploration spatiale n'en est encore qu'à ses premiers balbutiements. Avant de conquérir le cosmos, il faudra inventer de nouvelles formes d'énergie qu'on n'aura pas besoin de stocker dans de gigantesques magasins mobiles, toujours à remplir parce que ne se renouvelant pas d'elle-même. Il faudra apprendre aussi à voyager autrement que dans le monde linéaire qui est le nôtre, en trouvant dans l'espace les portes secrètes grâce auxquelles nous pourrons passer d'une dimension à une autre, comme par sauts de puce, de côté aussi bien que par en avant. Les raccourcis n'existent pas que sur la Terre. Il y en a plein aussi qui mènent d'une galaxie à une autre galaxie, et ça jusqu'aux confins de l'Univers. Si on peut déjà s'y rendre par la pensée, on finira bien par trouver comment le corps sera capable d'en faire autant. J'aimerais être le premier à filmer alors tout ce qui se laissera découvrir — ces amas de beautés aussi nombreuses que le sont les amas d'étoiles qui saupoudrent le cosmos.

Je suis toujours seul dans cette petite salle dont le plafond et les murs reproduisent la carte du monde interstellaire. Je me demande pourquoi ceux qui m'ont accompagné dans la navette spatiale et expérimenté avec moi ce que c'est que d'évoluer en apesanteur ne sont pas encore venus me rejoindre. Je me suis peut-être trompé de salle, je n'avais pas les yeux très grands ni les oreilles en portes de grange quand j'ai traversé le labyrinthe qui m'a mené jusqu'ici. J'étais très loin, quelque part sur une supercorde de la Voie lactée, à essayer de garder mon équilibre pour que la grande bouche de l'Univers ne m'avale pas. Si ça avait été le cas, je me serais retrouvé à mille et un milles dans un ventre dont je ne serais jamais ressorti — écrasé, pressé par le poids de la gravitation, réduit à la grosseur d'une tête d'épingle, et plus petit encore qu'elle, si minuscule en réalité que ça serait à peine perceptible sous le plus puissant des microscopes. Cette angoisse, tous les cosmonautes la vivent une fois qu'ils ne sont plus rattachés à la Terre. Leurs sens les trompent puisque les points cardinaux ne peuvent plus être une référence : où se trouve désormais le haut et où se trouve désormais le bas ? Que devient la droite et que devient aussi la gauche ? Impossible à déterminer quand le corps est devenu une crêpe dont on ne sait plus rien de la consistance. De seulement y penser, ça me fait un peu peur. C'est comme si tous mes membres se détachaient de mon corps en même temps, qu'ils devenaient autant d'astéroïdes s'éloignant les uns des autres à la vitesse de la lumière. Si je ne réagis pas avant qu'il ne soit trop tard, le Plateau Mont-Royal et la rue Henri-Julien ne seront plus bientôt que d'infimes grains de sable impossibles à repérer même par la grande lunette du télescope Hubble.

Je me lève donc et me mets à courir entre les deux rangées de sièges qui font un fer à cheval devant l'immense photo de ce clair de Terre prise de la Lune par le cosmonaute Aldrin quand, pour la première fois, l'homme a marché dans la poussière de la mer de toutes les Tranquillités. Mais je m'arrête bientôt tout net dans ma course : la porte de la petite salle s'est ouverte et Julie Payette entre, aussi belle dans son uniforme bleu de la NASA et du Centre spatial canadien que Fanny lorsqu'elle revenait de ses voyages à Hollywood, habillée de couleurs flamboyantes, sa longue chevelure noire faisant comme une ruisselante rivière sur ses épaules. Si les cheveux de Julie Payette sont moins foncés, ils sont longs aussi et frisés comme de la laine soyeuse de mouton. L'œil est noir et profond, pareil encore à celui de Fanny. Je fais deux pas par derrière, cherchant de la main le dossier d'un siège afin d'y prendre appui parce que le cœur me cogne aussi fort dans la poitrine que quand je me suis échappé de l'attraction terrestre dans l'habitacle de la navette spatiale. Je n'aurai toutefois pas le temps de rejoindre le dossier de ma main, Julie Payette posant la sienne dessus, le bout de ses doigts m'effleurant d'abord le poignet. Je me laisse tomber sur un siège et ferme les yeux. Je rêve sûrement. Je veux tellement voir Julie Payette depuis si longtemps que mon esprit est en train de rendre réel ce qui ne peut pas être autre chose qu'un rêve. Ce que j'entends ne peut pas être vrai non plus puisque les cosmonautes n'ont pas le temps de s'intéresser à ce qui rampe à la surface de la Terre. Pourtant, Julie Payette dit :

— J'ai reçu ton courrier, mais je n'ai pas eu le temps d'y répondre. J'ai lu aussi ce que tu as écrit sur le cosmos et pourquoi tu aimerais voyager plus tard dans l'espace. Ça m'a rappelé comment j'étais à ton âge, et j'ai pensé que ça serait bien si on pouvait s'en parler un peu. Qu'est-ce qui ne va pas avec tes parents ?

Je ne m'attendais pas à une pareille question et je ne sais pas quoi répondre. Rue Henri-Julien, c'est l'enfer depuis que Fanny vit de nouveau avec moi. Quand elle est venue me chercher aux Trois-Pistoles, ce n'était pourtant pas les bonnes intentions qui manquaient, autant de son bord que du mien. Moi, j'avais fait la paix avec la famille de Charles, j'avais appris à connaître ce qu'il peut y avoir de bon à vivre au bout du monde, là où il n'y a que des forêts, des rivières et des lacs, avec si peu d'habitants que ça ressemble à ce que la Terre devait être avant que l'homme n'y apparaisse — de l'énergie se multipliant sous forme d'arbres, de métaux et d'eaux glacées, comme sur ces planètes en train de se former dans les milliards de galaxies qu'engendre l'Univers. Après avoir couru la galipote aux quatre coins de l'Amérique, Fanny était contente de rentrer à Montréal pour jouer dans cette nouvelle pièce de Michel Tremblay et pour s'occuper enfin de moi. Dès les premières répétitions toutefois, tout s'est écroulé comme un château de cartes : le rôle joué par Fanny ne tenait pas debout tout seul, il ressemblait à tellement d'autres déjà inventés par Michel Tremblay que c'était impossible de mordre dedans, les mots n'ayant pas plus de consistance que le personnage n'avait d'épaisseur. Le metteur en scène n'y pouvait pas grand-chose et pas seulement parce que la pièce ne valait pas cher : il relevait d'une crise cardiaque et prenait tant de médicaments que la brume l'enveloppait de la tête aux pieds. Les indications scéniques qu'il donnait quand commençaient les répétitions, il ne s'en souvenait plus deux heures après. Rien ne restait jamais à la même place, pas plus les meubles que les personnages.

Les mots aussi ne cessaient pas de changer au point de dire parfois l'envers de ce qui avait d'abord été écrit. On aurait dû mettre fin aux répétitions et rembourser les abonnés du théâtre. Si l'auteur ne s'était pas appelé Michel Tremblay, c'est ce qu'on aurait fait. Mais quand avant même la première on est assuré de jouer à guichets fermés, pourquoi prendrait-on une telle décision ? On sait bien de toute façon que la critique se montrera condescendante. Elle aussi a besoin de héros pour paraître mieux que ce qu'elle est. À défaut de pouvoir s'en prendre à l'auteur, elle se fera féroce par-devers les comédiens, en tout cas ceux qui ne font pas vraiment partie du clan. Ça a été le cas pour Fanny. Malgré tous les efforts qu'elle a mis afin de rendre crédible son personnage, la critique lui est tombée dessus comme si elle avait été l'auteur de la pièce et son metteur en scène. À en croire les articles que les journalistes ont écrits aux lendemains de la première, elle seule n'avait pas le bon pas. Il n'y a que Francine Grimaldi qui a louangé Fanny, sans doute parce qu'elle a dormi pendant presque toute la représentation comme ça lui arrive deux fois sur trois quand elle se retrouve au théâtre.

J'ai essayé de faire comprendre à Fanny que les critiques n'osant pas s'en prendre à Michel Tremblay ou au metteur en scène, c'était normal qu'on se serve d'elle comme bouc émissaire. Ça n'a pas mis grand baume sur sa blessure, même pas pour le temps des Fêtes. J'ai dû aller acheter moi-même un sapin aux confins du Plateau Mont-Royal et le gréyer sans l'aide de Fanny en train de faire la tournée des grands ducs dans le Vieux-Montréal. Assis au pied du sapin de Noël, j'ai attendu Fanny tout l'après-midi. J'ai attendu aussi que Charles me téléphone des Trois-Pistoles pour me dire qu'il arriverait à temps pour la messe de Minuit et le réveillon qui la suivrait. Quand la noirceur s'est mise à tomber par grands paquets, il a bien fallu que j'aille acheter de la nourriture avant que ne ferment les boutiques alentour de la rue Henri-Julien. Il ne restait plus grand-chose de bon nulle part: des salades défraîchies, des viandes trop cuites, des petits pains durs comme des pierres et des pâtisseries dont la chaleur avait fait fondre le crémage. J'ai acheté une nappe rouge aussi et des napperons pleins de Père Noël. Lorsque je suis revenu à l'appartement, il neigeait sur un fond de chants religieux. J'ai vu les rois-mages sortir de chez Van Houtte et la Fée des étoiles entrer au Dunkin Donuts. Même si je ne crois à rien de ce que prétendent les religions, j'aime les fêtes qu'elles rendent possibles, j'aime les costumes flamboyants dont on s'abrille pour chanter et danser. Le soir de l'Hallo-ween, j'ai toujours couru les rues avec Charles, dans des déguisements qu'on fabriquait nous-mêmes. C'était pa-reil pour le Mardi-Gras, le nouvel An et Pâques. C'était plaisant d'être le bossu hideux de Notre-Dame, ou la bête à grande queue, ou le fantôme de l'Opéra, ou ce monstre cosmique tout gélatineux venu sur Terre pour faire peur à Dracula et à Frankenstein.

Lorsque j'ai ouvert la porte de l'appartement de la rue Henri-Julien, j'espérais que Charles y serait enfin, déguisé en berger et tenant un petit mouton dans ses bras. Il n'y avait que le clignotant du téléphone qui scin-tillait dans l'obscurité. J'ai laissé tomber mes sacs de victuailles sur le plancher et me suis rendu jusqu'au té-léphone afin d'entendre les messages qu'on avait laissés sur le répondeur. Il y en avait trois. Dans le premier,

Charles me disait de ne pas l'attendre parce qu'il était retenu malgré lui au bureau de poste de Saint-Paul-de-la-Croix dont l'occupation a pris fin. Charles me considère comme un innocent: pourquoi devrait-il rester la veille de Noël dans un bureau de poste quand il n'y a plus de problème? Pourquoi me cacher que ce sont ses amours avec Léonie qui le forcent à renier la parole donnée? Dans le deuxième message, Fanny m'apprenait qu'elle s'était accroché les pieds quelque part, mais qu'elle ne tarderait pas à rentrer. Elle me promettait une fête comme je n'en avais encore jamais vécue. Sa voix était si pâteuse et si traînante que ce n'était pas nécessaire d'avoir la tête à Papineau pour comprendre que Fanny était déjà saoule et à mille milles de ce qui pouvait se passer rue Henri-Julien. Quant au troisième message, il venait de Manu Morency de passage à Montréal et désireux de rencontrer Fanny. Comme les deux premiers, je l'ai effacé de la bande enregistreuse. Je n'aime pas Manu Morency. Parce qu'il est infirme, il voit le monde avec les yeux d'un terroriste qui n'a pas peur de mourir puisque toute sa vie est déjà derrière lui et que le monde entier en est responsable. Ça mériterait juste d'imploser comme le font les étoiles trop denses qui se retournent contre elles-mêmes et deviennent des trous noirs au cœur noir et dur pareil à du fer.

À force d'attendre pour rien, j'ai fini par m'endormir devant le sapin de Noël, avec des tas de mauvais rêves qui ont continué même quand je me suis réveillé. Collée comme une sangsue à une autre, Fanny dansait au milieu du salon avec un grand énergumène à lunettes noires qui avait des anneaux aux oreilles et de chaque bord de la bouche. D'autres pas mieux décorés que lui étaient évachés sur le sofa et fumaient des joints gros comme des cigares tout en buvant du vin à même les bouteilles qu'ils tenaient entre leurs jambes. Moi, je n'existais pas pour personne. Je suis monté à ma chambre, j'ai tenté mais sans succès de rejoindre Charles au téléphone. Ça a répondu nulle part où j'ai appelé. J'ai ouvert *Le Grand escalier* de Paul Couteau, un ouvrage sur les quarks et les galaxies, dont les dimensions sont aussi nombreuses que les barreaux d'une échelle qui s'étendrait dans l'espace courbé qui va de la Terre aux confins de l'Univers, en même temps plongée dans l'immensément grand et l'infiniment petit, les amas de galaxies fonctionnant comme les amas de particules dont certaines s'appellent *Étrange*, *Charme*, *Beauté* et *Vérité*, des mots aussi imagés que ceux grâce auxquels on reconnaît les constellations et les nébuleuses : la *Tête de cheval*, *La Croix du cygne*, *L'Essaim d'Hercule*, *L'Alpha du Centaure* ou *Antarès du Scorpion*. Il y en a des milliards et des milliards. Si on mettait ensemble tous les grains de sable qu'il y a sur la Terre, on serait encore perdant par rapport aux astres qui se meuvent dans l'espace. Ça a quelque chose d'hallucinant, surtout quand on y pense la veille de Noël alors qu'on devrait être en train de déballer des cadeaux et de les étrenner.

Pour que mon cœur cesse de cogner avec force dans ma poitrine, je me suis installé devant l'ordinateur et je me suis mis à naviguer sur la Toile. Les entrées y sont maintenant presque aussi nombreuses que les amas de galaxies : pénétrer dans chacune, ne serait-ce que pour en ressortir aussitôt, ça serait déjà aussi long que la durée de toute une vie humaine. Plutôt que de m'égarer là-dedans, j'ai mis le cap sur le Centre spatial canadien.

Comme tous les autres cosmonautes, Julie Payette y souhaitait un Joyeux Noël aux cybernautes et à leur famille. Parce que je voulais en faire autant à son égard, je me suis mis à taper sur le clavier de mon ordinateur, ce qui m'a bientôt entraîné bien ailleurs que dans l'écriture de simple vœux. J'ai raconté à Julie Payette que je voulais devenir le premier cosmonaute-cinéaste, mais qu'il y avait peu de chances que ça m'arrive, à cause de Charles en train de refaire sa vie dans la nébuleuse gazeuse de Saint-Jean-de-Dieu et de Fanny acharnée à se détruire comme un soleil gaspillant son énergie. Moi, je n'étais plus rien d'autre qu'un satellite attiré et repoussé par les spirales de la nébuleuse et les explosions thermonucléaires du Soleil. Charrié ainsi au hasard des forces de gravitation, comment ne pourrais-je pas finir par être happé par un trou noir, si dense que tout mon corps n'aurait même plus la grosseur d'une tête d'épingle tout en pesant des milliers de kilogrammes?

Je ne pensais pas que ma lettre désespérée se rendrait vraiment jusqu'à Julie Payette. Je croyais que le Centre spatial canadien l'intercepterait bien avant qu'elle n'arrive dans son ordinateur, pareille à un virus dont il faut se débarrasser. C'est donc normal que me retrouvant assis aux côtés de Julie Payette dans cette petite salle du Cosmodome de Laval, j'aie de la misère à faire de l'ordre dans mes idées, à faire le partage de mes rêves, de ma rancœur contre Charles et de ma désespérance par-devers Fanny. Quand elle est venue me chercher aux Trois-Pistoles après les grandes vacances, je croyais qu'elle avait décidé d'être une vraie mère pour moi, que ça serait tout chaud juste parce que je me retrouverais avec elle dans le monde infini et sans limites du regard, du toucher et des bonnes odeurs. Pourquoi ça n'a même pas pris quinze jours pour se défaire en petits tapons aussi discordants qu'un concert de chats de ruelle par une nuit de pleine lune? Julie Payette me tapote la main et dit:

— Ce ne sont pas toutes les femmes qui sont douées pour la maternité. Même en y mettant de la bonne volonté et l'énergie qui va avec, ça n'arrive pas toujours à s'exprimer. Tu ne peux pas savoir pourquoi c'est ainsi ni d'où ça provient, peut-être d'un gène manquant, peut-être aussi d'une mauvaise connexion des neurones qui empêche le courant de passer de l'une à l'autre. Quand bien même tu le voudrais plus que tout au monde, tu ne peux rien y changer. Tu dois donc apprendre à vivre autrement. Quand j'avais ton âge, ça n'allait pas très bien entre mon père et moi. Il aurait voulu que je devienne médecin comme lui et que je passe tout mon temps dans la salle d'urgence d'un hôpital. Moi, je ne pouvais pas me faire à cette idée-là parce que je rêvais autrement. Je voulais aller là où personne ne s'était encore rendu, au-delà des limites du monde connu. À cause de ma famille qui ne prenait pas au sérieux le fait que je m'étais mis dans la tête de devenir astronaute, je ne savais pas comment j'y arriverais. Je me sentais comme toi orpheline et étrangère dans un univers dont je désirais sortir. Ça a été ainsi tant que je ne suis pas tombée sur une phrase qui a embrasé ma persévérance. Cette phrase-là, elle disait qu'il faut avoir un projet si vaste qu'il devient impossible de le perdre de vue. Quand on est habité par une telle exigence, on n'a plus besoin de ses parents de la même façon, on apprend par soi-même à voler comme l'aigle plus haut et plus loin que n'importe quel autre oiseau. Tu comprends ?

Un projet si vaste qu'il devient impossible de le perdre de vue, ça me plaît. Apprendre par soi-même à voler comme l'aigle plus haut et plus loin que n'importe quel autre oiseau, ça me plaît aussi. Le problème, c'est de savoir par où commencer. Quand je lui fais part de ma réflexion, Julie Payette dit :

— Si ta mère ne peut t'accompagner là où tu comptes te rendre, tu dois lui échapper. Si ton père peut comprendre que t'habite un projet si vaste qu'il t'est impossible de le perdre de vue, tu dois te tourner vers lui. Quand on veut voyager dans les étoiles, le temps est si précieux qu'on ne peut pas le gaspiller à vouloir changer ce qui ne peut l'être.

Je voudrais dire à Julie Payette que d'aller retrouver Charles aux Trois-Pistoles, c'est comme foncer en droite ligne vers un trou noir qui avale tout mais ne recrache rien parce que même la lumière est inefficace face à autant d'inertie. Je n'aurai toutefois pas le temps de mettre en mots la pensée qui m'assaille parce que le directeur du Cosmodome a fait son entrée dans la petite salle et dit à Julie Payette que les journalistes qui veulent l'interviewer sont arrivés et qu'il doit la conduire vers eux. Lorsque Julie Payette se lève, j'en fais autant. Elle m'ébouriffe les cheveux de la main, puis me dit :

— Si tu m'écris, je répondrai à tes courriels. Le jour où je m'élèverai dans les airs à bord d'une navette spatiale, je t'inviterai à Cap Kennedy pour voir le lancement de la fusée vers l'espace. En attendant, n'oublie pas la petite phrase dont je t'ai parlé. Elle est aussi importante qu'un théorème de Gödel.

Je regarde Julie Payette sortir de la petite salle avec le directeur du Cosmodome et c'est aussi scintillant qu'une comète quand elle s'éloigne sur l'horizon cosmique. Je n'ai plus peur maintenant de ce qu'il pourrait arriver. La flèche du temps va toujours par devant. Autrement, l'espace ne se décontracterait jamais, il resterait pris comme les raisins dans un pain. Si Fanny pouvait comprendre quelque chose d'aussi simple, elle cesserait de regarder pour rien derrière elle, elle échapperait au conditionnement auquel le passé l'oblige et qui est désormais aussi infertile que peut l'être la poussière lunaire. Il n'y a pas de promesse dans ce qui a déjà été, et pas de certitude non plus. Selon Gödel, le passé n'est rien de plus qu'une espèce particulière de combustible qui permet le passage d'une dimension de l'espace-temps à un autre. Il n'est même pas une probabilité puisque tout ce qui est derrière soi n'a plus de virtualité sinon dans le jeu de la mémoire qui ne serait rien si elle ne procédait pas du présent.

Dans l'autobus qui me ramène sur le Plateau Mont-Royal, je laisse mon esprit vagabonder. Les mots sont pareils à un océan de particules puisque, en se mêlant les uns aux autres, ils produisent des séries infinies de combinaisons. Comme l'Univers, le langage est une expansion, et ça ne peut avoir ni bord ni limite même si n'importe quel mot est un noyau contenant en son centre tous les autres. Une fois lâché dans l'espace-temps, le mot se libère brutalement de son énergie, comme la foudre quand il fait orage. Le mot *tonnerre* est donc le père de tous les mots, il est la brique fondamentale qui a permis à l'homme d'être autre chose qu'un simple épiderme, il lui a permis de se différencier de toutes les formes d'énergie qui peuplent l'espace-temps. Si le lion est le roi de la jungle, les mathématiques sont les reines du langage, elles permettent plein de raccourcis comme le font les trous de vers à l'échelle du cosmos. Quand un mathématicien découvre l'un de ces trous de vers, ça devient un théorème. Une fusée qu'on lance de la Terre est un ensemble de théorèmes, comme le sont les sondes interstellaires ou les satellites qu'on place en orbite autour de Mars. Le but que visent les mathématiciens est de fondre tous les théorèmes en un seul, ce qui donnerait quelques signes au milieu d'une grande page blanche. En sachant les lire, on aurait accès d'un seul coup à l'alpha et à l'oméga de la connaissance, comme si tous les grains de sable formant toutes les plages du monde n'en étaient plus qu'un seul, porteur de leur énergie totale bien qu'à peine visible à l'œil nu.

Je suis descendu de l'autobus et je marche sur le boulevard Mont-Royal. Ce n'est plus vraiment l'hiver et ce n'est pas encore ce qui se passe quand le printemps est pareil à deux grandes mains s'ouvrant, toutes chaudes, sur le paysage. À cause de la fonte des neiges, les odeurs rances foisonnent. Sous les plaques de glace en bordure des trottoirs, de vieilles frites, des morceaux de sandwich, des mégots de cigarettes et des étrons de chiens pourrissent dans les couleurs brunes et grises de la saleté. Parce que le vent a soufflé fort, les circulaires sont sorties des griffes des boîtes aux lettres et ont pris possession de la rue Henri-Julien comme les feuilles des érables quand c'est l'automne. Il y en a partout, qui battent au vent, même dans les interstices des barreaux de clôture. J'aime moins qu'avant le Plateau Mont-Royal. J'aime moins qu'avant la rue Henri-Julien. Tout à l'air si fatigué, même les drapeaux du Québec, plaqués sur les façades des maisons, effilochés, et leurs couleurs délavées.

Quand j'entre dans l'appartement, c'est encore pire que ce qu'on voit sur le Plateau Mont-Royal et sur la rue Henri-Julien, comme si la tornade Andrew était passée par ici. Il y a des débris de nourriture partout, dans des assiettes en aluminium, sur les meubles et par terre. Renversés, les corps morts ne sont pas juste des bouteilles de bière vides, mais les nouveaux amis de Fanny: des acteurs qui n'auront jamais grand-chose à jouer, et le savent. Ils s'assoient par tapons, fument des joints, se shootent au néon concassé et mangent leurs bas tout en récitant du Shakespeare et du Larry Tremblay comme s'ils étaient sur la grande scène du Théâtre du Nouveau-Monde. Quand ils en ont assez, ils s'endorment en écoutant Bob Dylan ou Leonard Cohen, les extrémités de leurs mains et de leurs jambes tressaillant comme ceux qui ont attrapé la danse de Saint-Guy. Pour me rendre jusqu'à l'escalier qui mène à ma chambre, je dois passer par-dessus ces corps morts sales et puants dont les ronflements enterrent la musique provenant des haut-parleurs du système de son. Devant la chambre de Fanny, je m'arrête et regarde par la porte entrebâillée. Presque nue, Fanny fait l'autruche dans le lit: la tête enfouie sous un oreiller, les genoux repliés sous elle, ses fesses nues sont comme une pêche au milieu des couvertures fripées. Un Noir dort aux côtés de Fanny, une main sur son petit sexe dressé. C'est supposé être un humoriste venu d'Afrique pour participer au festival

Juste pour rire, et qui a décidé de ne plus repartir parce qu'on l'invite parfois à élucubrer à la télévision. Il y en a à la tonne des pareils à lui, que Fanny héberge depuis le fiasco de sa prestation dans la pièce de Michel Tremblay. Elle se prend pour Mère Courage et ne se rend pas compte que tous les mots de la pièce sont maintenant écrits à l'envers dans une langue de bois. C'est pourtant ma mère et je voudrais l'aider avant qu'elle ne devienne trop laide et que ce soit définitif. Courir vers elle, me jeter dans ses bras et lui demander d'être belle comme avant, je sais bien que ça servirait à rien désormais. Il n'y aura plus jamais d'images cinématographiques, Fellini s'est transformé en Polanski et, parce qu'il n'a plus rien à dire, il tourne l'histoire de Dracula dans des scènes qui sont sans allure, sans plaisir et sans émotion.

Je referme la porte de la chambre de Fanny et m'en vais dans la mienne. Je fourre dans un sac ma caméra et le portable que j'ai reçu de Charles en cadeau pour Noël, j'y mets aussi le gros cahier de notes que j'ai prises sur l'espace, je m'approche de la fenêtre, je l'ouvre et me jette dedans. Je vais apprendre à voler comme l'aigle, je vais apprendre à avoir un projet si vaste que je ne pourrai plus le perdre de vue même sans Fanny pour m'aider à le réaliser, même sans le Plateau Mont-Royal auquel je dois les racines qui me relient à la Terre. Quand je me retrouverai assis sur ce siège d'autobus et que le pont Jacques-Cartier ne sera plus qu'un amas de cure-dents derrière moi, je n'empêcherai plus les larmes de me couler dans la face à cause de mon deuil de Fanny. Les dimensions de l'espace-temps sont multiples et les trous de vers nombreux, qui permettent les raccourcis. Peut-être les Trois-Pistoles ne sont-elles rien d'autre que l'un de ces trous de vers au-delà duquel m'attend le bleu du ciel, aux confins des milliards et des milliards de galaxies qui forment l'Univers. Avant même que la nuit tombe, j'y serai déjà, orphelin comme jamais mais aussi libre qu'un photon traversant le cosmos. De la lumière. Rien d'autre que de la lumière.

6

Manu Morency

M OROSITÉ. Le temps est à la morosité, écrit-on dans les journaux, pour le plaisir des commentateurs de la radio et de la télévision qui ne peuvent plus dire trois phrases d'affilée sans prononcer ce mot que j'aguis comme aucun autre parce que dans les lettres le formant se terre l'infirmité de la pensée. Bien que le mot ait tout à voir avec les mœurs et avec l'état dans lequel elles se retrouvent souvent, misérable parce que mal assumé, on l'emploie désormais à toutes les sauces et on lui fait dire n'importe quoi. Si l'idée de l'indépendance du Québec ne progresse plus, la faute n'est pas imputable aux politiciens qui n'en font plus la promotion, mais au mouvement économique se faisant lent, insidieux et peu prévisible, c'est-à-dire morose. Si tant de jeunes se suicident, ce n'est pas parce que leurs parents sont manqués et manquants, mais parce que le climat social, par sa morosité, ne porte plus à l'enthousiasme. Si un énergumène viole une femme, la découpe en morceaux à la scie puis met ses restes au congélateur, ne cherchez pas l'erreur dans son bagage génétique déficient. Humez plutôt l'air qu'il fait, et vous le trouverez morose encore. Et quand c'est ainsi, aussi morosé partout, faites comme faisaient les moutons de Panurge, suivez le premier venu vers le fleuve, entrez-y et noyez-vous jusqu'au dernier. Ainsi, vous serez déchargé de toute responsabilité vis-à-vis de vous-même, de toute culpabilité et de tout remords. Mortifère morosité.

Pendant les trois mois qu'a duré ma tournée à travers le Québec afin d'y implanter solidement le Parti des régions, le problème posé par la morosité a été le seul que j'ai vraiment rencontré sur mon chemin. On n'agit plus parce que le temps ne se prête pas au changement. On ne rêve plus au plaisir qu'on pourrait prendre dans la grandeur parce que la vie quotidienne vous force au rapetissement et que l'individu n'a plus aucun moyen de lutter efficacement contre lui. Comme les rats, on se réfugie dans les égouts de l'inconscient, on y devient de carnivores cannibales, si schizophrènes qu'on s'y détruit sans limites. La vie ne correspond plus qu'à un réflexe conditionné par les forces extérieures, qu'on prend bien soin de ne pas analyser par peur d'y faire la découverte de sa propre lâcheté. Sans doute est-ce pour cette raison si on n'enseigne plus l'histoire dans les écoles québécoises et si nos bibliothèques se sont transformées en boutiques du prêt-à-lire, n'accordant de l'importance qu'à l'inessentiel depuis qu'on considère la culture comme un droit dérivé de la télévision : un bombardement d'images qu'aucun rapport ne lie les unes aux autres, si multiples par le nombre qu'on ne prend surtout pas la peine de les analyser vraiment. Le ferait-on qu'on n'y trouverait aucun profit puisqu'il en est de l'image comme de l'instant : c'est si fugitif que la mémoire ne saurait s'y pâmer.

Ainsi donc, j'ai mis quatre mois à traverser le Québec. Je me suis rendu aussi loin qu'à Clova en Abitibi, aussi loin qu'à Cap-aux-Meules aux îles de la Madeleine, aussi loin qu'à Metabetchouan au Lac-Saint-Jean, aussi loin qu'à Blanc-Sablon sur la Côte-Nord, aussi loin qu'à La Guadeloupe dans la Beauce. J'y ai vu des milliers de citoyens qui n'en sont plus et des milliers de patriotes aussi dénués d'esprit et de corps que le sont les lombrics. Une machine puissamment bureaucratique les a transformés en bénéficiaires de l'État, et chacun est devenu si marginal que ça n'arrive plus à voir plus loin que le bout de son nez, c'est-à-dire : seul compte le chèque que je reçois par la poste en fin de mois, qui conforte ma pauvreté. Il est devenu le seul rapport que j'entretiens avec le monde parce qu'il me permet de sortir de chez moi, d'aller à l'épicerie ou chez le dépanneur, au centre commercial et à l'église. Quand il n'y a plus d'argent, je m'encabane, je prends rendez-vous chez le médecin, chez l'oculiste ou chez le dentiste, puis j'attends qu'on veuille bien me faire signe en écoutant et en regardant à la télévision des émissions si insipides que ma mémoire n'en retient rien. Je pratique l'exclusion autant qu'elle m'est imposée, et je m'en venge en travaillant au noir si on m'en donne l'occasion. La politique ne m'intéresse pas : tous les politiciens sont des têtes enflées, des brigands et des voleurs de grand chemin. On ne peut pas se fier à leur parole ni à leurs promesses parce qu'ils ne détiennent aucun droit sur elles. Ce qui se décide vraiment leur échappe, ils ne sont pas dans le secret des dieux qui s'agitent au sommet d'une pyramide sociale dont ils ne constituent qu'une brique parmi tant d'autres. D'où l'idée que toute pensée est inutile et toute action dérisoire. D'où l'émergence de la morosité, de la mortifère morosité.

Après cette longue traversée du Québec, je devrais être découragé. J'ai parlé tant de fois devant des chaises vides ou devant de petites assemblées formées principalement de handicapés venus me voir non pas pour le Parti des régions, mais parce que je me voiture dans un fauteuil roulant, que c'en était risible. Alors que je ne faisais que parler de Nietzsche et de la volonté de puissance qui devrait conditionner toute action, la publique comme la privée, on me prenait pour le frère André ou pour l'abbé Pierre, on me demandait d'intercéder auprès de la Régie de la santé ou celle de l'assurance-automobile. Je me suis retrouvé avec des tas de dossiers litigieux pour lesquels je ne pouvais rien faire sinon m'en servir dans les conférences de presse que j'ai données pour mieux fustiger les lenteurs et l'arrogance de la bureaucratie gouvernementale. Ça n'a pas rapporté grand-chose au Parti des régions. Après chacune de mes interventions radiophoniques ou télévisées, sont venus à moi tous ces échappés d'asile que la réforme des hôpitaux psychiatriques a jetés à la rue. Quel cauchemar! De formidables schizophrènes, des hallucinés et des illuminés qui me disaient parler au nom de Dieu, de ses saints et de ses anges, certains armés de coups de poing américains, d'autres de hachettes, de couteaux ou de ciseaux, qui me demandaient de les faire députés ou ministres, de leur fournir limousines et chauffeurs, maîtresses et chambres au Château Frontenac! Tous les délires et toutes les extravagances, à gérer pour le meilleur du pire! Tant que j'ai pu, j'ai refusé que la police intervienne dans autant de folie, préférant user de patience et croyant que tout peut être leçon par-devers celui qui tient à garder les yeux ouverts. C'est dans ce petit motel de Saint-Tharcissius en Matapédia que j'ai dû comprendre que la patience a ses limites et qu'il en va de même pour la sympathie. Après une assemblée de cuisine paquetée par les péquistes et par les libéraux, je n'avais plus que le goût de me retrouver avec Gabriel dans ma chambre de motel. Y prendre un bain chaud et me sustenter du corps nu de Gabriel, par mes mains effleureuses de peau, j'en avais alors besoin, bien davantage que de tous ces fous devenus membres du Parti des régions. De la méchante surprise m'attendait toutefois chez Casista & Casista, le motelier chez qui j'avais pris hébergement. Quand j'entrai dans la chambre avec Gabriel, le roi du steak haché nous y attendait, nu comme un ver, ce qui était loin de l'avantager, son corps aussi graveleux qu'une pomme de terre qui aurait poussé dans de la cendre. Éleveur de wapitis aux confins de la Matapédia, le roi du steak haché l'était devenu pour protester contre les lois gouvernementales qui lui interdisaient de faire un commerce avec la viande de ses bêtes, ses installations ayant été jugées insalubres par les fonctionnaires. Déjà mal luné, le roi du steak haché avait pris prétexte de cette décision bureaucratique pour virer complètement sur le couvert. L'un après l'autre, il abattait ses wapitis et en faisait ce steak haché avec lequel il poursuivait toutes celles et tous ceux s'occupant de près ou de loin de politique. Il les surprenait au milieu d'une réunion ou d'une assemblée, porteur d'une énorme caisse de viande hachée qu'il déballait après avoir enlevé le long manteau sous lequel il était nu puis, avant même que le monde n'ait le temps de réagir, il se recouvrait de viande saignante et voulait en faire autant avec les gens parmi qui il se retrouvait. On aurait dû l'enfermer et lui donner les soins que sa folie commandait. On s'était pourtant contenté de lui prescrire des tas de médicaments et de le renvoyer chez lui : il n'était pas fou, seulement dépressif.

Que pouvais-je faire avec un énergumène pareil se maculant le corps de steak haché et en beurrant les murs de cette chambre de motel de chez Casista & Casista ? Je ne voulais surtout pas que la chose s'ébruite, à cause des manchettes que les journaux, les radios et les télévisions feraient avec, ce qui aurait été bien suffisant pour que le Parti des régions en perde toute crédibilité. Aussi ai-je donc usé de ruse par-devers le roi du steak haché. Alors qu'il se recouvrait le corps de viande, je me suis déshabillé et j'ai demandé à Gabriel d'en faire autant. À quatre mains, nous avons ensuite pigé dans la caisse de boulettes afin de faire comme le roi du steak haché et de nous crotter des pieds à la tête. Le reste de la viande, nous l'avons lancée sur les murs et sur les meubles, en hurlant comme des possédés. La folie se conjure par la folie, a écrit Jacques Ferron. La guérison n'est souvent qu'éphémère, mais quelle importance ? Tout ce que j'en espérais, c'était qu'elle dure assez longtemps pour qu'elle nous permette, à Gabriel et à moi, de fuir Saint-Tharcissius sans que péquistes et libéraux ne se fassent aller le mâche-patates contre nous. Le reste, ce n'est jamais rien d'autre que de la littérature.

De Saint-Tharcissius, nous sommes passés à Montréal, troquant notre minable chambre de motel de chez Casista & Casista pour cette suite au Ritz. Comme tous les citadins, les Montréalais aiment bien qu'on leur en impose. C'est particulièrement vrai chez les journalistes dont la plupart viennent d'un milieu modeste. De frayer avec le gratin de la société les valorise. Ils en deviennent souvent gâteux, mais ce n'est pas le lecteur ou le téléspectateur qui pourrait s'en plaindre puisque lui-même a besoin de se racheter à ses propres yeux. Réjean Tremblay est l'exemple type de cette forme de journalisme qui consiste à savoir se pousser de l'avant en interviewant les grands du monde du sport, ceux pour lesquels on fabrique des légendes généralement parce qu'ils sont beaux, doués et riches. Peu importe s'ils ne sont pas de bons citoyens et s'ils n'ont aucune pensée qui leur appartienne en propre : le simple fait qu'ils soient devenus millionnaires en tenant un bâton de hockey, une balle de baseball ou un volant de voiture, autorise le journaliste à en faire des dieux dont il se constitue laudateur en chef, la bouche grandement ouverte afin d'avaler lui-même, bien que ce ne soit que par ricochet, quelques-unes des miettes de la gloire.

Le journaliste dit politique n'échappe pas lui non plus à cette contrainte de la fabrication de héros. Il a toutefois un net avantage sur le reporter sportif, car il peut en changer plus souvent, au moins une fois tous les quatre ans et après que le peuple ait donné son avis. Un premier ministre qui ne l'est plus ne représente pas grand-chose. On ne s'intéresse pas au citoyen redevenu ordinaire pour mieux s'occuper de sa petite famille et de ses rhumatismes. De prédateur qu'il était lorsqu'il exerçait le pouvoir, le voilà devenu une proie facile à démystifier : le grand homme ne l'est souvent que parce qu'on le chausse de souliers à fausses semelles. Dès qu'on les lui enlève, le petit homme en lui réapparaît. C'était un mauvais coucheur, un courailleux de galipote, un alcoolique ou un pervers, et les idées qu'il défendait, ce n'étaient pas les siennes propres, mais celles recueillies par les sondeurs de son parti. Voilà pourquoi les biographies des grands hommes redevenus petits connaissent autant de succès : elles confortent le citoyen ordinaire dans ses préjugés, son inertie et sa morosité, elles détruisent un à un les barreaux de l'échelle de Jacob au haut de laquelle s'est hissé frauduleusement le grand homme.

À Montréal, j'ai rencontré à quelques reprises ce journaliste dont l'admiration pour René Lévesque est telle qu'il a entrepris d'écrire quatre gros volumes sur sa vie. Grâce à mon insistance, j'ai pu consulter l'épais manuscrit qui m'a confirmé dans l'idée que j'ai toujours eue de René Lévesque, à savoir qu'il ne fut jamais véritablement indépendantiste par peur des exigences inhérentes au nationalisme. Si René Lévesque pouvait être un chien hargneux, la chaîne à laquelle il s'était attaché lui-même le rendait bien inoffensif tout en lui faisant prendre sa vessie pour une lanterne. C'était un homme d'enthousiasme mais dont la pensée était frileuse. Le héros secret de sa vie, c'était Fridolin, ce personnage de scène inventé par Gratien Gélinas, un petit bout d'homme lui aussi, qui portait casquette et chandail du club de hockey des Canadiens et qui, malgré son âge, tenait à rester l'adolescent un brin délinquant qu'il avait été. On pardonne à l'adolescent délinquant d'avoir une fronde et de casser à coups de caillou les vitres des maisons du voisinage, mais on n'accepterait pas qu'il y mette le feu. Lui-même ne le ferait pas d'ailleurs, ce qui a survécu en lui de son éducation le lui interdisant. Ainsi fut René Lévesque, se cachant sous le vestimentaire de Fridolin pour mieux oublier les faiblesses de l'homme peureux dont il ne pouvait pas se défaire. Lorsqu'il rencontra sur son chemin un homme aussi rusé que Claude Morin, il ne put échapper à son influence et y perdit toute sa volonté de puissance au profit de l'exercice d'un pouvoir dont il devint la marionnette sans s'en rendre compte. Imaginez! Être le premier ministre du Québec et ne pas savoir que l'un de vos ministres est payé par les services de renseignements de la Gendarmerie Royale du Canada en tant qu'espion! Ne pas savoir que c'était déjà le cas avant même qu'il ne devienne député, alors que la police secrète fédérale écumait les campus universitaires afin d'y recruter ses agents! Devenu professeur, puis politicien, Claude Morin n'a pas cessé d'informer la GRC de ce qui se passait au sein du Parti québécois tout en faisant la cour à René Lévesque pour qu'il le nomme ministre des Affaires fédérales-provinciales! Dès qu'il fut en poste, Morin tailla en pièces le programme du Parti québécois pour lequel une victoire électorale déclencherait automatiquement le processus menant à l'indépendance. Quand le Parti québécois prit le pouvoir en 1976, l'effet Morin joua à plein: Lévesque ne parla plus d'indépendance. Au lieu de la faire, il consacra ses énergies à diriger ce qu'il appela lui-même un bon gouvernement provincial. Charmé par Morin, Lévesque revint à ses premières amours, celles de la souveraineté-association, un concept dont les mots mêmes sont contradictoires l'un par rapport à l'autre, surtout quand les relie un trait d'union. Avec le premier référendum, l'option péquiste, toujours sous les conseils de Morin, s'était encore diluée, elle ne devenait plus qu'une vague demande par-devers le peuple d'un mandat de négocier avec les autorités fédérales. Mais négocier quoi? Alambiquée, la question référendaire n'avait plus de sens sinon celui, bien fragile, de défendre une autonomie dont Maurice Duplessis fut pendant dix-neuf ans le héros roublard et sournois.

Mais qu'aurait fait Maurice Duplessis d'un ministre se prenant pour James Bond tout en étant son principal conseiller constitutionnel? Se serait-il contenté de lui demander de démissionner comme René Lévesque a fait avec Claude Morin? Aurait-il accepté aussi de payer le traître pendant six mois pour ne pas déconforter son train de vie? Et pire encore, aurait-il étouffé toute l'affaire comme s'y est employé le chef du Parti québécois quand il a appris que deux autres ministres de son cabinet, au courant des agissements troubles de Morin, n'avaient même pas daigné l'en informer? Une enquête aurait été la moindre des mesures à prendre et aurait dû trouver la réponse à la question suivante: la dilution de l'idée d'indépendance par René Lévesque fut-elle un plan machiavélique orchestré par Morin que payait le gouvernement fédéral au nom de sa lutte contre le séparatisme québécois?

Quand René Lévesque fut atteint d'amnésie globale transitoire et qu'il dut démissionner, peu de gens surent jusqu'à quel point était malade l'homme qui était devenu leur champion sans doute parce qu'il condensait en sa personne tous les faux espoirs d'une communauté trop ignorante des tares qui la portaient pour pouvoir par elle-même s'en délivrer. Une presse libre aurait pu changer la donne et démêler les cartes frimées des autres, mais ainsi que Nietzsche l'a écrit à son sujet, aussi bien, par l'échelle de Jacob, vouloir se rendre jusqu'à la Lune afin de la décrocher du ciel:

« Si l'on considère comment tous les grands événements politiques, de nos jours encore, se glissent de façon furtive et voilée sur la scène, comment ils sont recouverts par des épisodes insignifiants à côté desquels ils paraissent mesquins, comment ils ne montrent leurs effets en profondeur et ne font trembler le sol que longtemps après s'être produits, quelle signification peut-on accorder à la presse, telle qu'elle est maintenant avec ce souffle qu'elle prodigue quotidiennement à crier, à étourdir, à exciter, à effrayer ? Est-elle plus qu'une fausse alerte permanente qui détourne les oreilles et les sens dans la mauvaise direction ? »

Pourtant, tout devrait être signe pour celui dont le journalisme est un métier. Cette descente dans la profondeur des choses, là où ne cesse de bouillir le magma primordial, produisant par grands jets de la foisonnante lumière, comment se fait-il qu'ils soient si peu nombreux les journalistes simplement conscients de son existence ? Je me souviens des manchettes des journaux après qu'on ait dû mener René Lévesque à l'hôpital parce que, comme Nelligan, il avait sombré dans l'abîme du rêve québécois, détournement et retournement de son esprit, éclatement des écheveaux contradictoires en cette maladie dont le nom même, soit l'amnésie globale transitoire, était plus qu'un diagnostic, mais une énigme appliquée à René Lévesque : dans quelle réalité se mouvait cette association nébuleuse de mots que la presse rendit publics, mais sans jamais dire de quoi ils se nourrissaient ? L'homme qui écrivit *Attendez que je me rappelle* se laissa tellement user par l'exercice d'un pouvoir dont il ne voulait assumer ni les tenants ni les aboutissants, qu'il se vit brutalement privé de mémoire. Il ne savait plus qu'il était le premier ministre du Québec et ne cherchait plus qu'à fuir, demandant par exemple à son chef de cabinet de noliser un avion afin d'entreprendre avec lui rien de moins que le tour du monde. Son discours était si déraisonné qu'on n'osait plus le montrer nulle part, la peur qu'il soit devenu irrémédiablement fou autorisant sa séquestration. Quand il se retrouva à l'hôpital, le corps glorieux de ce qui s'était déjà appelé René Lévesque n'était plus qu'une masse désarticulée et désertée par l'esprit, oublieuse du passé immédiat, et si totalement, qu'il fallut recourir à l'épithète *globale* pour quantifier la portée de cette amnésie. Souffrir d'amnésie globale transitoire, c'était souffrir du même mal que celui à qui on a fait subir une série rapprochée de puissants électrochocs. Après ces séances dignes du théâtre de la cruauté, le corps n'est plus qu'un lieu sans mémoire immédiate. Ce qui le détermine désormais, c'est le cauchemar de la honte, de la culpabilité et du remords. Dans le cas de René Lévesque, les coups fourrés et répétés de Pierre Elliott Trudeau, la trahison de Claude Morin, un premier référendum manqué et la défection de quelques-uns de ses ministres les plus influents auprès de l'électorat, voilà bien ce qu'il ressentit comme une série rapprochée de puissants électrochocs. Usé, l'homme malusa du politicien resté foncièrement canadien-français dans un monde qui ne l'était plus et qui lui faisait peur, d'où ses atermoiements après le triomphe du Parti québécois en novembre 1976, d'où ses colères lorsque ses partisans ne pensaient pas comme lui et osaient exprimer le radicalisme de leur pensée, d'où son besoin maladif de recevoir, même dans la bêtise, l'assentiment de tous. Nietzsche a pourtant écrit des mots définitifs sur la naïveté politicienne, surtout quand elle se conçoit comme une politique. Dans *Aurore*, la chose s'exprime ainsi:

«Oh, pauvres bougres qui habitez les grandes cités de la politique, jeunes gens doués, torturés par l'ambition, vous qui croyez de votre devoir de dire votre mot à propos de tous les événements qui surviennent — et il en survient toujours! Qui, lorsque vous avez soulevé beaucoup de poussière et de bruit, croyez être le char de l'histoire! Qui, parce que vous épiez toujours, guettez toujours le moment de placer votre mot, perdez toute véritable productivité! Quelle que soit votre soif de grandes œuvres, le silence de la maturation ne vous visite jamais! L'événement du jour vous chasse devant lui comme paille au vent, alors que vous croyez chasser l'événement — pauvres bougres! Lorsqu'on veut jouer un héros sur scène, on ne doit pas penser à faire le chœur, on ne doit même pas savoir comment on fait *chorus*!»

Tout le temps qu'a duré mon séjour à Montréal, les mots de Nietzsche ont été mon viatique. J'ai profité de son enseignement pour faire la promotion du Parti des régions, comme j'en ai profité aussi pour les autres affaires dont je m'étais chargé. Ainsi ai-je mangé plusieurs fois avec l'ex-femme de Charles, une comédienne sans grand talent comme l'était cet Antonin Artaud dont elle se réclame, sans doute parce qu'il était d'une grande beauté et schizophrène comme elle-même m'est apparue, trop d'images cinématographiques ayant pris possession de son corps, dans un désordre tel que seule l'idée du bouc émissaire peut y faire un peu de rangement. Aussi Fanny aguit-elle Montréal comme s'il était un grand désert juif, mais comment le fuir quand il faut s'occuper de cet enfant qui ne voit que vous, même dans la soupe qu'il mange ? Évidemment, je n'ai pas mis de temps à convaincre Fanny qu'il n'y a pas de honte à être une mauvaise mère, surtout quand le père ne demande pas mieux que de se montrer bon parent pour deux.

— Porte-lui l'enfant aux Trois-Pistoles, ai-je dit à Fanny. Ça soignera la délinquance qui l'habite tout en gréyant Charles d'une liberté dont il a bien besoin. Par le fait même, tu retrouveras la tienne dont tu as bien besoin aussi pour renaître autrement grâce à l'art. Selon Nietzsche, l'art a tout à voir avec la volonté de puissance puisque lui seul s'autorise du grand style. Comme la passion, le grand style dédaigne de plaire, il oublie de persuader, il commande, il *veut*. Maîtriser le chaos que l'on est, a aussi ajouté Nietzsche, contraindre son chaos à devenir forme, à devenir *loi* et d'abord par-devers soi-même, c'est là la grande ambition. Par elle, on repousse, par elle on devient sacrilège, c'est-à-dire parfaitement libre.

Fanny n'aurait sans doute pas osé aller aussi loin dans l'exercice de sa liberté, mais Bouscotte a dénoué le nœud gordien en prenant lui-même la route pour les Trois-Pistoles. Après, je n'ai pas eu beaucoup de mal à convaincre Fanny qu'au-delà de l'océan Atlantique l'attendait sans doute le grand rôle de théâtre dont elle rêve depuis sa naissance. Je lui ai avancé complaisamment l'argent nécessaire à un aussi long voyage parce que le retour de Bouscotte aux Trois-Pistoles est essentiel dans le plan que j'ai dressé contre les Beauchemin afin de me venger d'eux et de l'infirmité que je leur dois, mes os sectionnés, mes os gelés raide même dans le plein de l'été, souffrances d'os par petits paquets mal ficelés sur un infâme fauteuil roulant, souffrances d'os devenues haineux, souverainement haineux.

Après être allé reconduire Fanny à l'aéroport, j'ai pris le train jusqu'à Québec. Je voulais y voir Marjolaine Tremblay avant qu'elle ne parte elle-même pour l'Europe avec Philippe dans le cadre de cette tournée des parlementaires du Québec qui leur fera voir les grandes capitales dites démocratiques de l'Occident. Politiquement parlant, il n'y aura pas grand-chose à tirer de ce voyage, sinon quelques articles qui paraîtront dans la presse francophone sur le Parti des régions, trop insignifiants pour qu'ils puissent servir à quelque chose même de ce bord-ci de l'Atlantique. Ce n'est donc pas ce qui m'a fait manger deux fois avec Marjolaine dans la salle de bal du Château Frontenac. J'avais besoin de savoir où elle en était avec ses amours et si celles-ci risquent de mettre en péril ce que j'entrevois pour l'avenir de Philippe comme chef du Parti des régions. J'ai été rassuré, non pas sur Philippe qui restera éternellement un grand adolescent peu fiable, mais sur les sentiments de Marjolaine à mon endroit. Je la subjugue par la force de ma pensée et l'intransigeance dans laquelle je la fais se mouvoir. Quand le moment sera venu, je couperai avec son aide la corde que je laisse à Philippe et je le regarderai sombrer, son esprit et son corps disloqués. Mille fois plus souffrant ça sera que ma propre souffrance d'os puisque ça sera abrillé dans la honte, la culpabilité et le remords.

Du solarium qui fait face au fleuve, je regarde le printemps prendre possession de l'espace. J'ai hâte que

Gabriel revienne des courses que je lui ai demandé d'aller faire à Rivière-du-Loup. J'ai hâte qu'il se dégreye et qu'il se mette à danser pour moi, son long corps pareil à un élastique capable de prendre toutes les formes du désir et toutes les formes de la joie, comme sur cette photo que je tiens sur mes genoux, bandante par tout ce qu'elle me donne à voir. Je l'ai obtenue de Fanny la veille de son départ pour Paris. Si les gens conservent autant de photos de leur passé, c'est qu'ils sont conscients de la fragilité de ce qu'ils vivent et des limites, vite atteintes, de leur mémoire. Les petits événements qui meublent le quotidien et ne font que vous effleurer, pourquoi devrait-on s'en souvenir ? L'un dans l'autre, ça se ressemble tellement, comme des poignées de grains de sable jetées en tas derrière soi ! Quelle utilité que celle de les séparer les uns des autres, de les faire agrandir et de les coller sur les pages d'un album ? Les grains de sable en deviennent-ils montagne pour autant ? Ils restent ce qu'ils sont, de simples moments aussi fugaces que fugitifs, et la patine du temps les rend parfaitement inoffensifs. Il arrive toutefois que l'inverse soit vrai, que dans le fragment apparaisse l'épiphanie, non pour ceux qui se trouvent sur la photo, mais pour celui qui sait déchiffrer les signes qu'elle porte.

C'est ce que j'ai tout de suite compris quand je suis arrivé là dans l'album dont Fanny tournait les pages. Une simple photo prise dans une loge de théâtre attira mon attention et l'y retint. En train de se maquiller, Fanny est assise sur le bout d'une chaise. On ne voit d'abord que ses belles jambes qui sont nues et croisées, puis l'œil remontant s'arrête sur ses deux seins qui semblent vouloir s'échapper du corsage tellement il a été lacé serré. L'image dégage une telle sensualité que le regard y resterait volontiers fixé. Pourtant, l'important est ce qui se passe au-delà du miroir, dans cette encoignure où Mélina et Charles s'embrassent à pleine bouche et sans tenir compte de la présence de Fanny. Si j'avais besoin d'une preuve de l'amour de Mélina par-devers Charles, je n'ai plus à la chercher. Grâce à la photo, je sais maintenant comment je dois mener ce jeu pour que s'effondre, dans un raz-de-marée sans fin, l'univers honni des Beauchemin. J'ai pris tout le temps qu'il fallait afin d'en peaufiner le plan dans ma tête. Sur le pupitre devant lequel je travaille, j'ai mis cet échiquier et disposé dessus les pièces dont je vais désormais me servir. L'attaque sera imprévue et fulgurante, comme en ces temps fabuleusement amoraux où tous les coups étaient permis : on terrorise l'esprit, puis on terrorise le corps. Ainsi procédait Gengis Khan avant de lancer ses hordes barbares à l'assaut des fortifications perses. Ainsi procédaient les Goths, les Celtes, les Gaulois et les Francs, par la terreur. C'est le seul langage que le troupeau comprenne et c'est le seul devant lequel il s'incline parce que la terreur constitue la base même sur laquelle s'érige l'humanité. L'idée de la morale est une invention récente et non fondée. Les milliards de cellules qui composent le corps ne sont pas morales mais terroristes, en ce sens que leur fonction est d'occuper le plus de territoire possible et de le défendre, de toutes les façons possibles aussi, contre tout envahisseur. Ce terrorisme-là est un terrorisme d'État, ses fins justifiant les moyens, même les plus terrifiants dont il peut bien se servir. La politique de Tamerlan fut une politique d'État terroriste, comme celle des empereurs chinois, grecs et romains, comme celle des conquistadors espagnols, de Napoléon, de la reine Victoria, de Lénine, de Mao et de Castro. L'État d'Israël est un État terroriste de droit, tout comme l'est l'empire américain. Le terrorisme d'État constitue l'une des briques fondamentales de l'Univers dont on oublie trop souvent qu'il n'est pas une profondeur mais une expansion, sans doute sans limites et sans fin. Pourquoi en serait-il autrement sur Terre que dans l'Univers ? Pourquoi les lois de la symétrie seraient-elles valables partout dans le cosmos, mais non dans ce qui régit nos sociétés ? Au terrorisme d'État répond le contre-terrorisme, celui des sectes ou celui d'individus qui croient ne plus avoir rien à perdre, sauf la vie qu'on ne leur a pas enlevée encore. Même si ceux-ci pensent qu'ils se battent au nom de la morale, qu'ils imaginent aussi fluctuante que leurs intérêts éphémères, la réalité est toute autre, elle est une loi mathématique au même titre que le sont les lois régissant la matière et l'antimatière, les globules blancs et les globules rouges, l'œil droit et l'œil gauche, pour ne pas dire tout ce qui se trouve dans l'Univers. C'est ainsi que Nietzsche a pu écrire que l'antisémite n'est qu'un Juif envieux, c'est-à-dire le plus stupide de tous.

Je regarde encore la photo que m'a remise Fanny, et je souris encore. Quelle arme elle sera, meurtrière comme un missile Scud, quand je vais m'en servir contre Charles ! En même temps, je lancerai une bombe intelligente sur la quincaillerie et l'Antoine qui sortira des décombres ne vaudra guère plus cher que ce qui adviendra de Philippe lorsqu'il se prendra dans les pièges multiples que j'ai installés tout autour de lui. J'ai mis trois mois à perfectionner mon plan de guerre. Maintenant que le voilà aussi parfait que peut l'être l'idée de vengeance, il ne me reste plus qu'à l'exécuter, aussi froidement et aussi magistralement que l'a été l'attaque imprévue des Japonais contre Pearl Harbour, qui déclencha le conflit le plus sanguinaire de toute l'histoire de l'humanité, c'est-à-dire celui ressemblant le plus à ce qui constitue les fondements de l'être, son besoin de mutilation, de merde et de meurtre, seul rempart protégeant de la morosité, de la mortifère morosité.

Je prends le téléphone cellulaire, je l'ouvre, j'attends que Léonie réponde, puis je dis simplement :

— Mes armes de destruction sont prêtes. Où en es-tu maintenant avec les tiennes ?

7

Léonie Bérubé

Hibou. Hibou jouqué en haut du pin.
Ce n'est pas ton corps sous toi.
Crois-tu que tes plumes soient des aiguilles vertes?
Crois-tu qu'une souris ne pourrait-pas t'entendre
À des milles et des milles quand, en la chassant,
Tu ferais un tel fracas à travers la forêt,
Si ton corps était ce pin tout entier?

Hibou. Hibou jouqué en haut du pin.
Envole-toi et ouvre grand les yeux.
Ainsi tu te rendras compte que tu es mieux comme tu es,
Au milieu de l'air.

JE PENSE À CE VŒU tel que notre grand-mère l'a écrit
dans son journal, et je suis étonnée de me souvenir
d'un aussi grand nombre de ses paroles, moi qui ne les
écoutais que dans la distraction, peut-être parce que
j'avais l'impression de les savoir par cœur même dans la
langue malécite dont ils venaient. Je ne me suis jamais
forcée pour apprendre quoi que ce soit, j'ai laissé ma
mémoire s'arranger toute seule puisque ne se retient
bien que ce qui a rapport avec votre sang, vos muscles
et vos os.

Par les temps qui courent je suis plutôt contente de mon sang, de mes muscles et de mes os. Ils sont pleins d'une vie qui ne se refuse plus rien parce qu'il y a déjà longtemps que notre père est mort et que son esprit ne subsiste plus que dans l'acharnement mis par Samuel à en conserver l'essentiel bien que ce soit pour de mauvaises raisons — ce prétendu génie des affaires que notre père aurait eu parce qu'il a su rendre prospère le moulin à scie de Squatec. Il l'était pourtant déjà avant même que ça ne vienne au monde, grâce à notre grand-père qui a su profiter de l'incompétence des gouvernements et du peu de jarnigoine des hommes de chantier pour prendre possession d'une contrée dont personne ne voulait par ailleurs. Avant, il y avait une vingtaine de moulins à scie éparpillés n'importe comment sur le territoire, au milieu de petites forêts à flancs de montagnes, difficilement accessibles et, par cela même, difficilement rentabilisables. On s'échinait dans les écores, on y perdait les meilleurs de ses chevaux et les meilleurs de ses bûcherons parce qu'on avait la vue aussi basse que les plafonds des camps qu'on habitait. Les réserves de bois étant maigres, on coupait n'importe comment et n'importe quoi. Ça donnait de la mauvaise planche et du mauvais madrier, et ça épuisait rapidement la ressource. Après quelques chantiers, il fallait déjà déménager ses pénates ailleurs et les maigres profits réalisés passaient dans le grand tordeur, fort coûteux, d'une nouvelle installation. En achetant les petits moulins à scie de la région ou en les forçant à faire faillite, notre grand-père a mis de l'ordre là où il n'y avait que de l'anarchie. Il a mis à la porte les scieurs de bardeaux, les scieurs de planches et les scieurs de madriers afin de les remplacer par des machines. Les chevaux de traîne sont retournés au pacage, de puissants tracteurs prenant leur place. Avant les autres, notre grand-père avait compris que pour vaincre, il faut d'abord se gréyer des meilleures armes et savoir s'en servir.

Assise sur cette grosse bûche de pin au milieu de la forêt que j'ai achetée de Marie-Victor Leblond, j'entretiens le feu sur lequel reste chaud le café. La coupe du bois a beaucoup progressé depuis que j'ai commencé le chantier, trois jours après m'être mariée avec Charles. Il voulait qu'on aille vivre à Saint-Paul-de-la-Croix, au-dessus de la beurrerie-fromagerie, dans des pièces grandes comme ma main, mal éclairées et puant la moisissure ! Déménager dans un trou pareil ne cadrait pas avec les ambitions que j'ai, ça n'aurait pas été à la mesure de ma vengeance contre notre père. Aussi ai-je débarrassé la salle de conférence de tous ses meubles, l'ai-je fait peindre pour que disparaisse enfin le bois noirci par le temps, puis j'ai rhabillé les murs à ma façon après avoir mis ce grand lit au centre même de la pièce, comme faisaient jadis les Japonais parce qu'ils savaient que de tout lieu on doit en occuper le milieu. De là, on peut se défendre de n'importe quelle attaque. De là aussi, on peut passer à l'offensive, et dans toutes les directions à la fois si c'est nécessaire. Depuis mon mariage avec Charles, je ne m'en prive pas. En fait, j'ai sonné la charge bien avant, alors que nous occupions le bureau de poste de Saint-Paul-de-la-Croix. Charles branlait dans son manche par-devers moi à cause de Bouscotte et sans doute aussi de Fanny qu'il aime toujours même s'il s'en défend. Charles n'est pas doué pour les ruptures, il n'est pas capable de mettre une croix sur ses affections, il ne connaît pas le sens du mot abandonner quand il est question de sentiment. C'est un homme de paix, du genre de ceux qui croient qu'un arrangement hors-cours est toujours préférable aux tracasseries d'un procès. Cette race-là de monde, il faut lui pousser dans le dos, et la provoquer, et la mettre devant le fait accompli puisqu'elle ne réagit qu'une fois ses limites atteintes.

Voilà pourquoi je suis tombé enceinte de Charles, parce que je devais me marier avec lui, ce qu'il aurait reporté aux calendes grecques s'il ne m'avait pas engrossée. Voilà pourquoi aussi j'ai transformé la salle de conférence en chambre à coucher japonaise malgré les protestations de Samuel qui a vu dans ce chambardement une trahison par-devers notre père. C'en est une, véritablement, mais pas pour les raisons que croit Samuel. Dans une guerre, les moyens importent peu puisque seul compte le résultat. Le héros n'est jamais celui qui est tué, mais celui qui assassine. Si je dois respect à Manu Morency, pas d'autres raisons que celle-là: il est abrillé des pieds à la tête par les couleurs rouges du meurtre et par les odeurs fauves du sang. Une simple idée fixe et tout tourne autour d'elle, même la nourriture qu'il convient de manger.

J'ai pris le saucisson dans la poche de ma gabardine, je le coupe en rondelles avec le couteau que j'apporte partout avec moi, j'ouvre la bouche, je tire la langue et c'est comme si j'avalais une hostie noire toutes les fois que j'ingère. C'est ma façon à moi de communier avec le cœur pourri du monde pour qu'il ne me saute pas dans la face, aussi griffu que les pieds d'un chat sauvage. Machouillées, les rondelles froides du saucisson remplissent le creux que j'ai et apaisent le cœur pourri du monde. Ainsi, je peux prendre les choses pour ce qu'elles sont — rien d'autre qu'une immense forêt s'épaillant partout autour de moi, des milliers et des milliers de sapins, d'érables, de chênes, de frênes et de pins si énormes qu'on dirait qu'ils sont là depuis les commencements du monde. Comme les pointes d'une étoile, les trails partent du camp et s'enfoncent loin sous les arbres, jusqu'à la rivière Rimouski dont les méandres marquent les limites des lots achetés par moi à Marie-Victor. Je vais en sortir au moins le double de billots que j'en espérais. Quand ça sera devenu des planches et des madriers sous les dents désormais in-formatisées du moulin à scie de Squatec, j'aurai fermé le bec à tous ceux-là qui ne croyaient pas à mon génie pour les affaires et je les ferai manger dans ma main.

Je glisse le couteau dans ma poche, je nettoie avec de la neige la tasse de fer-blanc dont je me suis servi pour boire mon café, je la suspends par son anse au chicot d'épinette noire qui tient debout par son pied englacé. Loin dans la forêt, la grosse machinerie s'est remise en marche, et ça devient plein de bruits et de fureur aux quatre coins du monde, ça force les hiboux, les perdrix des neiges et les faucons à s'envoler vers le bleu du ciel où ils s'épuiseront à tourner en rond comme dans ce film que j'ai vu sur la Chine, qui nous montrait des tas de camions remplis jusqu'aux ridelles de moineaux morts. Ils étaient devenus une peste pour les cultures, mais on ne voulait pas utiliser d'armes chimiques pour s'en débarrasser. On a donc demandé à tous les habi-tants de la Chine de sortir dans les rues, d'occuper les parcs, les jardins, les champs et les bois puis, avec les casseroles et les marteaux qu'ils tenaient dans leurs mains, de faire le plus de bruit possible afin d'affoler les moineaux et de les forcer à rester dans les airs jusqu'à ce qu'ils en tombent, complètement épuisés.

De mon pied, j'éteins le feu. Si j'ai un peu de mal à me redresser, c'est que mes reins me font mal. Je devrais ne porter qu'un enfant, mais me voilà prise avec deux, comme notre mère avant moi et comme notre grand-mère avant elle. Née la première, notre mère est rapidement devenue orpheline du frère jumeau que notre grand-mère déjeta sans savoir qu'il avait le cordon ombilical entortillé autour du cou et que la sage-femme arriverait trop tard pour l'en délivrer. Notre mère a toujours souffert de son frère jumeau manquant, elle n'a jamais pu combler dans son corps l'esprit dont elle aurait été parfaitement pleine autrement. Ça explique sans doute pourquoi notre mère pratique autant l'art de rester sur son quant-à-soi, pourquoi l'action lui répugne et pourquoi les rêves qu'elle fait prennent une si grande place dans sa vie. Le cordon ombilical ne s'est pas seulement enroulé autour du cou de son frère jumeau, il s'est soudé au ventre de notre mère — comme un ectoplasme discret flottant à quelque distance d'elle dans l'espace inatteignable bien que ne cessant jamais de toucher, de caresser ou de mordiller, comme dans ce vœu écrit par notre grand-mère dans son journal :

C'est mon jumeau, cet homme !
Celui dont le feu
N'envoie que brouillard,
Il habite autour de moi.

Une fois je regardais
Les trous des nœuds des arbres.

C'était bien cela,
Des trous de nœuds.
Alors mon jumeau, cet homme,
Il vint et fit son feu —
Parmi ces arbres, oui.
Le brouillard s'éleva vite
À travers les arbres
Et tout autour d'eux.
Puis m'apparurent les trous de nœuds
À travers le brouillard.
Je les vis différemment.
Maintenant c'étaient des gueules

Gueules d'ours.
Gueules de loups.
Gueules de faucons.
Gueules de chauves-souris.
Gueules de toutes sortes d'animaux.

J'ai vu ces gueules
À cause de mon jumeau, cet homme,
Qui fait le brouillard.

Quand j'essaie de l'attraper,
Il fait un feu.

Si j'essaie encore de l'attraper,
Le brouillard s'épaissit autour de moi.
En moi aussi, le brouillard s'épaissit
Et, bien qu'il soit toujours là,
Je ne vois plus mon jumeau, cet homme,
Je ne vois plus
Que la gueule entrouverte
De mon quant-à-moi.

Je fais quelques pas vers la motoneige dont je me sers quand je rends visite aux bûcherons besognant au cœur de la forêt. À moins qu'il ne tombe une bordée tardive de neige, c'est sûrement la dernière fois que je pourrai me rendre ainsi auprès d'eux. Les trails sont déjà malaisément praticables et les ponts de glace jetés au-dessus des ruisseaux et des étangs sont à la veille de caler pour tout de bon. Ça me fera déplaisir que de me priver ainsi de mes chevauchées en forêt puisque j'y puise l'énergie dont j'ai besoin afin de rendre à ses grosseurs le monde que je porte secrètement. Ce n'est surtout pas à Charles et à notre mère que je dirai que je suis enceinte de jumeaux et que ces jumeaux-là seront des filles. Je considère que ça sera un atout de plus dans mon jeu quand le moment sera venu pour moi de leur colporter la nouvelle. Grâce aux jumelles, j'accoucherai enfin de tous les desseins grâce auxquels je suis moi-même venue au monde.

Assise sur la motoneige, je n'aurai pas le temps de la mettre en marche et de disparaître, ni vu ni connu, dans le premier sous-bois. Tirant un traîneau sur lequel est assis Manu Morency, un tout-terrain monté sur chenilles s'approche dans un vacarme d'enfer. Sous un signe de Manu, Gabriel arrête la machine puis, obéissant encore à un autre signe de tête, il quitte son siège, marche vers le camp, se déboutonne de la braguette et, dans un grand jet doré, pisse tout son content. Manu mouille de sa langue ses lèvres gercées, fait jouer ses mâchoires de bâbord à tribord parce que le froid les a contractées, et dit enfin :

— Je t'ai attendue chez moi toute la soirée d'hier et toute la matinée d'aujourd'hui. Je peux savoir pourquoi tu m'as fait faux bond ?

— Le temps m'a manqué. J'ai dû discuter avec Charles jusqu'aux petites heures du matin parce que ça devenait urgent pour moi de lui faire comprendre que je n'irai jamais m'enterrer à Saint-Paul-de-la-Croix. Je devais aussi le convaincre de la nécessité d'agrandir la beurrerie-fromagerie.

— Par-devers nos intentions communes, quel intérêt cet agrandissement de la beurrerie-fromagerie?

— C'est moi qui vais en financer les coûts. J'aurai donc bien davantage qu'un lien sur elle. Tant que Charles ne trouvera pas à me rembourser, mon droit de propriété sur la beurrerie-fromagerie sera inaliénable. La chose valait bien que je passe toute ma soirée d'hier à finaliser pareille entente.

— Si c'était déjà terminé hier soir, pourquoi m'avoir causé lapin cet avant-midi?

— Parce que j'ai fait caucus avec Benjamin. Les actions qu'il détient dans le moulin à scie de Squatec, je ne pouvais répondre pour elles sans avoir dans la poche un document dûment signé chez un notaire. Maintenant que c'est réglé, les deux-tiers des profits réalisés avec les planches et les madriers m'appartiendront en propre. Je pourrai donc en user comme je l'entendrai.

Du revers de sa mitaine, Manu essuie le filet de morve qui lui coule du nez. Dans son regard fixé sur moi, je devine de l'étonnement et sans doute aussi un peu d'inquiétude. Parce que je suis une femme, il se méfie de moi. Parce qu'il est le frère de Mélina et qu'il l'aime d'un amour incestueux, il ne sait pas de quelle façon il doit me prendre. Il ne sait pas jusqu'où il doit aller dans la confidence. Il voudrait que je sois son amie et que cela nous emporte tous deux au-delà de l'idée de vengeance qui conditionne nos actions. Je devrais boire du vin avec lui, goûter les plats qu'il cuisine, m'asseoir par terre dans sa bibliothèque et lire tous ces ouvrages de Nietzsche qu'il a annotés pour mieux fortifier sa volonté. Manu ne peut pas comprendre que je n'ai pas besoin de boire, que la gastronomie me laisse froide et que le plus petit livre lu ne fait qu'épuiser ma patience. Je ne demande à rien ni à personne de me conforter dans ce que je pense et dans ce que je suis. Ce n'est pas pour ça que je suis venue au monde. C'est pour laisser libre cours à la fâcherie dont je suis habitée, qui est en-deçà et au-delà de tout sentiment humain, en-deçà et au-delà de toute morale. Ma fâcherie est celle d'une femme qui trouve le monde trop petit pour elle, infondé aussi bien dans ses rêves que dans ses actions. Tant de fragilité pour rien ! Tant de tournage en rond pour rien ! Tant de vessies se faisant prendre comme lanternes pour rien ! Et toujours en train de justifier ceci ou cela, au nom de principes qui ont autant de réalité que la planète Gyprok des Raéliens ! C'est ce que j'ai retenu du documentaire que j'ai vu sur Hitler. S'imaginer qu'il voulait exterminer le peuple juif parce qu'il était mal venu au monde, dans une famille pauvre de corps et d'esprit, quelle aberration ! Hitler était à lui seul toute la haine refoulée de l'Europe et, s'il s'en est pris avec tant de rage au peuple juif, c'est que l'Occident était devenu à son image, xénophobe, intégriste, mercantile et sournois. Dans un monde rendu plus juif que l'Israélite ne l'a jamais été, comment se comporter, sinon comme ça s'est écrit sur les mille pages que compte la Bible, par le meurtre et l'extermination, par la tuerie collective et le génocide ? Le peuple juif a transformé les villages moabites en camps de concentration sous le prétexte que cette race-là de monde était incestueuse, ce que la Torah interdisait formellement. Pourtant, le peuple juif pratiquait lui-même l'inceste. Comme il était souvent en guerre et qu'il avait besoin de combattants, les prêtres autorisaient les accouplements incestueux pour que l'espèce ne disparaisse pas et, avec elle, toutes les richesses accumulées pour satisfaire un dieu sanguinaire, hypocrite et dément. Quelle différence alors entre Hitler et le peuple juif ? Exterminer tous les membres d'une simple tribu, est-ce plus défendable que de vouloir en faire autant de toute une race ? Nous savons depuis longtemps que le véritable enjeu de la haine n'est pas là, mais dans cet héritage de nécessaire destruction que l'évolution anarchique de l'homme, et sa sordide multiplication, a rendu dans ses grosseurs. Ce n'est ni la pauvreté ni la souffrance qui génèrent la haine puisque celle-ci est à l'origine du cycle. Pour devenir, il a d'abord fallu que le monde, dans la fission de son premier atome, explose, donc se détruise. Et c'est le mouvement que suivent depuis l'humanité, les planètes et le cosmos tout entier, celui de la haine primordiale et totalitaire. Hitler ne fut rien d'autre qu'une des nombreuses manifestations du premier atome par lequel s'est fissuré le monde pour mieux proliférer en cancer. Ça n'avait rien d'individuel et ça n'avait rien de personnel. C'était simplement haineux, comme l'a été l'invention de l'Univers.

J'ai rallumé le feu et donné à Manu le café qu'il m'a demandé. Il le boit par lampées légères, son petit doigt en l'air, comme une antenne cherchant à savoir d'où pourrait bien venir le vent. Je dis :

— Que veux-tu encore apprendre de moi?

— De savoir où tu en es avec Charles et Bouscotte, je ne serais pas contre.

— Bouscotte, je fais semblant de ne pas le voir.

— Tu devrais pourtant. Il constitue un élément important dans la guerre que nous menons contre les Beauchemin.

— Quand le moment sera venu, je trouverai bien à me servir de lui. Entre-temps, je laisse ma mère s'en occuper.

— Je ne suis pas certain que ça sera pour le mieux, en tout cas pour nous.

Je hausse les épaules puisque je sais que j'aurai bientôt deux enfants à opposer à Bouscotte. Je saurai bien les transformer en armes absolues si, un jour, les circonstances devaient m'y obliger. Je ne vois toutefois pas l'intérêt que je prendrais à en informer maintenant Manu. Qu'il me parle plutôt de ce qu'il trame de son bord et de ces soi-disant atouts qu'il garde cachés dans sa manche! De simples paroles en l'air, aussi courailleuses que les vents printaniers, je suis capable de m'en passer! J'ai lutté tout l'hiver pour apprendre à ne pas nâvrer sous la violence du noroît quand se déchaînent les tempêtes de l'Antarctique, que le mercure descend plusieurs fois sous zéro, que la neige crisse sous vos pas comme de la vitre qui se casse, que vos poumons sont transpercés par de glaçantes aiguilles cinq minutes après que vous soyez sorti de la maison! Même sans passe-montagne, j'ai su traverser l'hiver de force en riant de lui comme on fait avec les grands insignifiants. Des faits, Manu Morency! Rien d'autre que des faits! Et pas n'importe lesquels! Je ne m'intéresse pas au sort de Philippe Beauchemin, pas davantage à celui de son égérie du Saguenay et encore moins à l'avenir du Parti des régions. Ce dont je veux entendre parler, c'est de Fanny Desjardins et du père de Charles. Eux seuls m'importent dans la guerre sainte que je livre aux infidèles !

Lorsque Manu me montre la photo où l'on voit Charles embrasser Mélina tandis que Fanny se poudre le visage, je ne peux pas faire autrement que de sourire de satisfaction. Je sais déjà quel usage Manu et moi nous pourrons en faire — insinuer que la mère de Bouscotte n'est pas Fanny mais Mélina, quel désastre ça serait rue Notre-Dame aux Trois-Pistoles ! Pour le père de Charles, ça signifierait surtout que le grand amour que Mélina prétend lui porter n'a toujours été que mensonge, hypocrisie et tromperie. Manu en rajoute :

— Imagine la réaction d'Antoine s'il devait apprendre que Mélina savait où Charles vivait à Montréal et ce qu'il y faisait ! Après avoir passé dix ans de sa vie à user son os là-dessus, Antoine en tomberait sûrement des nues. Imagine aussi que par insinuation toujours, le fisc soit mis au courant des malversations dont la quincaillerie du bonhomme s'est rendue coupable, imagine combien seraient salées les factures d'impôt qui en résulteraient ! Pour toi qui veux mettre la main sur tout le butin des Beauchemin, ce serait inespéré. Tu n'aurais plus qu'à ouvrir la main pour cueillir le fruit enfin mûr.

— Si tu m'ouvres ton jeu à ce point-là, c'est sûrement que tu attends quelque chose de moi en retour. S'agit de quoi ?

— D'une insignifiance sans doute. En m'en revenant de ma traversée du Québec, je me suis arrêté à la Maison de Cacouna afin d'y laisser quelques vieux ouvrages amérindiens grapignés par moi dans ma voyagerie. En jetant un coup d'œil à la bibliothèque, je suis tombé sur la copie d'un manuscrit qui aurait été écrit par ta grand-mère. J'aimerais pouvoir le lire au complet. Dans la version que j'ai eue sous les yeux, au moins un chapitre était manquant. Je me demande bien pourquoi. La jeune femme qui en a traduit les passages en langue malécite ne s'est même pas rendue compte que plusieurs pages sont portées disparues.

— Quel intérêt, ces pages-là ?

— Pour le savoir, j'ai besoin du manuscrit intégral.

— C'est Benjamin qui en est le gardien. Le journal de notre grand-mère, il ne s'en sépare jamais.

— Je te fais confiance. Tu trouveras bien une façon de m'en fournir copie.

— Je ne vois toujours pas en quoi le journal de notre grand-mère pourrait être d'une quelconque utilité dans la guerre sainte qui nous occupe.

— Je suis méticuleux, ce qui revient à dire que je ne laisse jamais rien au hasard.

— Je veux bien aller faire un tour au lac Sauvage, mais ça ne sera pas demain la veille et j'aime autant t'en prévenir tusuite.

— Du moment que t'acceptes de t'en charger, mon contentement est sans épine.

Manu fait signe à Gabriel de cesser de compter le nombre de billots qui composent le plus énorme des tas de tout ceux qu'on trouve autour du campement, il lui demande de monter sur la motoneige et d'en faire partir le moteur, il relève jusqu'à ses yeux la couverture de laine qui l'abrille puis, alors que s'ébranlent la machine et le traîneau, il me fait ses adieux en soulevant par trois fois son casque de feutre. Moi, je respire profondément parce que j'ai besoin que mes poumons se remplissent d'air et que ça s'en aille jusqu'au bout de mes pieds. C'est ainsi après chacune de mes rencontres avec Manu. Si je pouvais, je changerais aussi le campement de place, je mettrais ailleurs les piles de billots, je redessinerais autrement les trails menant aux confins du Bic. Je ne me fie pas à Manu parce que je sais que nous ne sommes que des alliés circonstanciels. Autrement, Manu n'aurait pas d'affaire dans ma vie et je n'en aurais pas non plus dans la sienne. L'idée de vengeance a quelque chose de trop exclusif pour que ça puisse se partager sans que la trahison ne montre tôt ou tard le bout de son nez. Depuis que je me suis mis à la lecture de Nietzsche pour savoir ce que Manu en retire lui-même, je sais mieux de quel bois il se chauffe, mais je me garde bien de le lui dire au nom de ce que Nietzsche a écrit sur le sujet — cette pratique dans le commerce des hommes de la dissimulation bienveillante par laquelle on feint de ne pas percer à jour les motifs de leur conduite, surtout quand ils se haïssent eux-mêmes au point d'en oublier l'infirmité qui les a rendus souverainement méchants, cyniques et destructeurs.

J'ai un peu de mal à enfourcher la motoneige, à cause de mon gros ventre qui me donne mal aux reins. Je devrai aller moins vite dans les trails que les grands dégels ont rendues mal allables malgré la tempête de neige inattendue qui a frappé le pays de Rimouski alors que l'herbe verdissait déjà les parterres. Demain, il n'en restera plus rien et je ne pourrai plus me promener dans la forêt que sur un tout-terrain, ce qui n'aura rien pour conforter, ni le gros ventre que j'ai ni le mal de mon dos. Mais qu'importe! Dès que j'aurai franchi les Portes de l'Enfer auxquelles on accède par une trail tout en méandres, comme un lacet de bottine jeté négligemment dans l'espace, je me retrouverai en pleine nature et je l'aimerai pour ce qu'elle est, parce qu'elle ne pense pas et qu'elle n'a d'opinion sur rien.

Je traverse le premier bosquet d'épinettes noires, trop branchues pour que ça vaille la peine de vouloir en faire des planches et des madriers. Bien que la trail soit cahoteuse, je ne ménage pas ma monture. J'ai hâte d'arriver au beau mitan du chantier, dans le monde sans compromis des haches, des tronçonneuses, des débusqueuses et des ébrancheuses. J'aime quand ça sent l'essence, celle des machines et celle des arbres coupés — odorant est le bran de scie, odorante l'écorce mise à nu, odorantes les gommes des sapins et la sève des érables, eaux dorées, eaux dorantes ainsi que je disais quand j'étais enfant et que je vivais dans mes rêves comme au milieu d'un pot de miel.

Je commençais à me sentir trop bien. Voilà sans doute pourquoi m'attend, les Portes de l'Enfer à peine passées, celui que j'appelle la bête à grande queue, car il ressemble de plus en plus à une mauvaise caricature du *Journal de Montréal* : le visage émacié comme si ça sortait d'un jeûne de six mois au fond d'une grotte de Fontarabie, le nez en bec de faucon et grumeleux comme si les vers s'étaient mis dedans, des omoplates qui saillent même quand le corps est emmitouflé sous quatre couches de linge, et des jambes si arquées que les pieds ne peuvent s'en aller que par en dedans. À dire vrai, il ne lui manque qu'une longue queue qui pendrait par derrière pour que Marie-Victor Leblond sorte tout droit des images d'Épinal dont on illustrait jadis les contes de Jos Violon. Je lui passerais sur le corps sans déplaisir, mais les chances seraient trop grandes pour que ce soit ma motoneige plutôt que lui qui ne s'en remette pas. Il me regarde de ses petits yeux bruns de rat musqué, se pourlèche de la babine inférieure, et dit :

— J'ai vu tout le bois coupé qui s'accumule entre les trails, c'est pour moi clair comme de l'eau de roche maintenant que je me suis fait crosser quand je t'ai vendu mon butin. Ça serait donc dans la logique des choses que tu trouves à m'en dédommager.

— T'es majeur et vacciné, Marie-Victor Leblond. Pour acheter tes lots à bois, je t'ai pas tordu le bras. Si tu me les a vendus moins cher que ce que tu aurais pu obtenir pour eux, blâme ta cupidité, pas la mienne.

— Je serais quand même en droit de te poursuivre devant les tribunaux.

— Si j'étais toi, je continuerais plutôt à m'occuper de Mme Levesque dans l'espoir de continuer à la plumer du poitrail au croupion.

— Je dois prendre ce que tu me dis comme une menace ?

— Occupe-toi pas de mes oignons et je ferai pareil avec les tiens.

Je ne donne pas le temps à Marie-Victor d'ajouter quoi que ce soit, je mets plein gaz, le devant de la motoneige levant de deux pieds dans les airs tellement je n'y suis pas allée avec le dos de la cuiller. Un maniganceux, un fraudeur et un escroc déguisé en grand-prêtre d'une secte bâtie sur les anges et les pseudos miracles de Sainte-Anne de Beaupré ! Un cancer comme le monde l'est devenu, une bactérie mangeuse de chair et la preuve définitive que Dieu, s'il a déjà existé, est mort depuis longtemps!

Je fais comme si ma motoneige était un vieux cheval, je la laisse s'avancer lentement au travers des arbres, des rochers et des petites sources d'eau qui commencent déjà à fissurer le ventre de la terre. Dans le mien, les jumelles font aller leurs bras et leurs jambes. J'aurai bientôt deux filles pleines de vie, déjà formées pour la Guerre Sainte, l'une occupant tout l'espace du matin, et je la nommerai Aurore pour qu'elle sache qu'être femme c'est savoir d'où ça commence; et l'autre, parce qu'elle remplacera celle que j'ai eue avec Dief, je la baptiserai Brunante, mais ce ne sera pas au nom de la remémoration que je le ferai, par sentiment nostalgique ou par besoin de me déculpabiliser pour une mort que j'aurais dû savoir empêcher. C'est que le plaisir de Brunante lui viendra de la fin du jour, quand le soleil dans son baissant devient un éclatement de la lumière et le rayonnement de toutes les couleurs. C'est le moment où tout ce qui est cueillable doit l'être, gorgé de chaleur et d'énergie. Ce qui sera semé par Aurore, ce sera à Brunante de le moissonner, et elle le fera mieux que quiconque avant elle et mieux que quiconque qui pourrait venir après elle. Tous les fruits et tous les bruits du monde seront là, comme maintenant je les vois et les entends alors que je me rapproche d'eux sur la motoneige — bruit de pin qui tombe, bruit de chevreuil fuyant dans la futaie, bruit de tracteur contournant les écores de la rivière Rimouski, bruit de tronçonneuse et bruit de hache. Je suis bien, je suis une échappée de lumière au milieu de la trail.

8

Antoine

C'EST LA NUIT que ça s'endure le moins parce que le sommeil est un piège muni de dents acérées et que j'y tombe aussitôt que l'œil me chavire par en dedans. Mes os broyés comme dans un étau qui ne cesse pas de se refermer sur moi, mes os comme autant d'échardes s'enfonçant jusqu'au cœur et s'enfonçant aussi sous mes tempes, là ou la matière se transforme en cauchemar — des formes hideuses, des actes non fondés en droit, des écœuranteries qui se prennent pour de la pensée et dans lesquels je me retrouve de plus en plus menacé et de plus en plus incompétent. Je voudrais fuir vers le bleu du ciel, je voudrais y rouler à la vitesse de la lumière au volant de ma vieille Jaguar décapotable, Mélina toute resplendissante à mes côtés. Cette robe fleurie qu'elle porterait, la beauté de ses cuisses nues, dorées comme les pains quand ils sortent du four, et ses seins gonflés sous le corsage, où mettre ma tête serait si apaisant, où mettre mes mains serait si adoucissant, où mettre ma bouche serait si enveloppant. Plus de peur, plus d'angoisse et plus de mauvais rêves. Que ce plaisir ouaté, comme toutes les fois que je me retrouvais avec Mélina, à recomposer les cercles parfaits de son potager, à me laisser prendre en photo sur les ruines de l'ancien barrage de la rivière Trois-Pistoles, alors que mon pantalon roulé jusqu'aux genoux, je laissais mes pieds tremper dans l'eau. Revenez, plaisirs enallés! Revenez, jouissances enallées! Revenez, beautés nourricières enallées!

Les clous que je cogne s'enfoncent aussi profondément qu'à Saint-Jean-de-Dieu, et c'est la même histoire toutes les fois que je prends sommeil après avoir lutté contre lui, non pas dans ma chambre, mais dans ce bureau où je passe désormais toutes mes soirées et toutes mes nuits, des tas de paperasses empilées devant moi, états financiers de la quincaillerie, rapports d'inventaires et de ruptures de stock, études de marché et sur la concurrence, tableaux et statistiques démontrant que tout s'en va à vau-l'eau, dans une spirale de décroissance que même l'apport de nouveaux capitaux ne suffirait sans doute plus à juguler. Il faudrait aussi que j'y mette une énergie que je n'ai plus. Dépenser de l'énergie ça demande du courage et le mien ressemble à une vieille éponge dont les spicules sont tombés raide morts pour être restés trop longtemps au soleil. Ça ne se gorge plus d'eau et ça n'en redonne plus aussi. C'est sec, cassant comme de la vitre et voué aux gémonies du rapetissement. Si je reste enfermé dans mon bureau, si je dors dans mon fauteuil, c'est que l'ailleurs est devenu impossible. Même l'ici, devrais-je ajouter, est devenu invivable depuis que la maison s'est désemplie de tout son monde et que je suis le seul à errer dedans comme un tarla dans un cimetière. Derrière les portes que je n'ose plus ouvrir, les fantômes sont des mots qui se mangent entre eux, sont des cauchemars qui s'attaquent aux golurures des plafonds, aux ornementations des boiseries, aux biseauteries des buffets et des armoires. Bientôt, je marcherai dans un pied de sciure de bois et si j'y tombe, je mourrai, étouffé par la poussière.

Je cherche en moi le peu qu'il me reste encore de force. Il faut que je mette fin au rétrécissement du monde, il faut que j'ouvre les portes et les fenêtres, il faut que j'oblige les fantômes à déguerpir de la maison. La solitude ne se combat pas par la solitude et c'est impossible de venir à bout de la faim si on ne mange plus. Quand je laisse enfin mon fauteuil, le corps me craque jusque dans la moindre de ses articulations et mon cœur se met aussitôt à battre la chamade. Je suis fatigué de ne plus dormir vraiment, de ne plus me nourrir vraiment, de ne plus penser vraiment. Je me meurs de tourner en rond, si loin de Mélina que je ne sais plus comment il me sera possible de me retrouver avec elle comme avant, dans de la joie toute simple comme avant — de la câlinerie et du catichage, avec parfois la beauté d'un sein nu, ou le cambrement d'une chute de reins, ou le galbe d'un mollet désabrillé, ou cet œil violet, tout souriant, porté vers moi tandis que deux mains souverainement agiles dansent sur les touches d'un piano. Petitpetit, toutpetitpetit, que ça dit alors qu'emporté par la béatitude je suce lentement mon pouce, tout le bleu du ciel enfin revenu devant moi.

Je ne devrais pas m'en surprendre, mais la cuisine désertée m'est comme un coup de poing qu'on m'assénerait sous la margoulette. Je prends appui à l'encadrement de la porte de mon bureau et je respire fort, comme si cela pouvait suffire à remêler les cartes que les grands vents de l'hiver ont jetées loin de la table de cuisine.

Je voudrais tant qu'Eugénie y soit assise, devant la substantifique moelle d'un bon petit-déjeuner — les odeurs qu'il y avait avant dans la cuisine, celles du bacon grésillant sur le rond de poêle, des toast dorées marinant dans le sirop d'érable, des salades de fruits frais trempant dans le porto, des chocolatines chaudes comme autant de petits soleils. Eugénie ne mange presque plus jamais à la maison. Elle n'y vient plus qu'à la sauvette aussi depuis qu'elle a fini de réaménager l'arrière-boutique de la forge et qu'elle y vit comme chez elle. Elle voulait se marier avec Benjamin, elle s'est même rendue avec lui jusque dans l'église de Saint-Jean-de-Dieu et si Benjamin ne s'était pas dédit à la dernière minute, Eugénie serait une Bérubé aujourd'hui, aussi bien dire une sauvagesse perdue au fond de la réserve de Whitworth, amas d'épinettes à corneilles et de pans de roc hauts comme des maisons. Eugénie me boude parce que j'ai refusé de donner mon assentiment au mariage de Charles avec Léonie. Moi Antoine Beauchemin, devenir le beau-père d'une furie sur jambes, d'une intrigante perverse et d'une ambitieuse sans conscience! Moi Antoine Beauchemin, accepter que mon fils s'en aille vivre à Saint-Jean-de-Dieu dans la maison même d'une famille qui m'aurait mis tout nu dans la rue si le pouvoir ne lui avait pas manqué! Admettre une telle infamie, ce serait encore pire que de me retrouver fin seul avec moi-même comme c'est désormais la réalité. Quelle chiennerie! Quelle chiennerie, maudite marde!

Coulissantes, les portes du salon grincent sur leurs rails quand je les ouvre. Ça sent l'encens même si Eugénie n'en a pas fait brûler depuis au moins la guerre du Vietnam. Je n'ai pas le courage de regarder les photos qui sont sur les murs et sur le dessus du piano et encore moins les rectangles jaunâtres marquant les emplacements de celles de Charles que j'ai enlevées et mises dans la cave parmi les autres débris du monde. Devant l'encoignure de pin blond, j'ouvre la petite porte, je mets la main sur une bouteille de cognac, puis je farfouille, à la recherche d'un verre. Je devrais savoir qu'il n'y a plus de verres dans l'encoignure, tous cordés dans le lave-vaisselle qui ne nettoie plus rien depuis que s'est bouché le tuyau d'amenée de l'eau. Avant, j'aurais sorti le coffre à outils de la garde-robe et, juste pour le plaisir de besogner, j'aurais varnoussé à quatre pattes avec les boulons, les écrous, les vis et les tarots. Maintenant, je fais plus rien, j'apprends à me passer de ce qui ne marche plus.

À même la bouteille, je bois une gorgée de cognac, puis je sors du salon. Je m'arrête au pied de l'escalier qui mène à l'étage et au grenier. On y accède par une échelle de corde et une trappe dont les grosses pentures grincent. Quand j'étais enfant, le grenier était mon refuge, j'y montais, je tirais l'échelle de corde, je refermais la trappe et je passais des heures à éventrer les boîtes de carton pour dresser l'inventaire de ce qu'elles contenaient, comme mon père faisait rituellement à tous les changements de saison dans son vieux magasin de fer de la rue Jean-Rioux. Je crois bien ne plus avoir remis les pieds au grenier depuis mon mariage avec Léonie. J'ai laissé les enfants me remplacer dans le monde des toiles d'araignée, des vitres sales, de la poussière et des choses déglinguées. Depuis qu'ils m'ont abandonné dans la maison, le grenier ne me sort plus de la tête. Le problème, c'est que pour me rendre jusqu'à l'échelle de corde, au fin bout du corridor, je ne peux pas éviter de passer devant les chambres. Quand je vais voir la série de portes ouvertes, je ne pourrai pas m'empêcher de m'arrêter devant chacune d'elles et j'épuiserai le temps à essayer d'imaginer de quoi elles ont déjà été pleines — musique jouée par Victorienne sur son petit piano blanc, crépitement des touches de la machine à écrire de Charles en train de faire ses devoirs d'écolier, coups de marteau assénés par Eugénie sur les échoueries rapportées de la grève Fatima et dont elle travaille les formes, chuintements de Philippe, la bouche pleine de cailloux comme faisait Démosthène parce qu'il voulait corriger ses défauts d'élocution, refrain sentimental chanté par Léonie alors que devant la coiffeuse, elle brosse sa longue chevelure. Presque rien, des petits fils de vie tressant la courtepointe de la solidarité.

Appuyé au chambranle de la porte de chambre qui a d'abord été celle de Charles avant que Bouscotte ne s'y installe, j'ouvre la bouche sur le goulot de la bouteille de cognac. Dès que ça atteint mes lèvres, je grimace de déplaisir, et m'assaille tout de suite un sentiment de colère, du même genre que ceux qui ne cessent plus de me terroriser sans raison depuis que je me retrouve seul à tourner en rond dans une maison devenue trop vaste pour moi. Lorsque ce sentiment subit de colère me prend, je ne contrôle plus la portée de mes gestes : ça devient aussi déraisonné que les pensées s'emparant de mon esprit pour mieux dénaturer ce qu'il reste encore de vivant dans mon corps. Ces bouffées de chaleur, puis ce froid jusqu'au beau mitan des os après que tout ait basculé. Si je n'ai rien à la main, je saisis un poêlon par sa queue, ou bien un plat de service, un cendrier, une clé anglaise, n'importe quoi sur lequel je peux fermer les doigts, puis je tends le bras par derrière, je bande les muscles de l'épaule et je lance le plus fort et le plus loin que je peux. Ce n'est plus un objet dont je me débarrasse ainsi, mais du méchant qui occupe ma jarnigoine et en détruit les fondements.

La bouteille de cognac a fauché la grosse théière sur son socle de bois, puis est allée fracasser le bol à eau installé contre l'assise de la fenêtre au bout du corridor. Émiettement de mon sentiment de colère, affaissement de mon corps, c'est mou comme de la guenille, c'est rempli d'eau salée, je ne vois même plus Bouscotte assis devant son ordinateur et en train de taper cette lettre pour Julie Payette à Cap Kennedy. Comme je voudrais moi aussi m'en aller vers les étoiles, aux confins du cosmos, là où il n'y a que du neuf à perte de vue, que de l'inédite beauté à perte de vie — enfin libéré des Bérubé, et toute ma famille échappant à la loi de leur gravité, rendu aux chiffres de sa véritable appartenance, ceux du sang.

Par l'échelle de corde, je me hisse jusqu'au grenier. Je soulève la trappe avec ma tête et le poids fixé à la corde d'une poulie la fait s'ouvrir complètement. Je regarde. Les yeux à fleur de plancher, je regarde. Je n'ai jamais mis les pieds au grenier sans l'inspecter d'abord du regard. Quand j'étais enfant, une colonie de chauves-souris s'y était installée, le collier de la bourrure de la cheminée s'étant défait — une tempête de grêle dont je me souviens encore, ça tombait du ciel comme une multitude de balles de ping-pong, cabossant la tôle des voitures, blessant les bêtes et cassant un bras à la grande statue de saint Michel juché sur l'un des clochers de l'église. La tempête de grêle terminée, j'ai vu le bras de saint Michel tombé du clocher, j'ai vu les feuillards d'or dont il était recouvert, et le sang qui coulait, là où s'était faite la rupture d'os, et ça m'avait tant impressionné que j'avais couru ventre à terre de l'église jusqu'à la maison, filant droit au grenier où, pour la première fois, m'attendaient les chauves-souris, ces dévoreuses de lumière, ces buveuses de sang dont mon grand-père prétendait qu'elles avaient la faculté de se transformer en vampires — lorsque la chauve-souris veut mordre un homme endormi, généralement entre les orteils, pour lui sucer le sang sans l'éveiller, elle bat constamment des ailes. Je me suis longtemps ensommeillé avec mes chaussettes dans les pieds parce que j'avais peur de me désabriller pendant la nuit, laissant ainsi mes orteils à la merci des sanguinaires chauves-souris. Je n'ai jamais fermé l'œil au grenier non plus, même longtemps après que mon père l'en ait débarrassé de ses chauves-souris en y allumant de nuit une grosse lampe pour les affoler et mieux les tuer à coups de raquette de tennis. Mon père en avait pris une par les pattes et me l'avait montrée, insistant sur ce qui différencie la chauve-souris de toutes les bêtes ailées de la création, elle seule ayant des mamelles, elle seule oiseau et mammifère, et elle seule capable de voler bien qu'aveugle — méfie-toi de toute personne pouvant ressembler à une chauve-souris, méfie-toi de ses grandes oreilles, des poches de sang qui lui servent d'yeux, de ses dents comme des lames superposées de rasoir, de ses griffes coupantes et porteuses de toutes les maladies de la Terre.

Je ne suis plus un enfant depuis longtemps, mais je n'aimerais pas me retrouver au beau mitan du grenier alors que par centaines y entreraient les chauves-souris.

Il me semble qu'elles ressembleraient toutes à Léonie Bérubé, qu'elles seraient toutes marquées du signe du Diable et qu'il leur suffirait de peu de temps pour me dépecer vivant. On ne retrouverait plus de moi qu'un petit paquet d'ossements au fond d'une caisse de beurre et deux yeux picochés et roides comme des billes de verre, ces marbres avec lesquels je jouais quand j'allais à la petite école.

Je déplace les caisses pour me rendre à celle que je suis venu chercher — une simple boîte à chaussures sur le dessus de la commode en débriscaille, dont le couvercle reste fermé grâce aux deux gros élastiques qui le ceinturent. Je prends la boîte à chaussures et manque l'échapper. C'est lourd comme si on avait fondu du plomb dedans, à moins que toutes les chauves-souris de la Terre y aient pris refuge, attendant ainsi dans l'obscurité que je soulève le couvercle pour sortir de la boîte et me lacérer le visage. Je ferais peut-être mieux de rendre à la commode ce qui lui appartient depuis tant d'années déjà que je ne saurais plus en retirer quoi que ce soit de chaud, de bon et d'apaisant. Le problème, c'est que je continuerais à tourner en rond sur moi-même, que je suis fatigué et déterminé à en sortir même au prix à payer d'une plus grande fatigue encore. Sinon, les jambes vont finir par plier d'elles-mêmes et je vais me ramasser par terre, recroquevillé en petit bonhomme, les mâchoires si contractées que ça rendra impossible le moindre cri que je pourrais bien pousser. Je ne voudrais pas mourir ainsi dans l'abjection, mon corps souillé d'urine et d'excréments, hanté par la honte et sans gloire.

Je redescends à l'étage grâce à l'échelle de corde, tenant sous mon bras la boîte à chaussures. J'entre dans la chambre, celle que j'ai longtemps partagée avec Léonie. Au grand lit qu'il y avait dans le temps de nos premières amours ont succédé deux couchettes aux ciels de lit pareils à des chevelures ruisselant du plafond. Une des couchettes est maintenant de trop puisque Léonie n'y dormira plus jamais — son corps gracieusement potelé, nonchalamment allongé sur les couvertures, et que j'admirais quand même, et que je désirais aussi en dépit de la tiédeur de notre affection. Les seins de Léonie, son ventre comme ourlé de petits plis, la noire forêt d'épinettes faisant de son sexe une source rafraîchissante, ses cuisses toujours dorées par le soleil en belle saison, par les lampes de l'Hôtel Lévesque en temps de ciel bas, de neige et de froid. Comme les enfants, enallée Léonie, partie rejoindre Rosaire Levesque dans ce chalet rénové de Saint-Fabien-sur-Mer. Rompu le précaire équilibre de mes sentiments, détraquée la balance de mes affections. Je n'oserais pas le dire à personne, mais Léonie me manque. Elle était de bon conseil pour les affaires, j'en prenais volontiers avis même si je faisais semblant d'écouter du Ponant ce qu'elle me disait du Levant, m'amusant parfois à chef-d'œuvrer le contraire de sa pensée juste pour qu'elle sache que je n'avais pas besoin d'elle. Avec les enfants, elle était malhabile comme tous ceux qui sont trop volontaires, trop rigoureux et trop directifs : donner sa chance au coureur est considéré comme une lâcheté, et ainsi se perçoit aussi le partage de tout plaisir. Cette froideur naturelle, cette inflexibilité du caractère, ça n'a jamais eu besoin de s'apprendre, inscrit depuis des générations dans les gènes. Si Léonie s'est tourné vers Rosaire Levesque, la raison en est simple à comprendre, elle tient tout entier dans ce qu'on appelle l'impudeur. Rosaire Levesque ne garde rien pour lui, c'est un exhibitionniste du sentiment comme tous ceux qui ont besoin d'être confortés. On n'a donc pas besoin de forcer fort pour les rendre dépendants de soi. Quand Rosaire Levesque buvait comme un trou, sombré au fond du baril dans lequel il était tombé, Léonie s'est occupée de lui comme elle ne l'a jamais fait pour aucun de ses enfants, elle lui faisait prendre son bain, elle le nourrissait à la petite cuiller, elle lavait son linge et repassait ses chemises, elle nettoyait les écœuranteries qu'il laissait partout derrière lui. Par amour, autant de sollicitude?

Assis sur le bord de la couchette, je hausse les épaules. Je ne veux plus penser à Léonie. Je regarde la boîte à chaussures, je mets la main sur l'un des gros élastiques qui en font le tour, je le soulève, puis le relâche. J'ai peur de ce que je vais découvrir dans la boîte si j'en enlève le couvercle. J'ai peur de me retrouver au beau mitan de la nuit, dans un monde de fantômes se mouvant sous un croissant de lune, comme des ombres chinoises se déjetant sur les murs, difformes et désarticulées, impossibles à saisir autrement qu'en devenant pareil à ce qu'ils sont. De quoi se nourrit le silence qui est le leur depuis qu'ils se retrouvent contenus dans la boîte à chaussures? Pourquoi insistent-ils autant dans mes rêves pour que je prenne soin d'eux désormais? J'ai enlevé le premier élastique, je soulève presque imperceptiblement un coin du couvercle mais le relâche aussitôt comme si j'avais mis les doigts dans le feu de forge qu'allume Eugénie quand elle fabrique ses golems. C'est encore trop tôt pour que je puisse regarder impunément dans la boîte à chaussures. Il vaut mieux que je la laisse là sur le lit et que je sorte de la chambre. Pourquoi n'irais-je pas à Saint-Fabien, non pour y rendre visite à Léonie varnoussant dans ce chalet devenu château en bordure de la mer, mais parce qu'il y a longtemps que grand-père Maxime m'y attend — assis dans sa berçante devant la porte sur la galerie, fumant sa pipe et chiquant du tabac, un gros crachoir de cuivre à ses pieds, et rempli à ras-bord de morviats. Presque centenaire déjà, tête blanche et grosse moustache de moujik, habillé dans de l'étoffe du pays, portant mitasses et mocassins sauvages, ceinture fléchée et bonnet de fourrure même dans le plein de l'été. Un coureur de bois, de rivières et de grèves, solide et impitoyable comme l'était alors le pays. J'en avais peur et je l'aimais, et je coursais souvent des Trois-Pistoles à Saint-Fabien pour me retrouver à ses côtés et manger avec lui tout ce bleu du ciel couleurant l'espace, safrement, comme s'il y avait devant nous une prodigieuse pièce de viande ruisselante de graisse, de sang, de beurre et de fromage fondus.

Je referme la porte de la chambre derrière moi, je traverse le corridor et me mets à descendre l'escalier après avoir résisté à l'envie d'enfourcher la rampe comme quand j'étais enfant et que je glissais jusqu'en bas. Planté au milieu de la cuisine, Magloire Saint-Jean m'attend, les bras croisés sur la poitrine. Il vient me faire son rapport hebdomadaire sur ce qui se passe au Bic chez Marie-Victor. Il a trouvé moyen d'y devenir pensionnaire en se faisant passer pour un veuf éploré en quête de sollicitude et de petits soins. Je devrais aimer son côté ratoureux qui se traduit par un discours onctueux parce que toujours calculé, mais je me méfie de ce qui pourrait bien n'être que de l'hypocrisie, en tout cas par-devers moi. Mon père avait coutume de dire :

«Qui a bu boira parce que c'est dans sa vieille peau que doit mourir le crapotte», ce qui revient à ne pas se faire d'illusions sur un ancien leveux de coude, grand courailleux de jupons, qui a laissé des enfants aux quatre coins de la province et prétend ne pas s'en souvenir. Une espèce de caméléon en voie de disparition, une manière de lézard capable de donner à sa peau les couleurs de son environnement. On dirait que Saint-Jean s'est maintenant pourvu des petits yeux sournois de Marie-Victor, de la démarche tout en zigzags de Victorienne et du vocabulaire acadien de Gabrielle Levesque, une vieille femme originaire de Bouctouche, anciennement hôtelière à Saint-Valérien, que Marie-Victor a repêchée pour mieux mener à ses fins les rêves qui s'agitent sous sa caboche — grand-prêtre d'une secte sur les anges, et dont les séances se passent dans une soue à cochons restaurée en oratoire, pleine de statues parmi lesquelles trône celle de sainte Anne, ses vêtements azurés comme l'est le bleu du ciel quand aucun nuage ne le traverse. Assis au bout de la table, Saint-Jean ingurgite une gorgée du café que j'ai mis devant lui, puis la trappe s'ouvre sur deux rangées de dents ébréchées comme les anses des vieilles tasses :

— Je me suis déguisé en courant d'air et j'ai assisté à plusieurs des cérémonies qui se passent dans l'oratoire. Votre fille et Marie-Victor portent de longues robes blanches et officient devant un ancien autel de sacristie. Leur livre de messe, ça s'appelle *Le Parchemin angélique* et c'est tout en paraboles que ça s'exprime, grâce aux rayons lumineux qui voyagent de Dieu à ses archanges, par figurations, frissons et frisonneries. Le mécréant en moi est incapable de suivre une pareille musique. Aussi j'ai fait photocopier le livre de messe sans que Marie-Victor ne s'en rende compte et je vous l'ai apporté pour que vous vous rendiez compte jusqu'à quel point ça mouillasse dans la tête de Marie-Victor.

Je regarde au hasard des quelques pages que je tourne, je n'entends que bruissements d'ailes et que chuchotements de psaumes pillés dans la Bible, travestis, méconnaissables comme un quartier de citrouille mis en compote. Avec du charabia pareil, que vise donc Marie-Victor ? Saint-Jean reprend *Le Parchemin angélique*, le glisse dans sa saberdache de vieux cuir qu'il apporte partout avec lui, et dit :

— Ce n'est pas une secte que Marie-Victor a fondée. Il ne croit pas plus que vous et moi aux simagrées qu'il multiplie dans son oratoire. Il ne s'intéresse pas davantage au monde qui s'y retrouve parce qu'il a besoin de prier, d'échapper à la solitude et au silence. Les desseins de Marie-Victor sont autrement moins idéalistes. Tout ce qu'il cherche, c'est comment il peut mettre la main sur le bas de laine, par ailleurs bien rempli, de cette pauvre Gabrielle Levesque qu'il a prise en otage dans son oratoire. La cupidité, monsieur Beauchemin. Votre gendre y est enfoncé jusqu'aux oreilles. Lorsque c'en est rendu là, ça ne se guérit plus, c'est comme un cancer qui ne répond plus qu'à la loi de la prolifération.

— Assez parlé de Marie-Victor. Que devient ma fille au milieu des anges, des bruissements d'ailes et des chuchotements de psaumes ? A-t-elle encore recours au vieux coffre de matelot quand le monde se met à rapetisser autour d'elle ?

— Je lui ai conseillé de voir un médecin pour qu'il la soigne. Depuis, elle n'est plus entrée en état de panique, puisque c'était bien la panique qui la rendait aussi vulnérable. Cet hiver, je l'ai emmenée faire de la raquette devant les îles Saint-Barnabé, j'ai été observé avec elle le harfang des neiges sur les baisseurs de Kamouraska et je l'ai portée en motoneige jusqu'au fronteau des anciennes terres à bois de Marie-Victor.

— Est-ce qu'elle époussette encore tous les objets qui lui tombent sous la main ?

— Plus vraiment. Seulement pour les besoins ordinaires de faire ménage. Votre Victorienne ne sera bientôt plus cette petite fille incapable d'accéder à un monde trop vaste pour elle. Elle est en voie de devenir une femme pouvant mordre dans la vie et en prendre plaisir. Ça irait encore plus vite si vous alliez la voir.

— Je t'engage pour enquêter, pas pour me donner des conseils sur ce que je devrais faire par-devers mes sentiments ou ceux de Victorienne.

— Et que Staline se le tienne pour dit ! clame Magloire Saint-Jean en se levant pour enfiler son manteau, son bonnet de fourrure, et suspendre par sa ganse la saberdache à son épaule.

Je n'irai pas le reconduire à la porte, à cause du téléphone qui sonne, et je ne m'en plaindrai pas. C'est de la quincaillerie d'où on m'appelle, pour une urgence dont on ne veut rien me dire. Je vais devoir m'y rendre, et pour y affronter quoi encore ? Il me semble que les sept plaies d'Égypte, je les ai toutes eues de ce bord-là des choses, nuée de sauterelles, assèchement du Nil, suivi d'un déluge de feu et de sang pourri, peste bubonique, aphteuse et noire, mort des fils aînés et désertion des cadets, mutilations et viols des femmes, yeux crevés, langues coupées, seins lacérés, pieds écrasés dans l'étau de la barbarerie, souffrances d'os jusqu'à la mœlle, si déconfortantes. Et moi obligé de marcher au travers d'elles si je veux me rendre jusqu'au cagibi de la quincaillerie, puisque j'ai laissé hier soir, dans un parking de bran de scie, ma voiture que je ne pouvais plus recapoter, l'huile ayant gelassé dans les conduites.

C'était la première fois que je lui faisais prendre l'air depuis l'automne dernier. Ça a été tant que le soleil ne s'est pas caché la face derrière un tapon de nuages presque immobiles dans le ciel tellement soufflait avec gêne le petit vent venant des hauteurs de l'arrière-pays. Le mercure a alors chuté de plusieurs degrés et je m'en suis rendu compte trop tard, quand de la glace s'était déjà formée dans les flaques d'eau. J'ai laissé les clés de la voiture au Kouaque et, malgré le froid devenu cravache cinglante, je suis rentré à la maison à pied, le nez dans le col de ma veste, les yeux juste assez ouverts pour que mes pieds sachent comment besogner.

J'entre dans le cagibi par derrière après que le Kouaque, qui a dû passer la nuit à faire le guet auprès de ma voiture, m'ait remis mes clés. Un grand escogriffe à tête d'oiseau est assis à ma place derrière le pupitre, tous les documents comptables de la quincaillerie empilés dessus. C'est un envoyé du ministère du Revenu, chargé de faire la vérification de tout ce qui est entré depuis cinq ans à la quincaillerie et en est sorti. Ce n'est pas pour rien que le fonctionnaire porte le nom de Corbeau tout en ressemblant à une chauve-souris, avec des doigts de main qui ont l'air de griffes comme en portent tous les charognards! Pas besoin d'être muni d'un diplôme universitaire pour comprendre que celui-là ne lâchera pas le morceau facilement. Pas besoin de s'appeler Merlin non plus pour deviner que les malversations de Gervais Morneau, comme un puant crachat, vont me retomber dans la face et que je ne m'en tirerai pas en zigonnant au violon des airs apitoyés. Selon le ministère du Revenu, il n'existe pas de bons citoyens : nous sommes tous des fraudeurs, des voleurs et des resquilleurs, déjà condamnés avant même que ne commence le procès. Le ministère du Revenu est au-dessus des lois qui régissent notre société, il pratique des taux d'intérêt usuraires dont même les banques n'ont pas le droit d'usage, et il le fait sans discernement, tout ce qui importe étant l'argent qu'empoche le Trésor public. Si au moins on utilisait ensuite cet argent à bon escient ! C'est redistribué tout de travers dans les mille et un programmes d'intervention de l'État, généralement conçus à la veille de campagnes électorales, et abandonnés dans les mois qui suivent parce que privés de toute pertinence. Quand je le rappelle au Corbeau fonctionnaire qui crayonne déjà derrière mon pupitre, il hausse les épaules et dit :

— Je suis simplement chargé d'examiner une plainte reçue par le ministère. Il n'entre donc pas dans mon mandat de voir à la réforme de la perception fiscale. Aussi, j'apprécierais si vous acceptiez simplement de répondre aux questions que je me pose.

Après une demi-heure, je n'ai plus de doute sur la plainte reçue au ministère du Revenu. Elle a été envoyée là par quelqu'un pour qui les agissements de Gervais Morneau n'avaient pas de secret, même pas après la découverte du pot aux roses quand il a fallu jouer avec les colonnes de chiffres afin d'en camoufler la triste réalité. Seuls Philippe et Manu Morency étaient au courant de toute l'histoire. Pour des raisons évidentes, Philippe n'est sûrement pas celui qui a mis la puce à l'oreille aux fonctionnaires du Revenu. Depuis qu'il fait le jars au parlement de Québec et se promène en Europe avec Marjolaine Tremblay, la quincaillerie ne représente plus grand-chose à ses yeux. Je me demande même s'il se souvient encore qu'il est né aux Trois-Pistoles, au bout de la rue Notre-Dame, juste à côté du ruisseau Renouf et face à l'île aux Basques, comme une queue de poêlonne surnageant au milieu du fleuve. Même pas une carte postale reçue de Philippe, qu'il aurait pu m'envoyer de Paris, de Soleure ou du Luxembourg! Mon courrier, c'est Manu qui s'est chargé d'en augmenter le volume, durant cette tournée qu'il a faite aux quatre coins du Québec pour le Parti des régions. J'ai reçu au moins dix fois la même carte postale, avec les mêmes mots scribouillés dessus: «Je ne t'oublie pas dans mes prières puisque pour toi, le grand jour épiphanique est à la veille de ressoudre. Je te souhaite de bien t'y préparer pour ne pas en perdre le plus beau du divertissement.» L'une après l'autre, j'ai déchiré les cartes postales de Manu et je les ai jetées dans le poêle. Je n'aurais pas dû. Si Manu est à l'origine de l'enquête du ministère du Revenu par-devers la quincaillerie, je me prive ainsi d'un élément de preuve dont je pourrais un jour avoir besoin contre lui. Quelle écœuranterie! Jusqu'à la fin du monde, rien d'autre que de la crasserie!

Malgré la fraîcheur du fond de l'air, j'ai laissé décapotée la voiture. Que m'importe d'attraper un mauvais rhume et que m'importe que ça devienne une grippe espagnole, une pneumonie ou une pleurésie! Du moment que j'arriverai bientôt à Saint-Fabien, je me crisse de ma santé comme du paysage, vert pâle comme c'est toujours le cas quand le printemps s'attarde, qu'il joue à saute-moutons avec les panses des fondrières, la longue chevelure des collines et les creux de lacs, pareils encore à des mains glacées qui s'escouent mollement entre les pans de roc. Je passe sous le viaduc marquant le partage des eaux entre les Trois-Pistoles et Saint-Simon, puis je vire de bord dans un nuage de poussière. C'est trop tôt pour que j'aille voir grand-père Maxime à Saint-Fabien. Je me ferais chicaner et je ne mérite pas de l'être aujourd'hui. J'ai juste besoin que quelqu'un me prenne dans ses bras, me colle fort contre lui et m'embrasse partout sur le corps sans me dire qu'une fois de plus le ciel m'est tombé sur la tête. Aime-moi, Mélina ! Dès que j'arriverai au bout du Deuxième Rang, agite les bras, fais-moi de grands signes avec tes mains, chante-moi du Jacques Prévert, chante-moi celui qui dit :

L'homme pousse des appels dérisoires
Il crie au secours sans rien dire
Il a pensé oiseau
Il s'accroche aux oiseaux
S'il avait pensé chaise
Il supplierait les meubles !

Il touche les objets
Il les caresse
La boîte d'allumettes
Le cendrier
Il perd pied
Il perd la tête
La souffrance est toute prête
Et elle va le noyer.

Je freine violemment pour éviter le troupeau de moutons. Ça a sauté la clôture de leur enclos et ça s'est répandu sur la route comme autant de nuages ouatés que charrieraient des vents contraires. Les pneus de la voiture dessinent un huit sur l'asphalte et je percute l'arrière-garde du troupeau en glissant jusque dans le fossé. Ça va se remplir de sang, de laine, de pattes cassées et de cous brisés, ça va se mettre à bêler de douleur, éclatement des os de la mort, éclatement des eaux du péché, rien que du mal porté par toutes les nauséabondes odeurs du monde. Je ferme le poing sur le klaxon pour que Mélina comprenne que je suis en train de me noyer parmi les agneaux que je viens de tuer et que ça serait urgent qu'elle me tire jusqu'à elle, vers ce bleu du ciel qui commence déjà à rougir de honte. Pour ne pas le voir, je ferme les yeux, laissant les larmes ruisseler sur mes joues. Je suis en train de mourir, je coule, le sang que j'avale est froid, goûte la laine mouillée. Je vomis de gros anchets, de grosses et gluantes grenouilles, puis les étoiles, comme des éperons, se fixent dans ma peau, signe que je suis déjà mort — la souffrance était toute prête et elle voulait me noyer.

9

Mélina

MEUBLE, la terre l'était pourtant, et chaude aussi, quand je me suis accroupie au milieu du potager afin de dessiner un petit cercle avec mes doigts. Finis l'hibernation et l'hivernation, fini le déluge de neige commencé alors que mes choux étaient encore dans la terre et que celle-ci n'a mis qu'une nuit pour glacer dans ses veines le sang du monde. Il a tant neigé sur le Deuxième Rang et les tempêtes se sont succédé à si vive allure que, dans plusieurs croches de la route, on ne voyait plus que les têtes en forme de râteau des poteaux d'électricité et de téléphone. Trois jours sur sept, la route était impraticable. L'était encore davantage le chemin qui mène de la maison jusqu'à elle. On aurait dit que les grands vents soufflant de la mer Océane prenaient malin plaisir à s'arrêter sur le seuil de ma porte, y faisant des trombes de neige, pareilles à des cornets inversés de crème glacée, ou des tipis jetés autour de la maison comme les pieux d'une imprenable palissade. J'y ai été prisonnière plusieurs fois et souvent pendant de longs jours. L'électricité a manqué aussi et j'ai dû fermer la moitié de la maison parce que le vieux poêle à bois ne suffisait plus à en chauffer tous les racoins. Je n'ai presque pas enseigné la flûte et le piano, mes élèves n'arrivant plus à trouver leur chemin jusqu'ici. C'était blanc à perte de vue, avec parfois le gros snowmobile du voisin qui faisait revoler l'épaisse neige par tapons autour de lui.

J'ai aimé que l'hiver fût ainsi, rigoureux comme ça l'était dans mon temps d'enfance, gelant les oreilles, le nez, les mains et les pieds avant même qu'on ait fait dix pas dans la tempête. J'ai aimé me ressouvenir des mots que le réchauffement de la Terre a rendus désuets : le frasil, de petits cristaux de glace flottant à la surface de l'eau ; le corps frédilleux, c'est-à-dire rendu frileux par le vent, ou en état de frédure, comme quand c'est gelé à pierre fendre ; et grelotter sous sa frileuse parce que le tricot de laine s'est démaillé, ce qui a de quoi rendre n'importe qui frissonneux et froidi. De la fraîche, toujours et malgré les bûches d'érable flambant dans le vieux poêle à bois. Des grogs de baies sauvages, à boire debout devant une fenêtre givrée. Gelassures, gélivures, guédilles au nez, guerlots et grelots, comme huhulements du guibou. Et moi satisfaite que le monde ait autant rapetissé, devenu cette simple cheminée enfumant le ciel.

Meuble, la terre l'était donc au milieu du potager. Le premier cercle tracé autour de moi, je me suis laissée tomber sur les genoux et j'ai fouaillé creux sous les feuilles mortes. Ce qui se décompose après la fonte des neiges a des relents d'iode et de sel, ça goûte bon quand on en prend une pincée et qu'on la porte à sa bouche, en faisant une gomme qu'on mâchouille avant de la cracher au milieu du premier cercle où seront bientôt semés les grands soleils. Mélanger sa salive à la terre, c'est faire acte de fertilisation, c'est mettre en harmonie le corps de la terre avec le sien, c'est déjà semer par l'esprit ce que tantôt on enfouira dans le sol. Enfant, je mangeais de la terre. J'en mangeais quand j'avais peur, ou quand j'avais froid, ou quand je pleurais parce que j'avais mal. Ou je me laissais tomber dans une flaque de boue, en recouvrant mes jambes et mes mains, les offrant au soleil pour qu'il les cuise sur mon corps. Ainsi, je devenais batracien et acquérais la force des bêtes les plus âgées de l'Univers, celles qui sont apparues au commencement même de la vie et que le hasard n'a pu exterminer parce qu'il est foncièrement vertical et n'a pas de prise sur ce qui rampe à moitié enfoui dans la boue. Depuis des millions d'années, les tortues ont résisté au temps et à ce qu'il contient d'évolution. Telles les tortues étaient dans leur origine, telles elles sont restées malgré que la Terre n'est depuis toujours qu'une course effrénée vers la transformation, l'abandon des formes et de l'esprit qui leur a donné sens. La tortue est parfaite parce qu'elle vient de l'eau et de la terre, qu'elle leur ressemble, s'en nourrit et les nourrit, à fleur de marais et à fleur de sol. Ce pouvoir unique qu'elle possède, celui de sortir la tête de sa carapace et de l'y faire rentrer, signe de sa perfection : si rien ne lui échappe de l'extérieur et de ce qui ne cesse d'y changer, la tortue peut aussi souvent qu'elle le veut retourner à la profondeur de son corps, à l'état primordial qui l'a faite aussi souveraine.

J'ai laissé le potager, sauté la clôture et marché jusqu'à la vieille grange à moitié débâtie dans le champ derrière chez moi. Parce qu'il élève de plus en plus de moutons, mon voisin a agrandi ses pâturages. Par trois côtés, ils encerclent maintenant ma maison, comme autant de nuages d'ouate pour la protéger des bruits assourdissants que le monde fait parce qu'il a peur de découvrir à quel temps se conjugue le silence et de quelle exigence il se nourrit. Sur la grosse poutre renversée, je me suis assise, me tenant roide comme un piquet afin que les agneaux ne prennent pas peur de ma présence. Dans quelques jours, je les aurai tous apprivoisés, ils mangeront les grains que je tiendrai dans mes mains pareilles à de petits casseaux de fruits. Quand je m'assoirai par terre, ils viendront flairer mon corps, ils mordilleront mon linge, ils se laisseront caticher et câliner. Je ferai alors semblant de m'endormir, recroquevillée sur le sol en chien de fusil, et ils feront de même, si collés à mon corps qu'ils le rendront aussi laineux que les leurs.

En attendant que les agneaux et les brebis envahissent le paysage, il m'a bien fallu penser à mon frère Manu. Je ne l'avais pas vu de l'hiver et je ne peux pas dire que ça me manquait. Quand Manu vous rend visite, c'est que le temps ne mettra pas loin à cochonner, que ça sera difforme et que ça vous rendra malocœureux. Cette onctuosité dans le geste et le dire, cette hypocrisie, cette sournoiseté si bien apprises qu'elles sont comme le venin du serpent, insinueuses. Lorsqu'on se rend compte que ça vous a piqué, on ne peut plus réagir, on n'a plus la vitesse de pensée qu'il faudrait, on chambranle de la tête aux pieds, on ne peut plus se métamorphoser en victimaire et frapper à son tour. Tel est mon frère Manu, impossible à circonvenir, comme une corde que tisserait le vent.

Bien sûr, Manu m'a d'abord parlé de tout l'amour qu'il me porte, de l'ennui dans lequel il vit depuis que, à la mort de nos parents, je l'ai chassé de la maison familiale. J'étais sa sœur et il aurait voulu que je sois sa maîtresse, et sa mère aussi. Il aurait voulu que je ne joue du piano que pour son oreille et que je transforme mon potager en basse-cour, comme c'était le cas jadis quand c'était peuplé de poules, de canards, d'oies et de dindons sauvages — tous ces grains de beauté rendus dorés par le soleil, que nous jetions aux volailles dès que la barre du jour gonflait de lumière le paysage. Il aurait fallu que j'aime vraiment Manu, mais son corps, même lorsqu'il était glorieux, vous forçait à la méfiance, au quant-à-soi et au déni. C'était maigre, comme ces anachorètes prisonniers dans le désert que ma mère me faisait contempler dans ses livres d'histoire religieuse — saint Antoine squelettique, brûlé par les tentations du sexe, saint François déguenillé et crasseux, père nourricier des oiseaux parce que l'homme en lui n'avait pas levé, saint Barbe vivant dans un trou de fée parce que le monde le rendait fou, violent, sanguinaire et barbare. Tant d'appétits retournés contre eux-mêmes, au nom d'une sanctification démente. Dans sa jeunesse, Manu l'a pratiquée, mais sans y trouver son fond de penouil. C'est d'abord ce qui l'a enragé et rendu vicieux, toute la haine qui ne concernait que lui seul ne pouvant que se projeter sur les autres, dénaturée. En vieillissant, en perdant ses cheveux et en engraissant, Manu a tourné le dos au désert, comme Bouddha quand ses jambes sont devenues trop variqueuses pour le porter sur les mers de sable qu'il devait traverser. Bouddha s'est alors assis sous les bananiers, il a laissé grossir son ventre et laissé enfler ses bajoues, il a tourné ses paumes ouvertes vers le ciel, et c'est devenu de la grande douceur de paroles, de la liberté simplement compatissante. Le rêve de Manu aurait été d'être ainsi, si resplendissant, mais son corps est du côté du venin, ce qui rend aveugle même par-devers soi-même. La musique aurait pu sauver Manu s'il la comprenait autrement que dans le péché wagnérien de Nietzsche, et tel que ça s'est exprimé dans *Aurore*:

«L'oreille, organe de la peur, n'a pu se développer aussi amplement qu'elle l'a fait que dans la nuit ou la pénombre des forêts et des cavernes obscures, selon le mode de vie de l'âge de la peur, c'est-à-dire du plus long de tous les âges humains qu'il y ait jamais eu: à la lumière, l'oreille est moins nécessaire. D'où le caractère de la musique, art de la nuit et de la pénombre.»

Quand Manu vient me voir, l'aveu de son amour pour moi précède généralement ce qu'il entend de nouveau sur la musique, presque toujours une citation tirée de *Zarathoustra*, de la *Dithyrambe de Dionysos* ou de *L'Antéchrist*. Il espère ainsi me mettre en confiance, y ajoutant la flatterie dans l'espoir que je vais accepter de me mettre au piano pour lui comme quand toute la famille était ensemble. Ma mère jouait tôt le matin et pas n'importe quoi: les *Canons* de Bach qui sont à la musique ce que *Finnegans Wake* de James Joyce est à la littérature, un enchevêtrement de notes sous forme de courtepointe, aux motifs répétés mais jamais tout à fait semblables, aussi difficiles à jouer qu'ils ont dû l'être à écrire. Contrairement à ma mère, je n'ai jamais été capable d'aller aussi loin dans la perfection, surtout en plein jour. J'ai donc presque toujours joué le soir et la nuit, de préférence des sonates et des fugues alors que mon père éclairait le salon de bougies et de chandelles. Les notes étaient des ombres chinoises et des gouttes d'eau tombant des stalagmites en train de fondre, les notes apaisaient les oreilles apeurées par les débordements de la nuit et les odeurs de la prédation.

Manu sait bien que je ne jouerai plus pour lui. S'il me le demande à chacune des visites qu'il me fait, c'est pour justifier le ressentiment qui l'habite, dans cette mauvaise foi qu'il utilise même contre moi parce que je ne réponds à aucune de ses attentes. Son esprit est trop sombre pour moi, ses pensées ne sont qu'une oreille apeurée au fond d'une caverne froide comme c'était dans les premiers âges de l'humanité.

Je ne voulais pas voir la photo que Manu a jetée sur la table tandis que je m'y assoyais. Je savais déjà qu'elle serait porteuse de maladie et de mort, qu'il n'y aurait pas de défense contre elle puisque ce ne serait pas moi qu'elle chercherait à atteindre, mais le jardin secret que j'ai entretenu au cœur des choses, dans une discrétion si singulière qu'on ne devrait pas pouvoir passer sous la charmille afin d'en violer l'extrême intimité. Manu n'a pourtant pas hésité à briser l'un après l'autre les cercles du jardin secret, mettant au milieu du dernier cette photo me montrant avec Charles et Fanny dans cette loge de théâtre de Montréal, moi me laissant embrasser par Charles, et Fanny lui faisant un clin d'œil dans le miroir constellé d'ampoules illuminées. J'ai gardé les yeux sur la photo, j'aurais voulu qu'ils soient des rayons laser pour qu'elle brûle absolument et avant que Manu n'ait le temps de dire :

— Cette photo est la preuve que tu as toujours su ce que Charles faisait à Montréal. Que dirait Antoine s'il apprenait aujourd'hui que tu lui as caché la vérité pendant dix ans ? Ne serait-il pas en droit de s'imaginer que

Bouscotte n'est pas de Fanny mais de toi ? Imagine quelle épiphanie une telle nouvelle ferait advenir si Antoine en prenait connaissance. T'en rends-tu compte au moins ?

Je n'ai pas répondu. Dans le plat de légumes, j'ai pris le couteau et je l'ai porté vers la gorge de Manu, et je lui ai dit de prendre la porte, et je lui ai dit aussi que je le tuerais sans remords s'il utilisait un jour la photo contre Antoine.

— Comme preuve que ce n'est pas là mon intention, je te la laisse et t'autorise même à la détruire si ça te chante.

Manu n'avait pas encore passé le seuil de la porte que la photo, enveloppée d'écorces de bouleau, brûlait dans le poêle à bois. C'est après que je suis sortie, que j'ai mangé de la terre noire dans le potager et que je me suis assise sur cette poutre dans le champ derrière la maison pour y attendre l'arrivée des agneaux et des brebis. Le bruit répétitif que faisait un klaxon m'a tirée de ma rêvasserie et portée en avant de la maison. J'ai vu ainsi la voiture d'Antoine calée dans le fossé et les premiers moutons, lâchés au pacage par le voisin, fuir de tous bords et de tous côtés, sauf celui-là, à pattes et à face noire, coincé entre la voiture d'Antoine et la pagée de clôture. J'ai couru et je l'ai dégagé, lui examinant les pattes avant de lui permettre d'aller rejoindre le gros du troupeau déjà rendu au bout du champ. Puis j'ai mis ma main entre le volant de la voiture et la tête d'Antoine que j'ai soulevée. Un peu de sang coulait de l'arête du nez, un peu de salive tombait de la commissure des lèvres. Monté sur son vieil Allis Chalmers, le voisin a halé de la vase la voiture d'Antoine, et l'a tirée ensuite jusque derrière la maison. Les mains fermées sur le volant, Antoine s'est entêté à ne pas vouloir descendre et il a fallu que je fasse appel au Kouaque pour qu'il m'aide à le convaincre, puis à le faire entrer dans la maison. Antoine balbutiait je ne sais quoi du bout des lèvres et ce n'est qu'une fois allongé dans le lit, et abrillé des pieds à la tête, qu'il a cessé de bredouiller et s'est endormi. Depuis, je reste à ses côtés, je le veille et je lui essuie le front d'un linge trempé dans le vinaigre et l'eau. Depuis, le Kouaque a fait remorquer la voiture d'Antoine jusqu'au Musée de l'automobile pour que Tinesse à Clophas puisse la débarrasser de sa vase et de ses égratignures. Depuis, c'est plein d'aspérités partout, il n'y a plus de cercles ni d'ovales, les meubles s'étant comme tassés sur eux-mêmes, faisant apparaître les contondantes arêtes prisonnières jusque-là au beau mitan du bois. Depuis, c'est souffrant, râchu et coupant. Depuis, ne cesse de sombrer le jardin secret, ne cessent de se déconstruire les cercles qui menaient jusqu'à lui. Depuis, Antoine rêve, et ça tressaille d'angoisse, d'appréhension, de colère et de fatigue. Tant d'usure! Tant de rides creusant la peau comme autant de sillons labourés trop profonds, par endroits mettant presque les os à nu, bleutés comme ce qui reste du chenail du fleuve quand les glaces en réfléchissent la matrice!

Je laisse Antoine dormir, je prépare un bouillon de poulet que je parfume de quelques gouttes de porto. Je me force pour rester dans le champ de lumière que le soleil projette dans la cuisine par les fenêtres ouvertes. L'air de ce printemps qui n'en finit plus de finir sent mauvais, il est plein de vieux débris encore pourrissants, comme si les frondaisons nouvelles ne pouvaient en stopper les décompositions — odeurs de charogne, de purin de porc et de fumier de poule, comme un plein verre d'ammoniaque versé au-dessus du Deuxième Rang.

Quand je rentre dans la chambre, portant le petit cabaret sur lequel fume le bouillon de poulet, Antoine ne rêve plus. Il est assis dans le lit, les yeux fixés sur cette photographie prise par moi à l'ancien barrage, comme trois strates, couleurées en bleu de Prusse pour les écores, en bleu marine pour le lit encavé de la rivière Trois-Pistoles, et en bleu ciel pour tout ce qui est au-dessus. Antoine dit:

— Je rêverais moins mal si cette photo-là me suivait dans mon sommeil. De toutes celles que je peux encore regarder, elle est la seule dans laquelle j'entrerais sans déplaisir. Imagine que dans la première où j'ai été forcé de me retrouver, je me tenais dans la cuisine des Bérubé, en train d'y marcher à quatre pattes, Léonie sur mon dos et munie d'une cravache avec laquelle elle me fouettait en m'injuriant comme un charretier. Imagine que dans la deuxième, j'ouvre la porte pour entrer à la maison, que je vois les meubles devenus des fantômes sous les housses blanches qui les recouvrent, avec des bougies allumées partout, et Léonie se tenant debout près de la table, revêtue d'une longue robe porfillée de franges d'or, un bandeau lui ceignant le front et de longues boucles, comme des chauves-souris suspendues à ses oreilles. Léonie m'invite à m'asseoir à la table, elle me dit que plus personne ne viendra nous déranger puis-qu'elle a fait ériger une palissade de pieux autour de la maison, que celle-ci est désormais une longue cabane malécite, qu'elle en est la sagamo, la sage-femme et la faiseuse de médecine. Je ne devrais pas faire ce qu'elle me demande, je ne devrais pas prendre place au bout de la table et laisser aller Léonie jusqu'au four qu'elle ouvre, y prenant ce chaudron en forme de cloche qu'elle dépose devant moi. Elle veut que je soulève le couvercle, mais je sais que je ne dois pas le faire à cause de toi. Je dis à Léonie que je t'aime et que c'est avec toi seule que je veux vivre dans ma maison, que je la ferai même repeindre tout en bleu afin que le monde sache le grand amour que je te porte. Léonie se met alors à rire et les chauves-souris qui se balancent à ses oreilles en font autant. Elle me dit que je ne dois plus penser à toi parce que c'est pour rien si nous nous sommes aimés. Je me lève de table, je suis si outré que je voudrais saisir Léonie de mes deux mains afin de l'étouffer à mort. Je fais ce faux mouvement et envoie revoler le couvercle du chaudron en forme de cloche et c'est ta tête coupée qui est dedans, c'est ta tête coupée que Léonie a fait cuire dans le four!

Antoine se laisse retomber au creux des draps et des oreillers. S'il le pouvait, il disparaîtrait sous la literie et le matelas, il passerait au travers du plancher et s'enfoncerait sous la terre battue de la cave. Il ne voudrait pas m'imposer la peine qu'il a depuis que Charles, pour une deuxième fois, s'en est allé de la maison, il ne voudrait pas me faire voir jusqu'à quel point cela l'a rendu fragile et jongleux, comme si le monde s'était émietté, redevenu particules élémentaires impossibles à atteindre autrement que par le cauchemar. Ça traverse la nuit sur de petits sabots pointus, ça rue méchamment, ça s'enfonce sous la peau, ouvrant le corps aux attaques cannibales. Je dis:

— Pourquoi t'as pris le bord du fossé plutôt que l'allée menant du Deuxième Rang à la maison?

— J'étais distrait. Je repassais dans ma tête une chanson de Jacques Prévert parce que je voulais te la faire entendre, et j'ai cru voir des moutons en train de s'épailler sur la route. J'ai voulu les éviter et j'ai donné un coup de roue de trop. Je conduisais peut-être un peu vite, mais j'étais trop écœuré pour m'en rendre compte. Quand tu reçois la visite d'un fonctionnaire du fisc, c'est bien assez pour que tu confondes la pédale d'accélération avec celle du freinage. De la marde, de la maudite marde, et rien d'autre!

Je dois mettre des gants blancs jusqu'aux coudes pour qu'Antoine me raconte l'entretien forcé qu'il a eu avec M. Corbeau, vérificateur de l'impôt. Antoine a peur que je mette sur le compte de son ressentiment par-devers Manu le fait qu'une lettre anonyme ait alerté le ministère du Revenu sur la possibilité de frauduleuses évasions fiscales camouflées sous des colonnes de chiffres trafiqués. Même si le replâtrage des livres comptables a été bien fait, ce n'était pas dans la perspective que quelqu'un les ouvrirait en étant prévenu qu'on les avait manipulés. Antoine dit:

— La quincaillerie ne survivra pas à l'enquête menée par le gouvernement. Ça s'en va tout droit vers la faillite.

— Pourquoi tu n'en parles pas à Léonie et à Rosaire?

— Parce que ça serait comme me mettre à genoux devant eux pour implorer leur pitié. Plutôt que de m'y contraindre, j'aimerais encore mieux aller me jeter du haut de l'ancien barrage de la rivière Trois-Pistoles. Je devrais d'ailleurs le faire avant d'avoir perdu ce qu'il me reste encore d'illusions.

— C'est de Charles dont tu parles par sous-entendu?

— Je me suis trompé sur lui. C'est un faible, un démagogue et un nombriliste.

— S'il était plus simplement juste amoureux?

— Aveuglé, tu veux dire. Aveuglé par une quelqu'une qui se prend pour son père, ce qui l'autorise à mener Charles par le bout du nez.

— Ils ont pourtant l'air d'être plutôt heureux ensemble.

— L'air, ce n'est jamais la chanson au complet.

— Bouscotte le ferait savoir si rien de bon ne se passait à Saint-Jean-de-Dieu.

— Pour qu'il s'exprime là-dessus, encore faudrait-il qu'on puisse le voir. Il n'est venu qu'une seule fois aux Trois-Pistoles depuis le mariage de Charles et ça a été à la boutique de forge, pour de vieux bouts de cuir, des grelots et de la rembourrure de collier. Il n'a même pas voulu venir à la maison reprendre les livres qu'il m'a prêtés sur le cosmos, que j'ai lus et dont j'ai fait les résumés dans deux cahiers comme je le lui avais promis. Il ne parle plus que de la mère de Léonie, il la voit jusque dans sa soupe. Ça n'augure pas grand-chose de bon.

— Pourquoi donc? Béline est une femme courageuse et de grande douceur. Son exemple ne peut que pacifier le gripette qui se meut dans Bouscotte. N'est-ce pas une bonne chose en soi?

— Je serais de ton avis si Béline n'essayait pas d'en faire un sauvage comme Benjamin. C'est ce que disent les rumeurs qui courent de Saint-Jean-de-Dieu jusqu'aux Trois-Pistoles, et je ne vois là-dedans rien de rassurant. S'encabaner au fond des bois en voulant revivre des traditions dont plus personne ne sait vraiment dans quoi elles s'abrillaient, moi j'appelle ça du faux-fuyant, du passéisme et de la niaiserie. L'avenir est du côté de la passion que Bouscotte avait quand il vivait aux Trois-Pistoles, les yeux tournés vers la grandeur de l'Univers, l'exploration spatiale, la station orbitale et le télescope Hubble. Ça n'a rien en commun avec l'art de porter un bandeau amérindien, de revendiquer la possession des trois-quarts du territoire québécois pour en faire une manière de club privé où tout le monde jouerait du tambour en dansant nus-pieds dans de la braise.

Je n'essaierai pas de convaincre Antoine que ses idées sur les Amérindiens n'ont pas grand-chose à voir avec la réalité, et plus particulièrement celle du peuple malécite. Ça ne ferait que l'exciter du mauvais bord des choses et ça ne réglerait rien par-devers Bouscotte. Je dis :

— Si tu t'ennuies de Bouscotte, fais-le lui savoir, envoie-lui un petit mot par courriel. Il n'attend peut-être pas autre chose pour te dire jusqu'à quel point tu lui manques.

Le corps d'Antoine a glissé lentement du ciel de lit, portant la tête vers les gros oreillers entre lesquels elle disparaît. Antoine ferme les yeux et se lèche la lèvre inférieure du bout de la langue. Tout ce qui paraît rester de lui, c'est la fatigue du sang, des muscles et des os, comme quand la maladie se prépare à se jeter dedans, férocement. Je dis :

— Tu devrais voir le médecin. Ton corps file plus que du mauvais coton et ça ne pourra pas durer bien longtemps ainsi.

Seuls les sourcils d'Antoine bougent. Il dit :

— Quand ça se met à rapetisser, la médecine ne peut plus y changer grand-chose. Quand de vieilles photographies te demandent leur part de quitus, on ne peut plus se sauver nulle part, on devient la possession des fantômes qui s'escouent les couettes dans le fond de l'air. Ne pas obéir à leurs exigences serait bien pire que d'y répondre, comme mon propre père en a eu la tentation. Il a fini ses jours ligoté sur une chaise droite, à hurler des insanités que personne ne pouvait entendre vraiment.

— C'était ton père. Ce n'est pas toi.

— C'était mon père et c'est moi aussi désormais. Ça se meut sous ma peau, au cœur des cellules, et ça existait déjà avant même que je ne vienne au monde. Ça s'est transmis de la première génération à celles qui ont suivi, par sauts de puce, comme font les microbes et les virus jusqu'à ce qu'ils atteignent leurs grosseurs et détruisent tout. En biologie, ça s'appelle une tare fondamentale et ça ne se soigne pas autrement que par la mort. Avant que ça ne m'advienne, je ne voudrais pas souffrir comme ce fut le cas pour mon père et je ne voudrais pas faire souffrir ceux qui m'entourent comme ce fut le cas aussi pour mon père.

Je prends la main d'Antoine et la porte à mes lèvres avant de m'allonger à son côté, mon corps collé au sien — c'est froid comme les icebergs qui descendent le courant du fleuve quand, au printemps, se creuse un chenail au milieu de lui, que souffle fort le noroît, que se déjette du ciel une pluie de glaçons qui vous transissent jusqu'à la mœlle. Je force fort pour qu'apparaissent les images chaudes et confortantes — ce poing de feu qu'est le soleil au-dessus de l'horizon, embrasement des feuilles mises en tas, craquements des toitures de tôle et des seuils de porte, couleurs revigorantes du feu, des braises et des flammèches, comme au centre de la Terre en fusion d'où jaillit l'esprit de la lumière.

Lentement se réchauffe ainsi le corps d'Antoine. Je n'ose pas penser au mien, à ce que l'hiver a changé dedans. Les cercles protégeant l'accès au jardin secret sont devenus si fragiles qu'ils se sont rétrécis, comme ça arrive avec de la peau de chagrin — cuir grenu servant à relier les choses entre elles mais que le temps fait grigner, chat sagace devenant chagrin, jardin secret porfilé de grignotements. Je ne veux pas y penser puisque j'en voudrais à Charles d'avoir mis fin à l'étanchéité des cercles et d'avoir rendu à leur précarité les fragments de ma vie amoureuse, comme c'était quand il s'est en-allé à Montréal, me laissant Antoine à déchagriner. Il dit :

— Ça va mieux maintenant. Je n'ai plus froid et je n'ai plus peur.

— Tu devrais voir le médecin quand même.

— Je t'ai déjà dit ce que j'en pensais. Ne m'en reparle plus puisque je ne changerai pas d'idée.

— Dans ce cas-là, monte jusqu'à Saint-Jean-de-Dieu, renoue avec Bouscotte et fais la paix avec Charles.

— Aussi bien croire que les poules ont maintenant des dents et que les vaches donnent du lait en poudre ! Jamais je n'irai virer chez les Bérubé, même si c'était juste pour m'essuyer les pieds sur leur paillasson ! Oublie ça. Plutôt gésir dans la peur, la colère et les mauvais rêves !

Je ne dis plus rien. Je laisse la main d'Antoine se promener sur mes seins, je laisse la jambe d'Antoine s'enfoncer lentement entre les miennes, je laisse la bouche d'Antoine se glisser vers mon oreille:

— Pour nous deux, ça sera toujours comme avant. Si tu jouais du piano maintenant, je ne sentirais plus de mal nulle part.

Nous allons sortir du lit, je vais m'asseoir sur le banc devant le piano, et Antoine restera debout à mon côté, m'effleurant l'épaule de sa main. Je n'enfoncerai pas mes doigts sur les touches, c'est à peine si je me rendrai jusqu'à elles. Nous n'avons besoin que d'une petite musique d'aube et de lever de soleil, comme lorsque nous n'étions que des enfants et que nous en avons goûté le miel vierge ainsi que l'a écrit Nietzsche, sous la forme du premier printemps, des premières fleurs, des premiers papillons, du premier amour — chant primitif de la mère, refrain lointain modulé par la voix enrouée du père, au-delà des tales de chardons ardents et des fleurs du pembina. Une simple clé de sol, aérienne et pure, montant par petites volutes de lumière vers la profondeur du bleu du ciel. Ça dit: «Petitpetit je t'aime, petitpetit tu m'aimes» — douceur bienfaisante de la sentimentalité.

10

Bouscotte

Assis devant mon ordinateur, je lis le courriel que Julie Payette m'a envoyé de Houston. Elle fera partie du prochain équipage qui, dans quelques mois, montera à bord de la navette Endeavour — arrimée à une énorme fusée Saturne, la navette décollera de Cap Kennedy, se mettra en orbite autour de la Terre avant de se coller au ventre de la station spatiale internationale qui a pris la place de Mir que les soviétiques ne pouvaient plus entretenir par manque d'argent. Après quinze ans à tourner en bordure du cosmos, Mir sera ramenée dans l'atmosphère terrestre où elle explosera et se désintégrera en toutes sortes de petits débris qui, tels des astéroïdes ou des météorites, tomberont en mer au large des côtes australiennes. Les écologistes vont s'en plaindre, mais que des morceaux de Mir soient engloutis quelque part dans les soixante-quinze millions de kilomètres que compte l'océan Indien, c'est tout de même moins porteur de risques que d'abandonner la station en orbite capricieuse autour de la Terre. Plus de deux mille satellites hors d'usage ou ce qui reste d'eux tournent déjà au-dessus de nos têtes — le premier cimetière des choses de l'espace qui a déjà obligé par deux fois les techniciens de la NASA à reporter de quelques jours le lancement de fusées vers l'espace parce qu'on craignait qu'elles ne heurtent une carcasse de métal aux confins de l'atmosphère terrestre. Devant le danger de plus en plus grand que représente ce cimetière de l'espace, des scientifiques travaillent à la création d'un robot. Il pourrait ressembler au Pacman du jeu vidéo dont la gueule dentée de fer gobe tout ce qui se présente à elle. Le robot serait muni d'un four au laser si puissant que les débris seraient transformés en boulettes, puis ramenés sur terre pour que les Japonais en fassent des châssis d'automobile.

Quand j'en ai parlé à Charles, il m'a dit que c'est normal que l'homme pollue l'espace comme il a pollué la planète :

— Le vocabulaire du capitalisme ne compte qu'un mot, et c'est celui de gaspillage. Il n'y aurait pas de profit sans gaspillage, celui des ressources premières, l'eau, le métal et le bois ; celui du capital humain qu'on exploite par le travail qui n'est souvent qu'un esclavagisme sans dignité ; celui de la pensée quand les idées se maquillent en préceptes religieux, comme ceux du catholicisme qui interdit la limitation des naissances et encourage la multiplication, comme ceux de l'Islam qui ne pense à se venger de la pauvreté qu'en en faisant venir une plus grande encore, comme le bouddhisme qui prétend que tout est illusion et qu'on ne doit pas se défendre contre le gaspillage, mais vivre pleinement le vide dont il procède. Le capitalisme est l'acte parfait de la prédation et la prédation se fonde sur le cannibalisme et le cannibalisme est ce par quoi l'homme s'est d'abord défini : manger les autres et les gaspiller, c'est en profiter.

Je regarde les images que Julie Payette m'a fait parvenir par courriel — des modules de recherche, sous forme de longs corridors où, dit le document explicatif, l'on tente de recréer l'illusion de la verticale, qui n'existe pas en apesanteur. Cent mille personnes travaillent à la réalisation des modules de la station spatiale internationale. Quand ça sera installé dans l'espace, ce sera grand comme un terrain de football et il aura fallu une cinquantaine de lancements pour seulement y apporter les pièces du plus colossal jeu de Meccano jamais créé par l'homme. Si je montrais les images à Charles et lui disais que chacune d'elles a coûté des milliards de dollars, ça donnerait beaucoup d'eau à sa théorie sur le gaspillage. Je pourrais toujours lui rétorquer que c'est parfois en dépensant beaucoup qu'on finit par ne plus gaspiller, mais je doute que mon raisonnement arriverait à le convaincre. Charles me dirait plutôt :

— Le problème que pose l'exploration du cosmos, c'est celui de la technologie dont nous disposons pour s'y rendre. Nous nous servons d'un combustible non renouvelable et si lourd qu'il sert d'abord à se propulser lui-même. Le pétrole et ses dérivés viennent du monde horizontal, ils sont peu pratiques dans l'Univers de la verticalité, qui est celui de la recherche spatiale. Plutôt que de s'entêter à y propulser des fusées marquant encore notre appartenance au monde pré-industriel, on devrait travailler à la découverte de nouvelles formes d'énergie qui correspondraient mieux à l'état de la matière tel qu'il se trouve dans l'Univers. Sans ces nouvelles formes d'énergie, nous ne pouvons que ressembler à l'homme de la Renaissance si bien symbolisé par Léonard de Vinci : s'il pouvait imaginer la machine volante, la technologie de son temps ne lui permettait pas de façonner un moteur assez puissant pour infirmer les lois de la gravité. Par rapport à la grandeur du cosmos, les plus puissantes fusées ne seront toujours que de lentes tortues : leur énergie ne correspond pas à celle qui fait se mouvoir l'Univers.

Charles a lu *Les brins d'une guirlande éternelle* de Douglas Hofstadter, mais il n'a pas compris que les objections n'ont jamais rien de scientifique. La science œuvre au-delà de toute objection puisqu'elle est elle-même le véhicule de sa pensée et la pensée de son véhicule. L'homme a mis des centaines de milliers d'années avant de cesser de marcher à quatre pattes, avant d'apprivoiser le feu, de rendre malléables les métaux et de dominer son environnement. Pour que ce soit possible, il a fallu que son cerveau se développe, que des milliards de cellules s'y ajoutent et se connectent entre elles. Comme l'Univers, le cerveau humain est toujours en expansion, et cette expansion-là est de plus en plus rapide. Il y a cent ans à peine, on inventait la machine propulsée mécaniquement. Il y a cinquante ans à peine, un premier homme marchait sur la Lune. Les ordinateurs qui ont servi à l'y envoyer occupaient un espace aussi grand que celui de la Place Ville-Marie de Montréal. Aujourd'hui, un seul ordinateur portable a plus de puissance que tous ceux-là et des millions de savants à travers le monde savent s'en servir. Pourquoi ne découvriraient-ils pas ces autres sources d'énergie dont parle Charles, et qui nous permettraient de sortir définitivement de la pesanteur ?

J'éteins l'ordinateur, satisfait du courriel que j'ai fait parvenir à Julie Payette. Pendant deux heures, j'ai été un cosmonaute aussi inventif que Youri Gargarine et aussi performant que Neil Armstrong. Maintenant, je vais aller voir dehors si j'y suis. Maintenant, je vais enfourcher la vieille bicyclette que j'ai trouvée dans le hangar qu'il y a derrière la grange, je vais descendre la grande côte de la rue Principale, traverser la route du Moulin, foncer tout droit vers le pont des Trois-Roches et, une fois passé la rivière Trois-Pistoles, je vais prendre le chemin du Rang des Bœufs et passer le reste de la journée chez Mando-line. Il y aura plein d'animaux autour de nous, de toutes sortes de couleurs, et j'aiderai Mandoline à les mettre au pacage pour l'été.

Au bout du corridor, la porte de la chambre de Charles et de Léonie est ouverte. Pour descendre à la cuisine et en sortir, je dois passer devant. J'aimerais mieux m'en dispenser puisqu'ainsi, je n'entendrais pas les bêtises que Charles et Léonie se crient à tue-tête comme c'est le cas depuis qu'ils sont mariés. Léonie n'est jamais sa-tisfaite de comment vont les choses, tout est toujours trop lent à son goût. Même des journées qui dureraient quarante-huit heures comme sur Europa n'arriveraient pas à lui faire dépenser l'énergie qui l'oblige à courir chaque jour le marathon de Boston. Quand ce n'est pas au moulin à scie de Squatec que Samuel est en train de restaurer, c'est sur le chantier du Bic ou aux confins de la Matapédia où se trouvent les plus belles plantations d'arbres de l'est du Québec. Léonie voudrait les ache-ter toutes pour en faire des montagnes de planches et de madriers qui, à bord de cargos hauts comme des gratte-ciel, vont quitter le port de Gros-Cacouna à destination de l'Australie, du Japon et de Hong-Kong, des pays trop arides pour que les forêts y poussent ou si peuplés qu'on n'y trouve même pas une simple épinette à corneilles.

Charles voudrait que Léonie cesse de galipoter partout parce qu'elle est enceinte et qu'elle est à la veille d'accoucher. Il voudrait surtout ne plus entendre parler de l'agrandissement de la beurrerie-fromagerie de Saint-Paul-de-la-Croix dont Léonie a déjà fait faire les plans à son insu et qu'elle menace de réaliser même si Charles n'est pas d'accord. Selon le projet de Léonie, la petite maison qui jouxte la beurrerie-fromagerie serait rasée par un bouledozeur, ce qui déplaît à Charles : il voudrait plutôt la radouber afin qu'on puisse y aménager. Léonie ne veut pas en entendre parler. Pour elle, la petite maison est une pomme de discorde et elle passe son temps à la lancer à Charles parce qu'elle aime le voir fâché, puis virer carré et partir en faisant claquer la porte derrière lui. Léonie ne file pas bien quand il n'y a pas de chicane, elle aime les gros mots, on dirait un mauvais chien toujours en train de japper juste pour le plaisir de montrer ses crocs. C'est mille fois pire que lorsqu'on habitait avec Fanny sur le Plateau Mont-Royal. Au moins ça n'empêchait ni Fanny ni Charles de m'aimer. Là, ça ressemble à l'enfer. Léonie ne m'adresse la parole que pour me houspiller et Charles en remet parce qu'il ne se rend pas compte de ce qui se passe. Heureusement que je peux fuir presque aussi souvent que je le veux grâce à la vieille bicyclette trouvée dans le hangar. Heureusement que je connais maintenant Mandoline parce que sinon, je décabanerais comme je l'ai fait l'automne dernier, et ce ne serait pas pour la rue Henri-Julien cette fois-ci. Ça ne serait pas assez loin, ça me cillerait encore trop dans les oreilles.

Mandoline habite le bout du rang des Bœufs, qu'on appelle ainsi parce que les colons qui le peuplaient avant la découverte du pétrole et de l'électricité étaient trop pauvres pour acheter des chevaux. Ils domptaient des bœufs, les attelaient à des charrues, des grattes et des pelles, et c'est ainsi qu'ils défrichaient la terre, comme on fait encore en Afrique. Il y avait tant de cailloux partout qu'on s'est servi d'eux plutôt que de pieux pour dresser les clôtures. On se croirait en Afghanistan, entouré de petites murailles de Chine dont certaines font un bon mille de long. Des pieds de bleuets, de framboisiers et de groseilliers poussent sur les digues, comme les nomme Mandoline et tout le monde qui reste encore dans le rang des Bœufs, en fait quelques familles qui n'avaient pas les moyens de faire comme les autres et de déménager leurs pénates à Montréal. Quand je passe devant leurs maisons, j'ai l'impression de regarder les caricatures que dessinait Henri Julien sur le monde rural — des pans de murs délambrissés, du papier goudronné à la place des vitres cassées, des escaliers en démanche, des balcons pourris, des réfrigérateurs et des poêles rouillés dans lesquels dorment des marmottes ou des lapins, des enjoliveurs de roues conçus comme murales et de vieilles plaques d'immatriculation composant des motifs aussi capricieux que le chemin du rang des Bœufs. C'est plein de chiens faméliques partout et de chats si maigres qu'on a sûrement prélevé leurs côtes afin de les vendre à des cuisiniers chinois peu scrupuleux. Le pays de Caïn, comme dit Tibère, le père de Mandoline.

Tibère, c'est un drôle de prénom. Ça a d'abord été celui d'un empereur romain qui ne le serait jamais devenu si sa mère, Lévie, n'avait pas convaincu Auguste de l'adopter parce qu'elle l'avait eu d'un autre avant de tomber en amour avec lui. Si Tibère a administré avec rigueur les finances de l'État, il n'était pas fort en géographie, ce qui le força à livrer plusieurs guerres à des peuples par-devers lesquels il ne comprenait rien parce que c'étaient des nomades. Avec Tibère, les frontières de l'empire romain changeaient souvent de place, et seuls les cartographes ne s'en plaignaient pas. Tibère détestait aussi les chevaux, contrairement au consul Cincinnatus qui ne pouvait pas se séparer du sien, qu'il appelait Caligula et qu'il faisait entrer au Sénat de Rome comme s'il était un rhéteur indispensable. Mandoline croit que son père est la réincarnation de ce Tibère-là qui fut l'empereur des Romains. Elle dit :

— Mon père a le nez cassé comme Tibère l'ancien, il a été adopté par le roi des cartomanciens de Rivière-du-Loup et, pour expier tout le mal qu'il a fait dans sa vie antérieure en confondant les Goths avec les Gaulois, il enseigne la géographie au cégep. Même s'il a peur des chevaux, il en élève, qui portent tous des noms romains : César, Pompée, Crassius, Poppée et Messaline. Mon père s'est marié avec ma mère parce que, dans les grands rassemblements de hippies, elle portait sur la tête une couronne de laurier et des sandales romaines aux pieds. Elle jouait aussi de la lyre, mais c'est d'abord elle-même que ça faisait lyrer. Elle fumait des joints comme une cheminée, elle mangeait des muffins parfumés à la mescaline et des gâteaux truffés de champignons mexicains. Elle a sauté toutes les coches l'une après l'autre et quand elle s'est mise à rôder dans l'écurie avec un poignard à la main, Tibère l'a fait mettre à l'hôpital de Rivière-du-Loup, tout au fond de l'aile psychiatrique. Ma mère s'appelle Gaby et je ne peux plus la voir parce qu'elle me prendrait pour un cheval et qu'elle m'assassinerait. Quand j'ai la tête dans le vague, je lui écris des poèmes, que Tibère lui apporte en se rendant au cégep. Je sais bien que ma mère ne les lira pas parce que tout a disjoncté dans sa tête, mais je lui écris pareil des poèmes. La poésie, c'est comment je parle vraiment. La poésie, c'est mettre pas beaucoup de mots là où il en faudrait pourtant des masses. Tu veux que je te montre ?

Si elle parlait moins et si elle écrivait moins, Mandoline serait la reine des chouettes-filles, je n'aurais vraiment rien à dédire d'elle, je passerais tout mon temps à renifler ses odeurs. À cause des animaux qu'elle élève et dont elle prend soin, Mandoline ne sent jamais pareil, ça dépend où elle met ses pieds et ça dépend où elle met ses mains. Mettons que j'avais au départ le préjugé plutôt défavorable parce que de la merde, c'était rare que j'en voyais dans la rue Henri-Julien, et c'était rare aussi que je pigrassais dedans. Pelleter le fumier, gratter le crottin de cheval, la fiente de poule et de canard, mettre de l'ensilage par-dessus la pisse de jument, je n'aurais jamais pensé que je serais plutôt bon là-dedans et, surtout, aussi persévérant. Évidemment, ça irait plus vite si je m'appelais Augias et que je pouvais détourner le fleuve pour le faire passer par les portes de tous les bâtiments qu'il y a chez Mandoline, comme on prétend que faisait le grand merdoyeur romain. Quand j'en ai parlé à Mandoline, elle m'a dit :

— T'es comme le roi Dagobert, tu mets tes culottes à l'envers. Sinon, tu saurais qu'Augias n'était pas romain mais grec.

— Quelle différence ça fait ?

— Les Romains portaient des sous-vêtements, mais pas les Grecs.

— Quelle différence ça fait encore?

— Les Grecs étaient homosexuels, mais pas les Romains. Les Grecs, c'était pas les mains et les pieds qu'ils mettaient dans la merde, eux. Comme Augias, ils préféraient plutôt faire du Ponce Pilate avec en faisant passer leurs fleuves dans leurs écuries.

Je ne comprends pas souvent grand-chose à tout ce que Mandoline raconte sur les empereurs romains, leurs nettoyeurs d'écuries et leurs sénateurs qui étaient parfois des chevaux. Ce que je sais par contre, c'est que ça l'excite dès qu'elle a les deux pieds enfoncés dans le fumier et qu'elle y plante son broque à quatre dents. Elle dit que c'est sexuel. Elle dit que tout ce qui est chaud est sexuel, et que tout ce qui est sexuel donne faim. Quand c'est chaud à ce point-là et que ça donne faim à ce point-là, Mandoline laisse tomber d'un coup ce qu'elle est en train de faire, elle court vers la maison comme si elle avait le feu au derrière, elle met à bouillir des saucisses et griller des pains, elle les moutarde fort et épais puis, la lippe féroce, elle croque dedans comme font les enragées. Mandoline est la reine des mangeuses de hot dogs, sans doute parce que les saucisses sont elles aussi sexuelles et que, plus t'en manges, plus les chaleurs te viennent.

Après avoir soigné les chevaux qu'on a mis avec les chèvres au pacage, on s'est amusés en pourchassant les lapins qui ont fait leurs garennes dans le sous-bois qu'il y a derrière la maison. Je ne connaissais pas ce mot-là avant que Mandoline me le clame haut et fort dans les oreilles. Ça m'a sonné dans la tête comme Gargarine, et j'ai imaginé plein de lapins à têtes de scaphandriers en train de bondir en cosmonautes sauvages dans les fourrés et les charbons ardents. Après, les coyotes sont apparus, des lames de rasoir plein la gueule. Ils en veulent à Mandoline depuis qu'elle met des chevaux avec les chèvres. La nuit, les chevaux voient presque aussi bien qu'en plein jour parce que leurs yeux sont des lunettes à infra-rouge. Ça ne te donne donc pas grand-chose de te cacher derrière une tale de buissons en te pourléchant de la babine à la vue de tous les gigots qui broutent de l'herbe, la tête au ras du sol. Si tu cours aux gigots, les chevaux s'interposent et te ruent en pleine face. Un gros fer étampé au milieu du front, tu deviens un coyote sans cohorte, condamné à errer éternellement sur la Terre inhospitalière comme dans les contes de chasse-galerie dessinés par Henri Julien avant qu'il ne devienne une rue du Plateau Mont-Royal.

Assis sur une poutre équarrie à la hache, le dos appuyé à un piquet de clôture, je regarde l'étang que Mandoline et moi nous avons creusé à côté de la shède à bois. Nous avons sorti de la shède les bûches décaties qui s'y trouvaient, nous avons étendu le tas d'écorces qui bouchait la petite porte de côté, nous avons installé les auges et les trémies, versé dedans de l'eau et des grains puis, armés moi d'un pic et Mandoline d'une pelle, nous avons creusé dans la glaise jusqu'à la cuvette de tuf qui nous attendait deux pieds plus bas. Mandoline a ensuite connecté le boyau d'arrosage à la pompe qu'il y a dans la cave de la maison et nous avons rempli d'eau l'étang. C'était trouble à cause de la glaise. Mandoline a dit :

— Va falloir laisser couler l'eau longtemps, sinon Narcisse ne pourra jamais se mirer dedans.

— C'est qui, Narcisse ? C'est ton oncle ?

— J'ai une mère qui est folle, c'est bien assez.

— Pourquoi tu dis ça, parce que Narcisse n'a pas toute sa tête lui aussi ?

— Comment tu voudrais qu'il l'ait quand il est né d'un fleuve grec et d'une jeune femme à queue de sirène ?

— De quoi tu parles encore ?

— De Narcisse, cette affaire ! De Narcisse qui était un mythe grec avant de se regarder dans l'eau d'un étang et de tomber en amour avec sa propre beauté. L'image de lui-même que lui renvoyait l'eau l'a tellement bien séduit qu'il ne pensait plus qu'à la prendre dans ses bras et qu'à l'embrasser. Ça l'a fait mourir de faim sur le bord de son étang. Une fleur a poussé sur ses restes, qui s'appelle narcisse aussi.

— T'en sais des choses bizarres. C'est effrayant comme t'en sais !

— Je suis pas une illettrée. Pour écrire de bons poèmes, ça prend des mots. Et si on ne sait pas ce qu'ils veulent dire, les mots font patate, les mots saignent pour rien, les mots sont des squelettes désarticulés sur une corde à tisser le vent.

— Une corde à tisser le vent ? Ça existe pas, c'est certain !

— Tout ce que j'imagine existe, dans l'ordre que je veux bien lui donner, dans les accords que ça me tente de leur trouver. Le reste, je me brosse les dents avec.

Le problème avec Mandoline, c'est qu'elle parle tellement qu'elle en oublie le fil de ses idées. Après une heure de papotage, je ne sais toujours pas qui s'appelle Narcisse dans le monde de pain d'épices qui lui tient lieu de réalité. Quand je le lui fais savoir, Mandoline dit :

— Viens avec moi. Je vais te montrer.

Derrière la shède à bois, il y a un enclos plein d'épinettes noires et un petit bâtiment qui ressemble à la tour de Pise parce qu'il penche à bâbord, là où, sous les fondations, coule une source. Même si le lit de cette source-là est à peine de la grosseur d'un doigt de pied, ça a suffi pour que s'érode la terre et que le bâtiment se mette à canter. C'est là-dedans que se réfugie Narcisse quand il pleut à boire debout ou que les coyotes veulent s'en prendre à lui. Narcisse est un poney qui aime les robes rousses et qui s'est fait teindre en blond une crinière qui, autrement, serait filasseuse. Mandoline l'a appelé Narcisse parce qu'il est vaniteux comme le mythe grec, si entiché de sa beauté que les autres poneys le laissent indifférent. Mandoline me montre la petite poche qu'il y a sous la queue du poney, et elle dit :

— Le sexe, ça n'intéresse pas Narcisse, mais ce n'est pas sa faute contrairement à celui qui était grec : on lui a enlevé ses testicules pour qu'il ne coure pas après les filles poneys. Il leur montait dessus et les mordait. Des filles poneys qui n'ont plus leurs oreilles, personne ne veut en acheter. C'est déjà difficile de les faire écouter quand ils en ont deux ! Imagine comment c'est, lorsqu'ils en sont dépourvus. Pas montrables, pas attelables, pas allables avec !

Mandoline assène une taloche sur la fesse de Narcisse pour qu'il sorte du bâtiment. Il fait quelques cabrioles en contournant une grosse épinette touffue tout de travers, puis s'arrête net devant un autre poney beaucoup plus gros que lui, mais moins fier-pet dans sa robe mal grisée et sa chevelure faite de bouts de corde jaunasses. Je dis :

— Tu m'avais parlé d'un poney, pas de deux. De quel fleuve grec est sorti celui-là ?

— Yhan est un âne, pas un poney. C'est l'emblème des démocrates américains. Tu sais pourquoi ? Parce qu'un âne, ça a la tête dure et la queue très grosse, comme les politiciens. Ça ne comprend donc pas grand-chose, mais ça a le vice inscrit, et durement, entre les pattes. Quand un âne bande, ça bande pour vrai !

De sa tête, Yhan a fait retrousser la queue blonde de Narcisse, puis il lui sent le derrière. Ça lui retrousse les babines et deux rangées de grosses dents aussi jaunasses que sa crigne apparaissent. Mandoline dit :

— Cesse de zieuter la tête de Yhan, innocent ! C'est pas là que ça se passe, c'est entre ses jambes !

Je regarde là où Mandoline m'indique. Je ne savais pas que les ânes sont munis d'un gros piston noir, que ça sort tout seul d'un fourreau et que ça y rentre, puis ressort, se dégainant de plus en plus long et de plus en plus vite alors que Yhan, les yeux exorbités par toute la graisse de rôti dont ils sont pleins, bronche sur ses pieds sans même se rendre compte que Narcisse s'est enlevé le derrière de ses babines. Mandoline dit :

— Yhan est homosexuel. Même à la plus belle des mules, il ne s'intéresserait pas. Narcisse est malheureusement trop petit pour lui. Yhan ne peut donc pas copuler pour vrai avec. Il fait semblant, mais c'est simplement pour mieux se masturber. Des fois, ça lui prend des heures pour venir comme du monde. Tu devrais voir le tas d'ânons avortés qui se retrouvent par terre, dans une mare aussi grande que l'étang creusé par nous pour les canards et les oies !

Quand elle n'avale pas de hot dogs, Mandoline parle sexuellement. Elle prétend que c'est normal quand on vit comme elle au bout du rang des Bœufs où les bêtes sont plus nombreuses que le monde. À l'en croire, les animaux sont faits pour boire, manger, déféquer et copuler. Quand l'envie leur en prend, elles sont en chaleur, elles sont dans leurs crottes, elles ont le feu rouge, elles se couchent sur leur mal, elles se ploguent, se jarlinguent, se tisonnent et verrassent. Si ça ne marche pas, c'est que ça s'est taponné pour rien, c'est que ça a mangé de l'avoine pour rien.

— Même chez les bêtes, c'est plein de sauteux de clôture, qui voudraient tromper leurs blondes avec celles des voisins. Ils ont souvent les yeux plus grands que la panse et, plutôt que d'une bonne fourrette, ils doivent se contenter d'un simple wellie-sur-la-glace.

Je n'ose pas demander à Mandoline ce que peut bien être un simple wellie-sur-la-glace. Je trouve qu'elle m'a déjà suffisamment parlé de sa poésie pour aujourd'hui. Je ne suis pas un obsédé comme elle, je ne passe pas mon temps comme elle à regarder ce qui se passe sous le califourchon des chevaux, des poneys, des ânes, des lapins, des poules et des coqs. Ça m'arrive de le faire le matin quand je me réveille, mais ça n'a rien à voir avec les bêtes. C'est que ça me fait mal entre les jambes et que j'ai un peu peur de ce mal-là. Je ne sais surtout pas quoi faire avec, ni même si je devrais faire quelque chose avec. Dès que je me touche, on dirait que la tête va me décoller du corps, que toute l'électricité produite par Hydro-Québec se décharge brusquement dans mes veines et mes os. Pour ne pas chialer, je me mets un rondin en travers de la bouche et je mords dedans à pleine dents en serrant les cuisses l'une contre l'autre le plus fort que je peux. Ça me donne envie de pisser. Une fois que c'est fait, mon sexe redevient comme avant, gros comme le pouce et mou comme de la guenille. Je n'y pense plus de la journée. Je ne veux surtout pas savoir que je pourrais y penser toute la journée comme fait Mandoline.

Elle est sortie de la maison, des hot dogs alignés dans la boîte de biscuits Whippets dont elle a fait sauter le couvercle. Ça déborde de relish, de catchup et de moutarde, avec les saucisses qui dépassent des pains par les deux bouts. Si je veux qu'on s'en aille tantôt au pont des Trois-Roches, je suis mieux d'avaler les hot dogs sans faire le gripette. Mandoline mange les siens comme les Biafraises quand les avions américains, commandités par les restaurants McDonald, leur lancent sur la tête des hamburgers all dressed et du cola-cola en cannettes. Des fois, elles ont tellement faim qu'elles avalent le papier ciré qui enveloppe les hamburgers, et elles en redemandent! La moutarde lui coulant du menton, Mandoline dit:

— Essuie-moi.

Je passe mon pouce sur la lichette de moutarde, sans grand succès puisqu'une autre apparaît aussitôt, dégoulinant lentement de la bouche.

— Essuie-moi encore, mais mieux que la première fois.

Mandoline a approché sa tête, fermé les yeux et mis sa bouche en cul de poule. Elle veut que je l'embrasse, ce qui est normal pour une obsédée. Moi, je ne suis pas encore certain si je veux en devenir un ou pas. Ça me fait rêver la nuit, c'est chaud mais bien loin des fusées, des navettes spatiales, de la station orbitale internationale, des étoiles de la Voie lactée et des myriades de nébuleuses qui peuplent le cosmos. Si je disparais au fond d'un trou noir, ce n'est pas par manque de matière ou d'antimatière, mais à cause de la forêt de poils noirs au milieu de laquelle je m'égare, noyé dans de la mouillure de gras de bras et de gras de cuisse tellement c'est torride quand on rêve à Mandoline. Elle n'est pas satisfaite de mes petits coups de langue sur son menton, elle va m'accuser d'être un Yhan sur deux pattes lorsque le pick-up du couvoir Dumont de l'Îsle-Verte vire carré dans le rang des Bœufs et s'amène vers nous. Le vieux monsieur Dumont descend du pick-up, tenant de ses grosses mains une caisse pleine de trous, qu'il offre à Mandoline en disant :

— Si t'en veux d'autres, fais-le moi savoir rapidement. La semaine prochaine, il ne m'en restera plus un seul.

Je suis Mandoline jusqu'à l'étang, elle dépose la caisse sur les bottes de foin qu'on a ordonnées en forme de château, elle enlève le couvercle et une douzaine de têtes d'oiseaux apparaissent, ouvrant et fermant le bec sans cesser de piailler. Ce sont de tout petits canards et des bébés oies qui vont peupler l'étang creusé par Mandoline et moi. Mandoline va les prendre un par un, elle va les frotter contre elle, partout où sa peau est nue, elle va les caticher et les embrasser et les baptiser d'une paumée d'eau qu'elle prend dans l'étang. Pourquoi de telles simagrées ?

— Ce ne sont pas des simagrées. Par mes gestes, je fais oublier aux canards et aux oies qu'ils sont des orphelins et qu'ils peuvent compter sur moi comme si j'étais leur mère. Ils vont toujours reconnaître mes odeurs et seule ma voix va leur dire quelque chose. Même quand ils seront grands et forts, je serai toujours une mère pour eux autres.

Elle s'est allongée dans les brindilles de foin devant le château, elle a redressé son T-shirt, elle a fait une baie de ses bras et de ses mains, elle chantonne du bout des lèvres, elle laisse les canards et les oies lui piler sur le corps et lui donner de petits coups de becs. Moi, je regarde et ce que je vois, ce sont les seins de Mandoline, comme deux minuscules météorites qui se seraient aplatis sur sa poitrine, tout bruns comme le reste de son corps, et parsemés de veinules bleues les reliant aux aisselles. Ça me fait un drôle d'effet sous le cabochon, pas du tout pareil à celui qui me venait lorsque Fanny prenait son bain avec moi et que je faisais glisser le pain de savon dans le col de sa poitrine, le long de ses cuisses relevées ou sur la chute de ses reins. Ce n'était qu'un jeu. Si j'avais maintenant un pain de savon tout mouillé et si j'en frottais les météorites de Mandoline, je m'ennuierais des lichettes de moutarde sur lesquelles elle m'oblige à passer la langue. Rien que d'y penser, j'en ai de grandes souleurs dans le dos. Je zieute les deux bicyclettes qui sont accotées sur les rampes de l'escalier et je dis :

— Si on veut se rendre jusqu'au pont des Trois-Roches et en revenir avant la fin du jour, faudrait décabaner maintenant.

Mandoline met les canards et les oies dans le château de balles de foin, elle ferme le pont-levis et, se redressant, me cache ses seins qui poussent sous forme de météorites. Elle court jusqu'à la maison, monte les marches de l'escalier quatre à quatre et manque s'assommer dans la porte-moustiquaire en trébuchant sur le perron. Une excitée, Mandoline Thériault! Une obsédée sexuelle désormais mère d'une couvée de canards et d'oies! Un drôle de cocktail pour quelqu'une qui n'a plus elle-même de mère et dont le père chaloupe sur le lac Tibériade, à la recherche de ces gros poissons visqueux qu'on appelle saint-pierre! Étranges toutes ces voies, les poétiques et les lactées! Étrange aussi ce ventre qui me brûle, comme si une pochetée de soleils s'y était déversée!

Ressortie de la maison avec ma caméra, Mandoline la dépose dans le panier de ma bicyclette, puis elle enfourche la sienne. Elle va peser fort sur les pédales, comme une enragée, juste pour me montrer qu'elle est plus forte que moi. Je vais la laisser s'essouffler dans les côtes raides du rang des Bœufs et quand elle prendra la route qui mène au pont des Trois-Roches, c'est moi qui vais accélérer la cadence. Moi, j'ai l'esprit du marathonien, je sais comment gérer mes forces pour que le ciel, sous forme de crampes, ne me tombe pas sur la tête avant la fin de la course. Quand je la dépasse enfin, Mandoline est debout à côté de sa bicyclette et de ses mains se masse le mollet en criaillant comme une corneille. Je ris d'elle qui grimace, je me jette à corps perdu dans la longue côte qui serpente entre les pans de roc jusqu'à la rivière Trois-Pistoles et le pont de bois la surplombant, cent pieds au moins au-dessus de l'eau. On y descend par un sentier dit de la chèvre parce que c'est à-pic comme la face d'un nègre et qu'on risque comme les cailloux de débouler jusqu'en bas si on ne regarde pas où l'on met les pieds. Près du pont des Trois-Roches, la rivière Trois-Pistoles fait un petit lac intérieur, avec de l'eau si claire qu'on voit les poissons zigzaguer dedans. En bordure, le sable est fin comme des grains de sucre, chaud et scintillant parce qu'il est formé de particules de quartz et que ça fleurit, tout violet, quand le soleil plombe dessus. Je m'y laisse tomber et les énormes rochers entre lesquels coule la rivière Trois-Pistoles ont l'air de se rejoindre par en haut, pareils à des têtes mal formées et montées sur des bigoudis dont les cheveux seraient des pousses maigrelaides d'épinettes. Je vais les filmer. Je trouverai bien à me servir de ces images-là dans un prochain film.

À peine arrivée sur la plage de sable, Mandoline se dégreye du peu d'oripeaux qu'elle porte et, du haut d'un piton, se jette à l'eau. Elle n'est pas scrupuleuse, Mandoline. Ça ne lui fait rien de se montrer toute nue. Elle a appris ça de sa mère Gaby et de son père Tibère quand ils se prenaient pour les Beatles et se défonçaient à l'acide. J'étais comme ça avant, ça ne me faisait rien de prendre mon bain avec Fanny et de me servir de son corps nu comme d'une glissoire. Maintenant, j'ai un peu peur à cause de tout ce qui se met à me grossir dans le bas du corps dès que j'y mets la main ou que Mandoline s'approche trop près de moi, ses lèvres en cul de poule pour que je l'embrasse. Dans l'eau jusqu'aux épaules, elle dit :

— Qu'est-ce que t'attends ? Viens te baigner.

Je me redresse, empoigne ma caméra que j'avais mise sur une souche, je montre le paysage qu'il y a au delà du pont des Trois-Roches, je dis :

— Il faut que j'aille explorer de ce côté-là. Ça doit être plein de choses à filmer.

Je n'attends pas que Mandoline se mette à crier après moi et je m'enfonce sous les tales d'amélanchiers qui bordent la rivière Trois-Pistoles. Quand Mandoline me rattrapera, nous serons déjà loin du pont des Trois-Roches, dans un décor de film fantastique : des écores hautes comme des gratte-ciel, formées de rochers qui ressemblent aux golems qu'Eugénie fabrique dans la boutique de forge de la rue Vézina, des boulons vissés en plein front, des poignées de portes en guise d'oreilles, des fers à cheval comme mâchoires. Même Mandoline est impressionnée et se contente comme moi de regarder. Elle a même un peu peur quand ça se met à bouger sous les fourrés, sans doute un orignal assoiffé, ou une mère ourse cherchant ses petits. Je braque ma caméra sur les fourrés, je ne veux pas manquer la sortie de la bête, je tiens à la filmer le plus longtemps possible. Méchante surprise celle qui nous attend, Mandoline et moi ! La bête n'est pas une bête, et elle n'est pas toute seule non plus. On a affaire à Béline et au Malécite Thomas Talonshauts qui lui court après. Ils ont chacun une canne à la main et quelques poissons empalés sur une branche. Ils s'assoient sur une roche plate en bordure de la rivière, déposent dessus leurs cannes et leurs poissons, puis s'embrassent, puis se dépoitraillent, puis s'en mettent plein les mains, puis s'embrassent encore. De la bien méchante surprise comme je disais !

11

Benjamin

Nous voilà dehors dans le commencement de l'été. Ces gens qui ont réussi à passer l'hiver s'asseyent ensemble et discutent devant le lac Sauvage. Regardez-les! Ils ont mille histoires et une histoire à raconter. Ils se frottent les mains au-dessus du feu et chantent:

> *On se frotte les mains*
> *On se frotte les mains*
> *Pour en faire partir l'hiver.*

Nous voilà dehors dans le commencement de l'été. Ces gens qui ont réussi à passer l'hiver se promènent ensemble devant le lac Sauvage. Regardez-les! Ils s'arrêtent pour se frotter les pieds et chacun les pose sur le ventre de son voisin, là bien au chaud. Ils chantent:

> *On se frotte les pieds*
> *On se frotte les pieds*
> *Pour en faire fleurir l'été.*

C'est ainsi que se termine le journal de notre grand-mère, sur ce vœu ameutant la grande saison des frayages, des ruts et des naissances bonifiés par la chaleur, les pluies apaisantes, les odeurs des feuilles, des herbes et des mousses. Les bêtes se roulent dans le sable et la vase en train de prendre en mortier, les oiseaux font leurs nids au cœur des épinettes noires, le ciel est comme une grande main blanche azurée de bleu qui se poserait sur nos têtes.

Je devrais être heureux au beau mitan de toute cette défonce de vie, mais je ne le suis pas. Très tôt ce matin, je suis parti de la réserve de Whitworth parce que j'en avais assez des ronds dans l'eau que faisaient mes pensées. J'en avais assez de jongler à Sammèque, de la voir partout où mes yeux se posaient — comme la matérialisation de mes rêves d'enfance, tant de beauté prenant appui sur le paysage, rendant plein de désir toute chose et toute bête, cette envie de se retrouver nu au milieu des fleurs de pembina et de saskatoon, au milieu des siffleux et des ratons laveurs, au milieu de la lumière sourdant sous les branches entrecroisées des bouleaux blancs et des trembles, ce besoin de cacaber comme la perdrix, de glapir comme le renard, de huer comme le hibou et de bramer comme l'orignal, le corps devenu sexe bandé long, bandé dur.

Si Eugénie était dans les parages, je ne serais pas mal pris avec cet éclatement des sens qui me brûle la peau comme autant de piquants de porc-épic. Je n'aurais pas eu besoin de fuir la réserve de Whitworth ce matin, par les trails qui la sillonnent. Je n'aurais pas eu besoin non plus de me jeter du haut de ce rocher dans les eaux encore froides du lac Sauvage. J'aurais couru avec Eugénie sous les épinettes noires, elle aurait trébuché et j'en aurais fait autant, je lui aurais arraché le linge sur son dos, elle aurait fait pareil avec le mien, et je serais entré en elle, et Eugénie en aurait fait autant — ses larges cuisses, son sexe bombé comme une carapace de tortue, ses seins gorgés de miel, ses prodigieuses fesses dressées devant moi comme deux totems de peau lissée. Comme j'en ai de l'ennuyance! Comme j'en ai le désir, à me faire mal jusqu'à la plante des pieds!

Je n'ai pas vu Eugénie depuis dix jours déjà. Grâce à Manu Morency, le propriétaire d'une galerie de Montréal veut lui acheter tous les golems qu'elle fabrique. Rue Saint-Denis, il en ferait une grande exposition, puis celle-ci se mettrait à voyager partout au Canada, aux États-Unis et en Europe, ce qui forcerait Eugénie à en suivre le mouvement, tantôt à Toronto et tantôt à New York, tantôt à Paris et tantôt à Berlin — des dizaines et des dizaines de golems ainsi déversés sur le monde, figures et corps métissés, nez busqués des Malécites, dos hérissé du porc-épic fondateur, bras et jambes rouges enfargés, carquois, flèches et pointes de silex, monstres blancs détenant le feu et le crachant, pluies froides des génocides, des exterminations et des morts annoncées sous forme de couvertures variolées, sous forme de chemises picotées, sous forme de bottes vérolées, des boulons, des écrous et des tarots en guise de stigmates. Les golems d'Eugénie pleurent, braillent et chialent, ils sont les cris de la catastrophe et les cris du refus, ils chantent les dures chansons guerrières et la vengeance rêvée du sang, ils sont les flèches défonçant l'espace blanc, ils sont la terre des vieux hommes, la terre des vieilles femmes, peut-être même mes grands-parents revivent-ils dans l'un des golems d'Eugénie, et peut-être y suis-je aussi, dans cette grosse face de hibou sans grosse face de hibou tout autour.

Je vivrais mieux l'absence d'Eugénie si Sammèque avait fait comme elle avait dit qu'elle ferait une fois la

Maison de Cacouna réaménagée. Le centre de documentation sur le peuple malécite étant maintenant monté, pour une part se constituant d'une bibliothèque et pour une part ressemblant à un musée où les costumes anciens d'apparat côtoient les flèches à pointe de silex et les carquois en peau de chevreuil, Sammèque n'a plus grand-chose à y faire, deux bénévoles malécites s'en occupant. C'est pareil pour l'atelier d'artisanat : les ouvriers qui y besognent savent désormais comment tresser les paniers d'osier et comment tresser aussi les châssis des raquettes avec des lamelles de babiche. Les couturiers n'ont plus de mal à confectionner les mackinaws indiens en se servant de dents d'ours en guise de boutons, ou de piquants de porc-épic pour décorer wampuns et chichigouanes. Sammèque n'a plus rien à leur apprendre, même pas la langue sauvage que la plupart maîtrisent désormais mieux qu'elle. Pourtant, c'est comme si elle faisait déjà partie des meubles de la Maison de Cacouna même si elle n'en reçoit plus de salaire. Depuis des lunes, Sammèque aurait dû prendre le train pour s'en retourner dans l'Ouest auprès de la tribu des Couteaux-Jaunes, sur les hauteurs de Yellowknife où les Métis décimés de Louis Riel et de Gabriel Dumont ont dû se fondre au paysage quand s'effondra la Jérusalem nouvelle de la Saskatchewan.

Le prétexte de Sammèque pour ne plus déguerpir de Cacouna, c'est ce qui arrive à son père Thomas. Il trouve notre mère à son goût et, par-devers elle, se prend pour un chien de prairie, sur ses talons toujours. Quand il ne lui apporte pas des brassées de fleurs sauvages, des besaces pleines d'herbes médicinales, il l'emmène à la chasse et à la pêche. Si je suis content pour notre mère, je le suis moins pour moi. Je n'ai rien à redire de Thomas qui ressemble à la description que, dans son journal, notre grand-mère a faite de son frère — un grand homme osseux, qui porte ses cheveux longs en couette française, dont les yeux noirs sont pleins de malice, qui ne parle qu'avec lenteur et qui marche pareillement, comme s'il avait tout son temps devant lui, même quand il est question de travail. Le monde a mis des millions d'années avant de devenir ce qu'il est, sauf pour les tortues qui ont toujours été telles qu'elles le sont, déjà souveraines dès le premier jour de la création, formées parfaitement pour faire face aux dangers de leur environnement et aux catastrophes cosmiques. Les tortues sont nées en même temps que les dinosaures, mais elles leur ont survécu parce qu'elles n'ont jamais eu à se préoccuper de l'esprit d'adaptation. Ce n'est pas pour rien si les peuples primitifs mettaient la Terre en équilibre sur la carapace d'une tortue, s'ils la faisaient porteuse du monde qu'elle contribuait à stabiliser grâce à ses courtes mais formidables pattes. Dans son journal, notre grand-mère raconte ainsi la naissance du peuple malécite :

Grand-mère des hommes
Dépêche-toi et tombe vite
Du ciel sur la mer laiteuse.
Prends notre mère sur ton dos
Et demande au rat musqué
Remonté des profondeurs de l'océan
De te recouvrir de vase.
Ainsi sur ton dos de tortue
Doit se façonner
La Terre tout entière.

Ainsi sur ton dos de tortue
Jaillira notre père tout entier
Avec des franges longues
Sur les bras et les jambes.
Notre père fécondera notre mère
Et d'eux naîtront
Les frères jumeaux
Afin que s'ouvre le monde
De la connaissance
Du bien et du mal.
Grand-mère des hommes
Dépêche-toi et tombe vite
Du ciel sur la mer laiteuse.

Thomas Talonshauts est un homme-tortue et je comprends notre mère de prendre plaisir en sa compagnie. Autant notre père était vif, belliqueux et toujours en rogne, autant Thomas Talonshauts est lent, pacifique et de belle humeur. Même les longs silences dans lesquels il se retrouve comme sous une couverte amérindienne ont quelque chose de rieur et de sain — cette discrétion de l'homme-tortue, cette capacité qu'il a de marcher collé à la terre ou de se mouvoir dans l'eau, par petits pas solides, et sans rien revendiquer, comme il en a été de toute la vie de Thomas Talonshauts. Il a traversé le pays d'est en ouest, puis du nord au sud, il est allé jusqu'à Saint-Paul du Minnesota, jusqu'à Baltimore et jusqu'à New York, maître charpentier marchant sur des poutres d'acier à mille pieds au-dessus du sol, et sans vertige puisque l'homme-tortue, même dans les airs, a les pattes fortement ancrées dans la Terre-fille et qu'il la protège.

Peut-être est-ce cette tranquillité de l'homme-tortue qui autorise Sammèque à être aussi exubérante et familière, comme s'il ne pouvait pas y avoir de distance entre elle et le monde, pas de malentendu possible, pas d'équivoque et pas d'incertitude. La fille-tortue a la rondeur du monde, elle n'a pas besoin de faire le gros dos quand le froid force les clous à éclater dans les planches et elle n'a pas besoin non plus de s'étirer comme un élastique sous l'effet de la chaleur. Toujours pleine puisque son corps est sans aspérités, peau lissée comme ce qui enveloppe la coquille des œufs de perdrix, odeur propre aux bras et odeur propre aux jambes, chacune des parties du corps en privilégiant une espèce, en bonifiant les traits qui sont déjà d'une grande beauté. On est naturellement séduit par Sammèque comme on le serait par sa sœur-tortue puisqu'on peut entrer loin sous la peau du tambour même quand on ne fait que frapper des mains dessus.

Assis sur le bout du quai flottant dont les pattes ont calé dans la vase, je regarde Sammèque nager, toute nue, dans les eaux encore froides du lac Sauvage. On dirait le corps souverain du faucon pèlerin, des lignes d'os faites pour tromper toute résistance et donner envie de s'y fondre, par la bouche pulpeuse, par les bouts des seins si chatouilleurs, par le nombril creusé profond, fleur de nénuphar étalée sur le ventre, par le sexe — fente bordée de poils si noirs qu'ils en paraissent bleutés, et ces formidables fesses quand elles se tournent vers le ciel comme deux paumes ouvertes, offrant au soleil cette autre fleur encore, celle du lotier, ou de l'odorant mélilot, ambré dans ses pourtours. Ce serait bien d'y laisser son corps disparaître en y plongeant de tout son sexe dressé, long et longtemps.

Je n'ai jamais rêvé autant, même quand je veille. Je n'ai jamais désiré autant, même quand je m'ensommeille. C'est d'abord du corps d'Eugénie dont je suis plein — cette force inscrite dans le plus petit repli de peau, de muscle et d'os, comme une mère de toutes les Tranquillités, plus puissant que moi c'est, au point que je m'abandonne à ma propre générosité, qui me fait meilleur que ce que je suis en réalité, à cause de cette tendresse que je laisse sourdre en moi, de cet abandon dans lequel je me laisse aller. Le corps d'Eugénie dessine la carte du Tendre et je me roule dans chacune de ses baissières, dans chacune de ses fondrières, dans chacune de ses encolures, même quand je veille, même quand je m'ensommeille. Chaleurs de mains et de pieds, chaleurs de cuisses et de ventres, chaleurs d'aisselles et de bouches, comme lorsque je venais au shaque du lac Sauvage avec Léonie durant les grandes vacances de Noël, que la face du soleil était blême comme l'envers frigorifié de la Lune, que du ciel bas de plafond tombait la neige, par paquets se déficelant. Malgré la truie transformée en brasier, nous avions froid sur la paillasse de pousses de cèdre, et nous nous collions l'un contre l'autre, nous étions deux petites perdrix des neiges roulées en boules dans leur nid, nous étions confortables et confortés.

J'ai quitté le bout du quai pour prendre place sur cette souche qu'il y a entre les deux totems sculptés par Eugénie devant le shaque. Même si je ferme les yeux, je vais quand même voir Sammèque sortir de l'eau et s'esbrouer comme un chien puis, par petits bonds, s'approcher du shaque. Ses vêtements font un petit tas de couleurs que je pourrais toucher de mon pied si j'allongeais la jambe.

Plutôt que de les prendre et de se rhabiller, Sammèque s'étend dessus, donnant au soleil sa peau mouillée à faire sécher. Ce corps nu, si parfait de formes et de rondeurs, si excitant parce que plein d'alvéoles comme un nid d'abeilles sauvages, et tant de miel y coule que je voudrais me jeter dessus pour le lécher à petits coups de langue, pour y introduire le bout de mes doigts et fouailler dans les replis de la chair, et y frotter mon sexe, si désirable c'est, si tentateur c'est, et si doux ça deviendrait partout ainsi couché sur le paysage. Je ne bougerai pas malgré que ça me démange de partout dans le corps, je resterai tel que je suis et j'attendrai tout le temps qu'il faudra pour que Sammèque dise enfin :

— Je n'irai pas enseigner la langue crie à Yellow-knife, ni nulle part ailleurs dans les territoires du Nord-Ouest. J'aime le pays tel que tu me l'as fait découvrir, je l'ai dans la peau et je veux que ça y reste.

— Tu n'as plus de contrat avec la Maison de Cacouna. À quoi pourrais-tu donc t'occuper maintenant ?

— Le chef Tobin m'a proposé de prendre en charge le magasin d'artisanat pour l'été qui vient. Il espère aussi obtenir une subvention afin d'agrandir le centre de documentation et de rendre permanents les cours de langue malécite. Avec un peu de chance, ce n'est donc pas le travail qui va me manquer.

Même si j'aimerais mieux n'en rien faire, j'ouvre les yeux. Lustrés sont les petits poils qui courent sur la peau de Sammèque, et dorés ses seins, son ventre et ses cuisses — odorantes anfractuosités que l'orignal hume de l'autre bord du lac Sauvage, sa tête dressée dans la brise chaude, ses babines retroussées pour mieux flairer où se trouve le champ du désir. Je dis :

— Si c'est pour moi que tu restes à Cacouna, ce n'est pas la peine. J'aime Eugénie. Avec elle, j'ai retrouvé la meilleure part de moi-même que j'avais abandonnée. Eugénie est en même temps ma femme et notre grand-mère, elle est ma sœur Léonie aussi, quand ma sœur Léonie faisait des bruits d'écureuil avec sa bouche, des ronds de grenouille dans l'eau et de ses sourcils ameutait les hiboux logés dedans.

— Je ne veux pas t'enlever Eugénie et je ne veux pas te prendre non plus. Simplement comme c'est, ça me satisfait. Je t'aime à ma façon et je sais aussi que tu m'aimes à ta façon. Le reste, quelle importance voudrais-tu que j'y trouve ?

— Je ne suis pas certain que Samuel serait du même avis.

— Parce qu'il m'aime comme la plupart des hommes le font, par besoin de puissance, par besoin de remplir les creux dont ils sont pleins.

— C'est pour cette raison-là que tu cherches aussi à séduire Philippe Beauchemin ?

— Je ne cherche pas à le séduire. C'est lui qui court après moi.

Sammèque a mis les mains sous ses seins, elle les masse du bout des doigts après avoir écarté les jambes. À cause du soleil qui plombe sur les poils, on dirait qu'il y a là, à la jonction des cuisses, une tale de mûres ou de bleuets, à se jeter à genoux devant et y mordre safrement. Mâchées de fruits sauvages, filets de sang pourpre coulant aux commissures des lèvres, tentante est la source fruitée et malaisée la résistance. Je redresse la tête, je regarde vers le bleu du ciel, je pense à Samuel qui s'est enamouré de Sammèque au point d'en oublier enfin la mort de notre père et le trou de balle qu'il avait au milieu du front quand on l'a trouvé dans son fauteuil braquetté de braquettes dorées au beau mitan du fenil. Depuis qu'il tourne autour de Sammèque, Samuel n'est plus reconnaissable. Lui qui détestait conduire un tracteur après l'avoir chargé jusqu'aux ridelles de planches et de madriers, voilà maintenant qu'il ne s'en lasse plus, en tous les cas de Squatec à Gros-Cacouna. Les cages de bois occupent la moitié du port, elles font comme des gratte-ciel en bordure du fleuve, de quoi remplir les énormes cargos japonais qui y accosteront bientôt. Si Samuel ne ménage pas ses transports, c'est bien évidemment que Gros-Cacouna est à côté de la Maison des Malécites et que c'est d'abord ça qui l'attire. Dans la petite anse ceinturant les confins de Cacouna, Samuel et Sammèque font du canot et du kayak, ils se baignent et se font dorer la couenne au soleil. Samuel, qui a toujours eu horreur du bénévolat, en fait désormais. On est en train d'aménager les berges de la Maison de Cacouna, d'en policer les escarpements par des escaliers taillés dans le roc, qui s'étagent les uns au-dessus des autres avec, entre eux, des plate-bandes de grands soleils, de marguerites, de lupins et de dahlias, par massifs poussant dru comme les piquants sur le dos d'un porc-épic. En haut des escaliers, le petit lopin de terre côteleux a été nivelé au bouledozeur pour qu'on puisse y ériger un grand tipi malécite et une pergola à huit piliers, que fleuriront des vignes grimpantes. Pour le tipi et la pergola, Samuel a fourni gratuitement le bois d'œuvre, et il a payé aussi les peaux de chevreuil qui recouvriront l'armature de bois du tipi. Comble de l'inattendu, Samuel baragouine maintenant quelques phrases en malécite. Il a fallu que je lui fasse faire une copie du dictionnaire et de la grammaire que je possède. Il les apporte désormais partout avec lui dans cette grosse sacoche de cuir qu'on appelle une saberdache. Jadis, les explorateurs, les coureurs des bois et les courriers du roi en portaient une à leur ceinture. C'était étanche et solide. Même une flèche tirée dessus n'en perçait pas la carapace aussi coriace que celle d'une tortue.

Amoureux de Sammèque, Samuel l'est assurément. Son plaisir serait total s'il n'y avait pas de corbeaux charognards pour faire de sombres traînées dans le bleu de son ciel. Il y a Killer Turcotte, un trimp des Lots-Renversés, qui est doorman au *Grand Beu qui swigne*, de gros bras tatoués mais une tête de linotte, et dont le héros est le boxeur Mike Tyson — du sport comme assouvissement de toute la cochonneté dont on est habité, ce besoin de voir le sang pisser, cassage de dents et de nez, coupages d'arcades sourcilières et morsures d'oreille, sans loyauté jamais, pour le simple contentement de faire mal, de knockouter un adversaire et d'en tirer gloire auprès des femmes. Les attirer dans une chambre de motel, les faire boire et les doper, puis les battre et les violer.

Je comprends que Samuel aguisse autant Killer Turcotte et qu'il n'ait pas meilleure opinion de Philippe Beauchemin — comme une queue de veau au-dessus de Cacouna maintenant que les grandes vacances vont commencer et qu'il n'y a plus rien à faire au parlement de Québec. Sous le prétexte qu'il doit prendre le pouls de ses commettants, Philippe sillonne le comté, participe à tous les rassemblements populaires, à toutes les fêtes de famille, à tous les anniversaires de fondation de paroisse, à tous les festivals qui se tiennent dans les environs de Cacouna. Il s'y rend dans un vieil autobus scolaire repeint aux couleurs du Parti des régions, qu'il conduit en cow-boy, comme dans les romans de Ken Kesey qu'on lisait au cégep. L'intérieur de l'autobus lui sert de bureau et de salon, il y reçoit les doléances de ses électeurs et y joue aux cartes avec eux. Même si la rumeur publique prétend que Philippe couche avec Marjolaine Tremblay, la seule autre députée du Parti des régions, ça ne l'empêche pas de trouver plaisantes toutes les jolies filles qu'il côtoie — tant de sparages, comme les paons quand ils cherchent à vous impressionner, comme les jars et les coqs en rabette, ramages et plumages en forme de roue que rend scintillante le soleil. Sammèque dit :

— Vous manquez tellement d'humour dans votre famille que vous enviez celui qui est capable de s'en servir. Avoir l'esprit fantasque, ça ne fait pas craquer les plis de la peau, ça ne rend ni sourd ni aveugle !

Ses bras et ses jambes écartés, elle s'étire et bâille, se tourne d'un côté et de l'autre, comme un chat rendu dolent par le soleil, s'offrant avec sagacité et sans perversité — je suis là, flambant nue à tes pieds, je te montre mes seins, je te montre mon ventre, je te montre mon sexe, je te montre mes cuisses, mais est-ce à toi que s'adressent mon corps, sa peau, ses muscles, ses os et ses humeurs ? Le soleil est aussi un homme qui me désire sans arrière-pensée, qui me lèche, me catiche, me chatouille, m'embrasse et me pénètre, sans arrière-pensée vraiment, parce que la beauté est ainsi, don de la Terre profonde devenant éblouissement de lumière. Tu me prends, et ça me va. Tu ne me prends pas, et ça me va aussi. Je profite de toute façon de comment c'est, que tu y participes ou non. Je ne cherche pas à être apprivoisée puisque ce qui est sauvage est en lui-même souverain.

À regarder ainsi autant de beauté nue, je ne vois pas survenir Léonie. Elle sort des fourrés, portant un chiot sous chaque bras, et s'avance vers moi. Elle feint de ne pas voir Sammèque, me met les deux chiots sur les genoux et dit :

— Notre tante Lumina te les donne. Ils seront de bons chiens-loups comme le sont leurs parents. Fais-leur connaître ta maison pour qu'ils sachent de quoi se constitue le centre de ton territoire.

— J'ai déjà reçu un grand chien-loup de notre tante Lumina.

— Si tu en avais un, il serait ici. Pourtant, je ne vois pas de chien-loup nulle part.

— Je ne l'emmène plus au lac Sauvage depuis qu'un porc-épic l'a dardé de ses piquants. Je le laisse à Whitworth.

— Ce que tu fais de tes bêtes, ça te regarde. Moi, ça va me satisfaire si tu me débarrasses de celles-ci.

Je prends les chiots par la peau de leur cou, j'entre dans le shaque avec eux, je les mets par terre après les avoir frottés contre moi et embrassés sur le nez, je les regarde, ce sont de petites boules de laine blanche zigzaguant sur le plancher, flairant et se cognant aux meubles, chialant non par déplaisir, mais pour montrer qu'ainsi elles prennent possession de l'espace et en acceptent les odeurs. Je regarde Léonie et ça me paraît clair comme de l'eau de roche qu'elle n'est pas venue au lac Sauvage pour simplement faire commission par-devers notre tante Lumina. Quand je le manifeste à Léonie, elle dit :

— C'est évident. Si je suis là, c'est que je veux lire le journal de notre grand-mère.

— La Maison des Malécites en a une copie. Tu peux l'emprunter quand tu veux.

— Je sais. J'ai déjà consulté le manuscrit. Le problème, c'est qu'il manque un chapitre dans la version traduite par Sammèque. Tu peux me dire pourquoi ?

— Notre grand-mère écrivait en malécite, sauf pour le chapitre dont tu parles. Celui-là est en langue micmac. J'ai été le porter à Maria afin qu'on m'en donne une version française. Quand je l'aurai entre les mains, je te la donnerai à lire.

— Ça sera quand ?

— Je n'en sais rien, peut-être la semaine prochaine ou peut-être seulement dans un mois. Le traducteur micmac doit d'abord s'occuper de son bateau de pêche parce que c'est de poissons dont il vit, pas de mots.

Je me suis assis par terre, j'ouvre les mains et les mets sur mes genoux pour que les petits chiens-loups les lèchent et reconnaissent ainsi à jamais les odeurs salées de mon corps. Après, ils vont monter sur moi, me mordillant le menton, le nez et les oreilles, et me frapper de leurs grosses pattes partout où ma peau est découverte, comme si j'étais un tambour et que ça leur parlait davantage que les mots sortant de ma bouche. Quand les dents des petits chiens-loups se font trop insistantes, je leur mords les oreilles à mon tour afin qu'ils apprennent rapidement à ne pas se servir de leur gueule n'importe comment. Léonie me regarde faire, elle dit :

— Ils seront de bons compagnons pour toi, ils t'ont déjà adopté. Que tu les aies à l'entour de toi, ça sera mieux que la compagnie de Sammèque, même quand elle se met nue pour le simple plaisir de t'agousser. Je te rappelle cependant qu'il serait préférable que Sammèque s'exhibe devant Samuel plutôt qu'à ton profit.

— Depuis quand te préoccupes-tu du bien-être de Samuel?

— Je suis en affaires avec lui. Depuis qu'il est amoureux de Sammèque, il pense moins à notre père et davantage au moulin à scie de Squatec. Nous allons faire cette année des profits comme ce n'est jamais arrivé, même pas quand notre père avait toute sa tête et savait à quoi l'utiliser.

— Est-ce que ça te rend plus heureuse pour autant?

— Le bonheur, c'est plein partout de monde qui ne pense qu'à lui. Ce n'est pourtant qu'une idée, sans substance comme toutes celles qu'invente la société pour justifier les impôts qu'elle collecte. Dessous l'idée, il n'y a que l'État maquereau, mafieux et malveillant, dont les compagnies pharmaceutiques exécutent les basses œuvres. Le bonheur, ce n'est jamais qu'une fascisante médecine pour que le citoyen oublie qu'on l'exploite et l'extorque, pour que l'homme ait l'illusion d'être un champion alors qu'il court tout croche, les deux doigts dans le nez, et sans même savoir pourquoi il doit le faire.

— Tu t'es mariée pourtant et t'auras même des enfants bientôt. Si ce n'est pas par goût du bonheur, pourquoi avoir fait l'un et l'autre?

Léonie hausse les épaules, comme si ma question n'avait aucun sens pour elle. Lorsque j'insiste, elle se met par dérision à hurler comme les chiens-loups de notre tante Lumina le lui ont appris puis, satisfaite parce que les chiots en ont fait autant, elle dit:

— Préviens-moi quand ton traducteur micmac en aura terminé avec le journal de notre grand-mère. Je tiens à le lire en même temps que toi.

— Je peux savoir ce qui fait que tu y tiennes autant ?

Elle se met à hurler encore, puis sort du shaque tandis que se déchaînent aussi les deux petits chiens-loups. Je devrai leur mordre les oreilles une autre fois pour qu'ils cessent, et alors je les prendrai dans mes bras et les emmènerai dehors, Léonie déjà disparue sous les fourrés. De l'autre côté du lac Sauvage, Sammèque n'est plus qu'une ombre chinoise sur la toile que fait le soleil avec les épinettes noires — un écran de lumière dans lequel passe Sammèque toute nue, ses vêtements faisant une besace ronde sous son bras. Je la regarde disparaître sous la frondaison, puis ne m'occupe plus que des deux petits chiens-loups. Tel que c'est dans le sable blond de la grève, à creuser pour que l'eau jaillisse sous les pattes, faisant apparaître les corps morts enfouis, bouts pourris de branches, ossements épars de raton laveur ou de porc-épic, comment ne pas en prendre profit, pour du plaisir très simple et trop fin pour être seulement une idée comme l'est celle du bonheur ? À quatre pattes, je m'avance vers l'eau, les petits chiens-loups à mes côtés, puis je m'arrête et je regarde ce qui m'est renvoyé de mon visage. Les deux petits chiens-loups font pareil, comme dans ce vœu écrit par notre grand-mère dans son journal :

Ils s'arrêtèrent dans l'eau
Avant de s'y noyer.
Ils regardèrent longtemps
Les traits de leur visage

Qui faisaient risette dans l'eau.
Ainsi ils apprirent leur visage
En se mirant longtemps
Très longtemps dans l'eau.

12

Philippe

Saint-Fabien-sur-Mer, c'est la porte d'à côté par rapport aux Trois-Pistoles, mais dès qu'on laisse la route Nationale pour bifurquer vers le fleuve, on n'a plus l'impression d'être dans le même pays, à cause des marécages entre lesquels on circule — le royaume de la sphaigne, ces mousses acides et rousses qui poussent entremêlées à la laîche, une graminée singulière puisque la tige en est triangulaire plutôt que sphérique. On récolte la sphaigne et la laîche, et, par des procédés sophistiqués de décomposition, on en fait de la tourbe. Les champs ainsi décimés ont l'air de têtes scalpées d'où ruisselle un sang couleur de rouille. De gros sacs blancs, empilés en bordure des champs, leur dessinent de grandes oreilles difformes comme celles que portent les chauves-souris.

Plus on descend vers le fleuve, plus les côtes sont à pic et comme taillées par escaliers dans le roc. Une fois descendue la dernière, on a tout le fleuve devant soi, et c'est si large et profond qu'on a bien raison de dire que c'est une mer. Du temps des boîtes à chansons, le poète Raoul Roy y avait la sienne juste à l'entrée de la grève. Tandis qu'il pinçait les cordes de sa guitare et chantait

l'odeur du varech de sa voix caverneuse, la tête auréo-
lée d'un vieux filet de pêche, sa petite femme faisait
cuire du pain qu'on mangeait chaud, sur un lit de crème
d'habitant, de fraises sauvages et de sirop d'érable. Parfois Jovette Bernier, toute menue dans sa robe paysanne,
apportait du vin de framboise et récitait quelques poèmes.
C'était une romancière, la première qui sut parler du
Bas-du-Fleuve autrement que comme les restes d'un pays
naguère riche et prospère. Bien qu'intimiste, sa poésie
mise en musique par Raoul Roy n'était pas déplaisante
à nos oreilles d'adolescents, surtout lorsque nous avions
ingurgité deux ou trois verres de vin de framboise:

> *Sont partis au large des nuits*
> *Trois beaux nuages de haut-bord,*
> *Empanachés d'azur et chamarrés de l'or*
> *Des aurores.*
>
> *Sont passés en contrebandiers devant la Lune*
> *Et la Lune éteignait les feux*
> *De ses yeux.*

Raoul Roy est mort dans la fleur de l'âge et Jovette
Bernier vécut si vieille que son œuvre ne lui a pas survécu: quand on la porta en terre, les gens mêmes de Saint-
Fabien avaient déjà oublié qu'elle avait été une femme
de grande beauté et l'écrivain le plus important de leur
coin de pays. Elle avait su si bien chanter son Saint-Fabien-sur-Mer qu'un grand nombre d'artistes montréalais y passaient leurs vacances, dans de coquets chalets
comme suspendus à flanc de rochers. Si quelques-uns y
résident encore durant la belle saison, la plupart ont cédé
la place aux fonctionnaires, aux retraités et aux nouveaux

riches qui, tels Rosaire Levesque, ne doivent rien à Raoul Roy et à Jovette Bernier et qui, s'ils vivent dans leurs maisons, ne savent même pas qu'elles leur ont déjà appartenu. Ils se contentent du fait que Saint-Fabien-sur-Mer soit devenu un petit Cacouna de villégiature, réputé pour le sable blond de ses grèves et pour son eau de mer moins froide qu'ailleurs à cause de l'anse qu'abrillent d'épais rideaux d'épinettes et d'érables.

Le chalet de Rosaire Levesque occupe la plus belle pointe de cette anse-là. Jouqué sur un piton en forme de promontoire qui a la forme d'une jambe d'ivoire, sans doute celle que le capitaine Achab a perdue dans sa lutte contre la baleine Moby Dick, on y accède par de méandreux sentiers de pierres plates, cimentées à l'irlandaise. Le premier habitant du promontoire était d'ailleurs un moine défroqué du pays de Connemara, célèbre jadis dans toute la chrétienté pour ses druides dépenaillés et sauvages. À part les pierres plates des sentiers cimentés à l'irlandaise, il ne reste pas grand-chose de l'habitation du moine défroqué. Ceux qui l'ont occupée après lui n'ont gardé que le corps central du logis d'origine, une énorme cheminée inutilisable parce qu'elle tire mal et enfume le dedans plutôt que l'extérieur. D'un propriétaire à l'autre, le chalet s'est agrandi et ce serait aujourd'hui un parfait labyrinthe de petites pièces bâties n'importe comment si Rosaire Levesque n'en avait pas jeté la plupart des murs à terre afin de le restaurer de fond en comble afin de mieux y accueillir ma mère.

Ainsi donc, tout est fort plaisant à Saint-Fabien-sur-Mer. Ma mère et Rosaire Levesque ont l'air de deux adolescents qui découvrent le monde, ils ne cessent pas de se catiner, tantôt devant l'énorme cheminée irlandaise et tantôt sur la grève où ils ramassent les échoueries pour en faire des pyramides à brûler. Rosaire Levesque se lève avant tout le monde, enfile un vieux T-shirt, si long qu'il lui va jusqu'aux genoux, il se munit d'un seau et d'une petite pelle puis, le piton de roc descendu jusqu'à la mer, il se met à creuser dans le sable, à la recherche des clams que le déferlement de la marée haute y a enfouis. Pendant ce temps, ma mère et moi nous le regardons faire du haut de cette terrasse qui a l'air d'un nid d'oiseau bâti à flanc de roc. Ce n'était pas prévu que je viendrais moi aussi m'installer à Saint-Fabien-sur-Mer. Quand Marjolaine et moi nous sommes rentrés de notre tournée des grandes institutions parlementaires d'Europe, nous devions passer l'été rue Notre-Dame, dans la maison de mon père, mais c'était l'enfer quand j'y suis arrivé, à cause du mariage de Charles et de Léonie, de leur installation à Saint-Jean-de-Dieu, de Bouscotte qui y vit aussi, apparemment heureux des histoires sauvages que Béline lui raconte, sans parler de ce qu'il découvre au fin fond du rang des Bœufs. J'y suis passé l'autre jour, et ça sentait le cheval à deux milles à la ronde, Bouscotte monté sur ce tracteur et pelletant du fumier comme le fils d'un vieil habitant de l'arrière-pays. Je l'ai trouvé moins gripette qu'avant, sans doute parce qu'il a enfin l'air d'être un enfant et d'en profiter.

Mon père ne s'est pas remis non plus du départ de ma mère même s'ils étaient comme chien et chat depuis vingt ans. Il n'avait qu'à lui dire avant qu'il l'aimait, qu'il avait besoin d'elle, même pour les affaires qu'il prétendait pouvoir mener seul. Ce n'était pas une femme très exigeante sur le sentiment mais, à force d'en avoir été privée, il lui a bien fallu aller voir ailleurs si elle y était. On a ri d'elle quand, pour une première fois, elle a fréquenté Rosaire Levesque, parce qu'il buvait comme un Polonais et brûlait sa chandelle par les deux bouts, si convaincu que la bonne étoile sous laquelle il était né ne l'abandonnerait jamais, qu'il n'a pas cessé de vivre dans l'excès, dilapidant ses richesses, hypothéquant sa santé et prenant un malin plaisir à défaire ce qu'il avait mis des années à bâtir. Ça lui en a pris du courage et de l'entêtement pour remonter de l'enfer où il se consumait, et ça ne lui serait pas arrivé si l'espoir de reconquérir ma mère n'avait malgré tout cessé de l'habiter. Aujourd'hui, les deux sont amoureux comme on l'est au sortir de l'adolescence quand on croit pouvoir changer le monde et s'y donner la plus belle part. Ainsi ma mère a-t-elle retrouvé le plaisir des affaires, elle que lassait la gestion de Pétro-Basques dont elle ne s'occupait plus, pour ainsi dire, que du bout des doigts. Dans son bureau, la grande carte de l'est du Québec, qui prend tout un mur, est devenue une constellation de points lumineux, une douzaine de postes d'essence s'étant ajoutés à la soixantaine qui existaient déjà, de Saint-Romuald à New Carlisle, de Dégelis à Restigouche. Dans six mois, Pétro-Basques aura essaimé dans le Nouveau-Brunswick francophone, dans le Maine et dans le Massachusetts américains, qui furent eux aussi des pays où l'on parlait français avant que le rêve du roi Louis XIV ne soit escamoté par des ministres aussi incompétents que prétentieux. Quand Marjolaine et moi nous avons terminé notre tournée des grandes capitales parlementaires d'Europe, nous sommes passés par New York parce que nous voulions nous retrouver à bord du Concorde, le plus bel oiseau à avoir jamais pris possession du ciel, comme une flèche zen traversant l'espace, fulgurante et embrasée. Nous avons ensuite sillonné les petites routes de la Nouvelle-Angleterre — tant de noms français y survivent, jusque dans l'enceinte de l'hôtel de ville d'Augusta où j'ai admiré le portrait de l'ancêtre Beauchemin qui fut le premier député du Maine à la Chambre des représentants de Washington. Il ne parlait pourtant pas anglais, il était habillé d'étoffes du pays, il portait mitasses et bottes sauvages, ceinture fléchée et tuque rouge des patriotes, il fumait la pipe et chiquait le tabac. Son meilleur ami était l'abbé Chiniquy, originaire comme lui du pays de Rivière-Ouelle, prêtre contesté parce que délinquant, qui aimait tellement les femmes qu'on l'avait exilé dans les missions sauvages de l'Ohio où il s'adonna si bien au scandale que l'Église finit par l'excommunier. Diffamé par un prêtre jaloux des succès qu'il obtenait auprès des femmes, l'abbé Chiniquy le poursuivit devant les tribunaux américains, et gagna son procès grâce à l'avocat Abraham Lincoln qui accepta de défendre sa cause même s'il était déjà engagé dans cette course qui le ferait devenir président des États-Unis. Chiniquy fonda sa propre Église et fit le tour du monde afin de recruter des fidèles. Quand il évangélisa en Australie, son enseignement fut si controversé que des émeutes éclatèrent partout au pays, forçant le gouvernement à y proclamer la loi martiale.

Ainsi je marche lentement sur la grève de Saint-Fabien-sur-Mer, mes pieds nus s'enfonçant dans les algues marines, ma jonglerie prenant toutes les couleurs de cet arc que le soleil dessine dans le ciel. Je me sens folâtre, dissipé et libertaire, je vague et vagabonde, je vadrouille comme une vaigre détachée de sa membrure et qu'emporte mollement le moutonnement de la mer, par bancs d'ouate dans les creux de l'eau. Peut-être est-ce parce que je m'ennuie de Marjolaine qui va passer tout l'été à oublier qu'elle est députée du Parti des régions en soignant les malades du grand hôpital de Chicoutimi. Marjolaine ne veut pas oublier qu'elle a déjà été infirmière, militante syndicale et communautaire, elle ne conçoit la politique que comme le prolongement de son action sociale. Ce monde de la quotidienneté des choses et de la misère humaine, des maladies du corps et de l'esprit, ce monde de l'exclusion, comme des cloportes on oblige désormais près de la moitié de la population à vivre, en cet état de béessitude où on les confine — un chèque reçu toutes les fins de mois par la poste, qu'on touche rapidement afin de payer les dettes qu'on a faites chez le dépanneur, quelques caisses de mauvaise bière, quelques cartons de cigarettes et des dizaines de billets de loterie, du petit gratteux à la Lanterne magique, du Bingo sur papier à la Chasse au trésor — moins d'une chance sur treize millions de gagner quoi que ce soit, mais quelle importance quand ta vie est déjà toute passée du mauvais bord des choses, là où il n'y a plus d'apprentissage, que les fruits pourris d'une société dépassée par les nombres, les chiffres et les lettres qui l'assaillent comme le font en Afrique les grandes chauves-souris porteuses de maladies, de décimations et de mort.

Je ne sais pas encore si j'aime vraiment Marjolaine même si je m'ennuie d'elle depuis que sont commencées les grandes vacances. Pendant notre tournée des grandes capitales parlementaires de l'Europe, nous avons vécu comme collés l'un à l'autre, toujours en train de nous caticher, dans une multitude de jeux ludiques du corps, parfois innocents comme le sont ceux de l'enfance et parfois pervers comme le sont ceux des grandes découvertes sexuelles, ces plaisirs cochons dont on expérimente les excès ainsi que les a si bien décrits Sacher-Masoch dans sa *Vénus à la fourrure*, acheté pour moi par Marjolaine chez un bouquiniste des quais de la Seine, dans une superbe édition illustrée — le corps, c'est d'abord la jeunesse des formes, plaisantes parce que fermées, et qu'on sait rendre provocantes en les abrillant sous un vestimentaire capable d'exciter ce que, au creux le plus profond du corps, vous avez jusque-là gardé dans le refoulement. Ne plus craindre les excès, ceux qu'on pense et ceux qu'on ferait si on oubliait les deux mille ans de la morale judéo-chrétienne imposée aux peuples d'Occident pour mieux les exploiter et les dominer. L'instauration de la monogamie par l'Église catholique n'eut rien à voir avec l'esprit religieux: ayant moins de femmes et moins d'enfants à faire vivre, l'homme pouvait contribuer davantage aux bonnes œuvres de saint Pierre et de ses descendants. Rome amassa ainsi un véritable trésor que la banque vaticane fit fructifier au centuple dans tous les pays du monde, première multinationale à œuvrer dans le secret, au-dessus et en dessous des lois civiles et criminelles — fascisme des pères fondateurs de l'Église, totalitarisme dans la pensée et l'action. La mondialisation de l'esprit humain au nom de la liberté du capitalisme n'a pas commencé avec General Motors, Toshiba et Bill Gates, mais avec l'imposition du catholicisme dans toutes les régions de la Terre. La pensée magique fut d'abord l'œuvre du

Christ. Quand il multiplia les pains et le vin aux noces de Cana, il ne s'attaqua pas aux conditions sociales qui enfermaient l'homme dans sa pauvreté et le privaient même de l'essentiel, mais il établit la primauté de l'exploiteur sur l'opprimé. Le catholicisme fut le seul communisme à triompher et l'État du Vatican la première mafia à réussir. Ce fut au nom de la morale, bien sûr, cette limitation de l'homme au péché originel, celui qu'Adam commit quand il voulut secouer le joug de sa dépendance afin de naître vraiment, libre, libertaire et libertin comme le dit si bien Sacher-Masoch dans sa *Vénus à la fourrure*. Redonner à l'homme ses pouvoirs ludiques et libidineux, c'est le rendre souverain. Ce qui s'assume ne peut pas être contrôlé, enrégimenté, encadré et dominé, comme le démontre bien la vie du Marquis de Sade. On eut beau l'embastiller, le morfondre, le torturer et le mutiler en lui coupant la langue et en le laissant pourrir de la bouche, il ne cessa jamais d'être révolutionnaire, tapissant les murs de sa cellule de mots écrits avec ses excréments. Ce que ça disait, l'Église ne pouvait que le récuser au nom de la pensée unique qui l'a fondée — l'homme est essentiellement une solitude qui ne peut se sublimer que dans l'apprentissage sans limites de la sexualité.

Tout le temps que j'ai voyagé en Europe avec Marjolaine, ça a été comme si j'avais mordu continuellement dans un gros pain sortant du four. J'ai hérité des Beauchemin une libido fort vaillante, qui aime la nouveauté et l'excès. Un corps de femme, même amoureux, ce n'est pas tous les corps de femmes. Le plus beau d'entre eux est régi par la loi de l'incomplétude : ou ce sont les seins qui paraissent inadéquats, ou la forme des fesses n'est guère plaisante, ou la bouche est malhabile et le sexe paresseux. Chez une seule femme, trouver son fond de penouil relève comme en politique de la pensée magique à laquelle personne n'adhérerait si on ne proclamait pas de lois afin d'en justifier la pratique au nom d'un moralisme dont la seule qualité est d'être circonstancielle. C'est le cas, par exemple, de la lutte entreprise par les gouvernements contre le tabagisme sous prétexte qu'il faut prévenir les cancers du poumon et les crises cardiaques. On fume peut-être moins, mais les édifices à bureaux sont toujours aussi mal aérés et les rues des grandes villes sont toujours aussi polluées par le monoxyde de carbone, pourtant mille fois plus nocifs pour la santé de ceux qui y travaillent et y vivent. En limite-t-on pour autant l'érection des gratte-ciel et la construction des voitures? On a interdit les loteries privées sous le prétexte qu'elles étaient un mauvais exemple pour la jeunesse, on a délimité le territoire et l'usage des cartes de crédit parce que leur invention fut vicieuse. La belle affaire! Depuis que les gouvernements gèrent eux-mêmes les loteries, bâtissent des casinos et ouvrent des maisons de jeux, seul le profit est moral. On y a donc exceptionnellement le droit de fumer et celui d'y emprunter à des taux d'intérêt usuraires, peu importe si cela vous mène tout droit à la dépendance, à la déprime et au suicide. Vous n'avez qu'à ne pas jouer si vous êtes compulsif!

C'est aussi au nom de la morale que les gouvernements légifèrent sur la sexualité, et c'est souvent sans savoir de quoi il est véritablement question bien que les esprits tordus ne manquent pas dans les parlements, tel cet ex-ministre du Parti québécois qui découvrit sur le tard son homosexualité, ne voulait pas se l'avouer à lui-même et pas davantage à sa famille, préférant jouer le jeu du mari soi-disant fidèle et du père irréprochable par-devers le bon peuple. Ce grand stigmatiseur public de toutes les déviances n'arrêtait pourtant pas d'en commettre, y compris dans son bureau de ministre — de blonds éphèbes, quelques lignes de cocaïne, des trips de cul, cochons, cochonnants et cochonnés.

Je ne prétends pas être moi-même au-dessus de tout soupçon. Quand je buvais comme un trou, j'aimais bien courir la galipote avec les grasses serveuses du *Grand Beu qui swigne* de l'Îsle-Verte parce que m'excitaient les casques vikings qu'elles portaient, avec une corne de chaque bord des oreilles. Dès que je me retrouvais à Montréal, je faisais le tour du quartier centre-sud, j'y fréquentais tous les débits d'alcool clandestins, les piqueries et les maisons de passe, juste pour le plaisir qu'il y a à renifler des aisselles dégoulinantes de sueurs, des raies qui sentent la défécation et des sexes aussi crémeux que le fromage Philadelphia. Bien que je ne boive plus, le goût des corps gorgés de sexualité ne m'a pas abandonné, ni le désir d'y tremper souvent mon pinceau. Je n'ai pas à me plaindre de Marjolaine parce qu'elle conçoit son corps comme une offrande. Dans le quotidien des choses elle n'en laisse rien voir, comme si son premier métier d'infirmière, dans la blancheur où il se meut, rendait neutres ses humeurs. Lorsqu'on la voit entrer au parlement, toute filiforme dans un tailleur de couleur pastel, l'épaule droite recouverte de cette large écharpe comme en portent presque toutes les ministres et les députées du Parti québécois, on ne croirait jamais que ça puisse être aussi pervers. Marjolaine aime se montrer nue, elle est lascive comme le moineau, les mots grivois ne lui déplaisent pas et elle en connaît dans toutes les langues, à cause de son père qui était polyglotte et professeur, si entiché par le mythe de Casanova qu'il en portait les costumes, se grimant et se coiffant comme lui.

J'aurais voulu que Marjolaine passe les grandes vacances avec moi plutôt qu'avec les malades chroniques de l'hôpital de Chicoutimi. Nous aurions passé nos journées à prendre du soleil, à sillonner le fleuve dans le bateau de Rosaire Levesque, à accoster à toutes les petites îles jetées dans l'estuaire comme des poignées de marbres — courir sur les rochers, le corps flambant nu, puis tomber dans la vase, s'en recouvrir, la laisser sécher puis, alors que ça se fendille de partout, plonger dans la mer du haut d'un piton. Ce goût salé que la peau a après, y mordre et se faire mordre, se pisser dessus, tant d'odeurs amoureuses quand les sexes se gonflent et se déchargent brusquement de leur trop-plein de vie dans le basculement du ciel et de la Terre, orgiaque jusque dans ses particules élémentaires!

Sans Marjolaine, je m'ennuie et tourne en rond dans le château irlandais de Rosaire Levesque et sur la grève de sable blond qui pourtoure la petite baie de Saint-Fabien-sur-Mer. J'ai essayé de lire les rapports des commissions parlementaires, mais me suis vite désintéressé des revendications autochtones, des amendements au code du travail, des nouveaux pouvoirs exigés par la police sous le prétexte de mieux faire la lutte aux bandes de motards, aux trafiquants de stupéfiants et à ceux qui en profitent, petits producteurs de cannabis ou avocats véreux spécialisés dans le blanchiment d'argent. Après vingt pages, ça te tombe des mains. Tant de jargonnage parsemé de virgules, trop bien placées dans le texte pour que ne s'ouvre pas la porte qui infirme le sens tout en le confirmant parce que c'est écrit par des conseillers juridique dont le premier intérêt est de rester indispensables !

Pour tromper mon ennui, j'ai accepté de faire de la figuration dans tous ces festivals qui mobilisent les villageois de mon comté de Rivière-du-Loup dès que l'été se montre le bout du nez. Ça a toutes sortes de noms biscornus, comme la Grande virée des pipes de plâtre, les Perséides du bœuf haché, le Carnaval des sauceux dans le sirop ou la Barouettée des mangeux de cipaille et d'éperlans fumés. Organisés généralement par les clubs de l'Âge d'or, les Chevaliers de Colomb et les conseils de fabrique, rien ne les différencie vraiment les uns des autres : ça commence par une messe solennelle, la bénédiction d'un nouveau terrain de jeux ou l'ensemencement d'un lac, ça se poursuit par une criée, un encan, une exhibition d'hommes forts, un tournoi du bûcherons rapides sur la tronçonneuse et le godendart, un concours de tirs, pour chevaux, tracteurs et pick-ups, quand ce n'est pas une course dans la boue contre des cochons alors qu'on saute à pieds joints dans des sacs de pomme de terre. Un souper communautaire met fin à la journée. Commandité par une grande brasserie, on s'y soûle simplement pour le plaisir de se retrouver avec les baguettes en l'air et de provoquer une bonne bagarre. Les boulés de l'arrière-pays investissent la place, font parade de leurs gros bras tatoués, puis se tapent mutuellement dessus, excités par les encouragements des festivaliers dont la bière leur sort par les oreilles tellement ils en on bu.

Au Festival du Crapotte à grande gueule d'Esprit-Saint, ainsi nommé à cause du concours de la meilleure menterie qui en fait l'originalité, les crapottes à grande gueule n'ont pas eu beaucoup de temps pour croasser leurs histoires farfelues, la séance de racontage vite interrompue par les fiers-à-bras des Lots-Renversés et de Cabano, menés à l'échauffourée par Killer Turcotte dont le bédéiste de *Popeye* a dû s'inspirer pour dessiner Pluto: de petites jambes, un torse de culturiste, mais poilé épais, et une tête minuscule, montée comme une poire à l'envers sur un cou de taureau. L'énergumène était sur un high de cocaïne et voulait s'en prendre à moi parce que du temps où nous fréquentions le cégep, je lui avais enlevé sa dulcinée qui aimait danser, mais ne le pouvait avec Killer dont les petites jambes n'étaient guère utiles au charleston, au tango et au be-bop. J'ai dû me réfugier dans la maison d'un policier de la Sûreté du Québec pour ne pas avoir à me retrouver avec une forçure en guise de tête. Depuis, je réponds moins aux invitations que je reçois de l'arrière-pays et quand j'y vais, je me fais accompagner par le Kouaque et Tinesse à Clophas qui aiment bien jouer du coup de poing américain et de la savate japonaise.

J'ai de toute façon d'autres intérêts depuis quelque temps, et qui me sont pour ainsi dire sautés dans la face quand on m'a demandé d'inaugurer la boutique d'artisanat que les Malécites ont ouverte devant la Maison de Cacouna, dans cette cabane que, toute sa vie, a habité le sagamo déchu de la tribu. Sur ma cassette discrétionnaire de chef de parti et de député, j'ai contribué pour mille dollars à l'aménagement de la boutique d'artisanat, et c'est surtout parce que Sammèque m'a joué au violon les meilleurs airs de son répertoire. Elle se serait servie d'un chichigouane, qui ne produit que de la musique discordante, que je n'aurais pas entendu la différence, Sammèque étant l'une des plus belles femmes qu'il m'ait jamais été donné de voir — ce ruissellement bleuté de sa longue chevelure, ce teint presque olivâtre tellement la peau est brune, comme pétri par le soleil, cette rondeur dans les formes faites pour provoquer, si naturellement ça se présente, cadeau du Grand-père porc-épic et de la Grand-mère chevreuil, plaisir de voir tant de générosité dans l'ondulation, et cette légèreté qu'ont les cerfs de Virginie, par petits bonds presque aériens, masse de peau, de muscles et de nerfs créés pour que l'excitation vienne, pour que le désir saute une coche, pour que naissent en soi d'extravagantes images de fornication. Je sais bien que ne durera pas longtemps cette extraordinaire sensualité qui auréole la beauté de Sammèque puisque la femme amérindienne n'est pas douée pour mettre en échec les ravages du temps. Dans quelques années, les formes si enveloppantes se seront flétries et flapies, les seins comme coupole de chapelle ardente s'affaisseront et les fesses, si tentantes, seront grasses et couperosées. De ce corps si somptueusement callipyge, il ne restera plus rien, sinon la profondeur toute noire de l'œil.

Je sais que Sammèque n'en a que pour Benjamin, qu'elle lui tourne autour comme bête à miel. Je ne gagerais pas ma chemise sur l'indifférence que Benjamin paraît accorder aux avances de Sammèque, surtout depuis qu'Eugénie m'a dit qu'au lac Sauvage et à la réserve de Whitworth, elle a vu Sammèque prendre plaisir à se montrer flambant nue devant Benjamin sous le prétexte que la nature étant ce qu'elle est, on n'a pas à cacher ce dont elle nous a greyé. Je sais aussi que Samuel en pince pour Sammèque, qu'il la voit derrière chaque arbre qu'on abat sur les chantiers de Biencourt, de Lac-au-Saumon et du Bic. Quand je vais faire un tour à la Maison de Cacouna, le gros tracteur de Samuel est garé dans les parages et je trouve des brassées de fleurs jusque sur les tas d'échoueries qui s'amoncellent sur la grève. Ça ne me fait rien que Samuel se montre si entreprenant pardevers Sammèque alors que moi-même je lui cours après. Je n'ai pas beaucoup de sympathie pour Samuel. Quand j'ai été élu député du Parti des régions, c'est à peine s'il m'a permis d'aller faire jasette avec ses ouvriers du moulin à scie de Squatec et ses bûcherons de Biencourt. Comme s'il avait voulu en effacer rapidement les traces, il accueillait dès le lendemain le candidat du Parti québécois puis, quelques jours plus tard, celui du Parti libéral. Je ne dois donc rien à Samuel et guère davantage au reste de sa famille. Je ne vois donc pas pourquoi je me priverais du plaisir de séduire Sammèque même si ce n'est que pour les grandes vacances de l'été. Quand je reprendrai la route vers Québec, Samuel fera bien ce qu'il voudra avec Sammèque. Je serai passé par là avant lui, je serai plein de tout le plaisir que j'aurai pris et que je redonnerai à Marjolaine en la catichant comme elle n'a pas encore idée que je peux le faire autant.

Je mets mes souliers de course que j'avais abandonnés dans le sable et je pars à courir sur la grève en faisant semblant de ne pas entendre les appels que ma mère me lance du haut du promontoire. Par une aussi belle journée, ça ne me tente pas de discuter avec elle de l'essor de Pétro-Basques, des projets de Rosaire Levesque ou des problèmes de la quincaillerie que le fisc québécois ne cesse plus de harceler. Je me suis remis à l'entraînement comme lorsque je fréquentais le cégep, je cours mes quinze mille par jour, de Saint-Fabien à Saint-Simon, et de Saint-Simon aux Trois-Pistoles. Deux fois par semaine, je vais aussi m'entraîner à Rimouski — des exercices de musculature et quelques rounds de boxe. Quand on court après une fille comme Sammèque, la forme est un atout qu'on ne doit pas sous-estimer.

En traversant les marécages de Saint-Simon, je fais ce mauvais pas de côté et me foule la cheville, presque rien, de quoi boiter pendant quelques heures en forçant pour que ça paraisse. Muni d'un bâton, je marche jusqu'à la route. Je n'aurai même pas le temps de mettre le pouce en l'air qu'un bon samaritain s'arrêtera, me prendra à bord de sa machine et m'emmènera rue Razades, aux Trois-Pistoles. Manu ne me donne plus de nouvelles et ne répond au téléphone que par son répondeur interposé. Je me méfie de lui depuis cette tournée qui l'a mené aux quatre coins du Québec soi-disant pour le Parti des régions. Les échos qui m'en sont parvenus ne m'ont pas flatté dans le bon sens du poil. Aux mécontents manifestant leur désaccord sur mon leadership, Manu a mis de l'huile sur le feu plutôt que de chercher à l'éteindre, il a invoqué la charte du parti dont l'un des articles dit qu'il suffit d'une pétition signée par deux cents membres pour que soit discutée, dans une assemblée extraordinaire, toute idée de contestation du chef. Manu a même dit à nos sympathisants de

Val-d'Or que ce qui différencie le Parti des régions de tous les autres, c'est la possibilité qu'on puisse critiquer ouvertement son leader et le conseil exécutif qui l'encadre. Au journal *La Frontière*, Manu y est aussi allé d'une déclaration qui m'a fait dresser les cheveux sur la tête :

— Le Parti des régions n'appartient pas à celui qui le dirige, mais à ceux qui constituent le membership. Nous ne voulons pas de roi-citoyen chez nous, comme Jacques Parizeau l'a été, ni de petit Hitler des faubourgs à M'lasse comme l'est Lucien Bouchard que la moindre contestation mène tout droit au chantage. Si nos militants devaient nous dire demain que Philippe Beauchemin n'est plus l'homme de la situation et qu'il doive être remplacé par Marjolaine Tremblay, par exemple, le principal intéressé en l'affaire ne pourrait que s'incliner.

Manu a trop lu Nietzsche pour avoir fait une telle déclaration sous le coup de l'improvisation et en toute innocence. Par les taupes que j'ai de Hull à Blanc-Sablon, je sais aussi qu'il manigance un coup fumant et mon petit doigt me dit que ce pourrait bien être mon éviction du Parti des régions. Si Manu pense que je vais me laisser faire, il risque lui-même de se retrouver bientôt avec un méchant coin enfoncé en plein milieu du front. Si je veux, je suis capable de jouer n'importe quelle carte, de la frimée à l'empoisonnée, et ce sera sans honte ni remords, même par-devers Manu. S'il n'avait pas été le roi de la fourrette, Lucien Bouchard ne serait pas devenu premier ministre du Québec et ne se prendrait pas en même temps pour la réincarnation de Staline et de Mère Thérésa. Il pontifierait encore comme ambassadeur du Canada à Paris et prendrait toujours la vessie de Denise Bombardier pour sa lanterne. Si l'establishment

du Parti libéral n'était pas non plus le roi de la fourrette, Jean Charest dirigerait encore d'Ottawa un Parti
conservateur voué aux gémonies de l'histoire parce que
francophobe, il l'était déjà aux commencements de la
Confédération quand MacDonald fit assassiner Louis
Riel au nom des barons écossais qui l'avaient porté au
pouvoir pour mieux mettre la main sur tout le pays.
D'un océan à l'autre, s'en mettre plein les poches grâce
au chemin de fer écossais, antipapiste et xénophobe !

Appuyé sur mon échouerie, je contourne la maison
de Manu et entre dans la cour, sidéré par ce que je vois :
nu comme un ver, le Kouaque coupe le gazon tandis
que sa blonde, qui est un homme, s'est jouquée sur une
table basse de plancher et, au rythme d'une musique
toute en lacets de sentimentalité, se fait aller du faux
téton et des fesses rondes comme des billes. C'est certain que je ne verrai pas Manu aujourd'hui, en train sans
doute de courir la galipote sur les routes cabossées de
l'arrière-pays pour mieux faire sortir de son sac à malices les enfants tordus de sa chienne. Dissimulé par le
rideau de cèdres, je ne pense plus, je ne fais que regarder, comme si *La Vénus à la fourrure* de Sacher-Masoch
et la *Justine* du Marquis de Sade se laissaient tomber,
dans toutes leurs feuilles éparses, au-dessus des Trois-
Pistoles, dans de longues coulées de soleil. Belle Blonde
montre son cul au Kouaque qui lâche le guidon de sa
tondeuse à gazon, sa grosse queue d'âne formidablement dressée, et se met à courir autour de la table basse
de plancher, une main sur la bouche, comme font les
Sauvages quand ils convoquent les esprits cochons de la
terre. « Entre-la moi dans le cul ! Jusqu'au trognon dans le
cul, mon cœur ! Fourre-moi à mort ! », et la grosse queue

formidablement dressée de s'amuser à plein et à fond, piston démentiel dans son venant et son allant, à faire rougir jusqu'au bleu du ciel où rient, dans leur gorge déployée, tous les internés échauffés de Charenton!

13

Obéline

ALLONGÉE DANS LE LIT, de gros coussins sous la tête, je ne veux pas ouvrir les yeux et me rendre compte que le soleil embrase déjà la ligne d'horizon, que ce sera rougeoyant toute la journée, comme des aiguilles de lumière plantées dans une pelote de laine. J'entends le bruit que font les tracteurs sur les coteaux qui surplombent Saint-Jean-de-Dieu — les labours sont achevés, de longues raies de terre retournée ocrant le paysage, comme si la mer était montée jusqu'à lui, toutes les glaces du Groënland ayant fondu subrepticement, grossissant le lit de la Boisbouscache et inondant, entre les écores, les platins de terre noire où pousseront bientôt, par bancs serrés, le chiendent, l'épeautre et l'avoine sauvage. Entre eux, des baisseurs peuplées par des tales de fougères, chacune ressemblant à une tête de violon sortant de terre, comme de petites roches de jade jetées négligemment sur un tapis de mousse. Avec Thomas, j'en ai cueilli hier un plein chaudron. Cuites dans du beurre, saupoudrées de poussière d'ail, ça fond dans la bouche, c'est doux-amer comme le seraient des aiguilles de sapin moulues qu'on mélangerait à des fraises sauvages et à des pousses de persil.

Je suis bien là où je suis, à laisser se détisser l'écheveau des rêves qui m'ont accompagnée tout le temps que j'ai dormi. C'était si exclusif que Thomas s'est levé avant même que le soleil ne monte dans le ciel, pour que son corps chaud ne fasse obstacle entre le mien et l'esprit de la Terre le possédant. Thomas n'est pas comme le porc-épic qui se hérisse, même quand le monde est plein de bonnes nouvelles pour lui. Thomas a la douceur de ceux qui ont appris à rendre pulpeux par en dedans leur corps osseux. Ce n'est jamais froid et ça ne tempête jamais non plus parce que, multiples, les sens se sont accordés entre eux, dans une harmonie que rien ne saurait défaire — cette lenteur féline dans les gestes, si naturel c'est, comme si le corps ne touchait pas vraiment au sol parce qu'il n'a jamais besoin de se garer contre quoi que ce soit, est-ce que c'était déjà là à la naissance de Thomas, ou cela s'est-il appris quand le charpentier a atteint ses grosseurs, sur les hauteurs des gratte-ciel bâtis à New York, Chicago et Montréal? À mille pieds dans les airs, marcher comme si de rien n'était sur des poutrelles d'acier, les nuages si près de soi qu'en allongeant la main on pourrait fourrager dedans, ou se croire muni d'ailes comme le faucon pèlerin, et se jeter dans les airs, long vol plané vers Central Park, les Grands Lacs, le fleuve Saint-Laurent ou l'océan Atlantique, le monde à portée de corps, tant de souplesse, comme dans du feutre ça ondoie.

Je bâille, m'étire, jette un coup d'œil au plafond où virevoltent encore les papillons de nuit. Je pense à Brunante à qui j'ai rêvé tout le temps de mon ensommeillement. Un an déjà que ma petite-fille s'en est allée dans son esprit et son corps inachevé, si petits étaient ses petits pieds, si potelées ses mains potelées, si noirs ses yeux noirs, comme ceux de notre mère, si fins ses cheveux fins, brins de soie impossibles à couper en quatre. Comme j'en ai toujours de l'ennuyance, par manque d'entendre les sonorités claires de son rire quand je lui chatouillais ses dessous de pieds, ou la faisais tournoyer, mes mains plaquées l'une sur son ventre et l'autre dans son dos, comme un petit hélicoptère elle devenait au beau mitan de la cuisine, comme une roue aux pourtours de lumière, ma petite-fille partie si tôt, Brunante :

> *Petit colimaçon*
> *Enroulé*
> *Laissant une forme de colimaçon*
> *Sur la couverture*
> *Quand je te soulève.*

Ainsi c'était dans le vœu que notre mère chantait quand moi-même je n'étais, dans la lange emmaillotée, qu'une petite nourrissonne battant l'air de ses poings fermés. J'aurais pu mourir comme Brunante avant que le soleil ne se couche pour la première fois, mais qui serait venu faire des vœux pour moi en s'agenouillant dans l'herbe verte, sous le grand saule du cimetière de Saint-Jean-de-Dieu, là où l'esprit et le corps de Brunante reposent sous six pieds de terre noire aux côtés de l'esprit et du corps de notre mère, aux côtés de l'esprit et du corps de Borromée, quelques secondes de vie, quelques minutes insuffisantes pour que se fondent en guirlande les brins d'éternité, pour que se tressent en panier les tiges plates de l'avoine sauvage, pour que se colorent, l'une après l'autre, les perles enfilées du wampum, collier chaud plein de lumière que j'ai été mettre hier sur la tombe de Brunante pour qu'elle n'oublie pas l'histoire de sa naissance. Et moi assise ensuite sous le grand saule, regardant mon visage dans une flaque d'eau :

> *Serré mon visage qui ridait*
> *Mon visage-écorce d'arbre*
> *Il faisait penser à de l'écorce aussi*
> *Quand je passais les doigts*
> *Dessus.*

> *Je lui disais du bout des lèvres*
> *Visage-écorce-d'arbre*
> *Cesse de serrer fort*
> *Cesse de rider autant*
> *Redeviens lisse, lisse, lisse*
> *Comme celui qu'avait*
> *Brunante au creux*
> *De mes rêves.*

Et il me semblait, juste à dire et à redire le vœu, que disparaissait la clôture ceinturant le cimetière, que disparaissaient les croix de bois blanches, les pierres tombales de granit gris, rose et noir, les anges sculptés dans l'argile et les odeurs de la mort qui sourdent de la terre dès que, du bout du pouce, on fait dedans une graffigne.

Je rapaille mes esprits que pour Brunante j'ai laissés errer aux quatre coins de la chambre, puis me lève, me débarbouille le visage, un peu honteuse d'être restée si longtemps au lit alors que Thomas doit, par grands ronds autour du poêle, faire les cent pas, déçu d'avoir dressé la table et ordonné pour rien entre elles les couleurs de la nourriture. Peut-être même s'est-il lassé de m'attendre et a-t-il pris, suspendue au clou près de la porte, la clé des champs, vers la Boisbouscache, le lac Sauvage et la réserve de Whitworth, dans le vert tendre du matin et le bleu du ciel que traversent les volées d'hirondelles à tête pourprée.

Quand j'arrive enfin à la cuisine, ce n'est pas Thomas que je vois assis au bout de la table, mais Léonie dont on dirait qu'elle n'est plus qu'un ventre tellement celui-ci est gros. Elle avale une gorgée de café, attend que je sois assise, puis me confirme dans ce que je pensais de Thomas, parti non pas vers la Boisbouscache, le lac Sauvage et la réserve de Whitworth, mais vers Cacouna où il doit aujourd'hui commencer à bâtir ces kiosques de bois rond que Malécites, Micmacs et Montagnais occuperont au solstice de l'été quand auront lieu les retrouvailles annuelles des peuples sauvages. Je dis:

— Où sont déjà partis Charles et Bouscotte?

— À Saint-Paul-de-la-Croix, Charles parce qu'un distributeur de Montréal s'intéresse à ses fromages, et Bouscotte parce que Mandoline lui travaille le paroissien comme s'il était déjà un homme. Mais toi-même, tu n'as pas l'habitude de te lever aussi tard. Est-ce que je t'ai empêché de dormir parce que j'avais mal au ventre et que j'ai passé la nuit à me le tenir à deux mains en faisant la navette entre la salle de bains et la berçante?

— Dès que je me suis endormie, l'esprit de Brunante m'a rendu visite. Il y a déjà un an qu'elle s'en est allée parmi les hiboux qui n'ont pas de faces de hiboux et les oies sauvages qui n'ont pas les pattes palmées des oies sauvages. Peut-être avais-tu mal au ventre à cause de l'esprit de Brunante qui rôdait dans la maison?

— Ne parle pas de Brunante. Je n'aime pas qu'on me parle de Brunante.

— Je sais, mais cette nuit Brunante avait besoin que quelqu'un fasse des vœux pour elle. Ton mal de ventre…

— C'est fini, Mam. Je n'ai plus de douleur et je n'ai plus de fatigue non plus.

— Tu ne fais quand même pas suffisamment attention à toi. On dirait que tu ne veux pas savoir que tu vas accoucher bientôt.

— Ça ne sera pas avant un mois. Cessez donc de m'endêver tout le monde avec ça.

— Ton ventre est gros, Léonie. Bien avant que le mois ne soit passé, tu pourrais bien avoir déjà acheté. Pourquoi ne vas-tu pas voir le médecin ?

— J'y suis allée il y a trois semaines. C'est de suffisance. Plutôt que de m'achaler avec ça, mange donc. Il y a des œufs brouillés sur le réchaud et du pain doré dans le four.

— Je vais d'abord prendre une douche. C'est comme si je n'étais pas encore tout à fait réveillée.

Je me lève, je regarde Léonie, je vois les poches sous ses yeux et les petites pattes d'oiseau qui ont pris forme de chaque bord d'eux, je vois les plis aux commissures des lèvres, cette pâleur de la peau, ces traits tirés, et je voudrais dire encore à Léonie qu'elle ne prend pas suffisamment soin d'elle, si dure pour son corps, comme si elle n'aimait pas qu'il se soit épaissi et alourdi, moins vif et moins endurant, devenu trop maternel pourrais-je ajouter aussi, même dans les seins, pareils avant à des coupoles comme coupées en deux, petites et fermes, mais si gonflées c'est maintenant qu'elles paraissent manquer de place sur la poitrine. Je dis :

— Je suis contente que tous les autres aient déserté la maison. Il y si longtemps que je n'ai pas pris mon petit déjeuner avec toi seulement. Merci d'être là, Léonie.

Je vais m'enfermer dans la salle de bains, je me désabrille de mon linge de corps, ma peau sent le sperme de Thomas, ce mélange d'odeurs fauves, ails des bois et gomme d'épinette, goût qu'ont les mousses sur le versant nord des écores de la Boisbouscache, doux-amer et comme saupoudrées de poivre. Je laisse l'eau ruisseler de mes cheveux dépris de leur chignon, j'en suis le cours de mes mains ouvertes, dessinant des tas de petits cercles éphémères sur mon ventre. Je pense à comment c'était lorsque j'étais enceinte de Léonie, et à comment c'était encore quand je portais Samuel et Benjamin. De Léonie qui ne cessait de donner coups de pied et coups de poing, je disais à Borromée: «Je n'accoucherai pas d'un enfant, c'est certain, mais d'un esprit frappeur, mais d'un esprit tambour, fait de bois de merisier et de peau de chevreuil.» Des jumeaux, si différents déjà après seulement quelques semaines de gestation, Samuel occupant le côté droit de mon corps et Benjamin le gauche, le premier se tenant plus bas et le deuxième plus haut, je disais à Borromée: «Celui que je porte du côté droit et plus bas, nous le nommerons Samuel puisqu'il a déjà jugé qu'il occuperait l'espace le premier. Il t'aimera comme le dernier juge d'Israël a aimé le roi David si glorieux. Celui que je porte du côté gauche et plus haut, nous le nommerons Benjamin, comme le dernier fils de Rachel et de Jacob, qui était gaucher, rebelle bien que placide, et possédant en même temps l'esprit de la Terre, celui de l'Eau, celui du Feu et celui de l'Air, comme les découvreurs et comme les faiseurs de vœux.»

En fait, je voulais nommer autrement Samuel et Benjamin, mais Borromée en aurait eu du déplaisir. J'aurais voulu aussi nommer autrement Léonie, qui était le nom de la mère de Borromée, morte si jeune qu'il fallait bien qu'au moins survive son baptisage. Moi, mes enfants, je les aurais appelés Qui-entendait-des-écureuils, parce que Léonie avait comme eux une petite tête pleine de fourrure quand elle est venue au monde, et ses oreilles étaient si sensibles qu'elle entendait tous les bruits que faisaient les écureuils dans les grands pins entourant la maison. Samuel aurait porté le nom de Sourcils-faits-de-corbeaux, parce qu'il riait aussitôt qu'on le chatouillait, faisant froncer ses sourcils noirs comme les plumes entremêlées de plusieurs corbeaux, et plus il riait et plus les corbeaux montaient haut sur son front. Né-en-faisant-des-nœuds aurait dû être le nom de Benjamin, parce qu'il vint au monde avec les doigts de pieds entourés par le cordon ombilical. Même si on défit les nœuds, Benjamin s'en souvint et passa toute son enfance à en faire. Avec des ficelles, il attachait à ses doigts de pieds tout ce qui lui tombait sous la main, bouts de bois, feuilles d'érable, petites souris et petits oiseaux morts, et il marchait en écartant les jambes pour mieux faire ce que notre grand-mère appelait des ronds de mots qui, gorgés de lumière, paraissaient danser sur le plancher.

Qui-entendait-des-écureuils, puis Sourcils-faits-de-corbeaux, et Né-en-faisant-des-nœuds, voilà les noms que j'aurais voulu que portent mes enfants. Moi, notre grand-mère aurait aimé que je m'appelle Celle-qui-fait-passer-les-larmes, à cause de ce rêve venu en m'attendant, et qui devint ce vœu qu'elle écrivit dans son journal :

Une fois
Elle vint se promener
Dans le village
Avec une carapace de tortue
Toute vaseuse sur sa tête.

Elle tenait les choses en équilibre
Comme ça
Et ça nous faisait rire.

Tous ceux qui pleuraient
Et la voyaient
Avec sa carapace de tortue
Toute vaseuse sur sa tête
Et de petits paniers
Qu'elle faisait tourner
Au bout de chacun de ses doigts
Tout ceux-là qui pleuraient
Voyaient leurs larmes
Se changer en rires
Grâce à Celle-qui-fait-passer-les-larmes.

Sans doute est-ce la présence de plus en plus réchauffante de Thomas à mes côtés qui me rend aussi nostalgique, comme si je n'avais jamais déshabité le pays de notre grand-mère, celui du porc-épic et celui de Docteur L'Indienne dont Thomas a joué le rôle pour ce film que Bouscotte a présenté au concours de *Vidéastes recherchés*, Mandoline peaufinant le scénario, moi dessinant les costumes et Charles montant le décor, ce gibet au milieu de la place publique de Québec, là où fut pendu Docteur L'Indienne parce qu'il faisait remonter l'eau de la mer jusque sur les hauteurs de l'arrière-pays afin que soient noyés tous les Blancs qui volaient leurs terres aux Malécites. De la fumée sortait de l'entre-plancher du grenier, des gélatines rouges comme le sang avaient été installées sur les spots d'éclairage, des lucarnes venait une lumière dorée qui, en se mêlant au sang des gélatines rouges, rendait tout extraordinairement fécond, hostile et inattaquable, comme l'était la magie de Docteur L'Indienne quand il faisait monter la mer au-dessus des maisons habitées par les Blancs.

Sortie de la douche, mon corps essuyé puis enduit de pommade (de la graisse de queue de castor mélangée à du suif d'ours et de la moelle de carcajou), je m'habille puis emprisonne à nouveau mes cheveux sous un chignon. J'ai hâte de me remettre à jaser avec Léonie, de simples et babillantes paroles dites sans que la bouche n'ait besoin de s'ouvrir beaucoup, comme zoizouillements d'enfant — ce qui s'exprime par de simples mots, courts comme le sont les petits des anchets, tortillards, tortillonnés, torsadés, torrailleurs, toronneux, tous ces tatitotus faisant tonner les tam-tam et faisant chanter les totems plantés dans la terre aux quatre coins de la maison-tomahawk.

La cuisine retrouvée, je n'y vois plus Léonie assise à la table, et la porte est entrouverte. Je sors sur la galerie alors que Léonie monte dans le pick-up et referme la portière. Je me mets au milieu de l'entrée pour empêcher que le pick-up se rende tout droit à la rue Principale, et je dis :

— Je pensais que la maison serait à nous pour la journée, je pensais qu'on placoterait longtemps de naissance, d'enfance, de petits mots et de rires sonores.

— Ça aurait été plaisant mais je ne peux pas. On met fin aujourd'hui au chantier du Bic parce qu'il ne reste plus un seul arbre à couper sur les lots à bois de Marie-Victor et l'on commence enfin le charroyage des billots. Pas question que je passe à côté d'une journée pareille.

— Te faire bardasser sur des trails pleines de vesses-de-loup, penses-tu que ça a de l'allure avec un ventre gros comme le tien ?

— Que ça en ait ou pas, c'est ce que j'ai décidé, Mam.

Quelle tête de cochon ! Je la regarde disparaître sous les érables et je me sens en manque de tous les petits mots qui auraient pu emmieller le paysage et le dorer comme couenne au soleil. Je vais m'asseoir sous la pergola à côté de la maison, j'ouvre la vieille boîte de biscuits en tôle, j'y prends ces noisettes pour que les écureuils descendent de leurs nids à la cime des pins et pour qu'ils viennent chercher, l'une après l'autre, les écales gonflées de fruits que je tiens dans ma main ouverte. Sous le petit vent qui vient du sud, porteur du tonnerre, des éclairs et de la pluie dont il est chargé, les grands pins craquent sur leurs jambes :

Terre de vieux hommes
Terre de vieilles femmes
Qui gémissent dans ces arbres.
Peut-être même notre Grand-mère porc-épic
Dans l'un d'eux.

Je ne sais pas pourquoi je pense autant ces jours-ci au journal de notre grand-mère et pourquoi tant de vœux écrits par elle me reviennent en mémoire. Quand j'irai voir Benjamin, je vais lui demander de me laisser le manuscrit à relire puisque dedans doit bien se trouver le sens de l'attirance que j'ai par-devers lui. Lorsque rôde ainsi l'esprit de notre Grand-mère porc-épic, mon corps se greye d'une multitude de petites antennes et chacune d'elles reçoit du monde tant d'informations que je ne sais plus très bien quoi faire de ma peau. Je suis excitée sans en savoir la raison, je transpire sans que ce soit chaud, pas plus à l'intérieur qu'à l'extérieur de moi, je deviens malhabile par mes gestes, comme si je ne me retenais plus à la terre que du bout de mes doigts de pieds. Je voudrais monter à cheval et le faire trotter jusqu'à la Boisbouscache, simplement pour que mon corps prenne le frais, et je ne le pourrais pas, mes muscles trop gourds et gourdes aussi mes articulations.

Je rentre donc et m'installe devant la fenêtre qui donne sur l'étang à côté de la grange. Les oies et les canards s'y meuvent, faisant d'éphémères traces de lumière sur l'eau, si blanches qu'elles en paraissent diaphanes. Au-dessus, par bandes serrées, virevoltent les chauves-souris bien que le soleil soit au beau mitan du ciel, sa face toute ronde comme une face d'écureuil dont les bajoues seraient pleines de noix. Cette singulière effervescence, Benjamin la traverse en suivant les trails qui mènent de la réserve de Whitworth au lac Sauvage, et du lac Sauvage aux écores de la Boisbouscache. Comme il ressemble à notre grand-oncle Thomas, ses cheveux retenus par une couette française, son front large, ses joues osseuses et ses yeux-corbeaux à quoi rien n'échappe! Son corps tout près du mien, et sa main mise sur mon épaule, Benjamin dit:

— Toute la nuit, j'ai rêvé que j'étais Wichikapache et que l'hiver ne voulait pas s'en aller. Je restais étendu sur la neige et il faisait un froid à fendre les troncs des épinettes noires. Mes vêtements pendaient sous l'une d'elles, ma chemise et mon pantalon, mon parka et mes bottes sauvages avaient l'air de glaçons. J'ai fait un feu par en dessous pour que ça redevienne des vêtements. Wichikapache était presque mort de froid. J'ai vu alors deux perdrix des neiges traverser le ciel et je me suis mis à courir entre les bancs de neige parce que je devais les rattraper. J'ai dû marcher tout l'hiver, vivre dans les arbres et sous la glace. Une fois même, j'ai dû pointer ma tête hors d'un nid de hibou. Quand le printemps déshabilla enfin l'hiver, j'étais toujours dehors à courir après les deux perdrix des neiges. Je finis par tomber dessus, elles étaient dans un nid de feuilles mortes, elles se bécotaient et cacabaient. Je leur ai demandé comment elles s'appelaient et je n'ai pas eu de réponse. Je leur ai demandé encore : «Comment vous appelle-t-on, perdrix des neiges?» Et elles me répondirent : «Tu viens juste de le dire.»

Ça chantait dans la voix de Benjamin quand il me racontait son rêve, comme de la musique entrant dans mon corps par la multitude des petites antennes qui le constituent, et j'ai dit, comme si je cacabais pareille à une perdrix des neiges :

— Vite! Il faut que nous allions au Bic! C'est le temps maintenant!

Le pick-up de Benjamin est une flèche stridente qui court à ras de terre, qui ouvre le paysage, comme deux fortes cuisses en train de s'écarteler pour que les eaux du fleuve, retenues en amont, puissent enfin déferler, souveraines. Sur les hauteurs de Saint-Fabien, la confrérie des Quatre Pains de sucre dessine le corps de Léonie — cette tête dont on ne voit pas le visage, dissimulé qu'il est par une verte chevelure d'érables, ces seins tout ronds dont les tétines sont deux pitons de granit, ce sexe large que borde le peuple des cèdres, comme autant de poils sombres entre lesquels sourd de terre la Grand-Mère de toutes les sources. Je dis :

— Plus vite, Benjamin ! Le temps va nous manquer maintenant !

Passé la rivière Hâtée, le pick-up beugle dans la côte raide qui mène enfin à la maison de Victorienne et de Marie-Victor. Quand ça s'arrête, Benjamin et moi nous sommes essoufflés, comme si nous venions de faire le trajet en courant ventre à terre. Je m'escoue les pleumats pour reprendre mon souffle puis, entre les bâtiments qu'il y a de l'autre côté de la route, pointe ce tout-terrain que conduit Marie-Victor, Léonie assise derrière lui aux côtés de Victorienne, ses mains lui enserrant les cuisses. Léonie dit :

— Ne t'inquiète pas, Mam. Mes eaux ont crevé et je vais accoucher. Ne t'inquiète pas, Mam. Quand j'ai vu s'envoler les deux perdrix des neiges qui avaient fait leur nid dans le pignon du campe, j'ai su tout de suite que je déjetterais aujourd'hui. Ne t'inquiète pas, Mam.

Nous aidons Léonie à monter les quelques marches qui nous séparent de la porte de la maison, nous entrons et Victorienne dit :

— Dans la chambre de Mme Levesque ! Il faut emmener Léonie dans la chambre de Mme Levesque !

Ça sent le camphre quand nous y pénétrons et ça sent l'encens aussi. Un bâtonnet brûle devant la statue de la Vierge, dans cette niche portable qui est ouverte sur une table devant la fenêtre. Les meubles dans la chambre ressemblent à ceux qu'il y avait dans celle de notre Grand-mère porc-épic — du bois tigré, massif comme l'étaient autrefois les forêts des seigneurs Rioux et Lepage, les poteaux de lit tournés à la main, les biseautages faits à la queue d'aronde, les miroirs découpés dans des vitres qui ont emprisonné tant de bulles que les visages ne s'y réfléchissent que déformés. Pourquoi Léonie a-t-elle choisi d'accoucher ici plutôt que dans notre maison de Saint-Jean-de-Dieu où tout était pourtant prêt pour que ça puisse naître sans hostilité, la chambre repeinte, les rideaux changés, sur fond d'azur le tissu, et dedans plein de faces de hibou sans face de hibou, à peine visible c'est, comme autant de rêves d'enfant se tenant par les sourcils au-dessus du ber que Thomas a retrouvé au grenier, restauré et enduit de cire d'abeille. Benjamin dit :

— Marie-Victor est déjà au téléphone afin que le médecin vienne d'urgence. Moi, je préviens Charles.

Le lit défait, Léonie se cante dedans en prenant assise sur ses genoux, elle ne veut pas se coucher, elle ne veut pas mettre non plus la jaquette de Victorienne qui a demandé à rester avec nous dans la chambre, surexcitée, les pommettes de ses joues aussi rouges que les filets de sang coulant des cuisses de Léonie, ses mains nerveuses tressant des nœuds dans le tablier qu'elle n'a pas pensé enlever depuis que nous sommes entrés dans la maison. Victorienne dit :

— Je vais rester calme, il faut que j'apprenne car je porte un enfant moi aussi, mais je ne l'avais encore dit à personne, je voulais que ça se sache seulement par une journée dépareillée et pleine de soleil.

Je l'embrasse et la fais asseoir près de la fenêtre et de la Vierge qui tend les bras dans la niche portable, puis je prends place au pied du lit, dos tourné à Léonie, et je chantonne, la tête baissée, le vœu des naissances tel que me l'a appris notre Grand-mère porc-épic. Je suis venue au monde tandis que notre mère le fredonnait, son corps ballant sur la natte dépliée devant le shaque du lac Sauvage, car c'est là qu'elle s'est déjettée de moi, à la fin d'une nuit de grosse Lune si claire que le paysage avait l'air d'une feuille d'argent flottant à la dérive dans l'espace :

Ha, Ya, Hé
Ha, Ya, Hé !
Nous sommes les étoiles qui chantons
Nous chantons avec notre lumière
Nous sommes les oiseaux de feu
Nous volons haut dans le ciel.
Notre lumière est une voix
Nous traçons la voie aux esprits
Des naissances.
Ha, Ya, Hé
Ha, Ya, Hé !

Sans cesser de fredonner, je tourne parfois la tête vers Léonie. Je voudrais que ses yeux rencontrent les miens, mais elle les garde fermés, les mains sous ses seins gonflés, des gouttes de lait en sortant déjà — ce corps tendu comme une peau de tambour, ce corps que mouille la transpiration, je ne l'ai jamais vu aussi déterminé et je ne me souvenais pas qu'il était ainsi aussi beau dans son trop-plein de vie, aussi parfait dans ses formes, comme une maison bâtie dans un seul pan de roc au-dessus de la mer. Léonie respire fort, son ventre se soulève et s'abaisse, par grosses vagues qui la font broncher sur ses pieds, si violentes qu'elle devrait en crier de douleur, mais ses mâchoires sont si bien contractées que rien ne peut sortir de sa bouche. Victorienne regarde, les yeux comme des billes de verre tant ils sont grands, les doigts de ses mains nouées, qu'elle porte parfois à ses lèvres parce que la souffrance de Léonie, elle la fait sienne et voudrait l'assumer pour deux. Léonie dit:

— Ça va naître maintenant, ça se déjette, ça se déjette enfin!

Léonie pousse un grand cri. Les étoiles pourraient prendre peur et ne plus chanter, la lumière pourrait prendre peur et se défaire en toutes petites particules se fuyant les unes les autres, les oiseaux de feu volant haut dans le ciel pourraient se détacher de leurs ailes et se mettre, désorientés, à zigzaguer aux confins de l'espace, mais apparaît la tête de l'enfant entre les cuisses de Léonie, puis le corps entier glisse sur les draps — une toute petite chose, dodue de mains et de pieds, avec de bons poumons déjà, qui prennent l'air avec sa freté. Je mets mes mains dessous, je soulève la toute petite chose qui se débat, je l'offre en même temps aux esprits des naissances et à Léonie qui la prend et je dis:

— C'est une fille, pleine de vie, aux bajoues rondes comme celles des écureuils.

Léonie la lèche, la frotte contre elle, la caresse du bout de ses seins, l'embrasse, puis dit:

— Celle-ci s'appellera aussi Brunante puisque c'est l'esprit de sa sœur qui l'a fait naître.

Je voudrais que Léonie me remette Brunante et se couche enfin puisque c'est né et bien vivant, mais elle la garde contre sa poitrine tandis que son corps se remet à baller comme si le reprenait un nouveau cycle de contractions. Léonie dit :

— Chante, Mam. Il faut que tu continues de chanter : je n'ai pas encore fini de me déjetter.

Je m'y attendais si peu que béate, ma bouche ne désavale que de l'air, aucun mot n'arrivant à se former dedans. Apparaît encore la tête de l'enfant entre les cuisses de Léonie, puis se montre, dodue de mains et de pieds aussi, cette deuxième fille imprévue, si semblable à la première que je vais la soulever de mes mains ouvertes pour l'offrir comme Brunante aux esprits des naissances et à Léonie. Elle dit :

— Celle-ci s'appellera Aurore puisqu'avec sa sœur elle rendra pleines toutes les journées.

Lentement, Léonie se laisse tomber dans le lit et étire les bras pour que Brunante et Aurore, bien au chaud sous ses aisselles, fassent connaissance avec le monde de ses odeurs. Je dis :

— Tu le savais depuis longtemps que t'aurais des jumelles ?

— Depuis le commencement.

— Pourquoi ne pas me l'avoir dit ?

— Parce que tu te serais énervée, et ça aurait été pareil avec Charles, Benjamin et tous les autres. Vous m'auriez empêché de faire ce que je veux et je n'avais pas besoin d'autant de sollicitude. Quelle importance ça pourrait bien avoir maintenant que Brunante et Aurore sont là ? Ça serait mieux que tu continues de chanter pour elles.

Je tourne le dos à Léonie, à Brunante et à Aurore, car ainsi l'exige le vœu des naissances, que ça puisse se dire au-delà de toute émotion, au-delà de toute pensée, en accord avec ce qui ne fait que se mouvoir dans l'espace, agrippé à la crinière de la jument du jour, quelques notes harmonieuses jetées en l'air pour que reste prodigieusement bleue la veine des destinées :

> *Ha, Ya, Hé*
> *Ha, Ya, Hé !*
> *Nous chantons tous avec notre lumière*
> *Nous sommes les oiseaux de feu*
> *Nous volons haut dans le ciel.*
> *Notre lumière est une voix*
> *Nous traçons la voie aux esprits*
> *Des naissances.*
> *Ha, Ya, Hé*
> *Ha, Ya, Hé !*

14

Charles

LORSQUE L'ENFANT PARAÎT, je n'ai plus que l'envie de le prendre dans mes bras et de coller sa peau nue contre la mienne, je n'ai plus que l'envie de le caticher, de le catiner et de le dodicher, par ma bouche caressante, par le bout de mes doigts chouchouteurs, et par ma voix aussi, que je voudrais douce comme l'est le vent du sud quand il ondoie dans le paysage, porté par tout ce qui réchauffe le cœur et l'esprit. Lorsque l'enfant paraît et qu'il est double, il ne peut plus y avoir de fin au plaisir, à la sollicitude, à l'amour qui jaillit des profondeurs du corps et qui, par grandes lichées de couleurs comme dans les toiles de Van Gogh, s'empare de la réalité, de chacune de ses manifestations, pour en faire de purs objets de beauté, pareils à ce que sont Brunante et Aurore, petits esprits venus de la bienveillance de la Terre, de la beauté des eaux maternelles et de la profondeur du bleu du ciel, comme c'est écrit par Prévert dans son *Opéra de la Lune* :

« Elles sont toujours là pour moi et quand je dors, j'ouvre tout grand les yeux en dormant et je me promène avec elles et elles me montrent des choses très belles dans mon sommeil. »

Depuis la naissance de Brunante et d'Aurore, je ne suis plus bon pour les affaires puisque n'importe qui pourrait m'enfirouaper et me manger la laine sur le dos sans même que je ne m'en rende compte. Saint-Paul-de-la-Croix est devenu le fin bout du monde pour moi. Quand je m'y retrouve sans les jumelles pour faire du beurre et du fromage, je suis comme un Martien que la Guerre des étoiles aurait déjeté aux confins de la galaxie. Je ne sais plus brasser le lait, baratter la crème, mouler le babeurre et saupoudrer de fines herbes le fromage en grains. Je gaspille tout, je cochonne tout, même le monde sacré des odeurs — les pieds dans les plats, la tête dans les nuages et le reste du corps comme une planche percée de multiples trous qui ne retiennent rien, même pas ce qu'il y a de prodigieusement chaud dans l'air. Aussi ai-je embauché un beurrier et un fromager pour que l'entreprise ne coule pas à pic à cause de mon désintérêt. Quand je prends maintenant la route pour Saint-Paul-de-la-Croix, Brunante et Aurore sont à mes côtés, babillantes petites filles dans le panier à grande anse que Thomas a fait tresser pour elles par les artisans de la Maison de Cacouna. Je leur montre les racines du ciel dont elles viennent, je me rends jusqu'au bout du rang des Bœufs pour qu'elles sachent que Bouscotte est heureux lui aussi, au milieu de toutes ces bêtes dont il s'occupe avec Mandoline — le poney Arnold que Bouscotte sait maintenant atteler comme il faut à la voiture, les canards et les oies qui le suivent comme son ombre dès qu'il ouvre la porte de l'enclos dont l'étang est une vieille baignoire enfouie dans le sable, la mère lapine et les douze lapereaux qui prennent possession de son corps aussitôt qu'il s'étend dans l'herbe, lui montant dessus pour prendre place dans le cercle que font ses bras noués, petites boules laineuses se dressant parfois sur leurs pattes afin de mieux faire leur toilettage — et derrière l'écurie, le pays des chevaux, des étalons et des hongres, de fabuleuses crinières auxquelles se cramponne Bouscotte quand l'idée lui vient de les chevaucher, comme un Apache aux pieds nus s'enfonçant dans la savane à la poursuite du général Custer et de ses rangers yankees, en l'occurrence des brebis galeuses et des chèvres encorneuses paissant entre les tales de fardoche. Bouscotte apprend la vie champêtre grâce à Mandoline, et cela en fait déjà un petit garçon sorti de l'enfance. Son corps brûlé par le soleil, les muscles déjà saillants sous la peau, le regard clair comme l'eau qui tombe du haut de l'ancien barrage de la rivière Trois-Pistoles. Mon fils enfin heureux que Mandoline a su réconcilier avec les grandes et les petites choses du quotidien — comme si l'image rêvée de Fanny, aussi fausse que le strass, s'était estompée au profit de la réalité vraie et telle que l'incarne Mandoline, les pieds solidement plantés dans la terre et la tête projetée vers le cosmos où, main tendue, les attend la cosmonaute Julie Payette.

Mon bonheur serait total si Léonie ne mettait pas autant d'enfarges partout, si elle ne multipliait pas les pièges pour que je me prenne les pieds dedans, au risque de trébucher et de me retrouver ventre à terre, inquiet pour le mal que je pourrais ainsi faire à Brunante et à Aurore. Quelle queue de veau devient de plus en plus Léonie, sur un pied, puis sur un autre, au nom de projets toujours plus nombreux que leur nombre, comme si le monde se résumait au seul profit d'argent qu'on peut en tirer! Elle qui semblait si heureuse de donner naissance aux jumelles, pareille à une louve prête à tout pour les nourrir et les défendre, la voilà déjà en train de maugréer contre elles et contre moi parce que Brunante et Aurore occupent le centre de mes rêves et que ça me rend intransigeant sur la vie que j'aimerais mener pour elles et pour Bouscotte. Je me fiche du nombre de livres de beurre et de fromage que je pourrais produire de plus à Saint-Paul-de-la-Croix si je donnais suite aux demandes de mon distributeur qui, parce qu'il a décidé de profiter des avantages du libre-échange avec les États-Unis, voudrait prendre d'assaut la Nouvelle-Angleterre. Je ferais du beurre appauvri et semblable à de la margarine, dessalé et coloré artificiellement, par dérisoires petites portions coulées dans des dés à coudre en plastique grâce à des machines trépidantes et programmées sur ordinateur. Léonie a dit:

— Ça pourrait rouler vingt-quatre heures sur vingt-quatre et tu n'aurais même plus besoin d'y être. Depuis qu'on a fait installer un tel système au moulin à scie de Squatec, on a doublé nos exportations vers le Japon et l'Australie, et triplé celles vers la Grande-Bretagne. Pourquoi ça ne serait pas pareil avec la beurrerie-fromagerie de Saint-Paul-de-la-Croix?

— Parce que je ne l'ai pas ouverte pour que mon artisanat se retrouve, vicié, aux quatre coins de la Terre, acheté par des multinationales qui rêvent de vendre du beurre à des populations qui n'ont même pas les moyens de s'acheter du pain.

— Tu raisonnes tout de travers, comme ceux qui ne comprennent pas encore que le monde est devenu une mégasociété, ce qui rend inutiles les frontières et les idées réactionnaires qui leur ont donné naissance.

— Vouloir être souverain chez soi, ce n'est pas ce que moi j'appelle une idée réactionnaire. L'hégémonie dont les États-Unis d'Amérique veulent recouvrir le monde au nom de la libre circulation des marchandises, ce n'est pas ce que moi j'appelle le progrès. N'avoir accès qu'au cinéma fait à Hollywood, qu'aux livres publiés à New York, qu'à la technologie produite par la Silicone Valley, ce n'est pas encore ce que moi j'appelle le progrès. Ça n'a rien à voir non plus à ce qui donne son sens à la culture.

— Quel intérêt, cette culture-là, quand elle est aussi pauvre que Job sur son tas de fumier ? Si les feuilletons télévisés de Lise Payette ont quelque chose à voir avec la culture, si c'est pareil avec le troisième remake cinématographique des *Belles Histoires des pays d'en haut*, la quatre-vingtième version théâtrale de *Tit-Coq* et la centième édition du *Matou* d'Yves Beauchemin, laisse-moi te dire qu'on ne perdra pas grand-chose si ça devait disparaître d'un seul coup. Tant de niaiseries que nos gouvernements subventionnent, ce qui contribue d'autant à en stimuler d'autres !

J'ai haussé les épaules, et surenchéri sur Léonie :

— Est-ce mieux avec Luc Plamondon et Céline Dion ? Le premier a fait de *Notre-Dame de Paris* une bleuette à l'américaine et la deuxième a dû apprendre à chanter du nez avant que Las Vegas ne s'intéresse à elle. Évidemment, ça les a rendus fort riches tous les deux, mais mille fois plus désincarnés qu'avant. Comme le ministre des Finances du Canada dont les bateaux battent pavillons panaméens pour mieux échapper au fisc, Plamondon s'en est allé vivre à Dublin et le gras mari de Céline Dion dilapide sa fortune dans les grands casinos d'Occident. Plamondon et Dion ne sont pas les symboles de la réussite du génie culturel québécois, mais le triomphe de la libre circulation des marchandises telle que définie par les Américains. Dans l'Allemagne d'Adolf Hitler, ça s'appelait avec plus de pertinence du totalitarisme. Dans l'Italie de Mussolini, c'était du fascisme. Aujourd'hui, on ne parle plus que de la pensée dite unique, sous le prétexte que tout l'homme est le même homme, c'est-à-dire états-unien, et qu'ainsi il est tout à fait normal que ce soit lui, et lui seul, qui détermine ce que devrait être l'avenir.

— Tu voudrais que ce soient les intégristes musulmans qui le fassent à sa place, eux qui empêchent leurs femmes de sortir de la maison et les enferment dans le coffre arrière de leurs voitures quand elles doivent aller quelque part ? Eux qui les mutilent et les lapident parce que, sans même le vouloir, elles ont porté un regard furtif sur l'un des affreux barbus qui sont leurs voisins ? Ça, c'est sans doute vraiment de la pensée unique et terrorisante. Ne la compare pas à celle qui s'exprime par la démocratie !

— Par sa caricature, tu veux dire. Faire croire au monde qu'il est libre pour mieux le garder en esclavage devant sa machine-outil, et suer eau et sang en lui faisant miroiter qu'ainsi, par le travail aliénant, il accédera à la retraite dorée, ce qui se résumera pour lui à passer une fois par semaine chez le médecin et à jouer aux quilles tous les trois jours, entre le visionnement d'un freak-show, d'un quizz débile et d'un navet cinématographique, quelle avancée dans le progrès humain ! Rien d'autre que de la pollution au nom du pouvoir de l'argent. *In God, we trust*, belle devise! On dirait que tu as oublié qu'une telle pratique de la vie, foncièrement prédatrice, a été à l'origine de la décimation de ton propre peuple.

— Il n'avait qu'à ne pas se laisser faire! Il n'avait qu'à élire des chefs moins pleutres, qui savaient pourquoi et comment se battre! Ça n'aurait pas pris goût de tinette que, du premier au dernier, les Blancs auraient été massacrés et scalpés. Si je regrette parfois de ne pas avoir vécu en ce temps-là, c'est que moi je l'aurais menée la guerre, et sanglante à en rougir le fleuve Saint-Laurent, des Grands Lacs aux bancs de morues de Terre-Neuve! Il y en aurait eu des têtes coupées, des cœurs arrachés des poitrines et mangés tout crus!

— C'est encore pire que du fascisme, pire que du nazisme, pire même que l'intégrisme musulman.

— Tu penses ainsi parce que tu ressembles aux hommes qu'il y avait chez les Malécites quand les Français ont occupé leur territoire. C'était mou comme de la guenille et ça avait peur de retourner contre l'envahisseur les armes du terrorisme dont il se servait contre lui. Moi, je n'aurais pas eu peur. J'aurais mené une guérilla infernale et chaque mort dans mon clan aurait été vengé deux fois.

— Tu sais bien que ça aurait été impossible. L'idée de vengeance, elle ne mène à rien si on n'a pas la supériorité technologique de son côté.

— Ça se vole, la technologie! Ça ne demande que de la ruse et de l'audace. S'ils avaient eu un peu plus de chance, les frères musulmans auraient réussi à dynamiter les tours jumelles du World Trade Center, et ça se serait effondré comme des châteaux de cartes bâtis dans un couloir de vent.

— Ce n'est pourtant pas ce qui est arrivé, Léonie. Les piliers des tours ont résisté et les terroristes musulmans vont moisir en prison jusqu'à la fin de leurs jours.

— D'autres seront bien capables de prendre la relève et de mener à bien l'idée de destruction. Quand la haine est là depuis des siècles, ça ne s'extirpe plus du corps comme une métastase dont on se débarrasse par la chirurgie. Ça occupe même la cellule la plus insignifiante et ce n'est plus possible à déloger. Tout ce que ça veut, c'est de trouver à se venger.

— Même au risque d'embraser toute la planète ?

— Ce n'est plus un risque, mais une réalité que nourrit le capitalisme américain. Un peuple chauvin, égoïste et gaspilleur, pour qui les autres n'existent qu'en autant qu'on puisse les exploiter pour mieux les transformer en signes de piastres !

Quand je rétorque à Léonie qu'elle-même se comporte comme n'importe quel entrepreneur américain, en faisant couper le plus de bois possible pour le moulin à scie de Squatec et sans que la dévastation de l'arrière-pays lui importe le moindrement, elle hausse les épaules. Si j'ajoute aussi qu'elle voudrait en faire autant avec la beurrerie-fromagerie de Saint-Paul-de-la-Croix, quitte à produire du beurre et du fromage de troisième qualité, elle hausse encore les épaules. Elle ne veut pas admettre que sa pensée est contradictoire, qu'on ne peut pas être en même temps un capitaliste à l'américaine et un frère musulman. Si je le lui dis, elle fulmine :

— L'idée de vengeance est au-delà de toutes les idéologies, elle ne se laisse pas circonscrire par la futilité des interrogations philosophiques. L'idée de vengeance prend toutes les formes de la ruse, ce qui permet d'épouser par stratégie l'envers même de ce à quoi elle prétend.

— Si tu dis vrai, ça pourrait signifier que tu m'as marié non par amour, mais parce que tu y trouvais matière à profit.

— Tout ce qui est faisable est admissible!

Quand j'ai cette conversation-là avec Léonie, je me promène avec Brunante et Aurore autour des bâtiments, je leur fais découvrir les odeurs du bois, du fumier et de la terre que j'ai binée pour que les légumes poussent bien dans le potager, je leur fais sentir les feuilles de tabac que cultive Thomas dans la petite serre qu'il a restaurée derrière la grange, je leur fais attendre les jacassements des oies et les nasillements des canards qui se démènent joyeusement dans l'étang, je leur apprends à ne pas avoir peur des chevaux, des vaches et des moutons qui pacagent sur le coteau d'épinettes noires d'où on voit si bien ce qui s'épanche dans l'arrière-pays grâce à la rivière Trois-Pistoles et à la Boisbouscache qui le traversent de part en part, par grands zigzags couleurés au bleu de Prusse. Ainsi j'en arrive presque à oublier qu'il ne reste plus grand-chose de ce goût du beau risque que nous avions, Léonie et moi, lorsque nous sommes tombés en amour l'un de l'autre, certains qu'à nous deux, nous saurions réunir les conditions gagnantes grâce auxquelles les odeurs et les couleurs du pays retrouveraient enfin toute leur profondeur. Foisonnement des images souveraines faisant basculer le quotidien des choses dans une surréalité gorgée de sève comme le sont les fruits de la passion, engrangement de toutes les sortes de plaisirs, celui de courir vers le grand remous de la

Boisbouscache afin de s'y dénuder, blancheur de ma peau, celle de Léonie, dorée par le soleil, des seins si tentants, une chute de reins si tentante, des fesses toutes rondes et si tentantes aussi, qui obligent mon corps à rendre compte de plus de beauté qu'il en serait capable autrement, qui forcent mon sexe turgide à le rester longuement, celui de manger sur la grève les truites pêchées par nous, enveloppées de feuilles et d'écorces, cuites dans la braise, tellement délicieux c'est, même les arêtes qui fondent dans la bouche comme de petits stalagmites, comme de petites pensées frivoles et éphémères — tant de désirs si faciles à laisser venir à soi, pourquoi Léonie les fuit-elle maintenant que Brunante et Aurore sont venues au monde et que leurs gazouillis, leurs rires, leurs gémissements parfois aussi, occupent tout l'espace, le rendent fécond parce que charmé?

On dirait que Léonie ne se souvient déjà plus du commencement de nos amours, qu'elle a oublié ce qu'il y avait de beau dans son corps quand elle le laissait simplement m'aguicher et que je lui répondais de même façon, par cet abandon, ce recueillement sans guipure et sans guillochage. Cette Léonie-là n'existe plus parce que cette Léonie-là s'est perdue dans le nouveau corps qu'elle s'est donné. Quand je veux la faire fâcher, je lui dis que son visage n'est plus le sien, que ses joues sont devenues aussi osseuses que celles des Malécites qu'elle déteste tant, que ses sourcils n'arrêtent plus de s'épaissir, de se froncer en accents circonflexes, et que cela lui donne le regard, exagérément noir, d'une corneille, que ses oreilles, si petites quand elle tenait ses cheveux longs et lousses, ressemblent à des ailes de chauves-souris depuis qu'elle porte le chignon et que ses cheveux, coupés en balai sur le front, ont l'air de dents de râteau qu'on aurait laissé tremper trop longtemps dans de l'encre de Chine. Si je veux mettre le feu aux poudres, je n'ai qu'à citer à Léonie quelques mots d'Antonin Artaud, qui s'y connaissait dans la déconstruction des visages, et qui savait depuis les origines pourquoi ça ne pouvait pas faire autrement :

Rien ne se fera que par la douleur,
Or elle demande le concentrement, l'opacité du corps
et non la suspension du moi dans le vide des
tiraillements des êtres,
Pas de circulation,
L'inerte du tombeau,

C'est l'abstinence d'esprit qui mène
et non la dialectique critique de l'esprit,
Les merdes émanées d'états d'esprit ne mènent rien.
Tel que je suis je ne me plais pas et le fond non
plus ne me plaît pas car il est l'esprit déposé de ma
vieille douleur totale et présente.

Cette vieille douleur totale et présente dont parle Artaud, qui lui est venue de simples maux de tête mal soignés à la morphine et à l'héroïne, on en a fait des mots, inguérissables sinon par ce délire mystique qui l'a consumé. Cette vieille douleur-là, je sais qu'elle habite Léonie et qu'elle est totale et présente — même comblée, ce sera toujours insatisfait et insatisfaisant, ça cherchera quand même la confrontation puisque l'appétit guerrier est par définition insatiable, et forcé à courir sans cesse après sa queue. J'aime Léonie, mais mon amour de Léonie se magane à chercher du labyrinthe aussi bien l'entrée que la sortie. Je ne sais jamais avec elle si je me trouve à l'intérieur du dédale, à ses côtés, ou si je ne fais que tourner autour, dans une surréalité à laquelle son corps échappe parce qu'il ne se meut pas dans l'ici, mais dans cet ailleurs multiple et difforme, trop singulier pour que quelqu'un puisse ne serait-ce qu'y figurer. Ça ne se donne pas, ni ne se dédonne. Ça ne se compte pas, ni ne se décompte. Ça ne se lie pas, ni ne se délie. Avant d'être femme, Léonie est une bête sauvage impossible à apprivoiser, trop carnassière depuis trop longtemps pour que ça puisse se laisser flatter, dans le bon sens du poil ou autrement. Des fois, je pense que j'ai eu tort de vouloir en faire ma compagne parce que j'ai reconnu en elle la beauté âpre de l'arrière-pays et que j'avais besoin de cette beauté-là pour passer de ma vie antérieure à celle d'aujourd'hui. Je ne rêve qu'aux petits riens de l'existence, à de la crème bien barattée, à du beurre bien conformé dans les moules de bois, à une certaine nonchalance dans le travail — ce mot qui jadis voulait dire tourment quand le monde se consumait dans la torture, celle du corps tout autant que celle de l'esprit. Grand-père Maxime mettait au travail le cheval rétif qu'il devait ferrer. C'était le haut-lieu du tourmenteur maréchal-ferrant, ça blessait et ça faisait mal. Des fois, je pense que Léonie est en même temps le forgeron, le travail et le cheval rétif, ce qui ne peut que la rendre inatteignable. Ce qui ne cesse de fomenter ne peut être rejoint que par une flèche empoisonnée au curare, puisque la fomentation est au-dessus des lois, des émotions et des sentiments.

C'est ce que j'essaie de dire à Eugénie. Elle est venue me rejoindre devant l'étang, alors qu'assis dans l'herbe, je berce Brunante et Aurore qui, lassées de regarder les oies et les canards glisser sur l'eau, se sont endormies sur mes genoux, petites boules d'humanité repues dans leur emmaillotage. Eugénie s'est installée à mes côtés, elle mâchouille une brindille de chiendent, elle m'écoute en dessinant de petits totems sur le front de Brunante, puis sur celui d'Aurore, et elle dit :

— Léonie te porte chicane, mais est-ce que tu penses vraiment que tous les torts sont de son côté ? Depuis que Brunante et Aurore sont nées, tu n'es plus là pour personne d'autre qu'elles, comme si un brouillard épais à couper au couteau s'était installé à demeure entre toi et le reste du monde. Celui-ci ne cesse pourtant pas de tourner, et c'est même possible que ça ne soit pas pour le mieux.

— Ne me parle pas encore de Pa, ni de ce qui se passe rue Notre-Dame, ni de la faillite qui menace la quincaillerie. Je n'ai jamais été le gardien de mon père. Ôtez-vous de la tête que je pourrais le devenir.

— Il n'a pas assisté à la fête que tu as donnée pour célébrer la naissance de Brunante et d'Aurore, mais essaie au moins de comprendre pourquoi.

— Ça n'a été rien d'autre que du chantage de la part de Pa. Accepter d'être le parrain des jumelles en autant que je plie bagages d'ici avec Léonie et les enfants pour me réinstaller aux Trois-Pistoles, rue Notre-Dame, quelle erreur de jugement ! Je n'en veux pas de la maison de mon père, ni d'aucune autre de ses possessions, et surtout pas d'une quincaillerie que les bouledozeurs devraient raser de fond en comble pour qu'on en soit à jamais débarrassés !

— Charles, tu t'entêtes à ne pas comprendre que ce n'est pas là le fond de l'histoire pour Pa. C'est maintenant un vieil homme que la solitude rend malade et va faire couler à pic, aussi sûrement que si on lui attachait des pierres aux mains et aux pieds et qu'on allait le jeter au milieu du fleuve. Moi, je m'en voudrais que la fin de notre père soit aussi désespérante. Prendre pays, ce n'est pas seulement prendre femme, c'est aussi en racheter la mémoire. Celle de Pa va sombrer tantôt parce que la voilà déjà en train de se fissurer, comme c'est arrivé à René Lévesque quand l'amnésie globale transitoire lui est tombée dessus, brutalement comme une tonne de briques. S'il a pu s'en remettre plutôt que d'être totalement avalé par l'Alzheimer, sais-tu pourquoi? Parce que sa famille a fait cercle autour de lui, pas seulement pour le protéger, mais pour lui redonner tout cet amour dont il s'était vidé afin que nous ne soyons plus un petit peuple dérivant au milieu des débris de l'histoire.

— Cesse de charrier, Eugénie! Notre père n'a jamais été un René Lévesque qui, lui-même, a passé sa vie à agir comme s'il était un autre. Se prendre pour le père fondateur de la nation, mais ne même pas avoir le courage qu'il faut pour en justifier les raisons. Passer ses nuits à jouer au poker, à boire et à courir le billet doux avec n'importe quelle poudrée d'eau douce, de préférence américaine et ne parlant qu'anglais, quelle fierté c'était pour notre Vercingétorix d'opérette! Une grosse queue que la politique comblait parce qu'elle n'est rien d'autre qu'un infécond priapisme! Pendant ce temps, la femme de René Lévesque mangeait ses bas et ses enfants n'étaient rien de moins que des orphelins à qui on rend visite un week-end sur deux. De grands hommes comme celui-là et comme notre père, aussi bien s'en passer !

Je mets ma main devant le visage de Brunante parce qu'elle a les yeux sensibles et que le soleil tape fort du côté de l'étang où nous sommes. Je voudrais qu'Eugénie s'en aille retrouver Benjamin au lac Sauvage et que, devant le shaque, elle plante dans la terre les hideux totems qu'elle fabrique, et qui se vendent maintenant aussi loin qu'à New York, Toronto, Londres et Paris. Je voudrais qu'Eugénie cesse de marteler les mêmes mots qu'il y a un mois, les mêmes mots qu'il y a une semaine. Je suis las de les entendre comme s'ils étaient l'une de ces chansons sirupeuses de *Notre-Dame de Paris*, qu'on ne cesse pas de faire tourner à la radio comme si c'était là de la poésie écrite par Rimbaud faisant caucus avec Prévert et Artaud. Je dis :

— Que voudrais-tu donc que je fasse ?

— Prendre Pa de court et accepter la proposition dont je suis venue te parler l'autre jour. Qu'est-ce que ça changerait tant pour toi d'y donner suite ? Léonie n'ira jamais s'installer à Saint-Paul-de-la-Croix dans un appartement grand comme ma main, sous les combles d'une beurrerie-fromagerie, dans les relents de lait suri et de babeurre ranci. Ici, ce n'est pas beaucoup mieux non plus. Même si elle n'en parle pas, Béline aimerait bien reprendre possession des êtres de sa maison afin que Thomas puisse venir habiter avec elle et que Samuel cesse de croire qu'on lui a tout enlevé, y compris la salle de conférence qui vous sert de chambre à Léonie et à toi.

— Ça ne répond pas vraiment à la question que je t'ai posée : que voudrais-tu donc que je fasse ?

— Rien d'autre que de mettre enfin tes culottes et d'assumer ton rôle de frère aîné, du moins tant que Pa sera vivant. Quand la maladie aura eu raison de lui, tu feras ce que tu voudras avec la maison de la rue Notre-Dame, le Musée de l'automobile et la quincaillerie. Ce qui importe, c'est que les quelques images qui nourrissent encore notre père ne pâlissent pas avant leur temps.

— Si je faisais ce que tu veux, il faudrait que je sauve la quincaillerie de la faillite et ça demande plein de billets du Dominion que je n'ai pas. Je ne vois pas pourquoi je déshabillerais la beurrerie-fromagerie de Saint-Paul-de-la-Croix pour rhabiller un canard boiteux et destiné à le rester.

— Avec la coupe de bois qu'elle vient de faire au Bic et les profits qu'engrange le moulin à scie de Squatec depuis que ce sont ouvertes les vannes du libre-échange, Léonie ne demanderait pas mieux que de te refiler le trop-plein d'argent qu'elle a.

— À quelles conditions, tu penses ?

— Quand bien même Léonie aurait un lien sur la quincaillerie, quelle différence ça pourrait faire pour toi étant donné qu'elle ne t'intéresse pas ? Lorsque Pa mangera les pissenlits par la racine, tu retrouveras ton quant-à-toi et feras ce que tu veux avec. Pa s'en sera en-allé comme il faut, au milieu de son monde et l'esprit tranquille. Tu lui dois au moins ça, ne serait-ce que parce qu'il t'a toujours aimé plus que Philippe et moi ensemble, que c'est là pour lui tout ce qu'il lui reste de beauté et que d'en être privé, ne fait que le précipiter dans la maladie. Il en oublie déjà les jours et les saisons, les odeurs de la nourriture et les couleurs du plaisir, il ne sait déjà plus différencier le bleu du ciel et l'épaisseur de la nuit.

J'ai fermé les yeux et j'aurais voulu être capable de faire pareil avec mes oreilles — me réfugier dans un poème d'Artaud, pris au hasard dans un tiroir de mémoire, pour que les mots d'Eugénie ne deviennent pas la douleur sciée de l'os jusqu'à la moelle :

> *Ce que tu ne sais pas c'est ça*
> *Et nous sommes en train de te le dire.*

> *Rien,*
> *J'oublie l'être,*
> *Je monte avec squelette,*
> *L'opération est intégrale et je fais tout,*
> *Or penser à savoir*
> *Car les mange-fromages sont là,*
> *C'est tout.*

Et, parce que les mange-fromages ne désarmeront jamais, trop nombreux dans tout ce qui gouverne le monde pour ne pas le rendre laid, puant et pourri comme l'était la bouche d'Artaud avant même qu'il ne meure, je sens, en train de se creuser entre mes omoplates, la légèreté des choses se faire assassine. Je ne veux pas qu'on me prive du bonheur que j'ai grâce à Brunante et à Aurore, même quand je ne fais que remplacer Léonie, si manquante, auprès d'elles. Si petits sont leurs corps, et si vulnérables ! Ils ont besoin de tant de chaleur et de tant de lumière, leurs bouches cherchant tout ce qui peut ressembler à des seins, ce dont Léonie les a déjà sevrées par manque de temps et de patience. Quelle importance deux bouches qui ne cesseraient jamais de téter quand il reste autant de bois à couper, du Témiscouata à la Gaspésie, de la Côte-du-Sud à la Matapédia ? Sans rouvrir les yeux, je dis à Eugénie :

— Je ne répondrai pas à l'ultimatum que Pa t'a chargé de venir me porter. Les clés de la maison des Trois-Pistoles, je n'en veux pas, et je ne veux pas davantage du reste non plus. Je suis trop bien ainsi que ça s'ordonne depuis que Brunante et Aurore sont nées, je ne peux pas passer à côté, ça serait me priver de trop de beauté, et je ne me le pardonnerais jamais. Si notre père doit en mourir, ce ne sera pas ma faute, mais celle de ses gènes qui font une fatalité de sa vie.

Eugénie a respiré profond, puis s'en est allée vers son dune-buggy garé dans la cour derrière la maison. Les gros pneus ont fait revoler de la gravelle jusque sur le lambris de l'appentis tellement fut fulgurant le départ de la machine. Je vais attendre que s'escamote le bruit du moteur dans l'espace, puis je regarderai à nouveau le paysage. C'est plein d'oiseaux dont les ailes battent dans le bleu du ciel, plein d'écureuils qui sifflent dans les épinettes noires, plein de lapins sauvages courant dans la savane, plein de vie partout dans un grand embrasement de soleil. Je laisse les oies me picocher les jambes, puis je me redresse, Brunante et Aurore comme des petits paquets d'ouate dans mes bras. Je regarde vers la maison, mais ça ne me tente pas de m'y retrouver maintenant. Je ne veux plus répondre à des questions, je ne veux plus entendre les déjets de la colère, ni ceux de la haine, que Léonie ne cesse pas de lancer contre le monde, amazone qui a brûlé le bout de ses seins parce qu'elle refuse de nourrir ses filles et de les aimer simplement pour ce qu'elles sont, de la beauté toute nue.

Par le sentier que les vaches ont creusé sous les tales de noisetiers sauvages, je m'en vais vers la Boisbouscache, portant ainsi les filles comme à bout de bras, leur faisant voir les vallons, les buttes, les rochers pareils à des menhirs qu'on aurait jetés de haut dans le paysage tant ils se sont enfoncés dans la terre, les bosquets de trembles, de saules, de bouleaux jaunes, de cèdres et de peupliers, les bêtes qui vivent dessous, leurs ventres à l'air pour que le soleil les mange, les dodiche et les caresse, cette luxuriance de formes, de couleurs, d'odeurs et de sentiments, qui convergent toutes vers la Boisbouscache dont les eaux tranquilles irriguent les platins de fougères et de folle avoine. Je m'avance dans l'eau jusqu'à la ceinture, je porte Brunante et Aurore le plus haut que je peux vers le bleu du ciel et je dis, prenant à témoin le poing de feu immobile au-dessus de nous :

— Ce sont mes filles, et je les aime ! Ce sont mes filles, et je te les offre ! Ce sont deux nœuds de beauté que j'ai tressés serré, et je te les offre ! Prends-les ! Prends Brunante et prends Aurore, au beau mitan de ce jour d'hui ! Rends-les fécondes comme tu rends la Terre féconde, rends-les heureuses comme tu rends les bêtes heureuses, rends-les amoureuses à jamais du pays qu'elles ont choisi ! Je les aime ! Ce sont mes filles, Brunante et Aurore !

15

Manu Morency

Sur le mont des Oliviers, le Christ fut trahi par Judas Iscariote pour quelques pièces d'argent; et si Judas s'est pendu peu de temps après, ce ne fut pas parce que le remords l'avait rendu suicidaire, mais parce qu'il n'avait pas chargé assez cher aux Romains en leur livrant celui qui se prenait pour le Fils de l'Homme. Judas était un mauvais Juif et ça n'avait rien à voir avec le peu de morale qui le gouvernait. Il était un mauvais Juif du fait qu'il n'a pas su monnayer à sa juste valeur la mort d'un ennemi de l'empire de Jules César. À défaut de reconnaître l'historicité du Christ venu au monde grâce au sperme de Dieu gouttant d'une langue de feu, comme dans un film fantastique de Steven Spielberg, les Juifs auraient dû faire de Judas un héros national. Il leur a appris que leur peau vaut cher et qu'ils ne doivent jamais l'abandonner à quiconque sans que cela ne leur rapporte beaucoup. Sans Judas, les Juifs ne sauraient encore rien du négoce. Ils n'auraient surtout pas appris à camoufler leur cupidité sous le manteau de Yahvé, leur dieu lare et hilare, qui ne se fait entendre qu'en autant qu'on le couvre d'or. Aucune autre religion ne s'est fondée aussi totalement sur le pouvoir de l'argent considéré comme une gnose. Dans chacune des pages de l'Ancien Testament, ce ne sont pas les femmes qu'on entend chanter, mais les pièces de monnaie qu'on trésorise. Le prêtre ne l'est pas vraiment s'il ne peut faire montre de ses richesses, et le roi ne resterait pas roi longtemps s'il ne faisait pas bâtir des temples recouverts de feuilles d'or. Voilà pourquoi Hitler a rêvé d'exterminer tous les Juifs, parce qu'ils étaient avides d'argent et ne voulaient pas le partager avec les Gentils, tous exclus du royaume de David créé pour les Juifs seuls. Les Juifs ne seraient pas autant détestés s'ils n'avaient été autant xénophobes et racistes, et s'ils ne l'étaient pas toujours.

Sur le mont de Sils-Maria, non loin du défilé de la Maloja, dans la Suisse engadinée, Nietzsche donne vie à Zarathoustra, figure ultime de l'Antéchrist, figure aussi de ce cochon qu'est le Juif, bien que ce soit à prendre par son envers, là où surabonde la solitude, à hauteur d'aigle et de nuage. Tu mettrais ta main au-dessus de ta tête et le soleil la consumerait tellement ton corps a escaladé de rochers, de caps et de pics pour se rapprocher de lui et être aveuglé par sa lumière. Tu mettrais ta main au-dessus de ta tête et la foudre viendrait se loger dans chacun de tes doigts, irisant tes muscles de ses couleurs fauves, et faisant bruisser ta bouche comme mille tonnerres et un tonnerre. Si haut, tout se redéfinit autrement, tout se redéfinit dans une sorte de cruauté qui ne sait plus pardonner :

> *Plus loin,*
> *Plus loin mon œil !*
> *Oh ! Que de mers alentours,*

Que d'avenirs humains
Dont point l'aurore !
Et dessus moi, quelle paix
Aux doigts de rose !
De tout nuage délivré,
Que le silence !

Sur le mont Albert, je suis monté avec Gabriel, dans cette machine à peine volante où l'on se tient assis comme sur le vide, un moteur faisant battre des ailes de chauves-souris, ou pareil c'est à des oreilles de Christ ouvertes dans le vent, télescopiques, puis microscopiques — on ne voit pas les particules, ni les corps célestes, on les entend, ainsi qu'il en allait avec Zarasthoustra sur le faîte du mont de Sils-Maria, au-dessus du monde habité, et pourtant pourvu d'une caverne dans laquelle, si profondément enfoncé dans la hauteur, l'œil n'est plus ce qui capte les images, mais de tous les bruits de la Terre et du ciel se fait le réceptacle. Que tonnent l'idée de la connaissance, et le devenir des choses, et la surhumanité qui attend le prophète, sans compassion aucune, sans la possibilité de la moindre reconnaissance, tout désir prenant feu et prenant eau puisque, désormais, cime et abîme cela ne fait plus qu'un : « Derrière toi, ton pied lui-même a effacé le chemin et, au-dessus de lui, il est écrit : *impossibilité*. Plus haut que ta propre tête, et au-delà plus haut que ton propre cœur ! » Ainsi s'abolit toute carnation et, dessous, toute chair. Seule la pensée vole encore, du fond de cette caverne creusée sur le plus élevé des pics de la montagne, là où le prophète cohabite avec le serpent, l'aigle et le lion. Par le serpent, Zarathoustra n'a plus ni bras, ni jambes, ni poils, il est le jaillissement de la bouche d'ombre, ce qui sort brutalement de la crevasse et pique pour qu'agisse le venin de la connaissance. Par l'aigle, Zarathoustra porte tous les yeux en lui, le mauvais du côté droit et le bon du côté gauche, le pur et l'impur, et tout ce qui mène de la première échelle à la deuxième, l'infinité des nuances, ce que seul l'aigle est en mesure de déchiffrer car, de la création entière, nul autre que l'aigle peut regarder le Soleil sans être aveuglé. Par le lion, Zarathoustra s'approprie le rugissement, donc la puissance de la loi et son exclusivité, la puissance de son déploiement et son retentissement, mille fois et une fois plus tonitruant que peut l'être le tonnerre. Si Zarathoustra parle de si haut, c'est que le serpent, l'aigle et le lion l'ont rendu profond — comme l'est cette grotte creusée dans le faîte du mont de Sils-Maria.

Sur le mont Albert, je me tiens donc agrippé à l'escarpement le plus revêche, tuf aux arêtes tranchantes comme lames de rasoir. Je regarde le bras du fleuve s'allongeant vers la mer, des îles-mélanomes, pas encore cancers puisque simples grains de beauté, pigmentant sa peau aussi bleutée que celle du ciel. Entre le fleuve et le mont Albert, un lacet de route et des amas de cabanes de chaque bord, leurs toitures de tôle comme des miroirs réfléchissant le soleil. Je comprends pourquoi l'invention par Nietzsche de Zarathoustra ne pouvait se faire que du haut d'une montagne-caverne, aux confins de ce qui peut encore être habité. Pour que la pensée soit fulgurance, il faut prendre de l'altitude et pouvoir s'y tenir à jamais, comme l'a fait Nietzsche pendant dix ans et malgré le peu de santé qui était la sienne. Ses maux de tête, si affligeants! Ses épanchements de sang, si terrifiants! Cette maladie vénérienne mal soignée, si déprimante! Cette mère hystérique, mais infatigable, si castratrice! Cette sœur unique comme seul amour possible, qui le trahira pourtant avec un marchand juif qu'elle suivra jusqu'au Brésil, si désespérant!

Sur le mont de Sils-Maria, Nietzsche n'a pas dérogé aux lois qui le gouvernaient, il n'a pas laissé la maladie et l'usure le vaincre, il s'est comporté pendant dix ans comme le font les coureurs de marathon qui s'entraînent, non pas pour que la douleur ne vienne pas, ce qui serait dérisoire puisque le propre de la douleur est de survenir quand on s'y attend le moins, mais pour tirer d'elle ce qu'elle a à offrir comme résistance et ce qu'il y a au-delà de la résistance, cette passion inentamée dans le feu dévorant qui la constitue. Aucun créateur ne s'est rendu aussi loin dans l'exploration de l'esprit et du corps, aucun ne s'est affranchi comme Nietzsche de la pesanteur, de l'inertie, de la peur, du mensonge par-devers soi, du ressentiment et de la sensiblerie, aucun n'a hurlé aussi fort que l'homme, tel qu'il existait sous son observation, devait être mis à mort, comme Dieu, parce qu'il se développait mal, à fleur d'épiderme, dans les lieux communs et la répétition (cette reconduction des formes périmées au nom de la religion, de la morale, du passé, des idées reçues et déçues). Penser le monde nouveau, c'est le penser autrement et c'est le penser totalement, dans chacune des fissures du moi, pour que le manque même devienne trop-plein et puisse ainsi essaimer jusqu'aux étoiles les plus lointaines. Là, se détend l'homme qu'il y a sur l'homme, ce surhomme se préparant dans le rire dionysiaque au Retour éternel de la vraie vie.

Sur le mont Albert, je garde sur mes genoux les livres de Nietzsche, et je vais les garder ainsi longtemps sans les ouvrir. Je n'ai plus besoin d'eux, ce que j'avais à y prendre l'a été, chaque phrase de Nietzsche dont je me suis pénétré comme un os rempli de moelle, à sucer vicieusement, et je ne m'en suis pas privé pendant ces dix années passées à le fréquenter. Tant de chemins parcourus, tant de côtes montées ou dévalées, tant de rivières traversées, tant de forêts où se déperdre, tant de crucifixions à assumer, sur croix de mots venimeux, sur croix de mots fulgurants, sur croix de mots cinglants! Tant de haine aussi, comme un haut-fourneau pour qu'y brûlent à jamais les os du vieil homme, et y brûlent aussi les os du vieux monde, si durement combattu que mes mains en ont perdu leurs jointures! Desquamée la vie, enallée par plaques écailleuses, à jamais contrefaites! Et moi devenu si horriblement vieux, usé jusqu'à la corde, me rappelant l'enseignement de Zarathoustra quand, épuisé par ses dix années de veille, au sommet de sa montagne-caverne, il se faisait à lui-même cette mise en garde:

« Ce n'est pas d'un seul coup, mais continuellement que s'effritent nos capacités et notre grandeur; la minuscule végétation qui prolifère dans chaque interstice et parvient à s'accrocher partout ruine ce qu'il y a de grand en nous, l'étroitesse de notre entourage, ce que nous avons sous les yeux tous les jours et à toute heure, les mille racines minuscules de tel sentiment mesquin ou lâche, qui poussent autour de nous, dans nos fonctions, nos relations, notre emploi du temps. Si nous ne prêtons pas attention à cette petite mauvaise herbe, nous serons détruits par elle sans nous en apercevoir! — et si vous voulez absolument vous perdre, alors que ce soit plutôt d'un seul coup et subitement : peut-être subsistera-t-il alors de vous des ruines altières ! Et non, comme c'est à craindre aujourd'hui, des taupinières ! Avec, poussant sur elles, du gazon et des mauvaises herbes, vainqueurs minuscules, aussi humbles que ceux de naguère et trop misérables même pour triompher ! »

Sur le mont de Sils-Maria, plus jamais Nietzsche n'est remonté une fois qu'il prit conscience de son usure venue des milliers de pages qu'il avait écrites comme un forcené, assumant sa solitude comme jamais un créateur avant lui et comme jamais un créateur depuis. Pour pouvoir tout dire, il a renoncé à tous les petits plaisirs inconséquents de la vie, il n'a pas pris femme bien que parfois amoureux de brillantes jeunes filles, comme Lou-Andréas Salomé, philosophe comme lui, mais ne portant pas sa démesure ni son génie, comme Cosima Wagner, la femme de celui qui fut son seul ami et avec qui il rompit dramatiquement, et s'en expliqua ainsi :

« L'appropriation de Wagner des anciennes légendes du terroir, sa fantaisie disposant pour les ennoblir à sa guise de leurs dieux et héros si étrangers de nature — ce sont à vrai dire des bêtes de proie, avec des velléités de profondeur, de générosité, de dégoût de vivre —, l'âme nouvelle insufflée à ces figures, auxquelles il donne de surcroît la soif chrétienne et médiévale de sensualité extatique et de dépouillement sensuel, toute cette manière wagnérienne de prendre et de donner, sujets, âmes, figures et paroles, exprime nettement aussi l'esprit de sa musique, si tant est que celle-ci, comme toute musique, soit d'elle-même capable de parler un langage entièrement exempt d'ambiguïté : cet esprit mène, dans le sens de la réaction, la toute dernière campagne contre l'esprit de la philosophie des Lumières, dont le souffle parti du siècle dernier a pénétré celui-ci, aussi bien contre les idées supranationales de l'utopie révolutionnaire française que contre celle du réalisme anglo-américain dans la refonte de l'État et de la société. »

Sur le mont Albert, je voudrais bien oublier Nietzsche pour ne plus penser qu'à ma propre décrépitude, à ma douleur d'os dans les jambes, de plus en plus lancinante depuis que mes muscles s'effondrent, se ratatinent et se dessèchent. Plus aucune articulation qui ne craque ni ne se déforme — mes mains jadis si belles, comme des étoiles pleines de lumière et de chaleur, si agiles quand elles touchaient, aériennes, le clavier d'un piano, les voilà rendues monstrueuses, les doigts distendus entre eux, qui ne s'ouvrent plus qu'au demi de leur portée, tels les griffes des oiseaux prédateurs et charognards, insensibles aux viandes pourries qu'elles lacèrent, tant de fiel pourtant, tant d'humeurs mauvaises, tant de décomposition ! Et mes dents qui se déchaussent, mettant les racines à vif, fissurant l'émail, comme ces croix noires dans les vieux cimetières, cantées du mauvais bord des choses et maculées de fiente. Avoir vécu dans tant de passion au nom des nouvelles beautés à faire venir, et se retrouver ainsi si laid, si désastreusement laid ! Si au moins le corps s'émaciait, peut-être y aurait-il quelque raison d'espérer encore, mais la graisse n'en fait plus qu'une boursouflure, de bajoues, de mentons superposés, de ventre, aussi plissé que de la vieille peau de pomme, et plein de nœuds c'est, profondément dégoûtant, à planter dedans les couteaux de la dérilection ! Seuls les yeux et la tête résistent encore à la graisse envahisseuse, mais pour combien de temps? Quand Nietzsche est descendu du mont Sils-Maria, sa besace pleine de manuscrits, il était fier du regard d'aigle qu'il pouvait toujours porter sur les choses, aussi pénétrant que du temps de sa jeunesse quand le moindre signe s'inscrivant dans l'espace, aussi élémentaire que l'est une particule, n'échappait pas à son acuité d'œil ni à la virtuosité pensante de son cerveau. Ça lui avait été donné à la naissance et ça survivrait à la mort même, ça ne se décomposerait jamais puisque ça appartenait, non pas à de la simple vie, mais à un au-delà de peau, de muscles et de nerfs, aussi souverain, aussi éternel que peut l'être la matière du cosmos aux confins des galaxies. Comme Nietzsche se trompait! Il n'était pas encore arrivé en bas du mont Sils-Maria que ses yeux le lâchèrent en même temps que son cerveau. C'est la vieille carcasse décrépite qui leur survécut, masse graisseuse de plus en plus épaisse, à faire tenir sur deux chaises et à bâillonner puisque, devenue incapable de voir et de penser, ça ne faisait plus que hurler, des rugissements de bête blessée à mort, déraisonnés, mille fois plus fous que la folie elle-même — grondements dérangés du tonnerre, cris primaux de mort-vivant, onomatopées d'une infamante défaite, celle de la solitude pourtant conçue à l'origine comme laiteuse, nébuleuse, et éternelle!

Sur le mont de Sils-Maria, j'y monte et en redescends par la pensée, et mes yeux se brouillent de larmes, moi qui n'ai pas pleuré depuis la mort de ma mère survenue un 15 octobre, par un petit matin de brouillard, qui ne s'est levé qu'en devenant tempête, d'abord cette averse de grêlons gros comme des billes, frappant les toitures et frappant les routes, rebondissant sur la chaussée comme autant de boules chinoises déréglées, puis devenant de la neigeante neige, épaisse comme un échappement de crème, le paysage en restant beurré pendant cinq longs mois. C'est un 15 octobre aussi que Nietzsche est né, à Röcken, un petit bourg de la Thuringe saxonne, d'une mère qui se prenait pour la Vierge Marie et d'un père à cheveux roux, muni d'une voix de stentor dont il s'est beaucoup servi pour jouer son rôle de pasteur — ces jappements de Dieu ainsi qu'il appelait ses sermons, l'image tonitruée de haut et tonitruée de creux, à l'instar de Barbare des Borusses qui, en se civilisant, devint prussien, mais sans cesser d'être belliqueux puisque le sang versé ne le désassoifait guère, un corps éventré n'en contenant que quelques pintes, et c'est si vite bu quand le feu de la passion vous brûle des pieds à la tête. S'en priver en leur substituant des sermons conçus comme aboiements ne pouvait que faire venir d'insupportables migraines. Le père de Nietzsche en souffrit tant que les dernières années de sa vie furent un désastre : aux jappements de Dieu succédèrent la vitupération monosyllabique qu'on jugea être l'œuvre d'un pasteur devenu fou. Ainsi fut le père de Nietzsche dans l'ultime temps de sa vie, et ainsi fut aussi Nietzsche, aboli dans sa pensée et dans son corps, la lumière ayant mal fêté ses noces avec la nuit, le fond de toutes choses ayant été contemplé, le fond de toutes choses s'étant retourné pour que puisse se justifier le Retour éternel au Père — je suis mort, père de moi-même, je me supprime, mais voudrais me réveiller éternellement dans la musique.

Sur le mont Albert, le retour que j'attends n'a pas encore ce désespoir dans lequel sombra Nietzsche après avoir passé dix ans dans la caverne des symboles. Moi, ma haine me relie toujours à la Terre, et elle n'a pas soif de sang, mais de vengeance. Voilà pourquoi, à peine arrivé avec Gabriel sur le plus haut pic du mont Albert, lui ai-je demandé de redescendre jusqu'à la route qui borde le fleuve. Je lui ai dit :

— Rends-toi jusqu'au quai, puis vire à gauche quand tu y seras. Dans l'encoignure de deux énormes pans de roc, tu verras une petite maison de pêcheur peinte dans le jaune des fleurs de marguerites sauvages. C'est là qu'habite le Micmac renégat de la réserve de Maria. Il te remettra une enveloppe aussi jaune que les bardeaux de sa maison, et tu n'auras qu'à me la rapporter.

C'est à ce Micmac renégat de la réserve de Maria que j'ai demandé de voler le manuscrit du journal de la grand-mère de Léonie. Pour mener rapidement à bien la vengeance qui m'enserre le cœur comme du fil de fer barbelé, j'ai besoin de ce chapitre, le seul du journal écrit en langue micmac, et que Benjamin a confié à la tribu pour qu'elle lui en livre le secret. Je m'attends à quelque chose d'énorme, de vicieusement coupable, à une vérité si outrageante qu'elle sera, par sa seule révélation, une exécution en soi. Tout le reste de mon plan de vengeance, je l'ai ourdi dans ses moindres détails, et le fruit à cueillir est bien mûr. Depuis que j'ai alerté le fisc sur les malversations qui ont eu la quincaillerie d'Antoine pour théâtre, les tuiles n'arrêtent plus de lui tomber sur la tête — recours à la loi sur les faillites pour que les créanciers ne mettent pas la main sur ses biens meubles et immeubles, fuite de la maison de la rue Notre-Dame par Léonie et Philippe qui l'a suivie à Saint-Fabien-sur-Mer parce que je lui ai conseillé de le faire, ancrage de Charles et de Bouscotte à Saint-Jean-de-Dieu (comme je sais bien flatter Béline quand je lui rends visite, comme je la congratule d'avoir si généreusement appris l'art d'être grand-mère!), jalousie d'Eugénie par-devers Sammèque, qui l'oblige à ne pas s'éloigner, ni de la Maison de Cacouna, ni de la réserve de Whithworth, ni du lac Sauvage puisque, perfidement, j'ai incité Sammèque à provoquer Benjamin, ne serait-ce que pour faire damner Samuel qui en est amoureux et déjà fâché contre Philippe courant lui aussi après la dulcinée malécite. Je n'ai pas négligé Marie-Victor non plus, versant dans sa cassette de quoi payer ce vieil autobus scolaire dont il a besoin pour transporter du Bic à Sainte-Anne de Beaupré les pèlerins qu'il compte extorquer. Cette toile d'araignée dans laquelle je vais prendre Antoine, je l'ai tissée avec patience, j'en ai fait le grand-œuvre de ma vie, je l'ai écrite en y mettent autant d'acharnement dans la volonté que Nietzsche en a mis à peaufiner son *Zarathoustra*:

«Ma passion et ma compassion — qu'ai-je à en faire? Est-ce donc à *l'heur* que j'aspire? J'aspire à mon *ouvrage*! Courage! Le lion est venu, proches sont mes enfants, Zarathoustra maintenant est paré, mon heure est venue; — ceci est *mon* matin, ceci est *mon* jour qui se lève; debout maintenant, debout, ô toi ange exterminateur!»

Sur le mont Albert, la lumière est déjà dans son décroissant, le soleil clignant de l'œil de l'autre côté du fleuve, son horizon barré à grands traits par les Adirondaks à têtes d'épinettes noires. Des voitures glissent sur les eaux, leurs coques en aluminium comme flèches argentées que les vagues éclaboussent. Les pêcheurs rentrent au port avec leur cargaison de poissons morts. Sur le quai, ça sera bientôt plein de chaudes viscères qu'on jettera à la mer par grandes pelletées, attirant cormorans, mouettes et fous de Bassan, flopées d'ailes déployées et de becs ouverts fonçant vers l'eau comme autant de drones prédateurs. La vie glorieuse parce que carnassière et dénuée de toute conscience, si totalement animale! Et moi, me contentant de la regarder du haut du mont Albert dont les arbres rabougris ont pris feu depuis que le soleil s'épanche dans la mer comme un œuf que casserait la fourchette de la nuit. Pour une fois, aimer les couleurs crépusculaires. Pour une fois, céder à la tentation de la sensiblerie comme n'importe quel touriste y cède, faisant de tout paysage une carte postale qu'on retrouvera à sa mort au fond d'un tiroir, et sans intérêt pour personne ça sera, pareille à la vie qui aura été vécue, pavée de quelques bonnes intentions et de plusieurs mauvais souvenirs — une statistique, quelques livres de muscles, de nerfs et d'os, quelques cruches d'eau et des milliards de cellules gardées en veilleuse, quel gaspille! Comme s'écriait Zarathoustra alors que la mer montait jusqu'au faîte du mont Sils-Maria pour se saisir de lui et, si haut, le submerger si bas:

«Me ronge de ce rire la nostalgie; encore être vivant, comment le puis-je souffrir? Et à présent cesser de vivre, comment le souffrirais-je?»

Sur le mont Albert, je regarde vers le fleuve, mais ce n'est pas lui que je cherche à apprivoiser. Dans la pénombre où les choses entrent comme dans un ventre protecteur, verrai-je revenir Gabriel? Le verrai-je enfin serpenter entre les pans de roc et me faire de gentilles grimaces avec ses blanches petites mains? Le verrai-je s'approcher en dansant, pourvu de pieds de fillette aux belles chevilles, comme celles que Zarathoustra a chantées avant que ne le décime la montagne? Il serait temps, puisque des bois vient une fraîcheur, puisque de la vallée monte l'humidité. Approche, Gabriel, porteur de l'enveloppe jaune! Et tandis que je l'ouvre, ne cesse pas de danser autour de moi, comme une roue dégerbant de la lumière, comme autant de comètes traversant, fugaces, le ciel devenu sombre comme une nuit américaine! Danse, mon bon Gabriel! Danse tout ton saoul dans la musique qui me vient de mon rire! Que j'aime ainsi aguir, et comme j'aime la vie quand elle me permet d'autant aguir, grâce à ce journal écrit par la grand-mère de Léonie, que je peux lire enfin sur le pic le plus haut du mont Albert! Et jouir de la découverte que la langue micmac avait jusqu'ici gardée secrète — cet ancêtre Beauchemin, grand-père d'Antoine, qui profita de la Guerre des clochers aux Trois-Pistoles pour engrosser une sauvagesse du Petit-Canada et qui, pour ne pas avoir à répondre du forfait, fit brûler les cabanes, obligeant ses habitants à fuir vers les hauteurs de Saint-Jean-de-Dieu. Quand la sauvagesse accoucha, ce fut d'une petite fille. Quand à son tour la petite fille devint grande, elle mit au monde la mère de Béline; et c'était une sang-mêlé, pour une part sauvagesse et pour une part Beauchemin, comme Béline l'est elle-même et comme les enfants de Béline le sont aussi. Ainsi les Beauchemin et les Bérubé viennent-ils de la même parenté et ont-ils en commun plusieurs des mêmes gènes. Lorsque Charles a épousé Léonie, c'est un peu avec sa sœur qu'il s'est mis en ménage; et si Eugénie dort dans le même lit que Benjamin, c'est un peu aussi avec son frère qu'elle couche. Tant d'amour dont la haine seule a profité, tant de haine dont la guerre seule a profité! Et moi maintenant connaisseur du secret, comme une flèche empoisonnée dont je vais transpercer le cœur d'Antoine! Je sais comment agir pour que ça fasse mal jusqu'au fond de l'être. Bronchera sur ses pieds la bête blessée, puis sombrera tout d'un pan, noyée à jamais dans les eaux sales, coupables et ignominieuses du viol!

Sur le mont Albert devenu le mont de Sils-Maria, je me régale du festin inattendu, le lion roux à mes pieds, le serpent de jade enroulé à mon poignet, l'aigle tacheté juché sur mon épaule. Gabriel va danser toute la nuit, parfois nu et parfois couvert de poussière de charbon, parfois aussi lascif que le moineau et parfois aussi chaste qu'une vestale romaine. Une dernière fois, me régaler de la ferveur du corps quand il se sait beau et peut s'offrir sans détour — ce qui m'a tellement manqué depuis que je suis tombé de cet échafaudage sur lequel, ô dérision!, je redorais saint Michel, pourfendeur de toutes les races de dragons, ceux qui volent, ceux qui planent et ceux qui bondissent au milieu des mots que tissent leurs langues de feu. Symboliquement, le dragon que j'étais a été terrassé. Il n'en est plus resté que deux pieds enflés et retournés, ceux d'un orphelin abandonné par les siens, voué au ressentiment, dans de la douleur d'os brisés, dans de la douleur de corps non seulement défait, mais contrefait. Comme dit Zarathoustra alors que métamorphosé en marcheur de nuit, il se prépare à affronter la pesanteur du monde:

«Vous m'avez quitté! Vous m'avez quitté, ô jeunesse! ô midi! ô après-midi! Maintenant sont venus soir et nuit et mi-nuit, — le chien hurle, le vent; — le vent n'est-il un chien? Il gémit, il jappe, il hurle. Hélas!, comme elle rit, comme elle râle et halète, la mi-nuit!»

Sur le mont de Sils-Maria devenu le mont Albert, je penche la tête pour éviter que les chauves-souris sortant de la caverne ne me frappent de leurs ailes. En chacune des chauves-souris qui passent devant moi, je crois reconnaître le visage de Léonie, je crois reconnaître la sœur que je me suis donné parce que l'autre, celle qui est née de ma mère et de mon père, n'a jamais voulu danser pour moi — toutes mes amours de Mélina, que je portais en moi depuis les origines du monde, rejetées! Et pire que rejetées, abandonnées au petit-fils du vil fornicationniste, ce Beauchemin premier, jouisseur, capitaliste, sans vergogne, exploitant la misère des autres, et exploitant aussi leur talent, puis les chassant à coups de pied, à coups de fouet à neuf nœuds, à coups de bâton clouté. Ô Mélina, de québécoise solennité, le mieux odorant de tous les petits museaux, santé à ton ventre d'oasis, chaude oasis, pareille à une datte, brune, sucrée, dorée, concupiscente, et si ronde bouche de fille, et corps souple, telle une danseuse se pliant, se ployant et sur la hanche se balance, et sur une seule jambe se tient — très cher et très orné jupon, éventail pailleté qui flotte au vent, plus ne pleure puisque le miel sauvage coule dans la fraîcheur de la mi-nuit et remplit tes seins, quelle joie!, de l'extase d'or tout prêt à fulgurer!, encore plus loin, plus loin, mon œil! oh! que de mers alentours, que d'avenirs humains dont poindra l'aurore! et dessus moi — quelle paix aux doigts de rose! de tout nuage délivré, quel silence, de québécoise solennité, ô Mélina!

Sur le mont Albert, la minuit court après son ombre, et moi je cogne des clous sur tous les cercueils pleins de mes anciens rêves, qui dérivent entre les pans de roc. Quand viendra l'aurore, Zarathoustra ne sera plus qu'un vieil ermite aux membres disloqués, à la mine patibulaire, au regard aveuglé, et l'intérieur de sa tête délesté de toute bonté, de toute bienveillance, de tout bonheur, qu'un dessous de crâne haineux et prêt enfin à l'ultime vengeance. Ça tranchera comme la lame d'un kriss, ondulée, en forme de flamme! Ce Zarathoustra-là qui tombera du mont Albert, ce sera moi, le prédateur, le déciminateur, l'exterminateur! Et après, quand le meurtre sera accompli, quoi d'autre, quoi d'autre à penser encore, sinon ce qui est dit, définitif, dans le *Chant de la mélancolie*, sous mille masques désempêtrés — ceci:

> *Ainsi ai-je sombré moi-même un jour,*
> *De mon délire de vérité,*
> *De mes diurnes nostalgies,*
> *Lassé du jour, malade de lumière,*
> *— Je sombrai dans le fond,*
> *Dans le soir et dans l'ombre;*
> *D'une seule vérité*
> *Brûlant et assoiffé;*
> *— Te souvient-il encore, te souvient-il,*
> *Ô cœur brûlant,*
> *Alors qu'elle fut ta soif? —*

> *D'être banni*
> *De toute vérité,*
> *Rien que bouffon!*
> *Rien que poète!*

16

Le Kouaque

Vieux bout de madrier du Christ! Je suis comme une hostie toastée des deux bords, qu'on a sortie du ciboire et jetée à terre pour la piétiner et l'effouérer comme il faut devant le maître-autel, et c'est sans raison pourquoi ça doit être magané ainsi, c'est juste parce que le temps s'est cochonné, que la brume est montée du fleuve, que la tempête s'est mise dedans, poussée par un vent de trou du cul, plein de trombes et de trompes, comme des boudins mal amanchés entre eux, se courant après pour se manger les uns les autres, pour que grossissent encore l'orage et les pluies diluviennes, pareilles à d'énormes barils de clous qu'on viderait, gueules à l'envers, dans la fourche écartillée du fleuve!

Vieux bout de madrier de vieux bout de madrier du Christ! Si ce n'est pas la fin du monde qui nous tombe dessus, puant de la bouche d'où s'éjectent des colonies entières de crapottes et d'anchets gluants, je veux bien qu'on me pende tout de suite, qu'on m'empale sans ménagement sur le pieu de Marie Calumet, qu'on me poigne les viscères à pleines mains et qu'on en fasse le plus mauvais chiard jamais concocté par le maître queux de l'Hôtel Trois-Pistoles!

Pour que j'en dise davantage, attendez que je me rappelle, attendez que les yeux me sortent des orbites et que la bière s'en écoule par pleins siaux !

Je suis tellement enragé que je suis pareil à une syncope, je suis brisé, du trognon au troufignon, je suis un corps dont les mots manquent plein de lettres, ça sautille tout partout dans mes alentours, des armées entières de *B* qui se prennent pour des *F*, des armées entières de *P* qui s'imaginent être des *T*, et qui cassent la baraque où loge la jarnigoine, emportés par ce vent à écorner les bœufs, par ces torrents d'eau qui pissent comme truies déchaînées des montagnes, par ce tonnerre qui ne cesse pas de jouer de la mosselle depuis trois jours !

Oui, attendez que je me souvienne parce que je suis devenu le René Lévesque de tout ce qui tombe à l'eau, de tout ce qui se démanche quand les paris se perdent et que la crasse prend le dessus sur tout. Plus rien que ça de vrai, vieux bout de madrier du Christ !

Assis au bar du *Grand Beu qui swigne*, je ne cesse pas de me tremper la luette, un verre de bière n'attendant pas l'autre, un verre de gros gin s'ingurgitant entre chacun d'eux comme rince-cochon. Mon histoire est loin d'être pas pire quoique peu parsemée d'emplois aussi glorieux que celui abandonné par Lucien Bouchard qui vient de démissionner du gouvernement et du Parti québécois, faux messie, aussi coque-l'œil que coque-pied, avec ce pinch hitlérien qui lui était remonté de dessous le nez au haut du front. Toute la journée, on n'a pas cessé de montrer des images de lui à la télévision, dans les différentes phases de sa carrière de menteur public, de vire-capot, de mangeux de balustre et de crosseur. Quand je dépense! Ça voulait diriger un neuf pays et ça n'aurait même pas été capable d'inventer le bouton à quatre trous, encore moins de trouver la façon de mettre le caramel dans une Caramilk! Un autre que sa mère avait tressé serré dans la bondieuserie, le cliché, les idées reçues et déçues, et l'art d'en parler avec des mots pleins d'ampoules aux pieds! Si j'ai tellement agui mon père, c'est parce qu'il était un gros-plein-de-marde, ce qui l'autorisait à nous chier dessus en essayant de nous faire accroire que la bouse dont il nous souillait était le plus mordoré des miels! Vieux bout de madrier du Christ! Un petit avocat de l'arrière-pays qui a vendu son âme au diable des multinationales américaines, filou de corps et d'esprit, admirateur des œuvres de Pierre Elliott Trudeau au point d'en pisser dans sa culotte rien qu'à l'idée de pouvoir lui serrer la main! Un petit avocat dont personne n'aurait entendu parler si les syndicalistes mafieux de la construction n'avaient mis le feu aux chantiers de la Baie James et si les vendeurs de viande avariée, mafieux eux aussi, n'avaient pas pris leurs bouchées doubles pour mieux financer leur trafic de stupéfiants! Deux commissions d'enquête, et mettons les voiles vers le pouvoir, ami comme cochon avec le mentonné Brian Mulroney, autre avocaillon de l'arrière-pays à qui il laissa, pour tout héritage, la prison de Port-Cartier! Des maîtres dans l'art de la farce et de l'attrape, ce beau risque tel que proclamé par le mentonné, ces conditions gagnantes telles que criées par le porteur de pinch hiltérien à hauteur de front! Et changement de discours toutes les fois que le vent se lève, ou vire de bord, ou meurt de sa belle mort! Du crossage, rien d'autre que du crossage. Quand je dépense! Avoir été ambassadeur du Canada à Paris pour y vanter la grandeur du pays multiculturel et devenir le chef du Parti québécois, soi-disant parce qu'on est tombé de son cheval sur le chemin de Damas, que la lumière en fusa, qu'on a tout compris — mais ce que le pinch hiltérien a surtout compris, c'est comment fourrer tout le monde tout en passant pour un messie! Quand tu manges dans la même auge que Paul Desmarais, André Bérard et tous les fornicateurs avec le grand capital, tu promeus le bilinguisme, sinon le multiculturalisme, tu promeus la société civile plutôt que la raison d'État, tu promeus le libre-échange, la mondialisation des marchés, la primauté de la matière et la pensée unique! Une fois que tu as chié ta marde partout pour mieux tuer l'idée d'indépendance, tu démissionnes soi-disant pour mieux t'occuper de ta femme américaine et de tes enfants que tu envoies étudier à l'école anglaise! T'aurais pu y penser avant, à ta femme américaine et à tes enfants, étant donné que tu les as eus sur le tard et que tu devais donc savoir, après vingt ans d'entourloupettes politiques, ce que ça pouvait signifier que de se marier à cinquante ans et de faire des enfants! De l'écœuranterie habillée dans les vêtements des beaux sentiments! Demain, le pinch hiltérien redeviendra avocat, dans ce bureau d'experts en commerce international, chasse-gardée des multinationales, de la spéculation boursière, des faillites bancaires frauduleuses et du terrorisme d'argent. Méchant messie que celui-là qui a démissionné aujourd'hui en sanglotant devant les caméras comme une Céline Dion hystérique. Pas beau à voir! De quoi se saouler jusqu'au Jugement dernier! Fourré à l'os jusqu'au Jugement dernier, par un simple pinch hiltérien, vieux bout de madrier du Christ! Je dis à la barmaid du *Grand Beu qui swigne*:

— Éteins la télé ou change-la de poste parce que, autrement, le pinch hiltérien qu'on voit tout le temps dedans, va finir par me faire vomir, maudite marde!

— Si t'es pas content, t'as qu'à aller mettre ton steak ailleurs! La démission de Lucien Bouchard, c'est historique, comme le Festival des petites fraises de Causapscal d'où je viens! On peut pas passer à côté, sans au moins verser une larme de répit!

Je fais comme me dit la barmaid, passe entre les serveuses qui se promènent nu-fesses, mais portent des casques de vikings sur la tête, avec une corne de chaque bord des oreilles. Je m'assois tout au fond du *Grand Beu qui swigne*, là où c'est noir comme la gueule de l'enfer pour que les danseuses, entre deux exhibitions, puissent passer en toute impunité un weelly-sur-la-glace aux retraités qui, par-devers leurs femmes, sont sensés être en train de jouer aux quilles à Saint-Fabien ou aux Trois-Pistoles. Les coups de poignet à la sauvette qui se finissent dans un kleenex morveux de sperme, moi je n'en ai rien à me branler avec. Si je me suis assis là où c'est si peu éclairé, c'est que je suis déflaboxé de la vie. Après la journée de grosse marde que j'ai passée à Cacouna, n'importe qui le serait tout autant que moi. Attendez que je me rappelle, vieux bout de madrier du Christ! Attendez que j'ingurgite encore trois bières et autant de verres de gros gin! Vous allez admettre alors que c'est pas de la petite misère ordinaire ce qui s'est vécu aujourd'hui à Cacouna, de quoi m'en débriscailler la corporation pour les siècles des siècles, et sans doute pour plus longtemps encore. Comme je suis toujours en plein dedans, je vais faire en conséquence et pelleter le fumier comme si c'était en train de se chier.

Ça commence par un petit matin qui se lève du bout des fesses, pas certain du temps qu'il va faire. Le fleuve envoie ses bordées de crachin, des montagnes s'élève la brume, c'est poisseux comme un ventre de truite élevée en captivité et nourrie d'algues marines déchiquetés. On sait pas si ça va se mettre à pleurer pour de bon ou si ça va se consoler. Le soleil est bourru, il apparaît entre les épinettes noires, cligne de l'œil, puis laisse toute la place aux éructations du tonnerre qu'accompagnent de zigzaguants éclairs de chaleur. Ça part mal une journée qu'on est sensé passer au grand air, à fêter un peuple malécite qui en a grand besoin.

Moi, je n'ai pas dormi de la nuit : je me suis pratiqué au poignet avec l'espèce de bras canadien que j'ai fabriqué avec cette prothèse d'infirme, achetée au bric-à-brac de l'homme-cheval en même temps qu'un petit moteur qui fonctionne à l'électricité. C'est Tinesse à Clophas qui m'a aidé à parfaire l'invention pour que la main puisse serrer, le coude se mouvoir, et le bras forcer par derrière. Casser au poignet avec une telle machine, c'est comme si tu t'entraînais avec Louis Cyr : les nerfs du cou t'étirent les oreilles vers le bas tandis que ta mosselle de bras te fait remonter jusqu'au coude les parties honteuses. Après une heure à forcer autant, tu ressembles à un gros tas de guenilles qu'on sort d'une cuve d'eau, t'as le trou du cul rendu en dessous des bras, tu pompes la steam même par les yeux. Tu te couches à côté de ton bras canadien et malgré tout ce que Belle

Blonde peut bien imaginer comme cochonneries, t'as le sentiment mortifère, ça friguème ni d'en haut ni d'en bas, t'es devenu aussi insensible qu'une queue de poêlonne en fonte. Heureusement que j'avais prévenu Belle Blonde qu'en période d'entraînement intense je ne vaux pas cinq cennes pour ce qui en est avec les parties de pattes en l'air, car si je m'étais fermé la trappe là-dessus, je ne serais pas aujourd'hui débandé que du bras gauche. J'aurais les rouflaquettes à terre et ça serait bien inutile ce que j'ai entre les jambes, ça serait vicieusement à court même dans sa longueur.

En attendant que le soleil fasse le ménage dans les paquets de brume et les nappes de brouillard, je suis allé faire un tour à la quincaillerie de la rue Vézina. Depuis qu'un syndic a mis des cadenas partout, ça fait dur en pas pour rire de ce bord-là des choses. On dirait que c'est devenu une cour à scrappe où s'amoncellent les détritus. J'y ai même vu un vieux matelas tout éventré et cerné partout de grands cercles de pisse, qu'on a jeté là par-dessus la clôture, et qui est resté accroché dans la broche piquante. Dans le petit escalier menant au cagibi, qu'est-ce que je vois? Nul autre que monsieur Beauchemin assis sur une grosse canisse de peinture, le corps en débandade, les yeux enfoncés loin dans de la graisse de patates frites. Ça pleure assez que c'en est quasiment effrayant. Je m'approche de monsieur Beauchemin, je lui demande c'est par rapport à quoi qu'il braille ainsi, il redresse la tête, me regarde comme si j'étais un fantôme atteint par la danse de Saint-Guy, et me dit:

— Débarrasse le plancher, maudite face d'esquelette! Tu vois donc pas que je me prépare à partir pour

Saint-Fabien et que je suis en train de réchauffer ma machine? Déguerpis, maudite face d'esquelette, dans le diable du vau-vert autant que possible!

Si j'insistais auprès de monsieur Beauchemin, ça serait juste pire. Depuis que le gouvernement lui met plein de bois dans les roues et que plus personne de sa famille ne fait caucus avec lui, monsieur Beauchemin a carrément pris le champ, tout comme sont les pédales de son bicycle, cassées au rasibusse de l'embrayage. Ce n'est pas beau à voir une telle déconfiture, et d'autant moins que j'y ai perdu ma job de cordeur de planches et de madriers, forçant Belle Blonde à travailler pour deux *Chez grand-père Minou*. Dévale tes bas de nylon, dégreye-toi du raque à djos, de la petite culotte mangeable, puis fais le pompier qui doit éteindre des feux sauvages dans le soubassement du bar, pour des quêteux à cheval qui aiment se faire mettre dans le brun, leurs grosses fesses offertes sur la table de billard griffée par les chats! Le magot que Belle Blonde est allée quérir à Montréal, c'est à peine s'il en reste assez épais pour que ça vaille la peine de se torcher avec. Mais il y a pire encore. Ti-Truck et Geronimo sont ré-apparus dans le décor après s'en être allés passer l'hiver en Haïti. Ils ont rapaillé les enfants que la DPJ avait placés pour eux dans un centre d'accueil et, comme des corbeaux charognards, ça tourne autour de Belle Blonde. Pas besoin d'être la tête à Papineau pour deviner qu'avec de pareilles dents, on ne sera plus tranquille bien longtemps. Ça sent le mauvais coup fourré qui se prépare, ça sent le crack à plein nez et c'est comme pour les odeurs de boucherie quand le cochon saigné hurle à s'égosiller: c'est énervant, fatigant et tannant à mort.

J'embarque dans le camion du laitier Lebel parce que c'est lui qui m'emmène à Cacouna. Depuis que la quincaillerie de la rue Vézina est aux mains des syndics, je n'ai plus le droit de chauffer le vieux pick-up de la compagnie. Comme tout son gréement, ça a été parqué au fond de la cour, maintenu là par de grosses chaînes aux cages de bois. Se servir rien que de ses pieds, c'est malcommode en vieux bout de madrier du Christ quand t'as une longue ronne à faire dans la même journée. Je ne suis pas Barbare Lévesque, moi ! Je ne peux pas trotter aussi vite qu'un bronco sauvage et je ne peux pas trotter ainsi, dans mon ventre à terre, comme un chien qui a le derrière en feu parce qu'on le lui a frotté à la térébenthine !

Arrivé dans Cacouna, je dois quand même me servir de mes jambes pour descendre la rue du Quai jusqu'à la Maison des Malécites. L'entourent de longs tipis faits de perches d'épinette et de peaux d'orignal. De la boucane sort par les trous qu'on a pratiqués dans le haut des tipis et ça sent le poisson fumé, la saucisse de hot dog et le pemmican, qui est de la viande séchée par tranches et recouverte de petits fruits sauvages écrapoutis. Des boutiques portables, remplies de cossins amérindiens, s'étirent comme une mâchée de gomme sous le pied de la Maison des Malécites jusqu'à la petite baie enclavée par des croûtes de tuf. Sur le promontoire, on a installé une arène de boxe, et ce sera le clou de la kermesse. Je voudrais sonder le plancher de l'arène et bander les câbles qui la ceinturent comme pour envoyer jusqu'au soleil une flèche à empennage de plumes d'aigle, mais je n'aurai pas le temps de satisfaire ma curiosité. Les tambours et les chichigouanes malécites se font aller, battant le rappel des populations. Je fais donc comme tout le monde, je m'amène devant la Maison des Malécites, et je regarde en me demandant ce qui va sortir d'un pareil pow-wow.

Conduit par un sagamo qui s'est coiffé de la défroque d'un port-épic, symbole-totem de la tribu de Cacouna, les chanteurs et les danseurs, tout scintillants dans leurs costumes d'apparat ourlés de fausses perles, s'écartent enfin du grand cercle fait de ces petits tipis de branches auxquelles on a mis le feu. Quand ça se désemboucane par manque de bois à brûler, apparaît un gros poteau planté dans la Terre-Mère. Thomas Talonshauts y est attaché, les deux pieds sur un fagot de bois d'échouerie. Quand Medecine Man, qui porte tuyau de castor sur la tête, redingotte sur le dos, mitasses aux genoux et longs mocassins aux pieds, vient pour mettre le feu au fagot, Béline sort de la Maison de Cacouna et lance sur Thomas Talonshauts la couverte qu'elle tenait dans les mains. Paraît que quand le monde était encore sauvage, c'est ainsi qu'on faisait avec les prisonniers : si on se préparait à en faire rôtir un sur le grill et qu'une vieille fille ou une veuve sortait de son tipi pour le recouvrir de sa couverte, le party s'arrêtait dret là, on remisait dans la dépense les fers rougis, les piquants de porc-épic et les morceaux de tuf aussi coupants que des lames de rasoir. Il n'y avait plus de prisonnier à torturer et à mutiler, mais un simple habitant qui venait de se trouver une femme pour la vie. Ça s'appelait se marier sous la couverte, et c'était suivi d'une longue cérémonie de tapage de mains et de pieds, de braillages de cantiques, d'oraisons jubilatoires et de poésies, comme ce qui se passe maintenant que Béline et Thomas Talonshauts sont rendus sur la grève, en train de déterrer le canot d'écorce qu'on a enfoui dans le sable et sous des branches de sapin. Pendant que Thomas Talonshauts creuse dans le sol et que Béline défait le nœud des pousses de conifère, les danseurs entrent en transes et la tribu au complet entonne le *Deo gratias* amérindien :

> *Houa Ya Ya Ya*
> *Je pense*
> *Houé Yé Yé Yé*
> *Je pense que j'ai trouvé*
> *Mon amoureux*
> *Houé Yé Yé Yé*
> *Mon amoureux*
> *Houa Ya Ya Ya*
> *Je pense*
> *Que ça se passe comme ça*
> *Houé Yé Yé Yé*
> *Mon amoureux*
> *Houa Ya Ya Ya*
> *Houé Yé Yé Yé!*

Samuel et Benjamin mettent ensuite le canot à la mer, pourvu bien sûr d'une proue en forme de porc-épic dressé sur ses pattes de derrière. Béline et Thomas Talonshauts embarquent dedans, puis se mettent à avironner vers le large. Quand ça ne devient plus qu'une petite tache rouge ballottée par les vagues, on se vire tous de bord et, à la queue leu leu, on monte par les petits sentiers taillés dans le roc vers le promontoire et l'arène de boxe. Le grand moment tant espéré est enfin arrivé. Après le combat qui mettra aux prises Samuel, l'ancien champion mi-lourd de Squatec et des bourgades qui l'entourent, et Killer Turcotte, le Myke Tyson des Lots-Renversés, je pourrai à mon tour monter dans l'arène, m'asseoir devant Eugénie pour lui river comme il faut les jointures de sa main gauche sur la table. On ne rira plus de l'invention de mon bras canadien à moi, même si ce n'est qu'une prothèse d'infirme actionnée par un petit moteur électrique. On va voir qu'un engin pareil, ça fait de la sacrée bonne mosselle, impossible à contrer! Après mon triomphe sur Eugénie, je vais faire breveter mon invention et en vendre les droits d'exploitation à Ben Weider. Ça va se retrouver dans tous les gymnases du continent et, pourquoi pas aussi, dans ceux du monde entier avec, sur chacune des machines, gravé dans l'acier, le label *KOUAQUE* + en grosses lettres dorées. Je serai alors millionnaire comme un joueur de hockey, je jouerai au golf avec Tiger Woods, au poker avec René Angelil, à James Dean avec Luc Plamondon, et je ferai la course de Formule I à Monaco avec Jacques Villeneuve; c'étaient tous des trous du cul comme moi avant qu'ils s'inventent eux aussi un bras canadien qui est devenu une machine à faire des piastres, à forniquer, à boire et à fumer comme un trou, à s'épivarder avec tous les paumées de la terre, y compris les rois et les reines, les empereurs, les sheiks d'Arabie, les parrains de la mafia et les starlettes à grosse poitrine de Hollywood! Fini de me faire écœurer par Ti-Truck et Géromino, fini d'empiler de la planche et des madriers dans la cour d'une quincaillerie qu'un syndic a de toute façon cadenassée! Fini aussi le taponnage, le bizounage et l'éjarrage, à ingurgiter de la bière fadasse et du gros gin pour infidèles! De la vie, vieux bout de madrier du

Christ! Toute la vie comme un chiard au lard salé pour moi tout seul!

Mais rêver comme je rêve, je ne devrais pas, surtout pas par une journée de grosse marde comme celle d'aujourd'hui. Quand les bécosses du ciel s'ouvrent comme des portes de grange, il y a de quoi pelleter de la cochonnerie comme dans ce rêve que j'ai fait le printemps dernier quand les oies sauvages ont foncé sur l'église des Trois-Pistoles et l'ont submergée de leurs défécations. Si ma tête est toujours pleine d'images cochonnes, je me demande bien de quoi ça dépend, de Ti-Truck qui, pour mieux me soutirer de l'argent, n'arrête pas de se dépoitrailler et de me montrer ses fesses, ou de Belle Blonde qui passe ses journées dans les boutiques Vénus de Rimouski et de Rivière-du-Loup pour y acheter toutes sortes de gréements dont les inventions sont encore plus ingénieuses que l'a été le patentage de mon bras canadien. Quand c'est pour le cul, on en a de l'imagination! On peut être débile de la jarnigoine, boire un Pepsi et manger un Joe Louis en guise de petit déjeuner, ça n'empêche pas le sexuel d'être plein de marde jusqu'aux as et de l'être à demande. On peut être un infirme de la colonne vertébrale, avoir les deux jambes tirebouchonnant comme des queues de porc tellement c'est distordu, ça n'empêche pas non plus d'entrer là-dedans par la porte d'en arrière et d'en jouir comme les vedettes à grosse vulve et à grosse queue qui chialent comme des perdus dans les films pornos.

Assez déliré pour rien, vieux bout de madrier du Christ! Dans le moment que l'ici se parle, ça s'agite pas ordinaire sur le promontoire de la Maison de Cacouna, là où Benjamin a installé l'arène de boxe empruntée au Club sportif de Cabano. La foule fait chorus de partout, serrant les rangs et les ouïes pour que le maître de cérémonie, le si bien nommé Lambin, jette sa gomme et annonce enfin que les hostilités entre Samuel et Killer Turcotte vont commencer. C'est Sammèque qui va sonner la cloche à chaque fin de round, et c'est Sammèque aussi qui va appeler le suivant en faisant le tour de l'arène. La pancarte qu'elle va hisser au bout de ses bras pour qu'on sache à quel round on est rendu, ce n'est pas pour elle que les spectateurs vont se faire aller du sifflet, mais parce que Sammèque porte un très découpant bikini et que les formes qu'il enserre, tout le monde s'en rincerait l'œil si les bretelles du soutien-gorge et les ganses de la petite culotte cassaient en même temps. Samuel en louche tellement ça l'excite de voir Sammèque se dandiner du troufignon alors que montées sur de hauts talons, ses jambes ont l'air d'une méchante paire de ciseaux que ça serait bon à mort de se fourrer entre leurs taillants. Tout le monde est au courant que Samuel mangerait ses bas juste pour faire guili-guili avec Sammèque. Mais tout le monde est au courant aussi qu'il n'est pas le seul et que Sammèque, qui le sait, en profite pour tendre sa perche à tout venant et tout survenant, juste pour le plaisir d'agousser et sans doute aussi pour se venger par-devers Benjamin avec qui elle aurait bien aimé jouer des mandibules dans la même auge.

Le gong de la cloche se fait entendre, les deux boxeurs s'amènent au centre de l'arène afin que l'arbitre leur rappelle les règles du jeu: on ne frappe pas dans les parties génitales comme Arturo Gatti, on ne donne pas de coups de tête comme Stéphane Ouellette, et on ne mord pas les oreilles de l'adversaire comme Mike Tyson. On se contente de fesser sur l'autre à coups de poing, avec un peu d'élégance si possible, comme le faisait le grand Mohamed Ali, de son vrai nom Cassius Clay. Philippe devait être l'arbitre du combat. S'il s'est désisté à la dernière minute, personne ne sait pourquoi, sauf les langues sales. Les langues sales, elles prétendent que Philippe aussi court après Sammèque et qu'il en veut à Samuel parce que ce dernier pourrait avoir le souffle plus long que le sien et une queue autrement plus avenante. Moi ce que j'en dis, c'est que je m'en crisse. J'ai juste hâte que Samuel assomme d'un crochet du gauche l'affreux Killer Turcotte, ou bien qu'il se fasse étamper lui-même d'un jab sous la mâchoire. Ça viderait l'arène et je pourrais enfin y monter pour prouver à Eugénie quel génie j'ai eu en inventant le bras canadien.

Mais quand t'es pris avec une journée de grosse marde comme celle d'aujourd'hui, ce ne sont pas les étrons qui cessent d'eux-mêmes de te tomber dessus. J'ai déjà la tête passée entre les câbles de l'arène parce que Samuel est enfin venu à bout de Killer Turcotte, grâce à un solide uppercut qui lui a cassé raide le mâche-patate, quand le maître de cérémonie me rabaisse le caquet, empoigne le micro que lui tend Sammèque, et dit:

— Il est d'usage chez nous qu'après avoir gagné sa couronne, le champion mette au défi quiconque aimerait la lui enlever. S'il y a parmi vous deux gros bras désireux de se faire aller les mosselles, c'est le temps ou jamais. À qui l'honneur, si toutefois l'honneur s'y trouve ?

Contre toute attente, voilà que sort la Merveille masquée de l'un des tipis où boucane le poisson. Ça a l'allure d'un mauvais diable, deux braises en guise d'yeux, un pinch hiltérien sous le menton et des cornes de chaque bord de la tête. Dans les mains, les fourches caudines de l'enfer, qui jettent du feu par leurs extrémités. La foule se tasse et livre passage à la Merveille masquée. «Qui c'est?» qu'elle scande tandis que ça monte sur le ring et que ça se met à danser la Saint-Guy comme quand on célèbre la nuit de la grande citrouille. «Qui c'est?» scande toujours la foule pour que la Merveille masquée laisse tomber son déguisement et se révèle enfin dans toute son audace. Pour une surprise, c'en est toute une! Imaginez! Sous la Merveille masquée se cache Philippe, gros jars par devant et coq gaulois par derrière. Imaginez! Le député du Parti des régions qui va croiser le fer avec un Bérubé! Imaginez! Les relèves de deux familles qui se chicanent depuis les commencements du monde, dont on croyait le feu guerrier en train de s'éteindre, et qui vont se tapocher sans requinben! Pour les beaux yeux d'une allumeuse qui cligne de l'œil à l'un et à l'autre, la bouche en cul de poule, un téton à moitié sorti de sa brassière, une fesse coquine presque à l'air à cause du short pris dans la raie!

On n'aura toutefois pas le temps d'égrener son chapelet puisque, le gong de la cloche à peine entendu, Philippe se rue sur Samuel et lui effleure le menton d'une droite qu'il voulait dévastatrice. Samuel fait aussitôt un saut de côté, pivote sur lui-même et, détendant brusquement le bras gauche, l'envoie directement dans la face de Philippe. Pour quelqu'un qui aurait dû se mêler de ses oignons, c'est toute une mornifle à encaisser. Ça prendrait la mâchoire de Georges Chuvalo ou celle de Robert Cléroux pour résister à une pareille charge épormyable. Philippe voit les trente-six chandelles qu'il y avait sur son gâteau d'anniversaire et, les genoux à son cou, tombe comme un pan de mur qu'on a dynamité, les quatre fers en l'air, son nez cassé pissant le sang à pleines narines. Pas de doute : c'est la commotion cérébrale, les neurones toutes disjonctées dans le cabochon. Deux ambulanciers portent une civière dans l'arène, y glissent le corps comateux de la Merveille démasquée, puis c'est l'adieu pour tous, veaux, vaches et cochons. Méchant cassage de party ! Et moi me retrouvant encore gros-jean comme devant, les poignets bandés pour rien sous cette pluie glacée qui s'est mise à tomber pareille à des vis de deux pouces sur les tipis boucanneurs. Une journée de grosse marde, de quoi s'en gratter le califourchon jusqu'aux cadences grecques, vieux bout de madrier du Christ !

Depuis combien de temps je suis ainsi assis au fond du *Grand Beu qui swigne*, à ronger mon os, à boire de la bière et du gros gin, je n'en sais rien et ne veux pas le savoir. Quand ça chire de tous bords et de tous côtés en dedans de soi, tu ne demandes pas l'heure et tu ne regardes pas non plus les images qui passent à la télévision, toujours les mêmes depuis que c'est la fin du monde : Lucien Bouchard en Saint-Jean-Baptiste du Saguenay, Lucien Bouchard en enfant de chœur servant la messe, Lucien Bouchard en enfant de chienne et brandissant la masse politique pour faire des guili-guili aux gens de vrai pouvoir. Une rumeur circule déjà, qui l'envoie comme grand conseilleur dans un gros bureau d'avocats juifs et anglophones, qui gère les intérêts juridiques de multinationales véreuses et spécialisées dans l'embauche d'enfants pour leurs usines. La bactérie mangeuse de chair n'est pas toujours celle qu'on pense, vieux bout de madrier

pourri! Un porteur de moignon pour un peuple de porteurs d'eau! La sainte alliance, pas de doute là-dessus!
Quelle journée de grosse marde, et c'est loin d'être fini,
car voilà Ti-Truck qui m'arrive, sa queue de chemise en
feu. Et pour quoi faire encore? Elle me saute à pieds
joints sur les mains qu'elle tire vers elle tandis que la
rouille coule comme des chantepleure de ses yeux et
qu'elle me dit:

— Vite, le Kouaque! Faut qu'on aille chez toi! C'est
une question de vie ou de mort!

— La vie et la mort, je m'en câlisse aujourd'hui comme
de l'avenir péquiste! Décabane, Ti-Truck! Laisse-moi
me soûler comme je l'entends!

— On peut pas retarder, le Kouaque! Ta Belle Blonde,
Geronimo va l'avoir découpée en tranches si tu t'en
viens pas avec moi la sauver!

Je me doute bien qu'il s'agit encore d'une entourlou-
pette de Ti-Truck qui doit manquer d'argent pour acheter la dope qu'elle consomme avec Geronimo, mais quand
t'es épais dans le plus mince, ça se découenne pas en
chantant *O sole mio* à Lucien Bouchard! Tu cales plutôt tes fonds de bière et de gros gin, tu sors du fond du
Grand Beu qui swigne, tu montes sur le bécique à gaz
de Ti-Truck, et tu files tout drette vers le soubassement
de la rue de la Congrégation des Trois-Pistoles. Quand
tu y arrives, le vent a suffisamment battu tes grandes
oreilles de calèche pour que cessent d'y voguer les petits bateaux de monsieur Molson. L'ancre qu'il y a sur
les bouteilles du gros gin des infidèles leur est tombée
dessus, et ça cale creux sans prendre le goût de tinette.
La main sur la poignée de porte du soubassement, je
tasse Ti-Truck contre l'encadrure, et je dis:

— Explique-moi ce qui se passe vraiment de l'autre bord de la porte. Sinon, je l'ouvre pas, et toi non plus!

— Les champignons étaient pourris.

— De quels champignons tu parles?

— De ceux que Geronimo a mangés. Ça devait le rendre euphorique, pas halluciné! Je les avais fait cuire dans le gâteau au fromage qui fait kwick kwick et ça sentait bon en sortant du four comme une lichée de raie de fesses quand on te pistonne la craque depuis deux heures. J'aurais jamais imaginé que Geronimo monterait dans les rideaux de même, son couteau de boucherie entre les dents.

— T'es bourrée toi-même comme une truie qui doute, Ti-Truck!

— Pas tant que ça! Pas assez en tout cas pour pas avoir vu de mes yeux vus Geronimo tabasser Belle Blonde qui voulait pas lui prêter de l'argent.

— J'ai déjà prévenu Geronimo de ne pas toucher à Belle Blonde parce que je ne me priverais pas de lui faire savoir comment je m'appelle. Aussi, dis-moi la vérité avant que je me dompe dans le soubassement comme une tonne de briques.

— Geronimo a perdu la tête, je te l'ai répété au moins cent fois depuis que je suis allée te quérir au *Grand Beu qui swigne*. Perdu la tête, le Kouaque, tout de long et tout de large, hostie! Comprends-le!

J'ouvre la porte, descends les trois marches qui mènent au soubassement, traverse la cuisine dont le plancher est jonché de bouteilles de bière vides, mets la tête entre les deux pans de rideau derrière lequel j'ai réaménagé mon gymnase, et pour voir quoi, vieux bout de madrier du Christ? Parmi les poids et les haltères, Belle

Blonde est allongée flambant nue, le corps lacéré de coups de couteau en forme de croix gammées. Il y a du sang partout, même sur les murs et les encadrements de Louis Cyr, Hector Décarie et Victor Delamarre. Je fais un pas pour me porter au secours de Belle Blonde, puis bute sur une canisse de ciment, tombant sur mes genoux, me pétant le front sur le bras canadien fourré dans l'entrejambes de Belle Blonde. Je le tire vers moi, parfaitement horrifié. Belle Blonde n'a plus rien dans le haut de ses cuisses: plus de queue, plus de scrotum, plus de testicules — qu'un épouvantable trou saignant! Je lève les yeux vers le ventre, puis la poitrine, puis vers le visage de Belle Blonde, et ferme aussitôt les yeux quand je vois ce que je vois. Geronimo a fendu d'une oreille à l'autre la face de Belle Blonde et, dans la gueule d'enfer que ça a produit, il a enfourné la queue, le scrotum et les testicules découpés dans le bas-ventre! Une boucherie, rien d'autre qu'une écœurante boucherie!

J'ai besoin de crier, mais quand j'ouvre la bouche, ça me tombe mort dans la poitrine, et je me mets à vomir. Une journée de grosse marde, sans chevaux de l'Apocalypse, sans le char de feu du prophète Élie, sans rien de religieux, comme dans la barbarie jusqu'aux oreilles c'est, aussi pourri qu'un vieux bout de madrier du Christ!

17

Bouscotte

ASSIS À L'INDIENNE comme Béline m'a montré à le faire, j'attends que passe la nuit. Assis à l'indienne sur mon lit, je regarde vers la fenêtre dont j'ai gardé le store levé parce que je voulais voir les étoiles et la face de squelette qui a pris possession de la pleine lune, là où la mer des Tranquillités a l'air d'un drap mal étalé et tout chiffonné. Assis à l'indienne dans la pénombre de ma chambre, je ne veux pas m'endormir et je pense à toutes sortes de choses qui n'ont ni queue ni tête comme il est bien possible que le monde tel qu'on le voit n'existe pas vraiment, ça pourrait être une création de nos yeux, ça pourrait être une invention de notre caboche, pareil à ce qui se passe quand on écrit des mots sur du papier : chacun peut avoir plusieurs sens, de sorte que la moindre petite phrase peut en réalité dire le contraire de ce qu'on imaginait vouloir communiquer. C'est que la matière n'est pas seulement que de la matière. En fait, la part de matière qu'on peut trouver dans le cosmos compte pour presque rien dans son établissement. L'antimatière contribue pour quatre-vingt-dix pour cent dans le poids de l'Univers, et personne ne peut encore dire ce que contient vraiment la masse noire dont elle est faite. Il se pourrait que sans nous en rendre compte, nous habitions nous-mêmes, non pas dans la matière comme nous aimons à le croire, mais dans ce qui s'y oppose, cette antimatière qui obéit à de toutes autres lois que celles proclamées par nous, et auxquelles nous nous accrochons pour ne pas avoir à regarder la réalité en face. Nous ne sommes pas le centre du monde, nos corps et nos esprits ne sont sans doute que de simples particules élémentaires disséminées sur la Terre, de sorte qu'il est possible que ce qu'on appelle l'Univers se pense bien autrement que ce qu'on conçoit de lui. L'espace-temps n'y a peut-être aucun sens puisque notre perception de celui-ci se fonde sur la lumière qui n'est une valeur absolue que pour les terriens que nous sommes. Dans la partie noire du monde, les probabilités sont grandes pour que ce qu'on appelle l'intelligence se meuve bien différemment dans un langage qui, en plus de ne rien avoir à faire avec le nôtre, pourrait le contredire parfaitement.

Quand j'essaie de parler de toutes ces choses étranges, mais fascinantes, au monde qui m'entoure, on me dit que je ne suis encore qu'un enfant et que ça vaudrait mieux pour moi de lire les romans que publie la Courte échelle pour les élèves des écoles primaire et secondaire. Quelle niaiserie! Si Newton avait lu les livres de la Courte échelle, il serait resté épais toute sa vie et n'aurait pas découvert la loi de la gravité. C'est pareil pour Laplace, Poincarré, Einstein, Plank et Gödel: s'ils avaient lu eux aussi les livres de la Courte échelle, la niaiserie les au-rait consumés avant qu'ils n'aient eu le temps de décou-vrir quoi que ce soit. Ils auraient écouté dans l'ennui leurs professeurs qui prennent le placotage pour de l'enseignement, et ils auraient passé leur temps à regarder la télévision qu'on fait soi-disant pour eux — des tas d'émissions quétaines qu'on diffuse, non pour les enfants, mais pour que leurs parents ne se sentent plus coupables de ne pas s'occuper d'eux. Au lieu d'aller à la garderie, c'est elle qui vient chez vous et qui vous prépare déjà à faire ce que les adultes réussissent le mieux, rien d'autre que de tuer le temps.

Quand ça ne suffit pas aux parents de tuer le temps, ils le passent à se chicaner comme le font de plus en plus Charles et Léonie. Ça ne dérougit jamais parce que ça s'alimente par paquets de gros mots et que ceux-ci, contrairement à l'électricité, sont inépuisables. Avant, Léonie tempêtait parce que Charles passait tout son temps à la beurrerie-fromagerie de Saint-Paul-de-la-Croix. Depuis qu'il reste à la maison pour prendre soin des jumelles, elle le trouve encombrant et n'arrête pas de mettre des enfarges partout, juste parce qu'elle est fâchée et tient à ce qu'on le sache. Moi, je pourrais toujours faire comme si je n'entendais rien. Quand je viens me réfugier chez Mandoline dans le rang des Bœufs, c'est vrai que les gros mots de Léonie me passent par-dessus la tête. Je soigne les animaux, je coupe de l'herbe, j'engrange de la paille, je cours les champs à dos de cheval, je prends du soleil et je prends de la pluie. Une fois que j'en ai assez, je m'installe avec Mandoline sur une grosse pile de billots face aux montagnes, et nous parlons de Julie Payette, de Cap Kennedy, des missions spatiales, du télescope Hubble, de la sonde Galilée et des voyages que la NASA prépare sur Mars et Europa. Nous écrivons toutes sortes de scénarios en regardant les fabuleuses images dessinées par Escher, et celles aussi dessinées par Einstein, Plank et Gödel sous forme d'équations mathématiques. Nous transcrivons l'une de ces équations-là dans notre cahier de notes, et nous essayons de faire parler les chiffres comme s'ils étaient des répliques pour acteurs de Hollywood. Un tel décryptage prend du temps, mais nous donne autrement de plaisir que si nous lisions les romans publiés par la Courte échelle. Quand nous aurons passé au travers de l'équation de Gödel qui détermine la loi de l'indécidabilité, nous pourrons faire notre film, et ce sera dedans plein d'antimatière, comme ce qu'il y a dans les gros mots de Léonie et de Charles, qui sont à mille milles des canons que Bach inventait, si harmonieux dans la discorde répétitive d'où il les tirait — avec Charles et Léonie, c'est rien d'autre que grinçant et c'est aussi polluant que les émanations de monoxyde de carbone. Ça empêche Béline d'être heureuse avec Thomas, ça empêche Samuel de retomber sur ses pattes depuis qu'il a assommé Philippe à la kermesse malécite de Cacouna parce qu'il aime Sammèque et voudrait vivre avec elle, ça empêche mon grand-père Antoine de profiter des dernières journées de beau temps qu'il lui reste à vivre. On dirait que tout le monde est pris au cœur du théorème de Gödel, et qu'il n'est plus capable de décider de rien.

Hier, Mandoline et moi on a fait caucus là-dessus. Mandoline est encore pire que moi quand il s'agit de ne pas niaiser avec la rondelle dans un coin de la patinoire. Elle a écouté avec attention ma complainte sur ce qui tourne en rond, mais dans les hauts cris, à Saint-Jean-de-Dieu, elle a avalé une bouchée de son hot dog relish-moutarde, elle m'a demandé de lui licher le menton parce que la relish-moutarde avait essaimé jusque-là puis, après avoir poussé un rot tonitruant, elle a dit:

— Prenons le taureau par les cornes et couchons-le raide dans la folle avoine. C'est tout ce qu'il y a à faire. Quand c'est cochonné partout, c'est le temps de faire parler l'ultimatum.

— Faire parler l'ultimatum? Dans quelle langue ça s'exprime l'ultimatum?

— Par des mots terroristes. Tu les écris sur du papier et tu les envoies dans une enveloppe piégée à qui de droit. Tu donnes vingt-quatre heures au monde pour répondre à ce que tu demandes. Si ça reste silencieux, tu passes à l'acte, qui est la conséquence directe des mots terroristes quand on ne les prend pas au sérieux.

— On n'est quand même pas pour mettre une bombe dans la cave de la maison de Béline!

— Les bombes, on peut les fabriquer autrement qu'avec de la dynamite. On peut soi-même devenir une bombe, ce qui est plus économique que d'acheter des bâtons de dynamite, du filage et un détonateur.

— C'est de l'utopie, Mandoline. Ça n'a rien à voir avec le terrorisme comme le pratiquent les Hell's Angels, les intégristes musulmans et la Gendarmerie royale du Canada.

— Commence par écouter ce que j'ai à dire. Tu commenteras après si tu veux.

Je n'ai pas eu à le faire, sauf pour peaufiner le plan terroriste concocté par Mandoline. On y a passé tout le reste de la journée et une partie de la soirée. C'est comme si on avait écrit un scénario de film, avec plein de rebondissements à prévoir après chacune des séquences.

Comme pour un film aussi, on a planté les décors qu'on va utiliser, répertorié et trouvé les accessoires dont on va avoir besoin, puis fait du repérage jusqu'à Saint-Jean-de-Dieu pour que les lieux extérieurs ne nous jouent pas de tour quand on va faire appel à eux. Quand j'ai laissé Mandoline dans le rang des Bœufs pour rentrer à la maison, la cassette de l'ultimatum terroriste était fine prête, dûment enregistrée par Mandoline alors qu'assis sur les bottes de foin dans l'enclos des chevaux, je m'adressais à Charles comme s'il était devant moi. J'aurais pu la brandir à bout de bras quand j'ai traversé la cuisine pour me rendre à ma chambre, et personne n'aurait vu que je tenais là la cassette de l'ultimatum terroriste, tellement ça placotait fort. Et pour quelle raison encore ? Dans les bribes que j'ai entendues avant de m'enfermer dans ma chambre, il était question de Samuel qui, parti sur la brosse, a fait un fou de lui parce que Sammèque, honteuse de ce qui s'est passé par sa faute à la kermesse malécite, a plié bagages, sans doute pour le pays de la Saskatchewan qu'on a pendu en même temps que Louis Riel. Ça a rendu Samuel complètement fou. Plutôt que de courir après Sammèque, il s'est saoulé comme un bûcheron des Lots-Renversés puis, sa tronçonneuse à la main, il a investi la maison de grand-père Antoine, cherchant après Philippe pour faire de son corps des rondelles de salami. Philippe étant encore à l'hôpital, Samuel s'est contenté de scier en deux la table de cuisine avant de disparaître au volant de son pick-up. Depuis, personne ne l'a vu nulle part, sauf dans la soupe Alphabets.

Dans la cuisine, ça a jacassé jusqu'aux petites heures du matin et j'avais peur que le soleil se lève sans que personne ne se soit encore couché, ce qui aurait mis la hache dans la stratégie que j'ai mise au point avec Mandoline. Un ultimatum terroriste, ça a besoin de conditions gagnantes pour réussir. Quand trop de Lucien Bouchard peuvent s'en mêler, c'est normal que ça foire. À la limite, j'étais prêt à mettre Béline au courant parce qu'elle a été la dernière à quitter la cuisine pour monter à sa chambre et que si elle avait retardé encore pour le faire, je n'aurais pas pu lui échapper. Maintenant, le chemin est fréquentable et je ne vais pas m'en priver. Je mets donc la cassette de l'ultimatum terroriste dans l'appareil vidéo, j'accroche devant l'affichette qui dit : « Message hautement important, à écouter de toute urgence ! », puis je prends mon havresac dans lequel j'ai mis un cellulaire et suffisamment de nourriture pour résister à un siège de trois jours. Je marche vers la porte de la chambre, pousse la poignée à fond pour que ça reste barré une fois que je serai sorti et que j'aurai scotchtapé sur le cadre cet avis : « Pas dormi de la nuit. Ne pas déranger avant midi. »

Sur la pointe des pieds, je traverse le corridor, descends les marches de l'escalier sans les faire craquer puis, me retrouvant dans la cuisine, je niaise pas longtemps avant d'en sortir. Rendu dehors enfin, j'enfourche la bicyclette que j'ai garée près du perron hier soir, et je prends tusuite avec le chemin qui mène à la grande côte grâce à laquelle on s'éloigne rapidement de Saint-Jean-de-Dieu. Au-delà du pont qu'on a jeté tout de travers sur la Boisbouscache, je tourne à droite sur le chemin de gravelle coupant de biais les terres de la Rallonge. Je devrai descendre de ma bicyclette pour ouvrir la barrière qui donne accès aux pacages du Chien-Chien

Pichlotte, un énergumène tout en dents qui aimerait mordre tout autant qu'il jappe. C'est sous les grands trembles du platin que Mandoline m'attend, au volant de la vieille station-wagon dont elle a volé les clés à son père. J'ouvre le haillon, je mets ma bicyclette à côté de celle de Mandoline, puis, le pied pesant fort sur l'accélérateur, elle fait faire un méchant tête-à-queue à la voiture avant de la lancer à toute vitesse vers l'arrière-pays. Le soleil danse sur la ligne d'horizon, les chauves-souris s'en retournent se jouquer sous les combles des granges abandonnées, les coyotes aboient, les coqs chantent et les oiseaux commencent à se revirer de bord dans leurs nids. Mandoline dit :

— T'as vérifié comme il faut la cassette avant de la mettre pour de bon dans l'appareil vidéo ?

— T'inquiète pas : tout y est. Je l'ai fait jouer assez souvent que j'en sais tous les mots par cœur.

— Raconte pour voir.

Je ferme les yeux, je me recueille, je marmonne quelques incantations magiques, puis se déroule le ruban d'antimatière sur lequel sont imprimés les mots que j'ai écrits à mon père :

«Charles, c'est le temps ou jamais de mettre tes culottes. Moi je suis tanné que tu te chicanes tout le temps avec Léonie à cause de la beurrerie-fromagerie, de la quincaillerie et du moulin à scie de Squatec. C'est pas fin pour Béline qui n'a même plus de place pour rester même si elle est chez elle. C'est pas fin non plus pour grand-père Antoine parce qu'il est malade et que tu fais semblant de pas le savoir. Moi aussi, je les aime les jumelles, ce sont mes sœurs et je ne voudrais pas qu'elles vivent ce que j'ai vécu parce que Fanny et toi, vous ne pensiez qu'à vous faire du mal l'un à l'autre. Aussi je te donne vingt-quatre heures pour répondre à mon ultimatum qui est le suivant : ou bien tu règles tous les problèmes qu'il y a à Saint-Jean-de-Dieu et aux Trois-Pistoles, ou bien tu ne seras plus pour moi le père que j'ai toujours aimé et je deviendrai comme le Survenant quand il est parti du chenail du Moine : on n'a jamais su quel bord il avait pris. J'ai emprunté sans le lui dire le cellulaire de Béline et je vais t'appeler demain pour avoir ta réponse à mon ultimatum. Ne fais rien pour essayer de me trouver : quand on devient terroriste, on est capable de se déguiser en courant d'air. »

Pour marquer son approbation à tout ce que je viens de dire, Mandoline fait bruire le klaxon de la vieille station-wagon. Ça beugle comme les vaches qui nous regardent passer dans les trails qui serpentent dans le paysage comme autant de lanières de babiche que le Grand Esprit malécite aurait jetées n'importe comment du haut des airs. Je dis :

— On a la queue de chemise en feu, c'est correct. Mais tu pourrais au moins m'apprendre vers où on roule à un pareil train d'enfer.

— Je brouille les pistes. Même un chien renifleur en perdrait son latin.

— Il commence déjà à faire clair partout. On va finir par se faire surprendre comme les siffleux qui s'éloignent trop de leurs trous.

— Cesse donc de t'énerver pour rien. On est presque arrivés.

Il y a une érablière devant nous, ou plutôt ce qui en reste : de gros érables que les tempêtes ont déracinés et jetés sur le côté, du repoussis qui a repris possession du territoire et dans lequel fonce la vieille station-wagon comme si elle s'était métamorphosée en débusqueuse. Heureusement qu'à force d'avoir marché dedans, Mandoline connaît l'arrière-pays comme sa poche parce que sinon, la station-wagon serait déjà un gros insecte viré à l'envers au fond d'un ravin, avec des roues devenues inutiles et tournant dans le vide. Mandoline dit :

— On est rendus. Va ouvrir la porte du hangar pour que je puisse faire entrer la station-wagon dedans.

Sous un gros rocher en forme d'arche, il y a bel et bien une grande porte à peine visible à cause des arbustes qui ont poussé devant. Peut-être qu'on est maintenant à mille milles des confins de Saint-Jean-de-Dieu, au pays des talibans porteurs de turbans, de AK-47, de lance-roquettes et de missiles sol-air. Peut-être qu'on va maintenant entrer de plain-pied dans le royaume de l'opium quand ça ressemble encore à de la tire de la Sainte-Catherine, qu'on distend au bout de ses bras. Peut-être qu'on va voir plein d'énormes bouddhas qui n'ont plus leurs têtes, fracassées à coups de canon par des étudiants fous de leur dieu musulman et intégriste. Peut-être qu'on va assister à des exécutions de femmes afghanes, un bras coupé pour le vol d'un pain, une jambe arrachée pour avoir été à l'école sans permission, le corps lapidé de pierres pour avoir simplement regardé un homme dans la rue. Léonie ne ferait pas de vieux os dans un pays pareil, on la tuerait tous les jours et deux fois plutôt qu'une à chaque occasion.

Dans le hangar, pas grand-chose à voir toutefois, même en allumant la lampe de poche que j'ai sortie de mon havresac. De l'eau coule d'une fissure dans le roc et des ratons laveurs se sont fait un nid dans de la vieille bourrure de collier. Mandoline dit :

— J'ai faim. Amène les victuailles que je me mette enfin quelque chose dans la panse.

J'ouvre les boîtes de fèves au lard, de cretons et de pâté de bœuf, je coupe en deux un quignon de pain et j'imite Mandoline qui beurre sa part en se servant de ses doigts comme d'un couteau. Après chaque bouchée qu'elle avale, elle se lèche les babines et me regarde comme si j'étais un pot de confiture sur lequel elle se préparerait à sauter. Je dis :

— Si tu recommences à te prendre pour une obsédée sexuelle, je décabane drette là et tu te chercheras un autre terroriste pour gagner l'ultimatum.

— Un peu de sexe, ça fait pas mal quand on est terroriste. Si c'est bon pour la cause, pourquoi on s'en priverait ?

— T'es assez fatigante avec ça que je me demande comment je peux bien faire pour te garder comme amie.

— Quand il s'agit du cosmos, tu branles jamais dans le manche. Tu serais prêt à expérimenter n'importe quoi parce que t'as pas peur. Pourquoi c'est pas pareil dès que je te propose de te montrer mes fesses ? Mes fesses, elles sont mignonnes, tu sauras. Si ta queue l'est autant, ça serait juste plaisant que je la regarde ou que je tire dessus comme quand on trait une chèvre. Est-ce que c'est ça que t'appelles de l'obsession sexuelle ?

— Je te l'ai dit l'autre jour : c'est pire que de l'obsession sexuelle, c'est de la perversité.

— Miam miam que ça doit goûter bon ! Approche-toi que je vérifie.

Je ramasse mon havresac et je déguédine. À peine arrivé dehors, je saute sur ma bicyclette et me mets à pédaler comme si je devais sortir d'un brasier au plus sacrant. Le problème, c'est que je pédale pour rien étant donné que je ne sais pas par où il faudrait que je pique à travers bois pour me rapprocher de Saint-Jean-de-Dieu. Moi, je n'ai pas passé ma vie à suivre mon père dans la forêt, à mémoriser chaque accident de terrain, à faire de leur ensemble une carte assez détaillée pour que je sache m'orienter rien qu'à regarder l'un d'eux. Si j'avais ma boussole, je saurais moi aussi. Quand j'en fais la remarque à Mandoline qui a pédalé comme une enragée pour me rejoindre, elle dit:

— Regarde la mousse qui pousse sur les troncs d'arbre. C'est toujours au nord que ça arrive parce que la mousse n'aime pas le soleil. Pour se rendre de l'autre côté du lac Sauvage, il faut donc pédaler vers le sud, au contraire de la mousse qui parasite les troncs d'arbre. Ça n'a rien de malin. Faut juste savoir.

Je ne dis plus rien, je me contente de suivre Mandoline au travers des fourrés. Même si j'aimerais mieux penser autrement, je trouve qu'elle a raison par rapport à ses fesses: elles ne sont pas seulement mignonnes, mais belles à croquer. Je baisse les yeux pour ne plus les avoir dans la face, mais ce que je vois à la place n'est guère plus reposant: entre mes jambes, ça fait comme si une carotte me poussait dessous mon linge, et j'en ai mal là où les racines prolifèrent. Heureusement que Mandoline roule comme une forcenée devant moi et qu'elle ne voit pas ce qui arrive à un terroriste quand l'obsession sexuelle et la perversité lui soulèvent le fond de culotte!

La trail qu'on suit est comme un dévidoir dans la forêt, comme l'une de ces bandes de mœbius qu'aimait dessiner Escher : on y fait tellement de zigzags, on s'y courbe dans tant d'anarchie, dans toutes sortes de montées et dans toutes sortes de descentes, que ça se pourrait bien que le paysage se soit mis à reculer plutôt qu'à avancer, comme ce qui arrive quand de la matière rencontre un trou noir qui la suce, par devant ou par derrière, ou de toute autre façon, car dans le chaos où ça se produit c'est impossible d'avoir le compas dans l'œil ou la rose des vents à portée de la main. Tout ce que je peux dire, c'est que c'est fatigant même pour quelqu'un qui, comme moi, a hérité des mollets de Miguel Indurain.

Mandoline descend enfin de sa bicyclette, et je ne fafine pas pour en faire autant. Devant nous, c'est une clairière à perte de vue. Si j'avais l'œil de l'aigle tacheté, je verrais au bout le drapeau américain parce que c'est le Maine qui commence par là, après une série de pointillés faits à ras de terre et qu'on appelle une frontière. Mandoline dissimule sa bicyclette sous un amas de feuilles et me demande d'en faire autant avec ma machine puis, me montrant le campe de bois rond qu'il y a au milieu de la clairière, elle dit :

— C'est là que les bûcherons dormaient quand les Bérubé faisaient chantier ici.

— On dirait que c'est loin d'être fini : il y a plein de machines partout, comme dans les cimetières de voitures.

— Ce sont des antiquités. Quand Samuel ne sait plus quoi faire de ses dix doigts, il s'en vient dans la clairière, démonte et remonte des moteurs, trafique des arbres de transmission et des roues hydrauliques. Après, il monte sur la machine radoubée et se prend pour Jacques Villeneuve sur une piste de course. Les arbres revolent de tous bords et de tous côtés, déracinés, coupés en deux ou pendus par leurs houppiers.

— Comment tu peux savoir tout ça ?

— Tibère vient souvent chasser par ici parce que les chevreuils aiment les broussailles et que ce n'est jamais ce qui manque dans une clairière. Mais assez parlé pour rien. Moi, j'ai encore faim.

On s'assoit sur deux souches, face au semblant de lac que fait une source d'eau sourdant de terre. Une multitude de patineurs se promènent sur l'eau comme s'ils étaient en train d'exécuter une chorégraphie mise en scène par Lewis Furey: par petits tapons, ça tourne en rond, ou ça dessine des spirales, des axels et des boucles à double nœud. Pendant que Mandoline s'empiffre encore de fèves au lard, de cretons et de pâté de bœuf, je regarde les patineurs qui s'ébattent au soleil. Comme des innocents qui ont les mains pleines, ils ne voient même pas les grosses grenouilles qui vont leur tomber tantôt dessus à la vitesse des missiles de croisière. Je dis :

— Je devrais peut-être appeler Charles maintenant. Il a dû découvrir le pot aux roses dans ma chambre et depuis, ça doit être l'enfer à Saint-Jean-de-Dieu. Ça serait le bon moment pour téléphoner.

— Comme terroriste, laisse-moi te dire que tu ne vaux pas cher au centimètre carré. T'as dis dans l'ultimatum que tu ne donnerais pas de nouvelles avant vingt-quatre heures. Un terroriste qui change d'idée comme de chemise, n'est pas mieux que mort.

— Je suis pas sûr que ça me tente de passer toute une nuit dans un dépotoir de machinerie lourde, avec des coyotes qui vont hurler à la Lune et toutes sortes d'autres bêtes dont je ne sais même pas de quoi elles peuvent bien avoir l'air. S'il y a moyen de faire court, ce n'est pas parce que tu es terroriste que tu ne devrais pas en profiter.

— Quand la nuit va tomber, on va faire du feu devant le campe, on va s'asseoir devant, on va s'imaginer qu'on est des sardines et qu'on doit se tasser l'un sur l'autre parce qu'on est tombés sur une boîte de conserve trop petite pour nous autres.

Ça aussi, je ne suis pas sûr que ça me tente de passer toute une nuit à fricoter dans de l'huile de soya, avec une quelqu'une, sardine ou pas, que la noirceur va rendre mille fois plus sexuelle et obsédée. Je le sais parce que moi-même, ça m'arrive de l'être quand je me retrouve dans mon lit, que je ferme les yeux, que je rêve à Fanny, à Julie Payette et, depuis quelque temps, à Mandoline aussi. Je ne peux pas dire qu'elles ont beaucoup de linge sur le dos quand je sombre ainsi trop loin dans le sommeil et qu'il n'y a pas d'échelle de corde nulle part pour que je puisse en remonter. De drôles d'images me visitent alors, comme c'est dans les films de Fellini qui ne se passent pas souvent durant la nuit pour rien : le jour, c'est facile d'éteindre le feu qui prend à votre queue de chemise parce qu'il suffit de vous jeter dans le premier baquet à votre portée pour que ça cesse de vous consumer. La nuit, c'est une autre paire de draps. Vous avez le cerveau perdu dans la brume et cette brume-là vous met son poing entre les jambes et ça serre tellement que le bâton fort n'arrête plus de pousser comme si vous étiez passé tout à fait dedans. Mandoline dit :

— Pourquoi tu me regardes comme ça ? On dirait que t'as deux pointes de tétons à la place des yeux !

Je n'ai pas le temps de répondre. Même que si je l'avais ce temps-là, je serais bien embêté pour faire la moindre petite phrase, car du campe de bois rond nous parviennent brusquement toutes sortes de bruits, comme si deux bêtes sauvages y étaient entrées et s'y chicanaient à mort. Un raffut d'enfer ! Du verre qui se brise, des feuilles de tôle auxquelles on brasse généreusement le camarade, des coups de masse qu'on assène sur des plaques de fonte et qui résonnent aussi fort que le tonnerre lorsqu'il est fâché pour de vrai. Mandoline et moi, on se cache derrière un gros tas de souches déracinées, et si l'on se tasse l'un contre l'autre, ce n'est pas par obsession sexuelle ni perversité, mais parce que la chienne nous a pognés. S'il fallait que ce soit une ourse enragée qui fait tout ce grabuge ! On ne serait pas sortis du bois, tout terroristes qu'on prétend être devenus !

Quand la porte du campe s'ouvre, on se remet enfin à respirer. Le faiseur de bruits, c'est Samuel. Il a dû s'en venir ici après avoir fait avec sa tronçonneuse un fou de lui chez grand-père Antoine, et il a dû aussi faire escale à la Régie des alcools parce qu'il est toasté et beurré des deux bords. Il tient d'ailleurs une bouteille de gros gin à la main et, tout en titubant entre les corps morts qui lui font obstacle, il ne cesse pas d'ingurgiter. Je dis :

— Si on allait lui parler, peut-être que ça lui calmerait les nerfs ?

— Les bêtes blessées à mort, on ne s'approche pas de ça. On attend que ça se retrouve les quatre pattes en l'air et raides comme des barreaux de chaise.

Samuel zigzague maintenant entre les énormes machines qui font le gros dos au milieu de la clairière. Il s'accroche à l'une d'elles, boit une autre gorgée de gros gin, puis envoie revoler la bouteille sur les chenilles d'une débrancheuse. Il monte ensuite la courte échelle qui mène à la cabine de la débusqueuse qu'il a choisie parmi toutes les machines pour cuver son gros gin. C'est ce que Mandoline et moi nous pensons, à tort puisque le moteur de la débusqueuse se met presque aussitôt à tourner, aussi bruyamment qu'un réacteur de Bœing. Mandoline dit :

— Il veut se tuer ! C'est ça que Samuel a dans la tête : il veut se tuer !

La machine bronche sur ses pieds, puis s'ébranle vers la forêt en laissant derrière elle un énorme sillage de boucane bleue. Je dis :

— On fait quoi ?

— On attend que ça s'arrête ! Pas question de bouger d'ici avant !

Ça s'enfonce dans le bois en écrasant tout ce qui se trouve de travers sur son chemin, même des arbres dont je n'arriverais pas à faire le tour de mes deux bras écartés. Méchante machine dont on se sert quand on veut couper le bois à blanc, une tueuse autrement plus efficace que les nuées de tordeuses d'épinette qu'elle oblige à fuir de tous bords et de tous côtés. Lorsque le terrorisme se manifeste pour vrai, ça n'a rien de drôle, comme quand le chaos s'installe dans le cosmos et que des milliers de galaxies s'entrechoquent en même temps, s'embrasent et déversent leur grande fâcherie sur le reste de l'Univers. C'est comme ça que les dinosaures sont disparus, et c'est comme ça que risque de disparaître Samuel sur la mangeuse d'arbres qu'il conduit. Mandoline dit :

— Ça s'est enfin arrêté. On attend deux minutes, puis on va voir.

La machine infernale a dû manquer de combustible ou bien s'est frappée la tête sur un arbre trop gros pour elle. Je cours derrière Mandoline dans le sentier qu'a creusé la débusqueuse. Ça se met brusquement à monter, une pente de plus en plus raide qui mène à un piton de roc, comme un frisbee suspendu au milieu de la forêt. Quand on y arrive, on en a le souffle coupé : la débusqueuse est tombée de l'autre côté du piton de roc, après une chute d'au moins trente pieds. Couchée sur le côté, elle nous empêche de voir ce que Samuel est devenu. Nous nous rapprochons, et le désastre nous saute ainsi en pleine face. Le corps à moitié écrasé sous la machine, le sang ruisselle du front de Samuel ouvert comme si Killer Turcotte lui avait asséné là un coup de poing à la Mike Tyson. Mandoline dit :

— Ton cellulaire, Lévy ! Ouvre-le et appelle au secours, ça presse !

18

Léonie Bérubé

CHANTENT VICTOIRE MON ESPRIT ET MON CORPS, car c'en est une grande que je viens de remporter, sans avoir eu besoin d'endiabler la cabane, les autres s'en chargeant pour moi, de quoi rire dans mes poils d'humanité si j'en avais. L'ultimatum terroriste de Bouscotte et de Mandoline, leur fugue dans la vieille station-wagon de Tibère Thériault et leur découverte de Samuel écrasé sous sa débusqueuse ont mêlé les cartes tout autrement qu'elles ne l'étaient il y a seulement quinze jours. Charles a dû se rendre à l'évidence: s'il ne sortait pas sa tête d'autruche du sable où il la tenait bien enfouie, il pouvait dire adieu à cette harmonie dont il se targuait d'être le promoteur, mais sans rien faire de conséquent pour qu'elle advienne aussi naturellement que des notes de musique jouées au piano.

Les conséquences du réveil presque inespéré de Charles, je n'ai pas eu à les attendre bien longtemps, elles sont venues comme d'elles-mêmes, dans la fulgurance des actions à entreprendre. J'ai fait venir un gros camion de chez Transport Morneau et je l'ai fait remplir de tous les biens meubles qui nous appartenaient dans la maison de notre mère. Ça n'a pas pris trois heures que ça se retrouvait déjà aux Trois-Pistoles, rue Notre-Dame, dans la maison d'Antoine. Pendant que Charles et Bouscotte défaisaient les caisses et qu'Antoine berçait les jumelles, je suis montée à Squatec pour voir Samuel à l'hôpital. Il a eu de la chance dans sa malchance : au front, vingt-quatre points de suture et, à la jambe droite, une fracture à la hauteur du genou. Il est tombé entre les bras armés de la débusqueuse plutôt que dessous, ce qui l'a sauvé d'être écrasé à mort. Le fait que Bouscotte et Mandoline se trouvaient aussi dans les parages l'a empêché de mourir au bout de son sang ou étouffé par ses renvoyures. À croire qu'il y a vraiment un bon Dieu pour les ivrognes ! J'ai dit à Samuel :

— Tu voulais tant ressembler à notre père qu'il fallait bien que tu finisses par manquer de jugement comme lui. J'espère que la leçon te servira quand tu retourneras à la maison. Tu y retrouveras la salle de conférence avec ce qui la meublait du temps de notre père et la chambre des maîtres rhabillée comme elle l'était quand vivait notre grand-mère. Moi je n'y habiterai plus jamais. C'est désormais ta possession et je te souhaite d'y être heureux. J'ai vu le fenil de la grange, tel qu'il se trouve depuis la mort de notre père, la chaise sur laquelle il s'est assis, la carabine tombée sur le plancher, les madriers maculés de sang. Dès que tu pourras tenir debout sur tes jambes, tu dois faire le ménage sur le fenil.

— Le sang est entré dans le bois. C'est impossible à nettoyer.

— Coupe les madriers souillés, fais-les brûler et reponte le fenil avec du bois neuf. Débarrasse-toi de tous tes bons et mauvais souvenirs. Tant qu'ils vont rester où ils sont, tu n'échapperas jamais à la lâcheté de notre père.

— Quand bien même je ferais comme tu me dis, ça ne me redonnera pas Sammèque. C'est Benjamin qu'elle aime, et peut-être Philippe aussi.

— Benjamin est heureux avec Eugénie et ne la trahira jamais. Ce qui séduit Sammèque chez Benjamin n'a rien à voir avec l'amour.

— S'agit de quoi dans ce cas-là?

— Benjamin est un homme libre comme l'était notre grand-oncle Thomas et comme c'est également le cas pour notre tante Lumina. Être libre, c'est ne pas se laisser apprivoiser jamais, c'est donner la priorité à ce qu'il y a de sauvage en soi. Ça s'apprend. Suffit de cesser de s'apitoyer sur soi-même.

— Mettons que tu dises vrai. Ça ne règle pas pour autant le cas de Philippe.

— Penses-tu vraiment que Sammèque pourrait s'amouracher d'un pareil courant d'air? Elle se servait de lui pour te rendre jaloux et tu ne t'en rendais même pas compte.

— Mettons que tu dises encore vrai.

— T'es fatigant à supposer tout le temps. Pourquoi tu ne vois pas simplement les choses comme elles sont?

— Parce que Sammèque s'en est allée et que ça infirme tout ce que tu prétends.

— Tu n'as qu'à faire comme je viens de te dire et personne n'aura besoin d'aller chercher Sammèque en Saskatchewan: elle va revenir d'elle-même par ici.

J'ai sorti de mon sac à main les actes notariés par lesquels je possède les deux-tiers des actions du moulin à scie de Squatec parce que Benjamin m'a cédé ses parts, je les ai offerts à Samuel qui les a regardés en faisant de grands yeux, puis il a dit:

— Tu me cèdes tous les droits de propriété sur le moulin à scie de Squatec, même ce que Pa a légué à Benjamin. Pour te connaître comme je te connais, il y a sûrement un os en quelque part.

— C'est certain qu'il y en a un puisque tu devras me verser quand même ma part des profits que tu vas désormais réaliser avec le moulin à scie.

— En l'occurrence, c'est rien d'autre que normal. Tes actions et celles de Benjamin représentent déjà une petite fortune. Pourquoi tu me les donnes sans rien exiger en échange ?

— Parce que tu es mon frère, que je t'aime, que tu as souffert ton lot de nos chicanes avec les Beauchemin et qu'il est temps maintenant de passer à autre chose.

— Tu veux dire que ce sera la paix désormais ?

— Pour tout ce qu'il y a de nous à Squatec et à Saint-Jean-de-Dieu, oui, ce sera la paix. Notre mère y a droit autant que toi.

— Mais ailleurs ?

— Ailleurs, ça ne te concerne pas. C'est donc inutile que tu me poses des questions là-dessus.

Mon contentieux réglé avec Samuel, je suis revenue à la maison de la rue Notre-Dame. Toutes les choses rapportées de Saint-Jean-de-Dieu avaient déjà trouvé leur place — de petits riens épaillés partout dans la maison, quelques meubles, des bibelots, des encadrements, des affiches, des livres et du linge accroché aux patères, comme une prise de possession discrète des lieux. J'ai cueilli des épervières et des queues de renard, j'en ai fait de petits bouquets que j'ai mis dans chacune des pièces, pour en chasser définitivement les vieilles odeurs. Quand Léonie et Rosaire Levesque sont venus rendre visite à Antoine parce qu'ils vont passer le reste de l'été en Normandie avec Philippe qui se remet difficilement du coup de poing que lui a asséné Samuel sur la margoulette, la maison était méconnaissable — les rires de Bouscotte et de Mandoline, les gazouillis de Brunante et d'Aurore, l'excitation de Charles et celle d'Antoine, comme une queue-de-veau à faire la navette de la cuisine au grenier et du grenier aux chambres. Fenêtres ouvertes, grandes bolées d'air à prendre devant chacune, la lumière dorée du soleil comme de petites morsures sur la peau, bruit des verres qui s'entrechoquent, couleurs ambrées des alcools saluant la réconciliation de Charles et de son père, célébrant le dénouement de ce qui n'a toujours été pour moi qu'un mélodrame comme il s'en joue plein, et mal, à la télévision. Je n'en ai rien dit toutefois, même pas une fois les libations finies alors que tout le monde s'est retrouvé dans le bureau d'Antoine pour régler le cas de la quincaillerie. Mon idée étant faite depuis longtemps là-dessus, je n'ai pas eu à patiner très fort pour mettre tous et chacun dans ma poche arrière, y compris Léonie et Rosaire Levesque qui ont accepté de prêter à Charles l'argent qui manquait encore pour racheter du syndic de faillite la quincaillerie. Bien évidemment, j'ai baillé moi-même le gros des fonds parce que je voulais être certaine que Charles ne puisse rien entreprendre sans mon consentement. Si la quincaillerie semble désormais lui appartenir légalement, j'en suis en réalité la propriétaire puisque j'en détiens la majorité des actions. C'est tout ce dont j'avais besoin pour passer à l'étape ultime de mon plan. Antoine a encore beaucoup de possessions qu'il n'a pas aliénées dans la quincaillerie : sa collection de voitures anciennes, le Musée de l'automobile, plusieurs terrains en bordure du fleuve et sans doute aussi de l'argent blanchi dans toutes sortes de placements. Tôt ou tard, je mettrai bien la main dessus. Avec un peu de patience et beaucoup de ruse, je saurai piéger Antoine comme il faut et lui arracher ce qu'il possède encore, car ainsi le veut la vengeance que j'ai orchestrée contre lui — dépouillé de tous ses biens, à la merci de ma colère ou de ma compassion, ça sera selon.

Les papiers signés, Léonie et Rosaire Levesque sortent du bureau d'Antoine, contents de pouvoir aller avec Philippe s'épivarder sans arrière-pensée sur les plages de Normandie. Quand Charles vient pour quitter à son tour le bureau, Antoine proteste :

— Pas question que tu t'en ailles d'ici maintenant. C'est ton bureau et tu dois l'apprivoiser.

Il extirpe un petit trousseau de clés de l'une de ses poches, l'offre à Charles, et dit encore :

— J'avais ton âge, quasiment jour pour jour, quand mon père m'a remis ses clés, ici même. Ça signifiait qu'il me passait la main et que je devais désormais prendre charge de ses affaires. Je me suis assis derrière le pupitre, j'ai allumé un bon cigare, mon père est allé vers le coffre-fort, l'a ouvert, a pris la pile de paperasses qui s'y trouvait et me l'a apportée parce que je devais savoir dans quelle ouaguine je m'embarquais.

— J'en prendrai connaissance demain. Là, j'ai plutôt le goût de continuer à célébrer.

— On remettra ça dans une heure, ce qui n'est pas la fin du monde quand on se réconcilie. Tandis que tu vas passer au travers de mes papiers, Léonie et moi on va aller faire causette ailleurs. Ça s'impose après tous les malentendus qui nous ont jetés à la porte de nos sentiments.

Nous laissons Charles à la fumerie de son cigare et aux papiers qu'Antoine a disposés devant lui, par petits paquets de chemises de couleurs différentes, puis Antoine referme la porte du bureau derrière lui. Dans le double berceau, les jumelles dorment, leurs petits poings fermés à hauteur de leur visage. Derrière le comptoir de cuisine, Bouscotte et Mandoline se font des sandwiches au jambon en s'étrivant par des coups de coude et de pied, qui leur arrachent de faux cris de douleur, puis des rires aussi sonores que lorsque le coq chante. Antoine dit :

— Léonie et moi, nous sortons prendre l'air. Prévenez-nous si Brunante et Aurore se réveillent. On ne sera pas loin, juste au fond de la cour.

Antoine prend la bouteille de liqueur de framboise et deux verres et, tout en fredonnant l'air de *Mon vieux chapeau de paille*, il m'invite à descendre l'escalier de la galerie qui ceinture toute la maison, ce qui la fait paraître beaucoup plus vaste qu'elle ne l'est en réalité. C'est ce que moi j'appelle le procédé Beauchemin : être simplement ce qu'on est ne suffit pas, il faut savoir y ajouter du clinquant, des colonnes grecques, de la dorure et des golurures, comme si on était les véritables seigneurs des Trois-Pistoles et qu'il fallait que tout l'arrière-pays le sache. La cour n'échappe pas non plus au procédé Beauchemin — un labyrinthe de murets de pierres, un ruisseau dévié par endroits de son lit pour alimenter des fontaines-totems installées là par Eugénie. De petits arbustes exotiques entrecoupés de roseraies font une allée zigzagante menant aux confins de la cour. Le ruisseau y forme un petit lac rempli de poissons rouges. Sur son bord, une pergola que recouvrent des ceps de vigne qu'on a laissé pousser à la sauvage. On dirait de robustes plants de clématites fleurissant rouge, par petits tapons, jusque sur le toit de la pergola. Je m'y installe avec Antoine qui vide de la liqueur de framboise dans les deux verres, essayant de me cacher que sa main tressaute dès qu'il ne la tient pas entre ses genoux. Je dis:

— Vous devriez peut-être voir un médecin.

— C'est déjà fait. Ça ne m'a rien appris sur ma santé que je ne savais pas déjà.

— Je ne vous oblige pas à m'en parler si vous ne le souhaitez pas.

— Les lumières commencent à s'éteindre, comme ça a été le cas pour mon père avant moi, comme ça a été le cas pour René Lévesque quand on l'a forcé à démissionner comme premier ministre du Québec. Ça s'appelle de l'amnésie globale transitoire et ça se complique de problèmes neuromoteurs. Si je suis chanceux, les dégâts pourraient se limiter à des manquements du côté de la mémoire, à des oublis, à une régression lente de la pensée. Des fois, je sors pour aller au bureau de poste, mais je n'ai pas encore marché le quart du trajet que mon idée s'est escamotée comme un poisson-chat plongeant sous l'eau. Des fois, je m'en vais au Musée de l'automobile parce que j'ai le goût d'aller me balader dans ma décapotable sur les hauteurs, mais je ne trouve plus ma voiture parmi les autres sur le fenil du Musée de l'automobile. Des fois, je me réveille dans mon lit, je suis mouillé de transpiration comme si j'avais tordu des barres de fer toute la nuit, mais c'est à peine si je me suis viré de bord sous les draps. Le reste du temps, je file jarnicoton ou je ne file pas pantoute.

— Vous en avez parlé à Charles ?

— Ni à lui ni à personne d'autre de la famille. C'est à moi à me débrouiller avec ce qui commence à se fissurer.

— Moi, pourquoi vous me mettez au courant ?

— Parce que ça ne peut pas te rendre chagrine comme ça serait le cas si Charles apprenait ou Eugénie.

— Vous voulez dire que je manque de cœur ?

— Ça n'a rien à voir avec le cœur. On n'est pas du même sang, on n'a jamais mangé dans la même auge, on ne se connaît que du bout des doigts. Quand je serai totalement devenu impotent, ça n'aura pas pour toi la même signification que c'en aura pour mes enfants.

— Je ne vous souhaite pourtant pas de mal.

— Même si c'était le cas, ça ne changerait pas les rapports que j'aimerais avoir avec toi. Charles a besoin de ton aide pour assumer ce qu'il a enfin décidé de devenir. Ça lui prend quelqu'un qui, en affaires, ne laisse jamais prédominer ses sentiments même quand il en donne l'illusion. Charles a trop lu sur la justice sociale et la redistribution de la richesse, il croit que le capitalisme peut être un partage. Ce n'est malheureusement pas vrai puisque le vrai pouvoir est une fin en soi. Il faut donc beaucoup de poigne si quelqu'un veut le conserver et le faire fructifier.

— Pourquoi vous pensez que j'en serais capable, mieux que Charles et mieux que n'importe qui d'autre de la famille ?

Antoine hoche la tête et regarde le petit avion qui traverse le bleu du ciel, comme une libellule toute jaune sous laquelle aurait été piégé un hanneton blanc sale. Il dit :

— C'est Tinesse à Clophas qui se promène du haut des airs. Un corps plein de cornichons salés, mais une tête de mécanicien comme il est rare d'en voir deux dans la même année. C'est à lui que je dois le peuple des machines-outils de la boutique de forge. Il aurait pu devenir riche s'il avait voulu commercialiser seulement quelques-unes de ses inventions. Le problème, c'est qu'il n'avait rien d'autre dans la tête, pas la moindre petite matière grise fonctionnant en dehors de son génie d'inventeur. Ça a évidemment un avantage : quand tu viens au monde sans rien sous le cabochon, à part la faculté de créer des objets, tu ne risques pas de mourir désorienté, confus ou dément. Tu ne peux pas perdre ce que tu n'as jamais eu, et surtout pas ta mémoire.

J'ai versé de la liqueur de framboise dans les deux petits verres, j'ai poussé du bout des doigts le premier vers Antoine, j'ai fait semblant de m'intéresser aux oisillons s'égosillant dans leur nid bâti sur un ceps de vigne sauvage le long de la pergola, j'ai trempé les lèvres dans la liqueur de framboise, j'ai laissé un bon moment la lampée me donner bonne bouche, puis j'ai avalé en esquissant une petite grimace. Ça ne m'aurait rien fait s'il n'y avait pas eu d'autres mots, si les paroles encore à venir étaient restées en suspens, comme accrochées par des épingles à une corde à linge. Quand c'est ainsi, aussi tranquille, il y a du plaisir à rester immobile et à ne pas penser vraiment. Penser, c'est provoquer la bête belliqueuse, c'est lui donner de grandes oreilles de chauves-souris et c'est les lancer à l'assaut de tout ce qu'on peut trouver de lâcheté sur la terre. Peut-être ne me serais-je jamais servi de ces grandes oreilles-là de chauves-souris contre notre père si, une seule fois, il avait daigné m'inviter sous une pergola comme Antoine l'a fait, s'il m'avait offert un verre de liqueur de framboise et m'avait parlé autrement que comme à une petite fille. Je respire profond pour chasser les images du passé qui ne demanderaient pas mieux que d'occuper méchamment tout l'espace, je délaisse la contemplation des oisillons, je tourne la tête vers Antoine, et je dis:

— Vous pouvez compter sur moi. Pour votre maladie, pour Charles et pour les affaires, vous pouvez compter sur moi.

— Il y a Victorienne aussi. Les nouvelles que j'ai du Bic n'ont rien pour me rassurer. J'ai appris que Gabrielle Levesque s'est donnée à Marie-Victor et qu'il est en train de la pleumer de tout son ramage sous le prétexte que coûtent cher les pèlerinages qu'il organise à Sainte-Anne de Beaupré. Se véhiculer dans un vieil autobus scolaire, avec comme chauffeur un Magloire Saint-Jean qui s'est remis à ingurgiter du gros gin à plein siau! S'il fallait qu'un accident arrive, ce serait encore un autre scandale qui monterait jusqu'à nous et rendrait l'avenir pour le moins hasardeux.

— Je croyais que Magloire Saint-Jean était votre homme de confiance au Bic.

— C'est ce que je pensais aussi, mais quand Manu me l'a recommandé j'aurais dû me douter que je ne mettais pas mes œufs dans le bon panier. J'apprécierais si tu pouvais jeter un œil du côté de Marie-Victor.

— Je vais m'entendre là-dessus avec Charles.

— Ne le dérange pas avec les niaiseries qui se passent au Bic. À remettre la quincaillerie sur ses pieds, Charles va en avoir plein ses bottes. Ce n'est pas le temps de le distraire.

— Il y a autre chose dont vous voudriez que je m'occupe aussi?

— Brunante et Aurore n'ont pas encore été officiellement baptisées. Ça serait bien si la chose pouvait se faire bientôt. Je suis disponible comme parrain. Quant à la marraine, Victorienne serait un bon choix. Je m'ennuie d'elle depuis qu'elle s'est détachée de moi parce que Marie-Victor l'a pervertie avec sa secte angélique. Je n'aimerais pas m'en aller manger pour tout de bon des pissenlits par la racine sans revivre avec Victorienne quelques beaux moments de complicité comme autrefois. Pour le reste…

— Pour le reste?

— Je vais m'appliquer afin d'être un bon grand-père pour Brunante et Aurore. Quand j'étais étudiant au petit Séminaire de Rimouski, je jouais parfois dans des comédies ou je prenais plaisir à réciter de la poésie. Du Victor Hugo pour Brunante et Aurore, me semble que ça s'entendrait bien.

— Vous voulez m'en dire quelques bouts?

— Attends… attends que je me rappelle.

Il penche la tête par devant, puis par derrière, il tape de la main sur sa cuisse comme si ce n'était pas des mots qu'il cherchait, mais le rythme et la sonorité qui les ont fait venir sous la plume de Victor Hugo. Ça semble lui demander un grand effort de mémoire, la paupière de son œil gauche tressaute, et le coin de sa bouche aussi. Il l'humecte de sa langue, fait fuir les chats qui occupent sa gorge, puis il dit:

Dansez, les petites filles,
Toutes en rond.
En vous voyant si gentilles,
Les bois riront.

Dansez, les petites reines,
Toutes en rond.
Les amoureux sous les frênes
S'embrasseront.

Dansez, les petites folles,
Toutes en rond,
Les bouquins dans les écoles
Bougonneront.

Dansez, les petites fées,
Toutes en rond,
Dansez, de brunante coiffées,
Avec l'aurore au front.

Dansez, les petites femmes,
Toutes en rond.
Les messieurs diront aux dames
Ce qu'ils voudront.

Il s'arrête, s'essuie le front du revers de la main et fait craquer les jointures de ses doigts comme pour faire revenir dedans la chaleur enallée par l'effort que ça lui a pris de simplement se ressouvenir. Je voudrais lui demander si Victor Hugo a vraiment mis les noms d'Aurore et de Brunante dans son poème, mais je me retiens d'en parler. Nous ne vivrons pas d'autres moments comme celui-ci, dégagés de toute discordance comme l'est le bleu du ciel au-dessus de nous. Lorsqu'Antoine se lève, je dis :

— Si les jumelles s'étaient réveillées, Bouscotte et Mandoline seraient venus nous le dire. Restez avec moi et profitez du beau temps qu'il fait.

— J'en ai déjà trop abusé du beau temps qu'il fait. Je vais rentrer.

— Je viens aussi.

— Non, reste là. On réfléchit mieux quand ça rit de partout dans le paysage.

Il fait quelques pas, sort de la pergola, s'arrête, se tourne vers moi, et dit :

— J'ai une dernière faveur à te demander. Je sais que tu t'entends bien avec Manu, que tu fais caucus avec lui à l'occasion. Je souhaiterais que tu baisses le store entre lui et toi.

Il n'attend pas que je lui fasse réponse, cueille deux fleurs de vigne sauvage, puis s'en va, zigzaguant entre les tales de rosiers vers la maison. Je le regarde aller jusqu'à ce que les arbustes le cachent à ma vue. Il reste un peu de liqueur de framboise dans la bouteille. J'en remplis mon petit verre et le bois d'une traite, comme si j'avais besoin d'un coup de fouet pour échapper aux cercles de la séduction qu'Antoine a dessinés autour de la pergola. Je ne m'attendais pas à autant de charme après tous ces mois de gros mots et d'animosité contre moi, si véhément c'était que les vagues de ça déferlaient jusqu'à Saint-Jean-de-Dieu, hostiles et furibondes — une intrigante, une faiseuse de trouble, avec si peu de morale et de conscience que son propre père a préféré se suicider plutôt que d'avoir à l'affronter dans tous les plans de nègre qu'elle tramait contre lui ! Des vertes et des pas mûres, tonitruées à tous et colportées par chacun, à faire la gorge chaude tant c'était parfois odieux, moi dans le rôle de l'imparissable truie irlandaise préférant dévorer ses petits plutôt que d'avoir à les partager!

Pourquoi tant de miel versé maintenant par Antoine sur ma tête et sur celles de Brunante et d'Aurore? Simplement parce que Charles est revenu habiter la maison familiale et qu'il a enfin accepté de porter les vêtements du fils aîné? Et pourquoi aussi ce long discours sur sa maladie, pourquoi cette mise en confidence imprévue et soi-disant exclusive? Un tel retournement dans l'ordre du sentiment ne peut être qu'à mille milles de la sincérité, comme lorsqu'Ulysse était en mer et que les dieux courroucés contre lui se sont déguisés en tentantes sirènes afin de le confondre et de le faire couler à pic, son vaisseau, son équipage et son butin envoyés traîtreusement par le fond. Si c'était là le dessein d'Antoine pardevers moi — simuler une grande faiblesse de corps et d'esprit pour que je m'y enfarge et prenne tant de temps à me libérer que Charles en aura profité pour occuper toute la place et agir à sa guise, contre moi si nécessaire? Antoine se met un doigt dans l'œil s'il espère ainsi me tromper. Quand bien même il serait vraiment malade et à deux doigts de sa fin dernière, ce n'est pas moi que ça va apitoyer. Quand bien même il apprendrait par cœur tous les poèmes d'enfance de Victor Hugo afin d'en couvrir Brunante et Aurore comme d'une musique, ce n'est pas encore moi que ça va exciter le poil des jambes. Je ne suis pas venue habiter la maison de la rue Notre-Dame pour la chauffer au bois de poêle en faisant risette à tout chacun. J'y suis venue pour l'ordonner à ma façon et y prendre vengeance. Il n'y aura pas de semaine des quatre jeudis parce que le temps va désormais filer très vite, filer à ma façon et filer sans compromis. Qu'Antoine me regarde aller parce qu'il n'a encore rien vu!

J'ai fermé les yeux et laissé mon corps se détendre sous les chatouillements du soleil. Quand je les rouvre, le Charles nouveau et triomphant s'en vient vers moi, tout habillé de frais, dans les couleurs du fils aîné s'acceptant comme tel — un pantalon brun retenu à la taille par une large ceinture où sont arrimés un cellulaire et le petit trousseau de clés de la quincaillerie, une chemise jaune sur laquelle, du côté droit et en lettres rouge sang, sont inscrits les mots *Quincaillerie Beauchemin et Fils*, un casque de protection, jaune comme la chemise. Charles dit:

— Quand je suis revenu de Montréal, Pa a fait dessiner de nouveaux uniformes pour la quincaillerie. J'ai pensé que ça lui ferait plaisir si j'en portais un désormais. Comment tu me trouves avec de pareils oripeaux?

— Tu n'as pas encore tout à fait l'air du bonhomme Pillsbury, mais j'imagine qu'on peut faire confiance à ton père au moins là-dessus.

— Pourquoi tu dis ça?

— Pour rien, pour niaiser, parce que je suis fatiguée.

— Pa avait plutôt l'air content après avoir fait caucus avec toi. Ça n'a pas été comme tu l'espérais?

Je me lève, passe la main sur ma blouse pour en faire tomber les pétales de fleurs que le petit vent a arrachés à la vigne sauvage, et je dis:

— Je n'espérais rien de ton père. Ce n'est pas moi qu'il accueille dans sa maison, mais toi.

— Laisse-lui un peu de temps.

Je hausse les épaules et sors de la pergola. Du temps! Il n'en reste plus de temps, pas plus pour Antoine que pour Charles, pas plus pour Marie-Victor que pour le reste du monde. Je dis:

— Je vais maintenant préparer le souper.

— Ça contenterait Pa si on le laissait s'en occuper lui-même. Moi j'ai le goût de traverser les Trois-Pistoles, mon corps collé au tien, ma main te chatouillant la hanche. Au bout de la ville, on revient sur nos pas, on entre à la quincaillerie, on en fait le tour puis, dans le cagibi, tu t'allonges sur le gros pupitre et j'en fais autant par-dessus toi. Un beau programme, tu ne trouves pas?

Un beau programme en effet, comme ceux que, mortifères, diffuse la télévision québécoise, ces *Histoires de filles*, cette *Catherine*, ces *Machos* et *Les Parfaits* qui ont tous des hémorroïdes au cerveau à force de prendre le peu de cul qu'ils ont pour le peu de tête qu'ils ont déjà eu! À zapper! À japper comme les chiens-loups de notre tante Lumina s'y emploient quand la Lune se fait grosse comme une vache espagnole au-dessus de nos têtes! Oui, à zapper! Oui, à japper toute cette déliquescence dont Charles sera toujours le porteur de cornes! Ainsi soit-il, dans les siècles des siècles, amen!

19

Marie-Victor Leblond

QUAND ÇA SE MET À CHIER tout de travers sur le ba-cul, on serait mieux de déguerpir pour les Îles Mouk-mouks, pour Madagascar ou en profonde Papouasie, là où les pygmées rapetissent encore les têtes de leurs en-nemis. Quand il n'y a plus rien de bon à attendre de ses pareils, on devrait dételer du culeron et de la muse-rolle, de l'avaloire et de la martingale. Quand le mau-vais sort se met à genoux, vous liche les pieds à grands coups de langue pour mieux vous déconcrisser de la ca-pine et du mâche-patate, on aurait intérêt à ne plus gar-der les choses lousses autour de soi, mais à peser pesant sur la pédale du bécique à gaz afin de semer la meute qui court après ta queue de chemise. Quand je pense ! Moi, Marie-Victor Leblond, expert dans l'anticaillerie, le remue-méninges, la filouterie d'argent et la filouterie de pensée, capable de passer un sapin long comme la Place Ville-Marie au moins crédule des Témoins de Jéhovah, me laisser crosser comme un bœuf homophile, et pa-raître en redemander, comme le plus vicieux des tar-lanes, comme le plus pervers des magouas !

Ça allait pourtant si bien avant que ça ne se mette à cochonner de partout ! Je promenais Gabrielle Levesque dans ma petite poche d'en arrière et le siphonnage de son compte en banque me rapportait déjà pas mal de beaux billets du Dominion. S'il y a une piastre à faire quelque part, vous pouvez me faire confiance, je ne suis pas du genre à passer à côté. Si elle ne voulait pas que je la pleume, Gabrielle Levesque n'avait qu'à confier ses économies aux bonnes œuvres du cardinal Léger, aux sœurs du Saint-Rosaire ou à celles du Précieux-Sang. Moi, je ne suis pas marié avec la religion, je n'ai jamais trouvé que la première qualité du Christ était son intelligence. Parce que ça avait le cerveau fêlé, ça se prenait pour le Fils de l'Homme et ça n'arrêtait pas de dire des niaiseries : Mon royaume n'est pas de ce monde, aimez-vous les uns les autres, tendez la joue gauche si on vous frappe la droite, croissez et multipliez-vous jusqu'à ce que le vaisseau sur lequel vous naviguez sombre, emporté par le surnombre ! Et tête de linotte qu'il était ce Christ-là, changeant d'enseignement comme un politicien : Je ne suis pas venu vous apporter la paix, mais le glaive, ne vous mariez pas si vous voulez servir mon Père puisque l'impureté est le pire des péchés à ses yeux. Quel hypocrite aussi, ce Christ-là ! Ça ne faisait pas un sermon sur la Montagne sans décrier les parties honteuses et ça vivait pourtant entouré de prostituées qui lui suçaient les orteils ! Invraisemblable qu'un tel crétin ait eu une telle postérité ! Incroyable qu'une Église menée ensuite par tant de crottés à son image soit devenue aussi riche ! Bienheureux les pauvres en esprit car nous les pocherons de tout leur avoir, hi ! han !

Je n'ai pas agi autrement par-devers Gabrielle Levesque que les Borgia papistes ne l'ont fait par-devers les cruches romaines. Elle voulait un oratoire pour épancher sa soif de dévotion, et je lui en ai donné un à sa satisfaction. Elle voulait organiser des pèlerinages à Sainte-Anne de Beaupré ? J'ai mis de l'argent dans des placards publicitaires, de La Pocatière à Manche-d'Épée, je lui ai trouvé des fidèles, j'ai acheté un vieil autobus scolaire que j'ai fait renipper des essieux au gouvernail et, depuis, ça roule un week-end sur deux sur les routes de la belle Province, bondé de pèlerins qui tiennent leur chapelet à deux mains tout en chantant « Au ciel, au ciel, au ciel, j'irai la voir un jour ! » Tous les profits réalisés jusqu'à ce jour, je les ai réinvestis pour que les pèlerins soient mieux logés à Québec, mangent mieux et puissent voir au Capitole un show écœurant sur Elvis Presley. Si j'étais aussi juif qu'on me le reproche, j'aurais plein de dents en or dans la bouche, je souscrirais au Mossad et je financerais les kibboutz en terre de Palestine occupée. Je ne me serais pas contenté de radouber mon vestimentaire par une simple paire de culottes de toile bleue, une chemise hawaïenne que j'ai fait décorer dans le dos d'une image de la Vierge-Marie, une cravate peinte aux couleurs de la bonne sainte Anne et un chapeau de paille tressée que j'aurais pu faire venir de Panama ou de Sicile, mais que j'ai acheté en barguinant chez l'artisane Moyen-Lebel d'Esprit-Saint.

Quand on veut se débarrasser de son chien, on dit de lui qu'il a la rage. On fait peur ainsi à ceux qu'il pourrait mordre. Maintenant que le beau-père a remis la main sur Charles et qu'il a obtenu en prime une Léonie Bérubé que l'exécution de basses œuvres ne fait pas frétiller de la conscience, il a beau jeu de crier l'hallali contre moi. Ça ne manque pas de charognards dans les parages, qui ne demandent pas mieux que de participer à la curée. On m'a d'abord envoyé dans les jambes les fonctionnaires du ministère des Transports, ceux de Revenu Québec, ceux de l'Assurance automobile et ceux de la régie régionale de la Santé. Même si ces gens-là n'avaient aucun motif raisonnable pour débarquer chez moi avec leurs gros sabots, ils ont ratissé tous mes papiers et passé à la loupe le moindre torchon sur lequel j'ai pu scribouiller. Ils n'ont même pas trouvé de quoi fouetter un chat. S'ils s'attendaient à me prendre comme un vieux tapon de graisse au fond d'une canisse de fer-blanc, ils ont fait erreur sur la personne. Depuis le temps que le monde m'oblige à philosopher, ce n'est sûrement pas moi qui vais me laisser enfirouaper par la bureaucratie policière, ses menaces, son pouvoir d'intimidation et de harcèlement.

Le problème, c'est qu'on n'est pas tous taillés dans un bois aussi dur que le mien. Achalée elle aussi par des fonctionnaires déterminés à se venger sur elle du fait qu'ils sont incapables de me prendre en faute, Gabrielle Levesque, déjà peu solide sur ses jambes, est en train d'en faire une maladie. Elle passe ses nuits à ravauder plutôt qu'à dormir et quand elle se cante une fois que l'aurore se montre la face, c'est pour être assaillie par de bien méchants cauchemars qui la font hurler de peur dans son fauteuil. Celui qu'elle a fait hier, et qu'elle a raconté à Victorienne, aurait rendu hystérique saint Jacques le Majeur lui-même, pourtant l'inventeur des pèlerinages qui tournent mal. Dans le rêve de Gabrielle Levesque, on était tous montés à bord du vieil autobus scolaire et ça roulait plaisamment vers les Trois-Pistoles. On devait y prendre le traversier parce que les derniers pèlerins à embarquer nous attendaient aux Escoumins, de l'autre bord du fleuve. Les pèlerins étaient comme en transes et chantaient à tue-tête, inspirés par la luxuriance des paysages de Charlevoix. Au volant de l'autobus, Magloire Saint-Jean buvait le gros gin des infidèles tout en prétendant qu'il s'agissait d'eau bénite. On approchait de la côte de la Mort, mais personne n'y pensait, transporté qu'on était tous par la joie céleste, en compagnie des Trônes, des Dominations, des Chérubins et des Séraphins dont les petites ailes ouateuses battaient contre les vitres. Brusquement, l'autobus s'est mis à tanguer, puis ça a pris le bord du clos, là où le ravin était comme une gueule béante. L'autobus y est tombé raide, vite submergé par les eaux tourmentées qui nourrissent le fleuve à la hauteur de Baie-Saint-Paul.

— Tous morts! a hurlé Gabrielle Levesque en finissant le narré de son cauchemar. Même le bébé de Victorienne flottait sur les eaux, à côté du ventre ouvert de sa mère! C'était un spectacle encore pire que celui de la déportation des Acadiens en l'an premier du grand dérangement anglais!

J'ai été forcé d'enfermer Gabrielle Levesque dans sa chambre pour que Victorienne ne prenne pas le mors aux dents à son tour. Depuis qu'elle est enceinte, c'est à peine si j'existe encore pour elle. Ses marches de santé au bord du fleuve, c'est avec Magloire Saint-Jean qu'elle les prend, dans du bras dessus dessous qui aurait de quoi me rendre jaloux si elle ne portait pas déjà un enfant de moi. Si je n'avais pas besoin de lui pour conduire l'autobus des pèlerinages, Magloire Saint-Jean aurait affaire à aller voir ailleurs si j'y suis, tout son barda paqueté dans des sacs verts, avec les timbres de l'assurance-emploi étampés dans le front. Ça a le gros nez rouge d'un sénateur qui passe ses journées au café du parlement et ce ne sont pas les petits yeux porcins qu'il y a au-dessus qui ren-mieutent les choses. Ça ferait asseoir Victorienne sur ses genoux sous le prétexte de pratiquer avant le temps l'art d'être grand-père si je ne montais pas la garde comme un chien de berger. Et ça n'a même pas assez d'argent à la banque pour que ça vaille la peine d'ima-giner une astuce qui le déposséderait de ses avoirs !

De la porte de l'oratoire, je regarde Victorienne et Magloire Saint-Jean qui montent la côte à petits pas, deux contenants de margarine à la main. Ils s'en vont cueillir des framboises sur les digues de roches et les abatis qu'il y a de l'autre côté de la montagne. Pas de danger qu'ils m'auraient invité à les accompagner, pour le cas que j'aurais accepté ! Victorienne a dit :

— T'as peur des niques de guêpes et des siffleux qui font leurs trous dans les cotons de framboisiers. Laisse-nous les fruits à triller et occupe-toi plutôt de l'oratoire. Ça fait des jours que tu promets d'y faire le ménage.

Je n'aime pas avoir les nerfs en boule comme c'est le cas maintenant. Quand ça perdure, l'urticaire me poigne de partout et c'est encore pire pour le grattage de peau que des piqûres de guêpes et des ronces de framboisiers sauvages. Quelque chose remue dans le fond de l'air, c'est certain. Et c'est assurément quelque chose de mal-propre parce que sinon, je ne me sentirais pas découenné de la tête aux pieds, avec des poussées de colère dont je ne sais même pas d'où elles originent.

J'ai mis la moppe dans le siau d'eau, j'ai ramené le manche vers moi, j'ai tordu l'amas de cheveux gris que j'ai trouvé sur mon chemin et depuis, je dépoussière le plancher en mettant tout ce qu'il faut d'huile de bras. Même que j'en mets trop d'huile de bras dans le satané jeu de quilles qu'est devenu l'oratoire avec toutes ces statues que Gabrielle Levesque achète dans les brics-à-bracs rencontrés sur notre chemin quand nous faisons pèlerinage à Sainte-Anne de Beaupré. Des saint Joseph au nez cassé, des Vierge-Marie à moignon de bras et des petits Jésus de plâtre couleurés jaunes, noirs et rouges, vous en trouvez ici-dedans pour les fins et les fous, même sur les bancs que les fidèles devraient occuper. Normal que j'en casse une quand je mets trop d'huile de bras dans l'actionnage de ma moppe. Celle que j'ai fait choir de son socle de plastique conforté avec des broches à tricoter, je l'aurais même pas exposée chez Lucifer tellement c'était laid et magané, à croire que les enfants talibans s'exerçaient à lancer dessus de mini-roquettes pour imiter leurs parents anti-bouddhas. La tête de sainte Cunégonde a roulé sous un porte-chandelles, et je dois me mettre à quatre pattes si je veux la récupérer. Tandis que je m'y adonne, que vois-je apparaître dans la porte de l'oratoire ? Le fauteuil roulant de Manu Morency, son lui-même bien assis dedans. Et qui pousse la damnée machine ? Une Léonie Bérubé qui se prend pour Moïse descendant de sa montagne sacrée, le feu du triomphe lui sortant du front. Quelle arriviste, quelle hypocrite et quelle conspiratrice, plus juive que le roi des Juifs lui-même ! Manu dit :

— Tu ferais mieux de t'occuper de ta propre tête plutôt que de celles de tes statues. Ça te permettrait peut-être d'échapper à ta propre décollation.

Je sors un vingt-cinq cents de ma poche, je le mets sur le bout de mon pouce et je le lance vers Manu :

— Attrape ça et va jouer avec dans le trafic. Ta maudite face de rastaquouère, je suis pas intéressé à la voir dans mon oratoire. Ça vaut aussi pour la tienne, Léonie Bérubé. Déguédinez! Ça presse en queue de poêlonne!

Plutôt que d'obtempérer, ils s'avancent vers moi et, tandis que Manu m'enjoint de m'asseoir sur le seul banc que les statues n'occupent pas encore, Léonie dit:

— Tu fais comme on te le demande et tu te fermes le mâche-patate. Côté farces et attrapes, ton chien est mort, Marie-Victor Leblond. Si je suis là avec Manu, c'est pour te le faire comprendre définitivement.

— Je veux rien savoir de vous autres! Crissez-moi votre camp d'ici avant que je vous en sorte moi-même, cul par-dessus tête!

— Si tu aimes mieux avoir affaire à la police qu'à nous, c'est ton droit, mais j'y penserais à deux fois avant de choisir si je me retrouvais comme toi entre d'aussi mauvais draps.

— Vos menaces, mettez-vous les où je pense! Je m'en saintciboirise! Si l'armée de fonctionnaires que j'ai eue sur le dos pendant deux mois n'a rien trouvé contre moi, vous êtes mal amanchés pour faire mieux qu'elle!

— T'en es aussi certain que tu le prétends?

Je n'aime pas le regard de vieille chouette qu'a Manu Morency et encore moins les grandes oreilles de Léonie Bérubé, qui ont l'air d'ailes noires de chauves-souris sous les cheveux crêpés en chignon. Je suis sans doute mieux de jouer encore à l'innocent, question de savoir de quel bord souffle le vent. Quand de partout ça se met à chier tout de travers sur le bacul, la patience du renard est de mise, et le finassage aussi. Je me laisse donc tomber sur le banc, je croise les bras, puis je dis :

— Je vous écoute. Que c'est que vous avez tant à m'apprendre ?

Les bras m'en tombent dès que Léonie Bérubé se met à déballer son sac à malices. Elle et Manu sont au courant de tout, de la moindre de mes rapines à mes coups d'argent les plus fumants, du plus petit de mes recels à mes extorsions les plus réussies. Ils savent combien tout cela m'a rapporté et continue de me rapporter dans les institutions bancaires de Québec et de Floride où, sous des noms d'emprunt, je fais fructifier mon épargne. Même les arrangements que j'ai pris avec Gabrielle Levesque, qui me font le tuteur de ses biens et le bénéficiaire de ses polices d'assurance, n'ont pas échappé à leur curiosité. Ils m'auraient tricoté eux-mêmes que le résultat ne serait pas différent, à croire que je les portais tous deux dans mes culottes sans m'en rendre compte ! Je dis :

— Pour en savoir autant, quelqu'un vous a fourni son aide. C'est qui ?

— Mettons qu'un pensionnaire du nom de Magloire Saint-Jean nous a balisés pas mal de pistes, qui nous ont menés au centre du labyrinthe, dans le bureau des notaires Viens & Cauchon de Rimouski. Les notaires Viens & Cauchon de Rimouski, ça te sonne une cloche quelque part sous le cabochon ?

— Vous allez trop vite pour moi. Faut d'abord que je comprenne pour Magloire Saint-Jean. Que c'est qu'il a à voir dans mes affaires celui-là ?

Si les bras me sont tombés quand Léonie Bérubé s'est ouvert la trappe, c'est maintenant mon corps au complet qui passe dans le grand tordeur du déchiquetage. Quand je pense! Magloire Saint-Jean embauché par le beau-père pour faire le Paquet Pollus par-devers moi, et sous la recommandation de Manu Morency comme cerise sur le sundae! Toutes mes intimités intimes passées au peigne fin, toutes mes conversations piégées, tous mes petits papiers photocopiés! Ça pouvait bien se montrer aussi sirupeux, la bouche toujours en cul de poule pour m'encourager, me soutenir et me stimuler! Ça pouvait bien aussi ne pas lâcher Victorienne d'une semelle, sans doute parce que ça la mettait au courant de tout ce que j'entreprenais au fur et à mesure que ça se faisait! Léonie Bérubé dit:

— Tu peux te rassurer au moins là-dessus: Victorienne ne sait encore rien de tes manigances. Ça pourrait toutefois changer radicalement dans les heures qui viennent, selon qu'on aura eu bonne oreille par-devers toi ou non.

— Si vous espérez me faire chanter, j'ai déjà donné et c'est de suffisance. Comptez pas sur moi pour collaborer à vos propres manigances!

Manu Morency sort des papiers du porte-documents qu'il tient bien arrimé sur ses genoux. Il en prend un, puis un autre, et un autre encore, dont il me lit la teneur dans toute leur quintessence. Les notaires Viens & Cauchon sont en instance de radiation du Barreau parce qu'ils ont pigé dans les fonds qu'ils détenaient en fidéicommis afin d'acheter un hôtel en Floride. Le fisc les menace de poursuites judiciaires pour des revenus non déclarés et le gouvernement du Québec se prépare à en faire autant pour fraude, usage de faux, contrefaçons, vols et recels. Je dis:

— En quoi ça me concerne? Si tout ce que vous me rabâchez là est vrai, je risque davantage d'être une victime des notaires Viens & Cauchon plutôt qu'un de leurs complices.

— Tu dis n'importe quoi, Marie-Victor Leblond. On a aussi la preuve que tu contrôles le tiers des actions de l'hôtel de Floride. Ton argent, tu l'as pris où pour financer un pareil investissement? En vendant simplement des cossins cinq mois par année?

Si Manu Morency était venu seul, je trouverais sans doute moyen de moyenner, comme je fais avec les pèlerins quand je les déleste de ce qu'ils ont en trop, ce qui n'est que normal étant donné que ça irait de toute façon à n'importe qui si je ne mettais pas la main dessus. Pour leur donner bonne bouche, je publie leurs photos dans *Le Journal de Québec*, sous une prière à sainte Anne de Beaupré. Chaque fois que le pèlerin la récite, il engrange trois cents jours d'indulgences par-devers un purgatoire où il souffrira moins longtemps quand tout son temps lui sera compté ici-bas. C'est certain que ce n'est pas en lui offrant des indulgences par paquets que j'arriverais à amadouer Manu même s'il n'était pas accompagné par Léonie. Mais un tripoteux comme lui a toujours besoin d'un nègre assez bien amanché pour exécuter de la basse besogne sans que rien n'en paraisse nulle part. Seul à seul avec Manu, je trouverais bien à marchander mon butin pour un important service à lui rendre. La présence de Léonie change malheureusement toute la donne: pour avoir essayé de faire guili-guili avec elle à cause de mes lots à bois, je me suis retrouvé ratiboisé de la tripe au califourchon. Une quelqu'une comme Léonie, tu prends ça par la peau du cou, t'emmènes ça sur le plus haut des pitons rocheux du Bic et tu déjettes ça dans le vide, ni vu ni connu ! Je dis :

— Mettons que je suis coupable de tous les maux dont vous m'accusez. Ce que j'aimerais savoir maintenant, c'est ce que vous attendez de moi.

Léonie a laissé les poignées du fauteuil roulant de Manu, elle a pris par son débord le tabouret dont je me sers pour rejoindre les oreilles crasseuses de mes statues quand je les lave, elle le met à deux pas devant moi, puis assoit son steak dessus. Elle a l'air de son défunt père quand il se crinquait le gripette du haut de son fauteuil braquetté de braquettes dorées. Elle dit :

— Pour te faire une longue histoire courte, je te rappelle que je ne viens pas d'emménager rue Notre-Dame aux Trois-Pistoles simplement parce que le beau-père est malade et que ça prend quelqu'un pour le torcher.

— Ça fait une mèche de temps que je vois parfaitement clair dans ton jeu. Tu ne démonteras pas de tes grands chevaux tant que toutes les possessions des Beauchemin ne t'appartiendront pas en propre. Toi qui me reproches de magouiller tant et plusse, tu fais bien pire que moi. Si on s'entend là-dessus, explique-moi maintenant ce que t'as vraiment dans le derrière de la tête.

— Pour arriver à mes fins, c'est important que le beau-père se rapproche de Victorienne, comme c'était avant que tu ne bâtisses ton oratoire pour y abriter ta fameuse secte sur les anges et ton entreprise de pèlerinages à Sainte-Anne de Beaupré.

— Si tu penses que je vais fermer mon oratoire et mettre fin à mes pèlerinages, tu te trompes amèrement. J'aimerais encore mieux me retrouver devant les tribunaux, à plaider une cause que j'aurais de bonnes chances de gagner de toute façon.

— Tu comprends pas jusqu'où je suis capable d'aller, Marie-Victor. Peut-être bien que tu pourrais t'en tirer devant une cour de justice, mais penses-tu que ça serait la même chose par-devers Victorienne si on la mettait au courant de ta vie souterraine ? Faut se méfier des hystériques, de leur innocence et de la faculté qu'elles ont de se revirer bout pour bout dans leur bougrine quand elles se considèrent comme trahies. Si j'étais à ta place, je n'accepterais pas de courir un risque pareil.

— Moi, je ne me suis jamais attaqué aux personnes que je détrousse. Si je leur prends leur argent, je les laisse tranquilles dans leur monde.

— Ça m'en fait un pli sur la différence, ça !

Elle se lève, va remettre le tabouret derrière le porte-chandelles, agrippe les poignées du fauteuil roulant de Manu, et dit encore :

— On te laisse vingt-quatre heures pour cadenasser ton oratoire, te défaire de ton autobus et annuler les pè-lerinages déjà prévus. Sinon, prépare-toi à brûler vif sous ta robe de grand-prêtre, et ça ne sera pas dans la semaine des quatre jeudis, crois-moi !

Quand ça se met à chier tout de travers sur le bacul, un char de marde n'attend pas l'autre. T'aurais beau pelleter jour et nuit, le trou du cul de la malchance n'en cesserait pas pour autant de produire ses étrons. De l'écœuranterie maudite, à se jeter face contre terre pour se cogner le front dessus jusqu'à ce que ça se fende en deux et meure au bout de son sang ! Quand je pense ! Avoir bien navigué, sur le dessus des eaux comme dedans, avoir mis des années à tisser la meilleure des courtepointes, être presque prêt à s'en abriller pour que la jouissance advienne enfin, dans du sable fin, du soleil à perte de vue, et se retrouver sans avertissement face à une échappée de Saint-Jean-de-Dieu dont les yeux, pour une fois, sont aussi grands que la panse! Déveiné comme je me retrouve, comment ne pas prendre le mors aux dents? Et comment aussi ne pas me pendre avec la corde que j'ai autour du cou?

À quatre pattes, je me traîne jusqu'à la statue de la Vierge-Marie et de l'Enfant-Jésus qu'elle tient dans ses bras. Je me redresse, joins les mains, ferme à demi les yeux, pour ne plus voir que les grands rayons lumineux qui lui sortent du dessus de la tête. Pour une fois, j'aimerais croire à la réalité des miracles, au ciel et à l'enfer, aux anges qui peuplent le premier et aux démons qui brûlent dans le second, à saint Pierre et à ses apôtres, à l'Église catholique, romaine, apostolique et universelle, aux mystères de la foi, au péché, à la confession, au pardon et à la vérité du corps de Dieu quand je l'avale dans l'hostie consacrée. Pour une fois, je voudrais ressembler aux pèlerins que j'accueille et pour qui la pratique de la religion est aussi simple que de regarder à la télévision les tirages de Loto-Québec: s'il y a peu d'élus, la parentèle est nombreuse et quelqu'un parmi elle finira bien par gagner, preuve définitive que Dieu existe, que le pape l'est de droit divin et que tout va pour le mieux dans le meilleur des mondes quand c'est un conseil de fabrique qui le gère. Mon problème, c'est que je sais que je suis tout seul dans ma gagne et que je dois faire et défaire avec, dans une société où la police et le psychiatre, le politicien et Mgr Turcotte sont amis comme cochons dans la même auge. Mon problème, c'est que

j'ai été pauvre trop longtemps et qu'il n'existe pas de ré-
demption quand on l'a été à ce point-là. Mon problème,
c'est que j'aime Victorienne et que si je l'aime autant,
c'est qu'elle est le seul ciel où je pénétrerai pour vrai.

Du dehors me parviennent les voix de Victorienne
et de Magloire Saint-Jean, pleines de riantes sonorités
comme doivent l'être leurs vaisseaux de framboises tril-
lées. Je n'ai pas le goût qu'ils me voient en l'état où je
suis, prostré tout de travers devant la statue de la Vierge-
Marie, la tête coupée de sainte Cunégonde à mes côtés,
et ce manche de moppe qui s'est retrouvé dans ma main,
je ne sais le diable pas comment. Je m'escoue dans mes
pleumats, je me recrinque l'intérieur du cabochon, je
me dis que demain est encore loin et que je trouverai
bien une solution au problème que m'ont posé Manu
Morency et Léonie Bérubé. C'est en ne courant plus
après qu'Einstein a fait ses grandes découvertes et que
Bernard Landry est devenu premier ministre du Québec.
Pourquoi ça ne serait pas capable de m'arriver aussi
simplement à moi aussi?

Je sors de l'oratoire, ma face d'hypocrite toute souriante grâce aux épingles à linge que j'ai fixées de chaque
bord de ma bouche. Méchante surprise qui me tombe
encore dessus! Moi qui croyais que Manu Morency et
Léonie Bérubé avaient déguidiné dès leur char de marde
déversé sur moi, voilà que je les retrouve en train de se
porter à la rencontre de Magloire Saint-Jean et de
Victorienne. Je les regarde s'embrasser, puis j'entends
Léonie qui dit à Victorienne :

— Je voulais montrer à Manu à quoi ça ressemble
une forêt qu'on vient de couper. Et puis, il y a cette
demande et cette invitation que je tenais à te faire en

personne. Dimanche prochain, nous célébrerons le plein de l'été en baptisant Brunante et Aurore. Je considérerais comme un grand honneur si tu acceptais d'être leur marraine. Est-ce que ça serait désobligeant par-devers toi?

C'est vraiment comme je pense depuis ce matin: quand ça se met à chier tout de travers sur le bacul, ça chie long et longtemps, pas moyen d'en sortir, marde maudite et maudite marde!

20

Bouscotte

COMPTE TENU DE TOUT CE QUI SE PASSE dans les alentours de la rue Notre-Dame, du rang des Bœufs de Saint-Paul-de-la-Croix, de la rue Principale de Saint-Jean-de-Dieu et de l'oratoire de Marie-Victor Leblond au Bic, ça doit être normal que personne, à part Fanny, n'ait pensé que je célèbre aujourd'hui mon onzième anniversaire de naissance. Fanny m'a envoyé d'Europe, où elle joue au théâtre dans une pièce sur Antonin Artaud, un posemètre qui fonctionne au laser et un mot plutôt gentil. Elle me dit que le chiffre onze était celui que préférait Artaud parce qu'il vient de la conjonction du cinq et du six, qui sont le microscope et le macroscope du ciel et de la Terre, que les Chinois mettent au-dessus de tout comme le prouve l'invention par eux du Tao. Elle me dit aussi qu'elle s'ennuie de moi, me demande comment je vais et quand je me rendrai à Cap Kennedy pour assister au lancement de la navette spatiale qui em-mènera Julie Payette loin autour de la Terre.

Je n'ai pas encore répondu à Fanny. Elle me manque moins qu'avant et je ne rêve presque plus jamais à elle. Il y a aussi que je ne sais pas quoi lui dire pour Cap

Kennedy: trop occupée à s'entraîner, Julie Payette n'a pas le temps de répondre aux courriels que je lui envoie. Je suis comme un danseur qui aurait pogné le fixe, un pied par terre et l'autre dans les airs, parce que la musique a manqué brusquement et qu'il attend que ça revienne. Pour le reste, je fais comme tout le monde, je fais ce que grand-père Antoine attend de tout un chacun, je me costume en aviateur de la Seconde Guerre mondiale, longues bottes, casques à oreilles, grosses lunettes et, en guise de supplément, une petite moustache à la Errol Flynn sous le nez. Je ne peux pas dire que je me sens vraiment à l'aise dans l'uniforme du Baron rouge, mais je vais faire semblant qu'il a été fait sur mesure pour moi. C'est aujourd'hui que sont baptisées Brunante et Aurore, et grand-père Antoine a décidé que ça se passerait comme à la belle époque de son enfance quand son père fêtait la fin de l'été par une mascarade en plein air sur le bord de la rivière Trois-Pistoles, là où le barrage donnait encore de l'électricité.

Mandoline a été invitée comme si elle faisait partie de la famille et Tibère, qui est son père, l'a été aussi. Il ne voulait pas, mais Victorienne a insisté quand elle est venue hier dans le rang des Bœufs pour nous apporter nos costumes à Mandoline et à moi. Je pense qu'elle est tombée dans l'œil de Tibère qui la reluquait aussitôt qu'il pensait qu'on ne s'en apercevrait pas. Je pense aussi que Victorienne n'était pas contre le fait que Tibère la reluque ainsi, qu'on s'en rende compte ou pas. Si j'étais à la place de Victorienne, j'en profiterais maintenant que Marie-Victor s'est sauvé aux États-Unis parce que tout le monde lui courait après avec plein de barreaux de prison dans les mains pour l'encager comme il faut.

Dans l'allée qui mène de la maison de grand-père Antoine à la rue Notre-Dame, toutes les vieilles voitures du Musée de l'automobile sont alignées l'une derrière l'autre. À côté de chacune se tient un chauffeur revêtu d'un uniforme comme ceux que portent les portiers du Château Frontenac, plein de ganses et de boutons dorés. Moi, je suis déjà assis dans la première voiture décapotable, Mandoline à côté de moi. Elle est costumée en suffragette, avec sur la tête un chapeau aux rebords si grands que ça lui donne l'air d'un champignon tueur de mouches. Après nous, viennent Charles et Léonie devenus roi et reine du Dominion, qui tiennent dans leurs bras Brunante et Aurore. Dans les vêtements d'apparat du peuple malécite, suivent Benjamin et Eugénie, puis Béline et Thomas Talonshauts en sagamos illustres de l'Amérique septentrionale. Grand-père Antoine a dû insister pour que Tibère prenne place aux côtés de Victorienne. Tibère a dit que ça le gênait, sans doute parce que Victorienne a maintenant un gros ventre et que ce n'est pas la faute de Tibère. Une fois Mélina et grand-père Antoine installés dans la grosse Roadmaster aux yeux de crapaud et aux marche-pieds pareils à des ailes de chauves-souris, le cortège s'est ébranlé vers la rue Notre-Dame. On va passer devant la vieille chapelle de la rivière Trois-Pistoles, s'y arrêter pour que Charles et Léonie portent à bout de bras Brunante et Aurore, pour que tout le monde trinque à leur santé et récite les vœux du baptême qu'on n'a pas eu besoin d'apprendre par cœur parce qu'on les a collés sur des cartons aux tableaux de bord :

Nous participons
Et sommes satisfaites.

Nous entendons les chants
Des femmes et des hommes
Qui nous baptisent
Du nom de Brunante
Et du nom d'Aurore.

Nous participons
Et sommes satisfaites.

Le cortège s'ébranle encore en suivant les méandres de la rivière Trois-Pistoles jusque sur le dessus de la longue côte où il faut s'arrêter encore, non pour célébrer Brunante et Aurore, mais parce que des vaches échappées de leur pacage bloquent la route. Après, on arrive aux confins du Deuxième Rang, sur un chemin de gravelle sinueux et tout en baissants, souvent caché sous des arbres en tonnelle, qui mène à l'ancien barrage de la rivière Trois-Pistoles. Sur cette espèce d'assiette que forme le tuf en bordure des écores, les voitures se rangent les unes aux côtés des autres et tout le monde en descend pour traverser de l'autre côté du rideau d'arbres où sont les ruines romaines de l'ancien barrage hydroélectrique. C'est là que la grande table a été dressée et c'est là aussi que nous attendent les musiciens qu'on a sortis d'un film sur Benny Goodman. Grand-père Antoine dit :

— Quand j'étais petit, mon père nous emmenait ici pour que nous puissions célébrer le plein de l'été, le bleu du ciel, les récoltes de fruits sauvages, les naissances et les anniversaires aussi. Maintenant que Brunante et Aurore ont été baptisées selon nos usages, il convient de fêter comme il se doit mon petit-fils Bouscotte et les onze ans qu'il a eus cette semaine. Tonnez, fanfares de la Terre et des airs! Chantez hautbois et musettes! Et vous les rois mages tapis dans les fourrés, sortez-en et apportez les cadeaux!

Melchior, Nabuchodonosor et Balthazar apparaissent de sous le feuillage, les deux premiers tenant une énorme enveloppe décorée de rubans et de choux, et le troisième une cassette ourlée de pierres qui brillent au soleil. Quand ça se retrouve devant moi, l'enveloppe me paraît si énorme que je me demande comment je vais faire pour l'ouvrir. Il suffit pourtant de tirer sur le gros pompon qu'il y a au milieu pour que ça s'ouvre comme une étoile de mer et que l'excitation se mette à me secouer des pleumats à la pointe des orteils. J'ai de la misère à lire ce qu'il y a d'écrit sur la carte de vœux, surtout que la première partie est l'œuvre de Julie Payette — une invitation officielle du Centre spatial canadien et de la NASA pour que je puisse enfin assister au lancement de la navette Challenger à Cap Kennedy! Je suis tellement tout égarouillé que j'en oublie de remercier grand-père Antoine et me jette plutôt dans les bras de Mandoline que les larmes lui ruissellent des yeux comme d'une fontaine. Grand-père Antoine met vite fin à nos épanchements, et dit:

— Ce n'est pas fini, les enfants! Balthazar a aussi apporté quelque chose pour Mandoline, et ça serait temps qu'il le lui remette!

Mandoline prend la cassette et l'ouvre. Dedans, deux billets d'avion pour la Floride, offerts par Tibère, Mélina et, chose encore plus incroyable, par Léonie!

On ne sait plus où mettre les pieds et la tête, Mandoline et moi, et les joues nous chauffent, et nous suons à grosses gouttes dans nos costumes d'aviateur et de suffragette, et nous ne pouvons pas croire que nous verrons ensemble la formidable fusée Saturne s'arracher de sa rampe haute comme la Place Ville-Marie pour monter droit dans le ciel, la navette Challenger collée à ses parois! Grand-père Antoine dit:

— Bien évidemment que vous allez pouvoir l'applaudir sur place votre si tant fantastique Julie Payette! Et non seulement ça sera possible, mais je serai là aussi à vos côtés, avec Charles! Il est temps que nos racines, on aille les voir ensemble de l'autre côté du bleu du ciel!

Depuis cette annonce-là, c'est comme si la Terre avait été heurtée de plein front par un astéroïde, faisant jaillir de prodigieuses gerbes de lumière dont les ondes de choc nous déportent, Mandoline et moi, dans un monde aussi étrange que celui de la Guerre des étoiles quand le passé et le futur s'entremêlent, court-circuitant le flot des images innombrables qui ne cesseront plus de nous habiter des Trois-Pistoles à Cocoa Beach. Grand-père Antoine dit que c'est à proprement parler dantesque, comme dans les histoires de Cyrano de Bergerac quand, recouvert de bouteilles de rosée des pieds à la tête, il quitte au beau milieu la fête battant son plein à l'ancien barrage de la rivière Trois-Pistoles pour fendre les airs jusqu'en Floride où il atterrit, sain et sauf, sur le toit des quartiers généraux de la NASA, juste à côté de la prodigieuse rampe de lancement des fusées Saturne. Quand Mandoline et moi nous allons nous y retrouver aussi, on aura peine à se souvenir de l'entre-deux, le temps s'étant trop accéléré sur la courbure de l'espace. On se rappellera à peine d'avoir fait nos bagages, puis roulé en voiture jusqu'à l'aéroport de Dorval, puis monté dans ce Bœing qui est passé au-dessus de New York avant d'atterrir à Tallahassee, au milieu des Everglades, des crocodiles, des serpents aquatiques, des palmiers, des douze tribus d'Israël, de celles de la Palestine, de celles de tout l'Orient et de tout l'Occident, parce que la recherche spatiale fait de toutes les races et de tous les peuples le même homme qui travaille à la même chose dans l'espoir de transcender ce qui n'est qu'animal en nous. C'est ce que prétend le conférencier invité par le Centre spatial canadien à l'Hôtel Hilton de Cocoa Beach. On y fête Julie Payette parce que ce n'est pas tous les jours qu'une cosmonaute québécoise monte à bord d'une navette spatiale.

Mandoline et moi, nous sommes un peu déçus parce que nous ne pourrons pas voir Julie Payette, sauf de loin et derrière des cloisons vitrées. On pourrait être malades sans le savoir et lui donner cette maladie-là sans le savoir aussi. Ça serait suffisant pour qu'on la garde sur Terre comme c'est arrivé au cosmonaute Fitzgerald: trois jours avant la mise à feu de la fusée Saturne, il a attrapé un mauvais rhume, mais c'est à peine si les yeux lui pleuraient et si le nez lui coulait. On ne l'a quand même pas laissé partir, pour le cas qu'il contaminerait les autres ou que son mauvais rhume se mue en une maladie plus grave. Une fois en orbite autour de la Terre, on ne sait pas encore comment les microbes et les virus peuvent réagir. Ils pourraient avoir le goût de se transformer en bactéries mangeuses de chair ou en maladies encore plus pernicieuses et dont on ne connaît pas encore l'existence sur Terre. C'est pourquoi les Américains, qui sont déjà des maniaques de la propreté, ressemblent

tous à Howard Hughes dès qu'ils franchissent les barrières du Centre spatial de Cap Kennedy, Ils ne cessent
pas de se laver les mains, de se frotter le corps avec
du Liniment Ménard et de courir à l'infirmerie à la
moindre éraflure. Aller dans le cosmos, ça rend tout le
monde hypocondriaque, et c'est là la pire des maladies
parce qu'elle frappe l'imagination. On ne reste pas longtemps à Cap Kennedy si on en manque. On vous remet
votre dernier chèque de paie et une lettre de recommandation qui vous permettra de devenir professeur
dans le collège d'une petite ville ou commentateur
scientifique pour la télévision. À l'école comme au petit
écran, ce n'est pas grave si vous manquez d'imagination.
Ce sont les idées qui coûtent cher, pas leur manque,
quand on travaille dans l'instruction ou dans les médias.
Il est donc préférable de ne pas en avoir beaucoup, sauf
pour la niaiserie.

Maniaques de la propreté, les Américains le sont
aussi par-devers la sécurité. Si ça ne coûtait pas si cher,
tout le monde se promènerait avec au moins quatre
gardes du corps à ses côtés, porterait en permanence
une veste antiballe et toutes sortes de gadgets annon-
ciateurs de mauvais coups et pouvant les parer. Ils appellent ça la psychose du terrorisme. Il y a tellement de
pauvres partout dans le monde, qui croient qu'ils le
sont à cause des Américains, que le moindre étranger
arborant une barbe et un turban est soupçonné de porter une bombe autour de la ceinture, du gaz sarin dans
sa bouteille d'eau et des machettes empoisonnées au
curare dans le coffre de sa voiture. On ne devrait jamais
accepter un colis ou une simple enveloppe de quelqu'un
qui a le teint olivâtre, le poil d'humanité noir comme le

jais et les yeux légèrement bridés. C'est sûrement un hashassin musulman et intégriste, la pire des races terroristes qui existent dans le monde. Elle s'attaque à n'importe qui et à n'importe quoi, aussi bien aux têtes dirigeantes qu'au plus innocent des citoyens, pas de différence pour elle quand c'est la Guerre Sainte et qu'Allah la veut totale et sanglante. L'important, c'est que ça passe à la télévision. Et ça passe mieux à la télévision quand il y a beaucoup de morts, de blessés, de bouts de bras et de jambes partout, des têtes coupées qui roulent dans la poussière et plein de monde autour en train de brailler. Même que de voir ça une fois à la télévision, ça ne suffit pas. Il y a des maisons d'éditions floridiennes qui se spécialisent dans la production de vidéo-cassettes regroupant ce qu'elles appellent être les meilleurs moments de tous les attentats terroristes qui ont lieu dans le monde. Ça se vend mieux que les livres de Douglas Hoffstadter sur Gödel, Bach et Escher, et mieux aussi que ceux d'Erwin Schrödinger sur la mécanique quantique.

Autrement dit, n'entre pas qui veut sur le territoire sacré de Cap Kennedy. Dans l'autobus V.I.P. qui nous y transporte à partir de l'Hôtel Hilton de Cocoa Beach, il y a autant d'agents des services secrets américains et canadiens que de passagers. Si ces passagers-là viennent d'à peu près partout sur la planète, ça a été trié sur le volet et chaque visiteur autorisé à se rendre jusqu'à la base de lancement de la navette spatiale a été enquêté pendant plusieurs semaines par toutes les sortes de gendarmeries royales qui existent entre le Levant et le Ponant. Avec un tel système, inutile que j'ajoute qu'on ne voit guère de porteurs de turbans et de longues barbes sur le chemin qui mène à Cap Kennedy. Ça serait sûrement des terroristes musulmans qu'Allah a rendus à moitié fous, comme les kamikazes japonais quand ils n'avaient plus de combustible pour leurs avions, et qui se plantaient avec sur les ponts des vaisseaux américains plutôt que de s'avouer vaincus.

On passe cinq barrières dites de prévention avant d'arriver au centre de Cap Kennedy. On fouille l'autobus, on fouille vos bagages, on fouille vos vêtements, mais sans que personne n'ait même besoin de mettre les mains sur vous. Les barrières sont hautement technologiques et pleines d'yeux qui fonctionnent au laser. Un cure-dents gros comme une allumette ou une minuscule boule de verre, n'en apportez pas avec vous : les yeux qui fonctionnent au laser sont capables de photographier n'importe quel objet qui a à peine la masse d'une tête d'épingle. Ne pensez pas non plus que vous pourriez traverser impunément l'espace aérien au-dessus de Cap Kennedy : de puissants F-18 passent leur temps à décoller où à atterrir sur les pistes qui ceinturent les installations de la NASA, prêts à faire feu sur n'importe quoi qui paraîtrait louche. Assis à côté de grand-père Antoine dans l'autobus, Charles dit :

— Quand on a besoin d'autant de sécurité partout, on devrait s'interroger sur ce que charrie le capitalisme ultime, notamment la haine que tous les damnés de la Terre éprouvent par-devers lui.

Grand-père Antoine, qui s'émerveille de ce qu'il voit encore davantage que Mandoline et moi ensemble, n'aime pas que Charles se fasse ainsi critiqueux. Il dit :

— Attends à plus tard pour casser le party avec tes théories sur le capitalisme, ultime ou pas. Lorsqu'on est des invités comme nous, aussi privilégiés, on a un devoir de réserve sur les idées négatives qu'on pourrait bien avoir.

Les installations de Cap Kennedy sont gigantesques. Impossible de se rendre d'un bâtiment à l'autre en se contentant de marcher. Après un mois, on n'aurait pas encore fait le quart du tour du propriétaire tellement c'est vaste et tellement chaque partie est isolée de l'autre. C'est encore pour une question de sécurité: si une fusée remplie de carburant devait exploser à proximité du centre administratif (haut comme la Place Ville-Marie de Montréal), il n'en resterait plus que des débris et pas un seul employé ne survivrait à une telle catastrophe. Ils sont cent mille à travailler à Cap Kennedy et, chaque année, des millions de visiteurs envahissent l'espèce de Disney World qu'on a bâti pour eux dans les alentours de la rampe de lancement, ce qui représente quand même quelques kilomètres en distance, toujours pour des raisons de sécurité. Si une fusée devait exploser dès sa mise à feu, l'onde de choc que ça ferait serait telle qu'un gros autobus plein de passagers comme celui qu'on a pris à Cocoa Beach se mettrait à fendre l'air sur plusieurs centaines de pieds, embrasé dans toute sa tôlure. Quand il retomberait au sol, ça ne serait plus que du métal et de la tôle calcinée et quelques ossements blanchis par la consumation.

Même Disney World, c'est intéressant de passer au travers quand on ne s'emploie pas toujours comme Charles à dénicher la petite araignée qu'il y a dans le plafond. Voir de ses yeux vu la capsule Mercury dans laquelle le premier Américain a voyagé autour de la terre, y toucher et obtenir l'autorisation d'y entrer pour prendre place dans le fauteuil du cosmonaute, des cadrans et des voyants partout autour de soi, c'est émouvant autrement que de regarder un documentaire à la télévision. Se promener sous une fusée Saturne couchée sur des croix de Saint-André, dans un hangar que vingt locomotives n'arriveraient même pas à remplir, regarder les tuyères dont trois hommes, debout l'un au-dessus de l'autre, ne parviennent pas à occuper le diamètre, ça a quelque chose de surhumain. C'est pareil pour le Lunar Rover de la mission Apollo 15 qu'on m'a laissé m'asseoir dedans et conduire sur quelques dizaines de mètres. Ce n'était pas du simulacre comme dans *La Guerre des étoiles* où les vaisseaux spatiaux ne sont que des maquettes et les collisions de mondes de simples effets spéciaux. Tandis qu'on visitait le premier module de la station orbitale qui aura la grandeur d'un terrain de football lorsqu'il sera tout bâti dans l'espace, grand-père Antoine a dit :

— J'ai l'impression d'être un homme du Moyen-Âge qu'on vient de réveiller après des siècles d'endormitoire. J'en ai le cœur qui me tressaute dans la poitrine et la tête qui me tourne. C'est comme trop grand ce qu'il y a ici, ça me prendrait d'autres lunettes pour saisir cette nouvelle réalité-là.

Grand-père Antoine a chaud, il sue à grosses gouttes et sa main tremble quand il porte un mouchoir à son front. Nous sortons du Musée de l'espace, la tête pleine de morceaux de roc lunaires, de tuyaux de cuivre, de pièces ouvragées comme des brins de dentelle, tant d'instruments si bien compactés qu'au lieu d'occuper l'espace d'un bungalow, ils tiennent dans la paume de la main. Je dis :

— On vient de voir l'extra-monde, comme Alice quand elle a traversé le miroir de sa chambre et que le pays des Merveilles est venu au devant d'elle. C'est génial!

Nous marchons lentement vers l'estrade sur laquelle nous pourrons assister au départ de Julie Payette vers les étoiles. Le ciel est clair comme une vitre lavée au Windex, le soleil rond comme une bille et se montre embrasé comme la torche olympique quand on la trempe dans la vasque. On s'arrête à l'un des nombreux kiosques qui jalonnent l'allée dans laquelle nous déambulons. Grand-père Antoine a soif et achète du Coca-Cola, dans de petites bouteilles qui ont pris la forme d'une capsule spatiale. Mandoline est allée directement à ce stand où l'on vend des hot dogs dont les pains sont des répliques de la fusée Saturne, de la navette spatiale Challenger ou d'une sonde aplatie du cosmos. On peut choisir son pain dans la couleur qu'on veut et il y en a même une sorte qui est fluorescente. Tandis que Mandoline mange son gros hot dog en forme de Venture Star, Charles dit:

— Un si grand peuple ces Américains, mais par ailleurs quétaines à mort, bouchés des deux bouts, presque tous obèses et paranoïaques!

Il s'arrête sur sa lancée parce que grand-père Antoine ne file pas mieux que tantôt, saute sur un pied et sur l'autre comme si toutes les fourmis de la Floride y avaient élu domicile. Ça ne va pas mieux non plus du côté de la sueur, qui lui dégouline jusque sur le menton. Je dis:

— Le plus tôt qu'on se rendra à l'estrade, le mieux ce sera. Dessous, il y aura au moins un peu d'ombre. Ça sera moins dur que d'affronter le soleil en pleine face.

J'y cours d'abord avec Mandoline. Nous, ce n'est pas dessous l'estrade qu'on veut se retrouver, mais devant, là où, assujetti à un pilastre de béton, un cadran numérique marque le décompte pour le lancement de la navette spatiale. La rampe de lancement, avec la fusée Saturne retenue à elle par de gigantesques pinces, nous paraît être au bout du monde, mais c'est une illusion d'optique à cause des marais qui l'environnent et dont l'eau stagnante s'évapore sous le chaud soleil. Il est trois heures de l'après-midi, les invités V.I.P. ont pris place sur l'estrade et agitent les drapeaux américains et canadiens que des représentants des deux pays leur ont offerts quand ils sont descendus des autobus — au moins une quarantaine, stationnés si serré que les ventripotents visiteurs en salissent leur beau vestimentaire tout blanc quand ils en débarquent.

Toutes les fois que le cadran numérique retranche une minute au décompte, la foule part en peur, se remet à agiter les petits drapeaux américains et canadiens. Perdus dans la marée rouge, les deux fleurdelisés québécois ont du mal à se laisser voir malgré tous les efforts que font ceux qui les tiennent. Ici, le Québec, ça ne dit pas grand-chose au monde, c'est encore pire que le Zimbabwe ou la Papouasie que personne ne saurait mettre sur une carte géographique. Au quizz *The Price is Right*, on ne pose plus jamais de questions aux concurrents sur le Québec depuis que l'un d'eux, qui était à deux cheveux de devenir millionnaire, a dit que la Nouvelle-France était située dans le sud du Japon. Ils ont beau aller sur la Lune et rester pendant des mois en orbite autour de la Terre, ce n'est pas la géographie qui est la branche forte des Américains. Plutôt que d'apprendre les noms des pays, des villes, des rivières et des lacs qu'il y a partout dans le monde, les Américains aimeraient mieux les acheter et mettre partout leur bannière étoilée, comme ils ont fait en Alaska et à Hawaï, à Palmyra et dans les Mariannes du Nord. Charles dirait que c'est là l'une des conséquences du capitalisme : plus tu deviens obèse et plus tu manques d'espace et moins le profit trouve ça ragoûtant. Avant, les Russes pensaient comme les Américains, ils aimaient voir leur marteau et leur faucille être hissés partout, pas seulement aux Jeux olympiques, mais ils avaient moins de graisse que les Américains à mettre dans le monde et ils sont tombés raide morts, tués par la peur de devenir trop gros, ce qui est bien la chose la plus dure à prendre pour le capitalisme.

Tandis que sur le cadran numérique les minutes s'égrènent et que Mandoline se colle contre moi, je regarde vers la rampe de lancement, et ce qui me frappe tout à coup en voyant la fusée porteuse, c'est la quantité énorme de carburant dont elle aura besoin pour échapper à la gravité terrestre. On dirait un gros pétard comme les Chinois inventeurs de la poudre noire savaient déjà en faire il y a deux mille ans. Il suffisait de mettre le feu à une mèche qui, une fois qu'elle avait suffisamment brûlé, entrait dans le réservoir de la poudre noire et la consumait si rapidement que le pétard s'arrachait du sol et montait dans les airs. C'est le même principe qui régit l'envoi d'une fusée Saturne dans l'espace, sauf que la poudre a été remplacée par des propergols liquides plus performants et moins imprévisibles. Ça en prend toutefois beaucoup simplement pour qu'une navette spatiale puisse orbiter autour de la Terre. Ça en prend beaucoup et ce n'est pas là de l'énergie renouvelable :

quand le réservoir des carburants est vide, la fusée s'en détache et le réservoir pique du nez vers la mer de Floride où on le récupère. Charles dirait encore que l'envoi d'une fusée dans l'espace est le symbole parfait du capitalisme : c'est gros, ça consomme beaucoup et ça gaspille énormément d'énergie. Tant et aussi longtemps que les savants n'auront pas trouvé d'autres énergies à exploiter, mille fois plus compactes et pouvant servir indéfiniment, le capitalisme sera toujours ce qu'il est : un défaiseur de richesse pour du profit éphémère. On ne va pas loin dans l'espace avec une telle philosophie, même pas jusqu'à la planète Mars dont la Terre n'est pourtant qu'une banlieue. Il n'y a que sur Terre que la mécanique capitaliste est applicable. Partout ailleurs dans le cosmos, c'est la mécanique quantique qui est le grand principe de l'établissement des choses. Voyager vraiment dans l'espace, aux confins des systèmes galactiques et des amas de nébuleuses, exige donc une technologie qui soit aussi quantique. Elle seule pourrait rendre désuet le théorème d'Einstein qui dit que rien ne peut voyager plus vite que la lumière. Des vaisseaux quantiques plutôt que capitalistes y arriveraient pourtant. Le problème, c'est que le capitalisme tient d'abord à jouir de ce qu'il est, ce qui est un grand empêchement pour toute révolution, surtout la scientifique. On lui oppose Dieu, l'invention capitaliste par excellence, le fruit de l'ignorance, de la bêtise et du terrorisme, le plus formidable frein jamais imaginé pour contrer le progrès humain.

Mandoline me donne un coup de coude dans les côtes, et dit :

— Si tu ne sors pas de la lune, tu vas manquer le plus beau du spectacle. Regarde : Saturne va décoller enfin !

Il ne reste plus de temps sur le cadran numérique. Les moteurs de la fusée vrombissent, des flots de fumée sortent des tuyères, on dirait que le monde branle dans son manche tellement est prodigieuse la mise à feu et puissants les moteurs de Saturne. Ça lève pourtant lentement de terre, puis ça paraît s'arrêter à cent pieds à peine dans les airs, comme si la poussée n'était pas suffisante pour contrer l'inertie de la matière puis, dans un énorme coup de tonnerre qui fait bouger la terre sous nos pieds, la flèche du temps se contracte et la fusée monte si vite dans le ciel qu'elle n'est bientôt plus qu'un infime point lumineux impossible à suivre du regard. Quand la fusée a décollé, un vent tout chaud nous a fouetté le visage et des nuages de fumée entourant la rampe de lancement sont sortis tant d'oiseaux affolés que c'est à peine croyable qu'on puisse en voir une telle quantité en même temps.

Je serre Mandoline dans mes bras, elle m'embrasse partout dans la face. Et c'est à peine si je m'en rends compte tellement le départ de Julie Payette vers l'espace m'a excité. Je veux le dire à grand-père Antoine et à Charles, je me retourne vers l'estrade, je cherche à les voir avant que la foule qui s'est levée cesse de brandir ses drapeaux ou d'applaudir et n'envahisse les couloirs aménagés entre chacune des portions de l'estrade. Je dis :

— Qu'est-ce qui arrive à grand-père Antoine ? Pourquoi il court comme ça vers le stationnement ?

Mandoline et moi, nous détalons à notre tour. Quand la fusée s'est dégagée de la rampe de lancement, dans le bruit et la fureur de ses moteurs, grand-père Antoine a dû prendre peur, et c'est pourquoi il court comme il le fait, Charles à ses trousses. On dirait deux poules à qui on a coupé la tête, qui zigzaguent entre les autobus, et zigzaguent encore vers la large bande de gazon qu'il y a au milieu du stationnement. Grand-père Antoine y tombe, et Charles en fait autant par-dessus lui. Et moi, je m'arrête brusquement pour ne pas être frappé par cette voiture qui arrive en trombe et freine brusquement. En descend Fanny, comme une star de cinéma, l'une des bretelles de sa robe tombée et son grand chapeau que le vent fait revoler, et ce si joyeux sourire qui lui rondit la bouche, et ces mots si longtemps attendus pour rien et qui remplissent, imprévus et sonores, tout le bleu du ciel :

— J'arrive en retard, mais je suis enfin là. Salut, champion !

21

Antoine

P ARCE QU'ILS N'ARRÊTENT PAS de me harceler dès que
je mets les pieds dans la cuisine, sur la galerie ou
dans le jardin, je reste claquemuré dans ma chambre, à
tourner en rond autour du lit que j'ai éloigné du mur
pour ne plus avoir à monter dessus toutes les fois que
j'ai une photo à scotchtaper entre les deux fenêtres. À
Cap Kennedy, je n'ai pas pris peur parce que la fusée
décollait de terre et que ça faisait comme si les quatre
chevaux de l'Apocalypse étaient apparus en même temps
dans un bruit d'enfer au-dessus de Cocoa Beach. Ce
sont les photos qui m'ont fait paniquer, toutes celles qui
me sont remontées en mémoire comme un brusque
coup de sang dont la tête ne peut se dégorger qu'en
prenant les jambes à son cou pour mieux courir ventre
à terre et tant que les photos, incapables de suivre aussi
longtemps, n'éclatent en petites gerbes lumineuses derrière soi.

Les photos, elles m'ont poursuivi pendant toute mon
enfance, elles m'ont fait mal rêver la nuit parce qu'elles
prenaient toute la place dans mon sommeil, si épeurantes que j'en mouillais mon lit et finissais par me cacher

dessous, mes poings fermés sur mes dents, de petites mor-
dées qui devenaient de vraies morsures, et le sang qui
en coulait, dont le goût âcre dans ma bouche me faisait
lever le cœur, me remplissait les yeux d'étoiles sanglantes,
me défonçait à grands coups de marteau le sommet du
crâne, ô souffrance! ô misère! ô désespoir!, et je ne savais plus qui j'étais, où je me trouvais et pourquoi les
photos me voulaient tant de mal, me détestaient à ce
point-là, tramant ma mort toutes les fois que le soleil
tombait dans la mer.

Juste avant d'entreprendre ce voyage vers Cap Kennedy, j'ai retrouvé les photos en varnoussant dans le
grenier, sous une pile de cossins rangés là par ma grand-
mère et ma mère qui ne jetaient jamais rien de ce qui
avait été exhibé dans la maison, à cause de l'esprit dont
c'était désormais entaché. Se débarrasser d'une vieille
berçante, ça aurait été comme se faire couper un bras.
Mettre au feu un encadrement déglingué, ça aurait été
pire que de se faire crever un œil. Recycler en bois d'al-
lumage les petites couchettes de bois inserviables, ça
aurait été aussi souffrant que de se faire casser trois
côtes par une ruade de cheval. D'où ce grenier plein de
choses mortes jusqu'aux combles, dans lequel j'ai retrouvé
les photos en y varnoussant. Elles étaient classées dans
une boîte à chaussures par ordre d'ancienneté. J'en ai
fait le tri, ne m'intéressant qu'à celles qui m'avaient cau-
chemardé mon enfance. Ce sont celles-là que j'ai scotchtapées sur le mur avec le large ruban adhésif dont on
scelle les lourds colis. Autrement les photos ne seraient
jamais restées à la place que je leur ai assignée, elles se
seraient décollées du mur et, comme des chats sauvages,
m'auraient griffé en pleine face.

PHOTO DE GRAND-PÈRE MAXIME

Je l'ai mise au milieu de toutes les autres parce qu'elle remonte loin dans le temps. On y voit mon grand-père assis sur une bûche devant sa maison de Saint-Fabien, et c'est sûrement vers la fin de l'hiver parce qu'il porte une mantine en peau de caribou qui lui descend jusqu'aux mitasses. Ses cheveux ont poussé dru, comme du fil de fer noir qui aurait pris naissance au milieu du front afin de mieux s'épancher par derrière. Les yeux sont mauvais et sombres, le nez busqué et les pommettes des joues osseuses. Je voudrais savoir pourquoi j'ai aussi peur de son air sauvage et de la pipe qu'il fume, si semblable à un tomahawk.

PREMIÈRE PHOTO DE MON PÈRE

On l'a posé devant les grandes portes ouvertes de la boutique de forge. Il porte un long tablier de cuir qui lui laisse l'épaule et le bras gauche à découvert, et ça prend tellement d'importance sur le cliché que même le reste de son corps s'est escamoté dans la brume qui entoure la boutique de forge. Dans sa formidable main gauche, mon père brandit un gros marteau qui a deux chevilles de fonte par devant et qui ressemblent à deux yeux qu'on aurait laissés longtemps dans le feu de forge. Ce gros marteau-là ne m'aime pas, il n'attend que la nuit pour s'abattre sur moi.

DEUXIÈME PHOTO DE MON PÈRE

Elle a été prise dans la boutique de forge, près du travail dans lequel on emprisonnait le cheval trop rétif pour être ferré autrement, ses pattes mises dans les enfarges, son museau harnaché d'une casse-gueule qui lui sciait la bouche dès qu'il voulait se débattre. Mon père n'utilisait jamais le travail. C'était pour lui une invention utile seulement aux forgerons qui manquaient de poigne. Lui, il en avait pour trois, comme le montre bien la photo. Avec ce fouet aux nœuds de cuir cloutés, mon père bat un cheval si effrayé qu'il est tombé sur ses genoux de devant, la tête tournée vers moi qui regarde la scène des grandes portes de la boutique. Les yeux du cheval sont comme sortis de leurs orbites à cause de la terreur sanglante que mon père fait claquer sur son dos. Et ces yeux-là m'en veulent parce que je n'interviens pas. Je ne pourrai plus me promener dehors aussitôt la brunante tombée: les yeux épouvantés du cheval vont fondre sur moi et me transpercer de part en part pour que je sois puni de ma lâcheté.

PHOTO DE MA MÈRE

On est en train de radouber la maison. Les galeries ont été jetées à terre et les balcons démolis. À la hauteur des combles, ma mère marche sur un échafaudage. Elle me tient dans ses bras, elle se penche vers le vide parce que sa sœur, qui cherche à nous photographier, n'arrive pas à le faire adéquatement. J'ai peur que ma mère m'échappe et je braille. Elle dit: «Tais-toi si tu ne veux pas avoir peur pour vrai.» Sa voix courroucée me porte à brailler encore davantage. Ma mère dit: «Je t'avais prévenu, saudit poltron que tu es!» Elle ferme sa grosse main sur mon linge de corps et me tient ainsi dans le vide en me secouant comme si j'étais un sac à puces. Pendant des années, j'ai tombé toutes les nuits de mon lit tandis que ma mère, les poings sur les hanches, riait de moi.

TROISIÈME PHOTO DE MON PÈRE

Il a l'âge que j'ai maintenant. En revenant du cimetière où il est allé creuser une fosse, il a glissé sur une plaque de glace noire et s'est frappé le derrière de la tête sur le tuf. Il n'a pas voulu se faire soigner et, depuis, c'est comme s'il avait tout perdu, c'est comme si toutes les lumières s'éteignaient l'une après l'autre sous sa caboche. Il renverse les bouillons que ma mère lui donne à manger, il frappe de son poing tous les miroirs sur lesquels ses yeux se posent, il prétend que ce sont des fosses remplies d'eau et qu'on veut l'y jeter. Il ne dort plus la nuit, il ravaude partout dans la maison, il veut s'en aller à pied à Saint-Fabien même si c'est l'hiver dehors, qu'il fait tempête de neige et de vent. Il a fallu mettre des chaînes aux portes et cadenasser les fenêtres parce qu'il menace de mettre fin à ses jours en se jetant dedans. On a mis sous clé les couteaux et les fourchettes, les lames de rasoir et les broches à tricoter pour qu'il ne se lacère pas le corps avec. Quand je m'approche de lui, il prétend qu'il veut me tuer parce que je couche avec ma mère. Il dit : « Maudite face de squelette ! Maudite face hypocrite de fornicateur ! » S'il se fâche, je ne peux plus en venir à bout tout seul, il faut que je demande les voisins qui m'aident à l'asseoir et à l'attacher sur cette chaise droite dont les pattes sont clouées au plancher. Sur cette troisième photo de mon père, ainsi se trouve-t-il assis et ligoté sur la chaise droite, un bâillon sur la bouche pour qu'on n'entende pas les insanités qu'il ne cesse plus de proférer.

Bien qu'il y ait plein d'autres photos sur le mur et que sur chacune d'elles il se trouve aussi matière à me tourmenter, je ne suis pas porté à les regarder aussi souvent. Même si je passe quelques jours à ne pas m'approcher d'elles, elles ne sortent pas du cadre qui les emprisonne pour me poursuivre comme les autres jusque dans la garde-robe où je peux rester terré pendant des heures, agenouillé, les mains jointes, pleurant et récitant des *Notre Père* parce que j'ai peur de mourir. Je ne veux pas que mon père me fouette à mort, que mon grand-père Maxime m'assomme avec sa pipe-tomahawk, que ma mère m'étouffe en me serrant trop fort dans ses bras. Quand c'est ainsi, je ne voudrais plus avoir six ans et être faible, je ne voudrais plus avoir peur des chevaux ni de rien d'autre qui m'entoure. Je n'aime pas la haine qu'on envoie contre moi parce que je ne serai jamais à la hauteur de grand-père Maxime, de mon père et de ma mère. Ça me déchire l'intérieur de la tête, ça brûle beaucoup de matière grise et je n'ai plus la patience qu'il faut pour trouver à la remplacer. C'est comme si ça mourait par endroits dans ma tête, c'est comme si les lumières qui éclairent la conscience s'éteignaient l'une après l'autre. Ça m'empêche de penser longtemps à la même chose, ça me donne faim ou ça m'enlève tout appétit, c'est selon. Si je vois Charles, Eugénie, Bouscotte ou Mélina, j'ai de la difficulté à garder ensemble tous les morceaux qui les rassemblent en casse-tête. Parfois, ça manque d'un nez au milieu du visage, ou bien ça n'a plus de bouche, ou bien un bras ou une jambe fait défaut. Je n'entends plus leurs voix comme avant non plus, je ne les reconnais pas toujours, on dirait que c'est grand-père Maxime, mon père et ma mère qui parlent à leur place, qui me chicanent parce que je mouille mon lit, que j'ai peur des chevaux que je devrais ferrer si je ne veux pas que ma mère me jette encore du bout de ses bras dans le vide.

Parfois, ça se calme à l'intérieur de ma tête et je suis capable d'affronter le monde si j'ouvre la porte de ma chambre et que je m'en vais au devant de sa consistance, les mains dans mes poches, mon regard orienté à deux pieds au-dessus de lui, ma bouche en cul de poule parce que j'aime bien siffler et que l'air passe mieux entre les dents si les lèvres dessinent un cercle. Hier, il y en avait plein de cercles quand j'ai rendu visite à Mélina au bout du Deuxième Rang. Elle était assise à son piano devant la maison et il y avait des moutons partout, qui mangeaient de l'herbe, leurs têtes passées entre les perches des pagées de clôture. Ça me faisait rien de ne pas savoir comment Mélina avait fait pour transporter le piano aussi loin, au-delà des tales de fardoche et des cotons de framboisiers. Ça ne me faisait rien non plus qu'elle n'ait plus le même visage qu'avant, ni la même voix. Elle aurait pu ressembler moins à Léonie, mais je n'ai pas à me plaindre de Léonie. Alors que tous les autres pâlissent et ont perdu quelque chose de leur corps chaque fois que je les vois, Léonie reste telle que telle, ses yeux, son nez et sa bouche toujours aux bons endroits, ses bras et ses jambes jamais manquants. Il m'arrive de les embrasser et ça a le goût que Mélina avait avant que, par plaques, ça ne noircisse dans ma tête. Le docteur Lebel m'a montré les photos qu'il a fait prendre de l'intérieur de mon crâne quand je suis revenu de Cap Kennedy après des semaines d'attente dans Cocoa Beach parce que Charles et Bouscotte, pour me punir d'avoir eu peur de la fusée Saturne, m'ont abandonné sur le terrain de stationnement après m'avoir bourré de coups de poing et de coups de pied. Ce n'est pas la reconnaissance qui les étouffe ces deux-là! Ils en veulent à mon argent et voudraient que je leur remette tout ce que je possède. Ce sont des capitalistes. Ils n'aiment pas le travail et veulent s'enrichir à mes dépens pour mieux fuir à Montréal avec une actrice de Hollywood qui joue des rôles si petits qu'on ne les voit même pas quand ça passe à la télévision.

Hier, Mélina a sorti son piano dehors et elle a joué pour moi une sonate qu'elle a composée sur le bleu du ciel. Je n'en saurais plus rien aujourd'hui si je ne l'avais pas noté dans le petit calepin que je garde contre mon cœur dans la poche de ma chemise. C'est le docteur Lebel qui m'a suggéré d'écrire ce qui ne se passe plus dans ma tête depuis que ça s'est mis à s'éteindre. Je n'en écris pas long, juste ce qu'il faut pour ne plus avoir peur que ça s'efface autant autour de moi, comme hier quand Mélina jouait du piano et que seules ses mains avaient besoin que je les reconnaisse. Je lui ai demandé qu'elle me les donne parce que je voulais les offrir à Léonie, mais je pense qu'en m'en revenant du Deuxième Rang, je me suis arrêté sur le bord de la rivière Trois-Pistoles pour me reposer et que je les ai oubliées là sur une vieille souche toute carbonisée. Quand ça va s'arrêter de mouiller à pleins siaux dehors, je vais aller chercher les mains de Mélina là où je les ai laissées tomber, du haut de l'ancien barrage de la rivière Trois-Pistoles. Je n'aurai pas peur de l'eau. J'en bois beaucoup maintenant et ça ne me fait rien si, à cause de ça, je mouille mon lit. Quand je me réveille, je vais me mettre la face dans le coin de la chambre et je prie même si je n'ai pas honte de moi comme quand je fais un mauvais coup, qu'elle me donne une volée et que j'en ai les fesses rouges pendant des jours. Ma mère a de gros bras comme ceux de mon père et elle fesse fort et elle aime que ça dure longtemps. Mon père prétend qu'elle se venge ainsi du fait qu'elle ne soit pas devenue religieuse parce que ses parents avaient besoin d'elle comme poteau de vieillesse. Moi, je pense que même religieuse, ma mère aurait aimé autant faire descendre sur les genoux les culottes des enfants pour leur frapper les fesses de sa grosse main ouverte en les tenant solidement sur ses genoux. Quand mon père fait semblant de l'en chicaner, elle lui parle d'*Aurore, l'enfant martyr*, seul film qu'elle est allée voir à la salle paroissiale. Elle dit que la mère d'Aurore avait raison de s'en prendre à sa fille, de lui faire manger des beurrées de savon et de lui brûler le bout des doigts sur un rond de poêle chauffant rouge. «Ça se voit tout de suite aussi que tu es jalouse d'Aurore parce qu'elle est belle tandis que toi…» Mon père n'ose pas terminer sa phrase, il n'ose pas dire à ma mère qu'elle est laide comme un pichou, qu'elle a un groin de porc à la place du nez et que c'est pour ça qu'elle voulait entrer chez les religieuses, parce qu'elle n'est pas regardable ni ragoûtante.

J'ai fait monter une table et deux chaises que j'ai mises à la place des fauteuils qu'il y avait avant au fond de la chambre. Depuis que Borromée Bérubé traverse le miroir installé au-dessus de la commode, je joue aux dames avec lui. Il n'est pas meilleur là-dedans qu'il ne l'était pour tout ce qu'il faisait de son vivant, mais je me ferme le mâche-patate là-dessus. Maintenant qu'on a fait la paix tous les deux, ça ne me dérange pas de lui laisser gagner une partie sur deux. Sa mère n'était guère plus fine que la mienne et son père aurait dû passer sa vie enfermé dans une cage tellement ce n'était pas du monde. Quand on joue aux dames, on se parle ainsi du passé et ça devient moins pire à endurer. Moi, ça me donne surtout faim. Un gros steak grillé dans la poêlonne de fonte, que tu casses un œuf dessus et une saucisse fendue de tout son long, mon estomac n'aguirait pas ça que je le remplisse de même. Je crois que je vais en profiter dès maintenant. Si j'attends trop, l'appétit me lâche et je ne pense plus à manger. Je regarde les photos scotchtapées sur le mur et je me fais du mauvais sang à cause d'elles. Je ne voudrais pas être obligé de monter sur la table et d'y danser la gigue à cinq toute la nuit pour que les photos ne me sautent pas dessus.

Quand ça frappe dans la porte de la chambre, je dis à Borromée Bérubé qu'il est temps pour lui de retraverser le miroir et de rentrer chez lui. Léonie n'aimerait pas le voir en train de jouer aux dames avec moi. Elle s'approche du lit où je me suis assis, dos au mur pour ne pas voir les photos, elle regarde sur la table de chevet le coffret dont le couvercle est ouvert, elle voit les photos de Mélina qui s'y trouve et le petit calepin que j'y mets quand je joue aux cartes avec Borromée Bérubé. Je referme le coffret et je lui demande de s'asseoir à mes côtés. Ça me fait du bien de passer mon bras sur sa taille, de sentir le contact de mon épaule contre la sienne, d'avoir les cuisses qui me réchauffent parce que Léonie les frôle des siennes. Si je pouvais lui donner les mains de Mélina, je ferais aussi monter le piano du salon dans la chambre, et Léonie jouerait dessus toutes les fois que la nuit tombe et que la peur me poigne. Elle dit:

— J'ai pensé à ce que vous m'avez proposé l'autre jour, mais je ne peux pas accepter. Ça ne serait pas honnête par-devers le reste de la famille, ça serait comme si je lui volais son héritage. J'en aurais mauvaise conscience tout le reste de ma vie.

— Tu parles de plus en plus comme Mélina et ce n'est pas encore tout à fait nécessaire. Montre-moi plutôt les papiers que je t'ai demandé d'aller chercher chez le notaire.

— Je ne les ai pas apportés ici. Je les ai laissés en bas. Je voulais les mettre dans le poêle et les brûler.

— Ce sont seulement des papiers. Les papiers, c'est moins dangereux que des photos quand ça se retourne contre soi. On va descendre à la cuisine et les regarder sans prendre peur pour rien.

Léonie vient pour se lever, mais je lui ceinture le poignet de ma main, je ne veux pas perdre tout de suite la chaleur qui me vient de son corps collé au mien parce qu'il va faire très froid tantôt quand l'ancien barrage de la rivière Trois-Pistoles va venir au devant de moi, porté par le torrent de ses eaux. Je me laisse donc tomber dans le lit et je demande à Léonie d'en faire autant et de regarder au plafond, là où le bleu du ciel l'est pour vrai, si pur que les oiseaux n'osent même pas le traverser. Je mets la tête entre les seins de Léonie, j'écoute battre son cœur, si lent c'est, si apaisant pour le mal que j'ai dans la tête à cause des plaques de glace qui se forment lorsque les lumières s'éteignent. C'est comme si je me mettais à genoux sur le corps de Léonie, que je récitais des *Notre Père* et que ça n'avait plus d'importance que je pisse ou non dans mon pantalon. Léonie dit :

— Il faut descendre maintenant. Pendant que vous regarderez les papiers que je suis allé prendre chez le notaire, je vais vous donner à manger. Après, je devrai sortir.

— Si c'est encore pour voir Manu, j'aimerais mieux que tu restes à la maison.

— Manu, j'ignore même s'il existe encore.

— Je ne veux pas que tu joues du piano pour lui tant que je vais vivre. J'aimerais mieux que tu désapprennes à lire la musique plutôt.

— C'est déjà fait. Je ne sais plus la différence qu'il y a entre une noire et une blanche, entre un dièse et un bémol.

Voilà ce qui me plaît tant chez Léonie : elle est toujours d'accord avec ce que je lui demande, elle prend soin de moi comme jamais ma mère ne l'a fait, ni ma femme, ni mes enfants, ni Bouscotte depuis que Fanny s'est emparé de lui à Cap Kennedy et le tient bien caché sous ses jupes parce qu'elle ne veut pas que je parle avec lui du cosmos et de la planète Gyproc où j'habitais avant que mon père et ma mère ne m'y enlèvent parce qu'ils avaient besoin de moi aux Trois-Pistoles. Mon père et ma mère ne pouvaient pas avoir d'enfants, la petite queue que mon père avait n'arrivait pas à passer entre les plis graisseux qu'il y avait en haut des cuisses de ma mère. Pour que ça se féconde, il aurait fallu qu'une langue de feu descende sur elle et lui vienne dans la bouche. C'est comme ça que Dieu s'est montré au monde, en entrant dans la bouche de la Vierge-Marie plutôt que de sortir d'entre ses cuisses. C'est pour ça que Dieu a toujours parlé à l'envers comme les Juifs et les Arabes qui écrivent de droite à gauche parce qu'ils pensent qu'ainsi, on ne se rendra pas compte qu'ils dédisent, dans des mots qui ne sont pas prononçables comme le nom même de leur dieu.

Ça enrage Charles si je parle du cosmos, de la planète Gyproc et de tout ce que j'y faisais avant qu'on ne m'y enlève. Charles n'est plus le même depuis qu'il dirige la quincaillerie et fait encore agrandir la beurrerie-fromagerie de Saint-Paul-de-la-Croix. Il se prend pour l'empereur Néron et, du haut de la terrasse qui surplombe le toit de la maison, il regarderait avec plaisir brûler les Trois-Pistoles si ce n'était pas déjà tout carbonisé. Charles se prend aussi pour Hitler comme ça a été le cas avant lui pour mon père. Il porte maintenant les cheveux courts, dont une mèche coupée en balai lui tombe sur le front, et arbore sous le nez un pinch plein de fureur. Il essaie de me terroriser en brandissant le poing et en faisant claquer les talons ferrés de ses bottes. Le pire, c'est qu'Eugénie suit son exemple. Elle ressemble de plus en plus aux golems de fer qu'elle ne fabrique plus dans la boutique de forge, mais sur la réserve de Whitworth. Elle a le corps épineux du porc-épic et ça me pique partout dès qu'elle s'approche de moi et m'embrasse. Après, je passe des heures à couper les piquants en me servant d'une paire de pinces. Une fois que les barbes sont sectionnées en deux, l'air sort des piquants et ça ne peut plus avancer dans la peau jusqu'au cœur. Ça pourrit sous l'épiderme, comme la trahison, par petits abcès purulents.

J'ai décidé que je déshéritais Charles et Eugénie. Je suis passé chez le notaire Saint-Jean, j'ai déchiré devant lui l'ancien testament et en ai fait enregistrer un nouveau selon mon cœur. Pour qu'on ne trouve rien à y redire dans le cas que je m'en irais subitement, j'ai demandé à Tinesse à Clophas et au Kouaque de mettre leurs signatures sous la mienne. Léonie, à qui j'ai donné mon testament à lire dès que nous nous sommes assis à la table de la cuisine, en est si étonnée qu'elle ne trouve pas les mots pour me le dire. Elle ne veut pas que je la couche ainsi sur mon testament au détriment de Charles et d'Eugénie. J'écoute ce qu'elle me balbutie, mais ça ne lui sert à rien de tourner la vis d'un bord ou de l'autre parce que mon idée est faite et que je n'en changerai pas. Je dis:

— Ça ne te donne rien de penser ceci ou cela par-devers mon héritage. Je suis assez vieux pour savoir quoi faire et comment le faire.

— Ce n'est quand même pas juste pour les autres. Je n'ai rien fait non plus pour mériter un tel privilège.

— Tu ressembles de plus en plus à la Mélina que j'emmenais faire des tours de décapotable, avec qui j'allais pique-niquer à l'ancien barrage de la rivière Trois-Pistoles quand c'était encore possible de photographier sans danger le bleu du ciel.

— Avec Mélina, pourquoi ça changerait?

— Charles va se mettre à lui tourner autour comme il est en train d'en user ses souliers avec Fanny. C'est d'abord lui que Mélina a aimé et c'est pour lui qu'elle cultive son potager en forme de cercles. Dès que Charles va trouver le moyen d'y entrer, il ne restera plus rien de la Mélina que j'ai connue et aimée, même pas ses mains lorsqu'elle jouait du piano pour moi. Tu sais pourquoi?

Quand je lui raconte que les mains de Mélina, je les ai apportées avec moi en partant du Deuxième Rang tantôt et que je les ai oubliées quelque part le long de la rivière Trois-Pistoles, ça ne paraît pas inquiéter vraiment Léonie, peut-être parce qu'elle est occupée à lire ce que j'ai écrit dans mon testament et qu'elle a de la misère à comprendre le jargon que les notaires utilisent. Elle redresse enfin la tête, et dit:

— Je devrais refuser ce que vous m'offrez. C'est trop.

— Bien évidemment que tu devrais refuser, mais puisque les choses se passent ainsi et pas autrement, va-t-en faire tes commissions.

— Je vais vous préparer à manger avant.

Je me lève de table en même temps qu'elle, je dis:

— Occupe-toi pas de ma mangeaille. Je vais m'en charger moi-même. Grand-père Maxime a tué le veau gras hier. Il doit sûrement en rester quelques morceaux au frigidaire. Même froid, du veau gras ça s'envale bien.

Dès que Léonie passe le seuil de la porte, je m'en vais derrière le comptoir, à petits pas parce que mes cuisses, mes genoux et mes mollets me font mal. Ça manque d'huile dans les articulations depuis que les lumières s'éteignent dans ma tête. Le volant manque d'huile aussi, je ne suis plus capable de le faire tourner à droite ou à gauche quand je veux. Même si je tire fort dessus pour que ça aille d'un bord plutôt que de l'autre, les courbes, les obliques et les demi-lunes rient désormais de moi. Je dois donc me déplacer comme si j'avais devant moi une ligne droite toute blanche et, quand je veux virer quelque part, mes pieds se tournent lentement vers l'extérieur pour que je puisse entrer dans le carré d'où repart la ligne droite toute blanche. C'est plus essoufflant que de courir, ça fait suer à grosses gouttes, ça dessèche l'alouette et le creux du gorgoton. J'en perds le fil de mes idées, je ne sais plus toujours si je suis rendu là où je dois aller, ou si plutôt j'en reviens sans savoir pourquoi c'était si important que je m'y trouve.

J'évalue mal les distances. Quand je me tiens immobile, on dirait que les murs m'en veulent et qu'ils se rapprochent de moi. C'est comme les claquoirs dont se servent les religieuses de l'école Notre-Dame-des-Neiges lorsque je suis malcommode. Une main l'actionne près de mon oreille, j'entends le bruit que font les battants en se frappant l'un sur l'autre, puis mon oreille se fait happer par eux et ça me fait mal parce que la religieuse referme sa grosse main sur le claquoir comme si elle ne savait pas que mon oreille est emprisonnée dedans. Quand je me mets à faire tous ces petits pas en ligne droite, c'est encore pire ce qui se passe. Je n'arrive jamais à rattraper les murs, comme s'ils marchaient eux aussi, mais en sens contraire de moi. Ça me donne le vertige et ça m'oblige à faire n'importe quoi. Je prends dans les armoires tout ce qui sert à récurer, ces bouteilles de détergent, d'huile et de cire liquide, j'en mets partout sur les meubles et je frotte tant que le bois se laisse faire. Il a généralement plus de patience que moi, et plus d'endurance aussi. Je tombe raide mort bien avant lui, et je reste là, assis sur les genoux, à me vider la tête de toutes les larmes qui s'y trouvent. Les fantômes en profitent alors pour me tomber dessus. Ils sortent des photos et me terrorisent. C'est la tête de cheval qui arrive la première, yeux exorbités, babines retroussées, dents jaunes et menaçantes, puis le gros bras de mon père s'avance, puis la pipe-tomahawk fend l'air, puis la voix courroucée de ma mère traverse la nuit comme le sifflet strident d'une locomotive. Il n'y a plus de recours quand ça fond sur moi, je ne suis plus qu'un petit tas de viscères en train de passer dans le hache-viande, je perds les pédales de mon bécique, je n'arrive plus à m'enfuir nulle part, même pas dans ce trou noir qu'est devenue ma tête.

C'est habituellement le moment que choisit le pire de tous les fantômes pour ressourdre devant moi et achever ma mise à mort. Manu Morency, je ne peux jamais l'atteindre parce qu'il a la forme d'une spirale et que, quand ça se déboute d'un bord, ça se remboute de l'autre. Ça recommence tout le temps avec lui. Une fois que je serai mort, ça ne cessera même pas de recommencer. On n'étouffe pas le chiendent en refermant la main sur lui et en serrant fort. On ne vient pas à bout du cancer en coupant dans le gras et en le donnant à manger aux cochons.

Je suis assis sur la chaise droite que Charles a installée à la place de la grosse boîte à bois qu'il y avait avant près du poêle. Les pattes de la chaise sont prises dans des cercles de fer vrillés dans le plancher. Mes bras sont immobilisés sur mes cuisses, retenus là par du fil de fer barbelé. À cause de ma bouche qu'on a bourrée de papier à mâcher, j'ai de grosses bajoues comme les écureuils qui font provision de noix. Manu Morency est assis sur le coin de la table et fait aller ses jambes pour que je voie bien qu'il n'a jamais été infirme et que l'emploi de son fauteuil roulant n'a été qu'une astuce parmi tant d'autres pour mieux se venger, non pas d'être tombé du clocher de l'église comme il le prétend, mais du fait que je lui ai enlevé Mélina. Il me regarde de ses petits yeux de porc, et ça me fait mal parce qu'il s'est accaparé de tout le bleu du ciel qu'il y avait avant quand je voyais Mélina. Je voudrais qu'Alhzeimer me bouche les oreilles pour que n'entrent pas dedans les anchets et les crapottes gluants qui vont sortir de la bouche de

Manu dès qu'il va se mettre à parler. Il va rire d'abord, puis se mettre à parler, et ce sera pire que si toutes les photos décollées du mur se jetaient sur moi en même temps. Manu dit :

— Te voilà enfin rendu au bout de ton rouleau. Tu vas crever de la même façon que tu es venu au monde, dans la peur, l'effroi et l'épouvante. On n'arrivera même plus à te ramasser à la petite cuiller tellement ça se sera répandu sur le plancher en d'infimes petites boules de chair puantes. Ton tort est de ne m'avoir jamais pris au sérieux, de ne pas avoir compris que la haine assumée est mon royaume et que celui-ci doit triompher. Tu es un faible, Antoine. Tu l'as toujours été. Maintenant, il ne te reste plus qu'à mourir, et c'est moi qui vais déterminer comment tu dois encore souffrir avant de t'éteindre.

Il rit, me montrant ses dents carnassières entre lesquelles s'échappent les anchets et les crapottes gluants qui vont me monter le long des jambes, s'immiscer dans tous les orifices de mon corps pour en fissurer le dedans et me faire mourir au bout de mon sang. Il me met devant les yeux le papier qu'il tient à la main, et me dit :

— Lis ce qu'il y a d'écrit là-dessus. Tu pourras t'en aller dans le feu dévorant de la Géante après. Lis, maudite face de squelette. Lis donc !

La photo de grand-père Maxime s'interpose entre Manu et moi, et je sais maintenant d'où vient la pipe-tomahawk, de ce passé plus loin que l'enfance quand le Beauchemin premier est arrivé aux Trois-Pistoles et a fait la guerre aux débris du peuple malécite qui cabanait encore dans le Petit-Canada. Le Beauchemin premier a violé la sauvagesse, l'a engrossée et l'a forcée à fuir dans le bois jusque sur les hauteurs de Saint-Jean-de-Dieu. Cette sauvagesse-là fut la grand-mère de Béline, ce qui signifie… Non ! Je ne veux pas que ça soit vrai, il ne faut pas que ça le soit puisque cette mémoire-là doit devenir semblable à la mienne et disparaître à jamais sous les plaques noires qui me rapetissent la tête. Manu dit :

— Trop tard, Antoine. J'ai déjà fait le nécessaire pour que le livre de ça paraisse dans les jours prochains. Ainsi, tout le monde saura enfin que ta famille et celle des Bérubé procèdent du viol et de l'infamie. Que ton nom en reste publiquement entaché pour les siècles des siècles et que cela te poursuive même après ta mort ! Vil fornicationniste ! Vil incestueux !

J'ai fermé les yeux parce que c'est maintenant par eux que j'entends et, quand je les rouvre, le monde n'est plus qu'une flèche roide comme la vérité, qui file sur la ligne blanche menant tout droit à la rivière Trois-Pistoles. La flèche m'entraîne dans son tirant d'air jusqu'aux écores où elle se plante dans le vieil amélanchier dont une colonie de chenilles a mangé toutes les feuilles. Je vais à quatre pattes entre les rochers, cherchant les mains de Mélina que j'ai oubliées quelque part sur un flanc de plaque noire quand je m'en revenais du Deuxième Rang. Je suis pire qu'un porc et pire que la maladie elle-même et pire que la fatigue quand elle s'installe pour tout de bon, faisant se disjoindre les articulations et se disjoindre aussi la pensée, si usé c'est maintenant, si démanché dans toutes ses coutures, si près de la mort !

Je suis assis tout en haut des ruines de l'ancien barrage, les photos arrachées du mur de ma chambre tourbillonnent au-dessus des chutes, mon grand-père et sa pipe-tomahawk, mon père et son fouet aux nœuds de cuir cloutés, mon père et la tête de cheval aux yeux exorbités, mon père assis et ligoté sur sa chaise droite, mordant ses lèvres pour en faire pisser le sang, et ma mère si énorme, grosse et grasse comme le sont les vaches ennayères, qui me tient dans ses mains ouvertes, qui rit de ma peur, qui rit de ma grande peur, qui rit de ma très grande peur, tombe, tombe donc, ô vilaine face de squelette, tombe de très haut, du bleu du ciel dans l'indignité de l'eau, celle qui noie, celle qui submerge, celle qui engloutit, tombe, tombe donc, ô vilaine face de squelette, puisque la rivière Trois-Pistoles a été inventée pour que tu puisses en connaître le fond, tombant, tombé, ta tombe à jamais, ô vilaine et noyante face de squelette, tombeau refermé enfin, à jamais refermé, ce tombeau-là, ton en vie.

22

Obéline

REPRENDRE RACINES dans l'abandon du corps et de l'esprit, s'imaginer qu'il y a eu retournement des choses et qu'on en est revenu à l'an premier du monde, quand les prairies se faisaient vertes à perte de vue, les oiseaux en train de planer au-dessus, les bêtes glissant dans les herbes longues vers la tranquillité des forêts, ces gerbes de lumière ocrant les pans de roc le long de la Boisbouscache, irisant le pourtour des remous, faisant devenir languissante la pensée, comme si elle n'allait qu'à petit trot, pareil à ma jument que je monte, pareil au cheval de Borromée sur lequel Thomas chevauche devant moi, assis bien droit sur sa selle, la main fermée sur le pommeau et mordillant le cuir des cordeaux, si semblable à l'image que je garde de notre mère lorsqu'elle s'amusait à traverser le territoire sauvage pour que l'œil en s'y échappant invente les couleurs et les odeurs du plaisir.

Arrivé à la Boisbouscache, Thomas est descendu de cheval, a enlevé bottes, pantalon et chemise, puis a plongé dans le remous. J'aime la force pacifique de son corps, ces muscles qui ne connaissent jamais la colère, dans lesquels jamais les nœuds ne se cordent, si différents des nerfs de Borromée se tressant en gousses d'ail dès que la contrariété en prenait possession, pour changer l'ordre des sentiments, rendre belliqueux le moindre repli de paysage, menaçante la course du soleil entre les crêtes des montagnes et souffrante la parole. Avec Thomas, jamais les mots ne viennent autrement que lissés, comme une peau ointe de quelques gouttes d'huile de castor et de quelques gouttes d'huile de loutre sur le bout des doigts, pour dessiner sur le ventre les cercles du désir sagace, comme autant de petits chats roulés sur eux-mêmes dans la lumière orangée du midi.

Je pense à Antoine à qui j'ai rendu visite hier parce que Léonie m'a téléphoné pour que j'y aille. Je ne voulais pas descendre aux Trois-Pistoles, les couleurs et les odeurs de la mort voyageant dans trop de vélocité pour que je puisse m'y sentir bien. C'est si tranquille par ici, si fleurifleurant de senteurs bonnes à humer, de traits de lumière doux à frôler, de petites sources d'eau sourdant à ras de terre, fraîches comme les rosées de juillet, à laper par petits coups de langue. Si différent c'est dans la maison de la rue Notre-Dame depuis qu'on a repêché Antoine de sa chute dans la rivière Trois-Pistoles — ce corps brisé, ces nerfs rompus qui ne savent plus s'orienter, tout ce qui tressaille dans les pieds et les mains, tout ce qui du visage tressaute parce que les muscles veulent percer la peau avant que la pourriture ne s'installe pour de bon. Et cet esprit qui ne sait plus rien différencier, qui met le visage de Mélina sur celui de Léonie, qui croit que les miroirs sont habités et que Borromée peut en sortir, un jeu de dames sous le bras. Si triste c'est, d'une telle déchéance, si difficile à vivre pour ceux qui en sont proches puisque le réseau des références s'étant aboli, seule la surréalité organise le quotidien en défilé carnavalesque de fantômes. Je compatis avec Charles, Eugénie, Victorienne, Philippe et Bouscotte que l'esprit dérangé d'Antoine confond avec les photos anciennes dont il a placardé l'un des murs de sa chambre, monde des grandes frustrations d'autrefois, des grandes peurs d'autrefois, des signifiants manquements à la vie d'autrefois, monde terrorisé et halluciné. Pourquoi Léonie ne semble-t-elle pas en être atteinte, comme si dans les gestes d'Antoine et ses étranges paroles, il n'y avait rien d'autre que du normal, à ses yeux si banal que cela ne peut laisser sur soi aucune marque, pas la moindre écorchure dans le corps, pas la moindre désespérance dans la pensée? Jamais Léonie n'a été aussi compréhensive et aussi soignante, elle qui a toujours eu dédain de la maladie et n'a jamais pu en supporter les manifestations. D'un tel renversement, quoi penser? Que Léonie est enfin heureuse et que c'est sa façon de nous le montrer, elle si peu parlante dès que ça concerne ses intimités intimes, comme disait Borromée?

Quand je suis arrivée rue Notre-Dame, Mélina jouait du piano. Elle ne peut plus approcher Antoine autrement depuis qu'il la prend pour Léonie et que Léonie l'a remplacée auprès de lui. Mélina m'a dit:

— Il n'y a que mes mains qu'Antoine reconnaisse encore par moments. Il prétend qu'il n'a pas besoin de les voir, qu'il les entend quand je m'installe au piano, et que c'est mieux que s'il les avait perdues le long de la rivière Trois-Pistoles comme il le pensait que ça lui est arrivé l'autre jour.

Je voulais que Mélina m'accompagne jusqu'à la chambre d'Antoine, mais elle a refusé à cause de la peine qu'elle aurait eue d'être rejetée une fois de plus. Elle a dit :

— Quand on le contrarie, Antoine ne fait plus que monter sur ses grands chevaux, il vocifère et casse tout ce qui lui tombe sous la main. Hier, il s'en est pris à Charles et il a fallu qu'Eugénie s'en mêle pour que ça ne vire pas à la catastrophe. Le médecin prétend que tous ceux qui souffrent de la maladie d'Alzheimer passent par une telle phase parce qu'ils sont assis entre deux chaises, en même temps lucides sur ce qui les atteint, mais incapables de contrôler l'effroi qui les envahit. J'essaie de comprendre, sauf que ça se situe au-delà de l'entendement, là où tous les signes se défont. Les débris se mêlent les uns aux autres et produisent des images difformes, jamais les mêmes. J'ai beau lire tout ce que je peux sur le sujet, j'en désapprends davantage que j'en sors informée.

Elle avait cessé de jouer, ses yeux violets à demi fermés, sa longue chevelure noire dénouée faisant une masse de souffrance presque intolérable à regarder. De toutes les femmes, la plus méritante mais la moins comblée parce que confrontée toujours à la solitude, à ce point-là forcée par elle que toutes choses alentour s'en trouvent enveloppées — cette petite maison loin des autres dans le Deuxième Rang, entourée de champs clôturés et de sous-bois, dont la seule ouverture vers la mer est mangée par les moutons qui y pacagent, comme quelques notes de musique condamnées à rester suspendues dans les airs, pareilles à des taches qu'y feraient des oiseaux immobilisés dedans.

J'ai laissé longtemps ma main ouverte sur l'épaule de Mélina parce que je voulais qu'elle sache l'affection que j'ai pour elle, le respect que sa grande dignité m'impose au milieu de tant de souffrance si imméritée, puis je suis sortie du salon tandis que ses mains glissaient lentement le long de son corps vers les touches du piano. À peine effleurées pour que vienne une douce musique, babillante comme l'étaient Brunante et Aurore allongées dans le ber près de la porte, tant de lumière riante malgré la tristesse de la maladie.

J'ai frappé à la porte de la chambre d'Antoine qui était entrouverte, sans doute pour que la musique jouée par Mélina puisse se frayer passage au-delà, dans le monde devenu sans mémoire et en train de se désincarner. Antoine n'a pas entendu les coups dont j'ai heurté la porte. Assis sur une chaise droite près de la table et du jeu de dames étalé dessus, les bas de son pantalon roulés sur les mollets, des poids fixés à ses chevilles, il balançait dans le vide ses jambes l'une après l'autre en grimaçant à cause de l'effort qu'il y mettait. Je suis entrée et me suis approchée de lui. Il a dit:

— Compte jusqu'à dix pour que je puisse en finir. Sinon, c'est pas encore demain que je vais pouvoir me rendre jusqu'à Saint-Fabien. Mal entraîné, je vais manquer de jarrets avant même d'avoir traversé le viaduc de Saint-Simon.

J'ai fait ce qu'Antoine m'a demandé et il a levé et abaissé les jambes encore dix fois avant de s'arrêter, la tête penchée par devant pour reprendre son souffle. Sans la redresser, il a dit:

— J'ai soif. Si tu m'apportais un peu d'eau, je ne serais pas contre.

J'en ai rempli un verre à même la carafe qu'il y avait sur la table de chevet et le lui ai apporté. C'est alors qu'il a vu que c'était moi qui étais dans la chambre, et il s'est levé tout de suite, me prenant dans ses bras, me serrant contre lui et disant :

— Je pensais que j'avais affaire à Léonie. Excuse-moi, excuse-moi trois fois, ma petite sœur.

Je me suis assise avec lui à la table, il ne cessait pas de me regarder, il ne lâchait pas mes mains qu'il tenait dans les siennes et qu'il embrassait, les larmes aux yeux. J'ai dit :

— Je ne suis venue que comme ça, en passant. Je ne voulais pas vous déranger.

— Ma petite sœur ne me dérange jamais quand elle me rend visite. Elle remplit ma chambre de ses bonnes odeurs, elle en chasse les méchants fantômes, elle me repose de mon entraînement.

Ça me brûlait trop les lèvres pour que je ne pose pas la question : pourquoi Antoine m'appelait-il ainsi sa petite sœur, et pourquoi y mettait-il autant d'insistance ?

— Borromée ne t'a pas encore expliqué ? Quand il vient jouer aux dames avec moi, je n'arrête pourtant pas de lui raconter toute l'histoire.

— J'aimerais que vous me la disiez à moi aussi.

— Je ne peux pas. C'est à Borromée à le faire. Si je m'y employais à sa place, la chicane reprendrait entre lui et moi et ça serait encore pire que dans le Petit-Canada quand ça a commencé.

— Dans le Petit-Canada ? Pourquoi la chicane serait-elle venue du Petit-Canada ?

— Quand il m'aura battu encore deux fois aux dames, Borromée t'expliquera. Il m'a promis qu'il le ferait. En attendant, je peux quand même te remettre la pipe. La pipe, ce n'est pas interdit que je te la donne.

Il est allé la prendre dans un tiroir de la commode et l'a mise devant moi, disant encore :

— Je pense l'avoir trouvée quand je cherchais des photos au grenier. Elle est sortie de l'une d'elles, je crois bien.

J'ai regardé la pipe sculptée dans du bois de merisier rouge, avec la tête de porc-épic en guise de bouquin, et je ne savais plus quoi dire, et je ne savais plus quoi faire, comme lorsqu'on marche dans la brume, qu'on voit au travers des lumières scintiller, mais qu'on ne sait plus jauger les distances ni même quelles directions elles indiquent vraiment. Antoine a dit :

— Ma petite sœur, tu vas m'excuser, mais il faut maintenant que je reprenne mon entraînement. Grand-père Maxime ne serait pas fier de moi si j'arrivais demain à Saint-Fabien sur les genoux parce que mes jarrets auraient lâché. J'en aurais pour au moins trois jours à me tenir le corps droit et les oreilles molles sur le banc des innocents. Merci d'être venue, ma petite sœur. Je vais le dire à Borromée que tu m'as rendu visite, comme autrefois je le faisais par-devers toi dans le Petit-Canada. Je t'aime, ma petite sœur.

Je regarde Thomas sortir du grand remous dans lequel il a plongé et replongé, bel oiseau que le soleil a hâlé, et je voudrais oublier la visite que j'ai faite à Antoine et cette pipe amérindienne que j'ai attachée à ma ceinture depuis que je l'ai rapportée des Trois-Pistoles. Thomas s'est essuyé, a remis son linge de corps, est venu s'asseoir à mes côtés et, sans que je lui en dise rien, comprend que je suis tracassée. Il dit :

— J'ai dans l'idée que ça te ferait du bien de voir Benjamin. Je sais qu'il prend l'air au lac Sauvage depuis

trois jours. En suivant la trail le long de la Boisbouscache, puis celle qu'il y a de la rivière Trois-Pistoles au
lac Sauvage, on n'en a même pas pour deux heures à
chevaucher.

Les bêtes sont contentes de s'enfoncer dans la forêt.
Ça leur a manqué depuis la mort de Borromée — ces
courses que nous faisions l'un contre l'autre, moi laissant
Borromée prendre ses distances, ma jument beaucoup
plus rapide que son cheval, et je gardais les cordeaux
serrés pour qu'elle n'aille pas trop vite, attendant que
les écores de la Boisbouscache soient loin de nous, que
les platins de la rivière Trois-Pistoles soient loin de nous,
pour éperonner ma jument et la lancer, dans la fine
épouvante, vers la clairière, éblouissante de lumière,
qui marque le passage du pays de Saint-Jean-de-Dieu à
celui du lac Sauvage. Un canot est caché sous un amas
de branches d'épinettes, que Thomas m'aide à dégager
et à mettre sur l'eau. Quand j'y embarque, il dit:

— Prends tout ton temps avec Benjamin. Moi, je vais
cueillir des baies sauvages et prendre soin des chevaux.

Je traverse le lac dans de petits nuages de brume
que la fraîcheur de l'eau fait monter vers le soleil pareil
à un œil d'aigle en feu au milieu du ciel. Sur le versant
nord, en face de la petite île qui ressemble à une main
à ras d'eau, un orignal frappe une souche pourrie de
son énorme panache. Quand j'accoste au quai flottant
devant le shaque de Benjamin, les petits chiens-loups
que notre tante Lumina lui a donnés accourent vers
moi, me flairent les pieds, puis les lèchent. Il m'ont reconnu et manifestent leur joie en me mordillant les
chevilles tandis que je m'en vais vers le shaque dont la
porte est grande ouverte. Je m'arrête sur le seuil, mes

yeux trop pleins de lumière incapables de voir les ombres qui se meuvent dans la cabane. J'entends le tambour dont Benjamin joue en psalmodiant de sa voix de basse :

C'est elle, c'est elle,
La personne avec l'esprit du hibou.
C'est elle, c'est elle,
La personne avec l'esprit du hibou.
C'est elle, c'est elle.

Les ombres s'escamotent, il n'en reste plus que cette douce pénombre qui rend l'espace feutré, comme si j'y flottais plutôt que j'y marchais, jusqu'à la table bancale près de laquelle Benjamin est assis, ses cheveux me cachant son visage penché bas sur le tambour. Je m'assois sur le banc de l'autre côté, je regarde les piles de livres qui m'obstruent le chemin jusqu'à Benjamin, je les tasse de la main vers la fenêtre, puis je dis simplement :

— Quand je rends visite à Antoine, il m'appelle sa petite sœur. Est-ce que tu sais pourquoi ?

Benjamin redresse la tête, ses yeux noirs comme le jais se vrillent dans les miens, il ouvre la bouche, mais rien n'en sort que le vœu malécite qu'il fredonnait. Je détache la pipe à ma ceinture, je la mets sur la table devant lui, je dis :

— Antoine m'a aussi remis cette pipe à bouquin de tête de porc-épic. Est-ce que tu sais pourquoi ?

Il ferme les yeux, bat le tambour et ne répond rien. Je dis encore :

— Je rêve beaucoup à l'esprit de la Grand-mère porc-épic ces jours-ci. Dans le premier rêve, je veux voyager avec l'esprit de la Grand-mère porc-épic, mais il prétend que je suis trop maigre, qu'on rirait de lui s'il me laissait faire, qu'on lui dirait : « Ronge l'écorce que Béline a sur elle et continue ton chemin. » Dans le deuxième rêve, l'esprit de la Grand-mère porc-épic ne veut toujours pas me prendre avec lui, il me dit : « Tu es grosse maintenant, mais ton dos est trop mou. Il lui manque des bâtons pour le soutenir. » Est-ce que tu sais pourquoi, Benjamin ? Est-ce que tu sais pourquoi Antoine m'appelle sa petite sœur, pourquoi il m'a remis la pipe malécite et pourquoi ça manque de bâtons pour soutenir mon dos ?

Il a mis le tambour de côté, il se passe les mains dans le visage, il se lève, va vers la porte et siffle pour que les petits chiens-loups ne s'éloignent pas du shaque, puis il revient s'asseoir à la table, et dit :

— C'est l'esprit du hibou que j'attendais, pas celui de la Grand-mère porc-épic quand elle écrivait son journal. J'aimerais mieux ne pas avoir à t'en parler, mais je vais le faire maintenant.

C'est comme si la nuit tombait d'un seul pan au-dessus du shaque de Benjamin et que celui-ci partait à la dérive sur le lac Sauvage et sur la rivière Trois-Pistoles, en descente tourmentée vers le Petit-Canada. Quand ça y accoste, le shaque tient à peine debout tout seul, on doit l'adosser de perches, calfeutrer d'écorces de bouleau les interstices entre les billes, remplacer les carreaux brisés des fenêtres par de fines peaux de loutres de mer. La Grand-mère port-épic n'est encore qu'une toute jeune squaw qu'on a laissée seule dans la cabane, les hommes étant partis chasser et les vieilles femmes enallées dans les bois pour triller des baies sauvages. Survient le Grand-père Beauchemin qui oblige la Grand-mère porc-épic à coucher avec lui, et survient encore le Grand-père Beauchemin quand il apprend que la Grand-mère porc-épic est enceinte et va bientôt accoucher de lui. Il veut qu'elle fasse usage de plantes abortives, il ne veut pas que l'enfant porc-épic naisse, déshonneur de sa nation et du commerce qui l'a fait aussi riche. La Grand-mère porc-épic eut beau rondir le dos pour que ses piquants la protègent, elle ne put résister indéfiniment à la colère du Grand-père Beauchemin. Pour que l'enfant ne soit pas tué dans son ventre à coups de pied, elle dut déguerpir dans les bois tandis que le grand-père Beauchemin faisait mettre le feu à sa cabane et à celle des quelques familles habitant encore le Petit-Canada. De la terre rouge toujours plus rougissante et, sur le bord de la Boisbouscache, en ce lieu appelé depuis Descente des femmes, vint au monde la fille de la Grand-mère porc-épic, comme une petite boule rouge, toujours plus rougissante, apparaissant entre ses cuisses.

Benjamin s'est tu, a laissé glisser son bras vers le plancher pour que les petits chiens-loups cessent de ciller, couchés sur ses pieds, inquiets d'entendre parler aussi longuement sans accompagnements de tambour. Je dis :

— Tu aurais dû me raconter bien avant aujourd'hui.

— Le passé n'est pas un serpent pour qu'il se morde la queue. On ne peut rien changer au passé, on ne peut pas s'en nourrir quand c'est l'esprit de meurtre qui l'a déterminé. J'ai donc bien fait de ne pas en parler à personne et de brûler les pages dans lesquelles notre Grand-mère porc-épic en fait mention. Moi j'aime Eugénie, j'ai besoin d'elle et peu m'importe qu'elle soit ma parente de près ou de loin. Je fais mien le dernier vœu écrit par notre grand-mère dans son journal :

Nous sommes les étoiles qui chantons,
Nous chantons avec notre lumière,
Nous sommes les oiseaux de feu,
Nous volons haut dans les cieux,
Notre lumière est une voix,
Nous traçons la voie aux esprits,
Pour que les esprits puissent traverser.

Il s'est levé en disant les derniers mots, il a pris la pipe malécite sur la table, il s'est approché de la truie, a ouvert la porte de fonte pour y mettre de l'écorce et quelques rondins, il fait craquer une allumette puis, quand le feu s'embrase, il jette dedans la pipe malécite. Benjamin dit :

— Comment le père d'Eugénie a-t-il appris ?

— Peut-être que la pipe malécite n'était pas seule à être restée aussi longtemps dans la maison des Trois-Pistoles. Peut-être que l'esprit de la Grand-mère malécite s'y trouvait-il aussi. Si Léonie devait le rencontrer à son tour, ne crois-tu pas que ce serait encore pour le pire ?

— Léonie habite cet esprit-là depuis qu'elle est au monde. Elle n'a pas besoin d'en être confirmée. Quand bien même elle le voudrait, elle ne peut pas échapper à ce qui est inscrit en elle depuis si longtemps. On ne peut rien y changer, Mam. C'est ce que nous avons à comprendre, bien que ce soit souffrant, surtout pour toi. Tu mérites mieux que la haine même quand celle-ci trouve à s'apaiser.

— Penses-tu vraiment que Léonie y parviendra un jour, à s'apaiser ?

— À sa manière, elle en est déjà rendue là.

J'ai rejoint Benjamin devant la truie, je passe mon bras sur sa hanche, je dis :

— J'aimerais tellement qu'on puisse encore agir.

— C'est ce que nous faisons, à notre façon qui n'est pas celle de Léonie, toi en travaillant à la Maison de Cacouna avec Thomas, et moi en rendant habitable la réserve de Whithworth. Si nous persévérons, l'esprit de notre Grand-mère porc-épic revivra, aussi souverain que l'est le vol de l'aigle au milieu du ciel.

Benjamin me prend la main et la porte à sa bouche, puis il m'entraîne dehors après avoir pris le tambour sur le banc. Nous allons nous asseoir sur la grève de sable blond, devant le lac Sauvage, les petits chiens-loups couchés à nos pieds, le ciel au-dessus de nous comme une grande nappe étoilée, violet comme les yeux de Mélina. Benjamin va se mettre à frapper le tambour du plat de la main, et moi je vais chanter, d'une voix assez portante pour que Thomas puisse l'entendre de l'autre côté du lac Sauvage. Il fera un feu pour que nous sachions qu'il écoute, nos deux chevaux à ses côtés. Ce que dit l'esprit frappeur du tambour et l'esprit de la chanson, c'est ce que notre Grand-mère porc-épic psalmodiait quand la terre rouge ne cessait pas de rougir et que, pour ne pas s'y noyer, les mots devaient se manifester, comme de bruissantes feuilles s'épaillant simplement dans l'espace :

Je suis assis et je bats le tambour.
J'ordonne aux animaux

Et même aux rafales
D'obéir à mon tambour.

Je suis assis et je bats le tambour.
Même les esprits sous les eaux
Remontent à la surface
Et obéissent à mon tambour,
Et le fendeur de bois
Arrête son travail
Et obéit à mon tambour.

Je suis assis et je bats le tambour.
Et l'esprit de Grand-mère la Terre
Sors des longues ténèbres
Et obéit aussi à mon tambour.

Les éclairs, le tonnerre,
Les rafales, les tempêtes,
Les esprits de l'eau et du feu,
Tous ils viennent maintenant
Pour obéir au son
De mon tambour.

23

Manu Morency

T ANDIS QUE SONNE LE GLAS au-dessus des Trois-Pistoles, le capitaliste beauceron Bernard Lamarre, qui rentre d'un voyage d'affaires en Asie parrainé par Team Canada et le premier ministre Jean Chrétien, déclare à ce reporter de télévision que le Québec profitera de la manne chinoise et de la manne russe grâce aux trois cent cinquante millions de dollars de contrats qu'il rapporte dans ses bagages, ce qui l'autorise à se faire philosophe et à répondre ainsi à la question qu'on lui pose sur l'éventualité de l'indépendance du Québec :

— Mettons la priorité sur la tolérance plutôt que sur nos distinctions.

Ce Québec-là de la haute finance, si anglaisé que sa langue fourche à chacune des phrases qu'il dit, comme Bernard Lamarre prenant ce qui est différent pour une distinction, sans doute parce qu'on l'a décoré lui-même de l'Ordre du Canada et qu'être fédéraliste ne serait qu'un vain mot si on n'était pas largement subventionné pour s'en vanter. Et par-devers quoi et qui user de tolérance ? Dans toute société, ce ne fut jamais un droit puisque sont tolérants seulement ceux qui souffrent et n'ont pas les moyens d'y mettre fin. C'est donc un mot dont le pouvoir n'a rien à faire car le pouvoir s'établit sur ce qui violente, comprime et réprime. Pour produire son papier torche-cul, Bernard Lamarre autorise les coupes à blanc de nos forêts boréales, et peu lui chaut que la ressource vienne à manquer. Ça n'arrivera pas de son vivant, et c'est là la seule croyance du capitaliste : que les choses sont parfaites comme elles existent et qu'il est inutile de leur donner un esprit, sinon celui qui prévaut dans le négoce, la liberté du vendeur et l'assujettissement de celui qui achète.

Depuis que les tours jumelles du World Trade Center de New York sont tombées, piégées par les avions des kamikazes musulmans, la tolérance dont tout le monde se réclame a autant de pertinence que la décontamination d'un puits creusé à proximité d'une fosse à purin. J'ai lu dans les journaux les lettres que les lecteurs y ont adressées. J'ai entendu à la radio et à la télévision les commentaires des supposés spécialistes et ceux du bon public. Quelle naïveté ! Quelle naïveté chez les uns comme chez les autres ! Quelle ignorance de ce qui fait le fondement d'un empire, sa capacité à se concevoir comme une totalité et sa capacité à la défendre en recourant à toutes les armes qu'il possède pour y arriver. Tant que l'empire persan n'a pas su faire de quartiers, sa suprématie sur le reste du monde était totale et ceux qui cherchaient à la contredire étaient décapités sur la place publique ou exterminés collectivement. L'empire persan est tombé quand plus personne ne s'est senti justifier de se battre pour lui, chacun préférant jouir des privilèges que lui apportait la domination nationale sur les autres. Il n'existe pas d'empires qui soient pacifiques. Ça naît dans le sang, ça se conforte dans le sang et ça perdure aussi longtemps qu'on peut faire verser le sang. Les Américains ne peuvent pas échapper à cette loi générale de la prédation qui régit le fonctionnement de tout empire. Ça n'a rien à voir avec cette morale de la lamentation qui remplit les pages de nos journaux, les émissions radiophoniques et télévisées depuis que les tours jumelles de New York se sont effondrées, comme si dans chaque Québécois s'était réveillé le curé qui y dormait, le boy-scout ensommeillé et le psychologue hystérique — donnez aux musulmans ce qu'ils attendent de nous, faites-les devenir prospères en partageant avec eux notre richesse et nos idéaux de justice et de charité, apprenez par cœur le Coran, engagez le dialogue avec les intégristes, comblez-les de notre mansuétude et de notre compréhension pour qu'ils deviennent semblables à nous, des victimaires heureux de ne plus pouvoir tuer personne, sauf soi.

Notre société n'est pas devenue pour rien l'une des plus suicidaires de l'Occident. Nous y avons toujours élu des chefs que l'idée de meurtre avait désertée, d'Honoré Mercier à Lucien Bouchard, de Maurice Duplessis à René Lévesque, nous n'avons jamais voulu assumer le fait que notre établissement en Amérique exigeait de nous que nous ne soyons ni velléitaires, ni poltrons, ni à la merci de la morale judéo-chrétienne, ni plus démocrates que les autres, ni meilleurs que ce à quoi nous conditionnait l'âpreté du pays. Nous n'avions besoin que de volonté et de la logique qu'il doit y avoir dans la volonté. Nos chefs politiques auraient dû représenter cette volonté-là et la rendre agissante. Ils ont préféré favoriser les malades, les arriérés, les analphabètes, les pauvres, les souffreteux et les porteurs de jougs. Nos gouvernements ont toujours été des églises cérémonieuses, mais privées de substantifique moelle, ses grands-prêtres n'en ayant pas besoin pour jouir du petit pouvoir qu'on leur accordait. Et même de ce petit pouvoir-là, ils en usaient mal parce qu'il n'était qu'une mauvaise caricature du vrai qui rend le meurtre légitime. Pour que personne ne puisse y accéder, la bureaucratie s'est faite encombrante, les lois de plus en plus contraignantes, le fisc de plus en plus gourmand, la pensée de plus en plus basse de plafond, l'individu de plus en plus schizophrène. Quand le pays possible devient une cour des miracles que coiffent les hôpitaux, c'est que la pensée n'est plus que suicidaire, c'est qu'elle a atteint le stade ultime de sa négation.

Le glas sonne au-dessus des Trois-Pistoles, mais ce n'est pas pour commémorer pour la centième fois l'effondrement des tours jumelles du World Trade Center. Il y a trois jours, Antoine est mort des suites de la pneumonie qu'il a attrapée en se jetant du haut de l'ancien barrage de la rivière Trois-Pistoles. Le hasard a voulu que je sois celui qui devait le sauver d'une mort qu'il ne méritait pas parce que venant trop vite et pas assez souffrante. Ça s'est passé par une belle journée de fin d'été alors que toutes mes affaires enfin faites, je voulais profiter avec Gabriel des derniers moments que j'entends passer en terre pistolète. Si j'y restais plus longtemps, je n'y ferais plus que m'y survivre comme disait Jacques Ferron après la grande désillusion que fut pour lui la publication du *Ciel de Québec*. Pensez! La création d'une mythologie tragique dans un semblant de pays qui s'adonne avec complaisance au rire épais et à la maladie, quelle incongruité!

Ainsi donc, je suis allé pique-niquer avec Gabriel sur les hauteurs de l'ancien barrage de la rivière Trois-Pistoles, sur ce lopin de terre qui a jadis appartenu à ma famille et que les Beauchemin se sont approprié sous le prétexte d'une servitude non respectée. Il faisait grand soleil et un petit vent qui, soufflant du large, était gorgé de varech et de résine d'épinette. Gabriel m'a porté jusqu'à cette chaise que l'érosion a creusée dans le roc en aval de l'ancien barrage, juste devant le grand remous où les étudiants anglophones de l'Université Western aiment venir se baigner quand leur prend l'envie de faire l'école buissonnière. Leurs corps nus, les ruissellements de l'eau sur des peaux blanches, ou jaunes, ou brunes, laiteuses, miellées et chocolatées, comme des cornets de crème glacée, à lécher avec gourmandise, le bas du corps plein de désir. Tandis que je regardais les cercles que faisait l'eau dans le grand remous, je pensais à l'ultime visite que j'avais rendue à Antoine avant de prendre la clé des champs. Comme l'ombre de lui-même il m'est apparu, pataugeant dans ces détergents qu'il avait versés partout et dont il tentait d'arrêter l'expansion d'une guenille mal torchante. Quand je lui ai fait lire cette partie-là du journal de la mère de Béline racontant le viol et l'engrossement de la sauvagesse qui donna naissance à la branche maternelle des Bérubé, il devint vite comme halluciné et se jeta dehors, toute sa queue de chemise prise en feu. Le temps que Gabriel mît à pousser mon fauteuil roulant jusque sur la galerie, Antoine avait déguerpi au volant de sa voiture décapotable, ne laissant derrière lui que ce nuage de poussière indéchiffrable.

Mon étonnement fut grand quand je le vis survenir sur la ruine la plus élevée de l'ancien barrage, et plus grande encore ma surprise lorsqu'il se laissa tomber dans le grand remous, son corps recroquevillé en chien de fusil sombrant au milieu des cercles d'eau tourbillonnante. J'aurais pu me contenter d'assister à la mort d'Antoine et me satisfaire de la vue de son corps flottant pour l'éternité, gonflé et nauséabond, dans le maelström centrifuge du grand remous, mais j'ai envoyé Gabriel l'en retirer parce que je voulais jouir de ma victoire et voir dans l'œil exorbité d'Antoine tout le bleu du ciel en train de se défaire.

Depuis, le glas sonne au-dessus des Trois-Pistoles. C'est l'heure où doit s'ébranler de la maison Fleury le cortège funèbre, un corbillard ancien tiré par de gros chevaux noirs, les Beauchemin suivant à pied derrière, puis la parentèle venant après eux dans les vieilles voitures du Musée de l'automobile. Je ne le verrai pas passer devant chez moi et je ne saurai rien de la peine de Mélina. Je lui ai téléphoné pour prendre de ses nouvelles, mais c'est resté silencieux à l'autre bout du fil, même quand j'ai pleuré et que c'était pour vrai. J'ai aussi été viré trois fois dans le Deuxième Rang, et sans plus de résultat, les volets des fenêtres fermés, la porte barrée de l'intérieur, Mélina y faisant la morte, sourde à mes supplications, sourde au fait qu'il était encore possible de neutraliser la veine noire de la destinée. Je me serais contenté de m'asseoir au salon, de boire un verre de liqueur de framboise tandis que Mélina aurait joué au piano quelques airs de Wagner seulement pour moi, comme ça lui arrivait de le faire avant qu'elle ne soit trahie par Charles, puis enfirouapée par Antoine — à cause d'eux, moi exclu à jamais du monde sans aspérités de Mélina, moi dépossédé de mon amour d'elle,

moi abandonné dans l'enfer de ma passion, simple souffrance d'os, simple douleur de mes os jusque dans ma
tête, pluie froide, pluie verglacée, mes os stalagmites devenus osselets de colère et désir de vengeance, mes os

Je regarde Gabriel déballer les caisses de livres que
l'imprimeur Marc Veilleux a livrés au petit matin parce
que je ne voulais pas que tout Trois-Pistoles sache déjà que
le journal de la mère de Béline est devenu grâce à moi
un livre et que ce livre, *Récit de la grand-mère malécite en
son déclin de vie*, sera bientôt offert en pitance aux journalistes et à tout ce que le Bas-Saint-Laurent compte
de commères, de langues sales et de racistes, pour qu'à
jamais soit entachée la réputation des Beauchemin et
que leur devienne impossible même ce qui ne se vit que
dans la banalité quotidienne, dormir, manger, déféquer,
être salué de la main par le monde, être cité en exemple
par Québec et Ottawa, et honoré par eux, si importants
sont les entrepreneurs, les bâtisseurs d'arrière-pays, les
capitalistes qui réinvestissent chez eux leurs profits, ces
gloires de la nation comme le fut Raymond Malenfant
avant que les scandales ne le jettent à bas de la monture
du Parti libéral qui en a fait un pauvre parmi les pauvres, tout juste bon à se faire frapper de plein fouet en
traversant la rue.

Hier soir, j'ai aussi écrit cette lettre par laquelle je
démissionne du Parti des régions, soi-disant parce que
j'ai fait la découverte de toute une série d'actions frauduleuses perpétrées par Philippe Beauchemin durant
cette campagne électorale à nulle autre pareille dans les
annales politiques québécoises puisqu'à son terme était
élu un député n'ayant plus à obéir aux ordres d'un premier ministre ou d'un chef d'opposition, eux-mêmes les

marionnettes des barons de la finance, de l'Église et de syndicats devenus plus doués pour spéculer à la bourse que pour voir à ce que le travail ne soit plus que la simple exploitation du plus grand nombre et son appauvrissement, pour que les Francœur, les Desmarais, les Dupuis, les Lamarre et les Bombardier puissent ne jamais cesser de s'enrichir, ces despotes, ces potentats mal éclairants, déculturés et cyniques, tous ces Claude Béland, ces François Legault, ces Pierre Trudeau et ces Pauline Marois que la Révolution tranquille a mis au monde du grand capital, quelle écœuranterie! Dans ma lettre de démission du Parti des régions, je demande une enquête policière sur Philippe Beauchemin, mais même si on ne donnait pas suite à mon idée, l'acte d'accusation que je dresse le défera comme chef de parti et comme député plus rapidement que n'importe quel procès qu'on pourrait lui intenter. Ça ne fera pas mourir le Parti des régions pour autant, Marjolaine Tremblay étant désormais en mesure d'assurer la relève.

J'ai poussé mon fauteuil roulant de la cuisine au salon, je me suis installé dans le grand fauteuil, je bois par petites lampées un verre de scotch et fume par petites bouffées un de ces affreux White Owl dont l'imprimeur Marc Veilleux m'a fait cadeau. Si j'ai allumé le White Owl, c'est que j'en fumais du temps de ma folle jeunesse, si ignorante du plaisir vrai parce que l'horrible travailleur en moi se déchaînait dans la compulsion. Cette odeur du mauvais tabac, comme de la pourriture émiettée, pestilence des vieilles sacristies, des confessionnaux et des salons funéraires quand on y expose les morts sous des brassées de fleurs nauséabondes.

Au-dessus des Trois-Pistoles, le glas sonne toujours, mais je n'y porte plus guère d'attention puisque tout ce que j'avais à faire contre les Beauchemin l'a été. J'ouvre donc ce petit ouvrage que je suis en train de lire sur les dernières années de vie de Nietzsche et je vais rester plongé dedans tant que Gabriel n'aura pas porté à la poste les petites bombes à fragmentation que j'ai mises dans les colis et les lettres que je destine aux journalistes. Après, je fermerai maison et je partirai avec Gabriel vers les mers du Sud pour que ma douleur d'os devenue pluie froide, pluie verglacée, pour que mes os stalagmites, vidés de tout esprit de colère et de vengeance, puissent reprendre forme et ainsi assumer la joie qu'il y a dans le simple désir quand c'est contenté, amoureux mes os, aimés mes os, sous le bleu du ciel devenu bleu de mer, mes os réconciliés, oui mes os, si souverains mes os.

Rien de plus triste que le destin de Nietzsche une fois que descendu du mont Sils-Maria, portant dans ses bras les quatre gros livres du *Zarathoustra*, il se mit en marche vers le bord de mer italien, assoiffé de soleil, de femmes et d'amitié, tout cela dont il s'était privé depuis son entrée en philosophie et en écriture, qui lui avait tant manqué que son corps déjà vieilli en portait les stigmates — ces violents maux de tête dont il était accablé, comme des coups de tonnerre sous le crâne, des jours entiers que ça résonnait, pire que le déchaînement de mille tempêtes, si épuisant c'était, forçant Nietzsche à prendre le lit et à y rester, si loin de sa table de travail, dans la nausée et le vomissement, son estomac en feu, son ventre gonflé comme si ça s'était mis à pourrir de l'intérieur, cette formidable hargne, cette extrême solitude que nul avant lui n'avait si totalement assumée et que nul après lui n'assumerait plus avec autant d'orgueil et autant de ténacité. Et ce grand besoin, après le mont Sils-Maria, de se sentir solidaire de l'humanité agissante et d'y trouver la reconnaissance de l'amitié :

> *Ô midi de la vie !*
> *Ô saison solennelle !*
> *Jardin d'été en fleurs !*
> *Inquiète douceur d'être debout,*
> *D'ouvrir les yeux, d'attendre !*
> *J'attends mes amis,*
> *Nuit et jour,*
> *Prêt à l'accueil !*
> *Où restez-vous, amis ?*
> *Venez, il est grand temps !*

Plutôt que de s'approcher, les amis s'éloignent : les corps incandescents repoussent les bons sentiments, font peur puisqu'en leur présence on ne peut plus se concevoir autrement que comme un papillon que l'éclat de la lumière attire et brûle les ailes. Ce fut d'abord la perte de Lou Andréas-Salomé, cette jeune philosophe russe qu'il voulut épouser, lui l'inépousable, et qui dut y renoncer au terme d'un sordide mélodrame. Ce fut ensuite la rupture avec un Richard Wagner concevant la musique comme le débordement de toutes les sensualités, avec recours aux mythes fondateurs allemands et totalitaires, hargneux puisque la souveraineté d'un peuple doit l'être, même dans sa musique — l'exclusion des Juifs déjà, et dont Bernard Forester, l'ami de cœur de la sœur de Nietzsche, se faisait le chantre intempestif, dans la revue même qu'avait lancée Wagner. En livrant combat à Forester, Nietzsche fit un enfer de ses relations avec sa sœur Lisbeth et, par ricochet, avec sa mère. Enfermé dans sa petite chambre de la Via Carlo Alberto de Turin, il écrit *Ecce Homo*, *Le crépuscule des dieux* et *L'AntéChrist* — suprématie de la pensée sur la matière, triomphe même de l'antimatière puisque ce qui est caché au regard, à l'appréhension des sens, ce territoire noir par-delà le bien et le mal, c'est précisément là que croît le Surhomme, que tourne la roue qui fera venir le Retour éternel dans la transhumanité, cette antimatière encore qui compose la presque totalité de l'Univers, notre avenir.

Pour se reposer d'autant travailler, Nietzsche écrit de la poésie : l'homme supérieur est aussi celui qui façonne le désir par son trop-plein de vie et qui s'abandonne à l'extase de ce qu'il appelle l'état radiant, ces coulées de feu où toutes les passions riantes font corps et esprit, en jouissante liberté.

L'effondrement est brutal. Sortant un jour de sa chambrette, Nietzsche voit un cheval que roue de coups un cocher brutal, et se jette au cou de la bête maltraitée, pris d'une émotion si violente que l'apoplexie le foudroie. On doit le faire porter à sa petite chambre où, pendant deux jours, il dort d'un sommeil de plomb. Quand il se réveille, c'est dans la démence qu'il s'agite. Il est devenu Prado, un criminel qu'on juge à Paris pour avoir égorgé une fille publique ; et Constantine, le meurtrier de sa maîtresse ; et le prince Eugène dont il prétend que les funérailles sont les siennes. Il envahit la gare de Turin, accoste les passants, leur dit : «Soyons contents. Je suis Dieu. J'ai pris ce déguisement.» Il

exécute publiquement des danses de satyre ou philosophe à coups de marteau sur son piano. On doit le
faire interner. La médication en fait une grosse bête
prostrée, qui s'empiffre et devient aveugle. Sa mère le
ramène à la maison d'enfance à Naumburg et en prend
soin avec la sœur Lisbeth revenue veuve du Brésil. Le
silence presque toujours puis, brusquement, derrière la
porte de la chambre où on le tient reclus, d'énormes cris,
comme ceux d'un cochon qu'on égorge puis, le 25 août
1900, la mort enfin, par pneumonie.

À côté de moi, le cigare s'est éteint de lui-même
dans le cendrier et, sans que je m'en aperçoive, Gabriel
a rempli de scotch mon verre vide. Sans doute me suis-
je assoupi plus longtemps que je ne le crois. Je n'ai
jamais dormi dans le plein du jour et c'est à peine si
je m'y suis adonné la nuit. Tant de gens ne font rien
d'autre, même quand ils pensent avoir les yeux ouverts!
Ça explique sans doute pourquoi ils sont si peu compé-
tents, si peu subversifs et si peu fréquentables, comme
ces moutons qui broutent dans les champs aux alentours
de la maison de Mélina au bout du Deuxième Rang —
de la petite vie défensive, qui se justifie seulement par
le nombre, qu'on peut tuer sans que cela importe à qui
que ce soit puisque cela procède du gaspille et que,
comme tout ce qui est gaspille, cela compte pour rien
dans la loi générale qui régit l'Univers. Je tourne la tête
vers la porte du salon, je dis:

— Il faut que je te parle, Gabriel. Il faut que je te
parle maintenant. Approche-toi.

Je vois la belle tête de Gabriel apparaître dans la
porte, ces cheveux blonds et bouclés, cette bouche pulpeuse, ces yeux aussi bleus que le sont les mers du Sud

et qu'ombragent de longs cils, et je pense à la fin si désastreuse de Nietzsche, cherchée ainsi par lui toute sa vie, voulant être aimé des hommes comme il s'aimait lui-même, mais incapable de s'y astreindre, par orgueil croyait-on, ce qui est à moitié vrai puisque celui de Nietzsche était démesuré et presque autant que son incapacité à jouir autrement que par les mots. Cet homme si incarné et si totalement asexué! Cet homme si libre et pourtant si aliéné parce que le tenaillait la peur de découvrir que l'amitié a un sexe et qu'on peut prendre plaisir, contentement et assouvissement à ce sexe-là. Gabriel dit:

— J'ai mis tous les livres dans les enveloppes et apposé sur les enveloppes les autocollants pré-adressés. Me reste plus qu'à porter tout ça à la poste.

— Une fois que ça sera fait, n'oublie pas de passer chez le voiturier Belzile. Le jeep Cherokee est maintenant prêt à prendre la route, nos bagages aussi.

— Je les ai déjà mis près de la porte d'entrée.

Il vient pour s'en aller, mais je lui prends la main et l'oblige à s'asseoir sur le pouf à mes pieds. Je dis:

— Tu n'as pas changé d'idée? Tu veux toujours m'accompagner dans les mers du Sud?

— Je rêve d'y aller depuis que je suis enfant. Je n'en dors plus depuis que tu as acheté les billets d'avion et vu la maison qu'on va habiter devant l'océan.

— Tu pourrais t'y rendre sans moi. Je suis vieux désormais et les os me font mal.

— Tu es jeune quand nous dormons ensemble et ton corps ne souffre pas.

— Parce que le tien est glorieux. Il le serait encore davantage avec quelqu'un de ton âge.

— Tu m'as tout appris, Manu. Tu m'as sauvé de ma famille, de ma pauvreté, tu m'as logé et nourri, tu m'as montré ce que je sais maintenant de mon corps, du plaisir qu'il peut donner et prendre, en toute liberté et sans honte jamais. Sans toi, je ne serais pas venu au monde une seule fois encore.

— Demain, je ne serai peut-être plus qu'un débris que les souillures rendront gluant et nauséabond comme autant d'anchets coupés en morceaux, comme autant de crapottes auxquels on a arraché les pattes. Je serai formidablement laid et même le soleil voudra se détourner de moi.

— Tant que je t'aimerai, tu resteras beau, comme dans ce poème que tu m'as demandé d'apprendre par cœur:

C'est une barque d'or
Que sur la nuit des eaux
Je vis scintiller,
Une balancelle d'or
Qui s'enfonce, coule
Et de nouveau fait signe!
Sur mon pied fou de danse,
Tu jetas un regard de balancelle,
Qui rit, qui interroge,
Et qui fait fondre!
Nous sommes en vérité
De bons et méchants vauriens!
Par-delà bien et mal
Avons trouvé notre île
Et notre verte prairie,
Notre esprit et notre corps
De souveraine liberté!

J'ai fermé les yeux comme si Zarathoustra était à mes pieds, comme lion roux devenu, et de sa langue rêche me lapant le corps, comme sexe dressé, mis en bouche et sucé, déploiement de la lumière tout alentour, gerbants et multiples soleils, réchauffeurs de ma douleur d'os, pluie froide d'os enallée, pluie verglacée d'os enallée, mes os stalagmites devenus osselets d'ardance, devenus moelle gorgeuse du plaisir, mes os glorieux.

Au-dessus des Trois-Pistoles, le glas ne s'arrêtera plus jamais de sonner. Ce n'est plus qu'un vaste cimetière, toutes choses mortes dedans, rien que les croix dépeinturées du catholicisme ancien, leurs bras brisés par le renoncement et la résignation morose, les noms gravés dessus déjà effacés. Le pays était petit, mais encore davantage ceux qui le portaient et n'en accouchèrent jamais, par manque d'esprit et parce que la peur... Cette main se posant sur mon épaule, celle de Gabriel revenu déjà de la poste et de chez le voiturier Belzile ? Je dis :

— Tu as fait bien vite, Gabriel. Pourquoi tant d'empresse ?

La main s'est ouverte toute grande sur mon épaule, mais ce n'est pas celle de Gabriel. Je dis :

— Je ne t'attendais plus, Mélina. Si loin dans la voyagerie, j'avais oublié que tu pourrais quand même venir et parler une dernière fois de musique avec moi. Je t'écoute, Mélina.

Au lieu de sa voix sans aspérités au timbre si harmonieux, c'est celle de Marie-Victor que j'entends, grêlante d'hostilité. Je dis :

— Tu es sensé être en Floride, à faire le jars dans cet hôtel que tu as acheté avec les deniers volés à saint

Pierre. Que signifie ce retour aux Trois-Pistoles, si imprévu, ce jour même qu'on enterre Antoine?

Je n'avais pas besoin de poser la question puisque j'en connais la réponse. Avoir à ce point Victorienne dans la peau, l'aimer si totalement, mais l'aimer aussi mal, dans du finassage d'enfant d'école — ce fils d'habitant dont le seul héritage fut celui de la pauvreté, cette transmutation de toutes les valeurs pour que le filou atteigne à ses grosseurs, ne fasse plus que voler, rapiner et receler, simplement parce que le manque d'argent a été trop entachant et que de réussir à en avoir un peu, c'est n'en jamais posséder assez. Images de l'homme trivial, du prédateur mal amanché et devant se contenter des restes du capitalisme devenu charogne — ce corps ingrat de la hyène, cette masse déplaisante d'os, petits yeux traîtres, babines déchirées par le haut et par le bas pour qu'on sache que la seule blancheur que ça a est tout entière confinée dans les dents carnivores. Marie-Victor dit:

— Je ne me suis jamais pris pour la tête à Papineau, sauf que j'ai compris rapidement que si je voulais jouir un tant soit peu de la vie, je devais mettre de côté les gants blancs. Quand je l'ai connue, personne ne voulait de Victorienne et personne ne l'aimait.

— Si hystérique, l'était-elle aimable?

— L'aurais-je autrement guérie de sa maladie? Qui d'autre que moi aurait pu avoir une telle patience, une telle persévérance?

— Tu n'étais que le bon côté de son père. En la guérissant, tu ne pouvais que la perdre. Que ça te soit arrivé, pourquoi t'en étonner? Ce n'était que dans l'ordre prévisible des choses.

— Ces choses-là, tu les as manigancées avec Léonie Bérubé parce que vous poursuiviez tous deux les mêmes fins : mettre à genoux les Beauchemin pour mieux les décapiter.

— Ce n'est toujours là que ce qu'on trouve dans l'ordre prévisible des choses, sauf que tu n'as pas compris la hiérarchie qui conditionne la prédation. La hyène n'est pas le lion, elle ne peut pas espérer autant que lui dans l'ordre du carnassier.

— Quel rapport avec le fait que Victorienne roucoule maintenant dans les bras de Tibère Thériault et que l'enfant de moi qu'elle porte sera considéré par tous comme le sien ?

— Tu n'as jamais été véritablement un mari. Comment peux-tu penser que tu pourrais devenir un père autrement que dans l'abjection ? Dans une société qui aurait le moindre respect par-devers elle-même, on t'aurait castré pour qu'au moins ça ne se reproduise pas.

— De ton propre corps pourri jusqu'à la moelle, comment s'en serait débarrassé la société dont tu parles ?

— En faisant de moi son chef, qu'est-ce que tu crois !

De la main il me tapote l'épaule, puis dit :

— Les bêtes enragées dans ton genre, sais-tu comment mon père s'en débarrassait ? Il leur mettait une corde autour du cour et les étranglait. Ça devenait deux yeux sortis de la tête et une langue toute bleuie qui pendait sur la babine inférieure.

— Tu n'es qu'un filou, Marie-Victor Leblond. Les filous sont trop lâches pour devenir meurtriers.

— Tu te trompes amèrement là-dessus comme sur tout le reste, et je te le prouve dans l'instant même !

Cette corde autour du cou, c'est bien pour moi. Le

resserrement de son nœud autour de mon cou, c'est bien pour moi aussi. Je sens ma chair que la corde coupe, je sens le sang que la corde en entrant dans ma peau fait jaillir — jusqu'à ce que flotte la nacelle sur des mers calmes et nostalgiques, ce merveilleux vaisseau d'or, et qu'autour de son or toutes bonnes vilaines merveilleuses choses bondissent, pieds légers afin de pouvoir courir sur des sentiers que bleuit la violette, profondes et sonores sont les fontaines y aboutissant. Ne vois-tu hiboux et chauves-souris déjà battre de l'aile, et m'obliger, et nous obliger tous, à la danse, à chanter, moi ton grand libérateur, moi le sans-nom pourtant nommé Zarathoustra? Frappe plus profond, réjouis-toi de me faire souffrir, toi le voleur de grand chemin, toi le marchand de cossins, toi l'homme vil d'entre tous les hommes vils, toi le masqué d'éclairs, toi le pendeur ultime, car:

Plus jamais ne vit ici l'ancien Dieu:
Il est mort pour de bon.
Cherche!
Ne le sais-tu, Zarathoustra?
Ne le sais-tu encore
Que ce que je cherche,
C'est Zarathoustra lui-même?
Cherche donc!
Cherche!
Moi,
Ce grand Soleil matinal,
Cherche-le donc!

24

Léonie Bérubé

ANTOINE EST MORT dans les lueurs blafardes d'un petit matin qui avait la chienne de se lever comme du monde, et qui est resté hésitant tout le reste de la journée, comme ça arrive quand les choses dérivent entre deux saisons, picossant dans l'une et pigrassant dans l'autre, petites échappées de soleil par ici, averses froides par là, montées de brouillard sur le fleuve, feu de roussi dans les forêts d'épinettes noires. Un temps de petite apocalypse, mouillé, venteux, puis se tenant en équilibre sur une jambe au-dessus du chaos.

Je n'étais pas dans la chambre d'Antoine quand il est mort, je ne voulais pas y être parce que je ne tenais pas à voir les faces d'enterrement qu'auraient déjà Charles, Eugénie, Philippe et Victorienne. Je n'avais rien à attendre des dernières paroles d'Antoine, je les avais depuis long-temps toutes entendues, même celles qu'il adressait à Mélina, mais ne disait qu'à moi parce que sa tête mar-chait tout de travers, par incessantes poussées de fièvre, ou de nostalgie, ou de colère contre soi, ou de grande fâcherie contre le monde, c'était selon les pulsions du sang, selon ce qui ne cessait plus de mourir — les nais-sances des frères et des sœurs, les rêves d'enfance habités par la peur, les bêtes menaçantes, le mariage de raison avec Léonie Beauchemin malgré qu'elle fréquentait ailleurs, aimant se faire prendre en levrette à la sauvette entre deux portes, avec de gros habitants montés en taureau, des voyageurs de commerce à pinch hiltérien, même un curé s'il la surprenait seule en faisant sa visite de paroisse. Antoine m'a dit :

— Personne n'a jamais su que Léonie a longtemps couru la galipote. Elle se serait fait grimper par un cochon tellement ça la démangeait par moments. Quand Charles est venu au monde, je me suis demandé s'il était de moi ou d'un autre. Si apathique, si peu retrousseux de manches, toujours là à guetter et à attendre que les autres fassent l'ouvrage à sa place. C'était comme l'envers de ce que j'ai toujours été, souvent à mon corps défendant parce que mon grand-père et mon père ne cessaient pas de me botter le derrière.

— Pourquoi ne pas en avoir fait autant avec Charles ?

— Ça n'aurait rien donné. C'était une bête apathique, mais boquée, que la force ne pouvait mâter. Il a fallu que tu surprennes Charles dans sa vie pour que, pareil à Ulysse, il entende le chant des sirènes.

Ainsi était Antoine quand la lucidité l'habitait encore, sans illusion aucune sur chacun de ses enfants. Il disait :

— Comme si l'énergie que j'avais s'était épaillée par petites bribes, tantôt chez l'un, tantôt chez l'autre. Chez tous, ça ne pouvait que rester bas de plafond.

Je ne porte pas de jugement sur les confidences d'Antoine, je ne veux même pas savoir ce qu'elles contiennent de vérité, et ce qu'elles contiennent de fabulation. Si je les ai gardées en mémoire, c'est pour le cas qu'elles me seraient utiles dans cette fin de partie que la mort d'Antoine ne peut que précipiter. Son agonie a duré suffisamment longtemps pour que j'aie le temps de mettre en place les dernières pièces de mon puzzle. J'ai profité de l'égarement d'Antoine pour le monter contre Charles. Grâce à Fanny, ce ne fut pas malaisé. Son retour inattendu d'Europe et le fait qu'elle ait sollicité un emploi chez Les Gens d'en Bas m'a considérablement facilité la tâche. À l'Hôtel Trois-Pistoles où elle a pris hébergement, je lui ai souvent envoyé un Charles et un Bouscotte que je rendais furieux contre moi soi-disant par jalousie. Moi jalouse! Qui d'un peu sensé pourrait me croire telle et si dépendante de la sensiblerie? Chaque fois pourtant, Charles est tombé dans le piège, et chaque fois aussi ça n'a fait que le rapprocher un peu plus de Fanny. Je suis fière des fausses colères que je lui ai faites, des menaces que je n'ai pas cessé de proférer, des accusations, plus nombreuses que le nombre, dont je l'ai étourdi dès que la maladie d'Antoine est devenue un cauchemar pour tous. Ça n'aurait toutefois pas suffi à amener Charles là où je voulais tellement il est poltron, lâche et velléitaire. Je me suis donc servi de mon journal et de l'*Histoire de l'infamie* de Luis Jorge Borges pour l'obliger enfin à prendre définitivement parti contre moi.

Tandis qu'Antoine agonise, je reste enfermée dans la chambre que je partage avec Charles. Sur sa taie d'oreiller, j'ai mis l'*Histoire de l'infamie* en prenant soin de l'ouvrir sur ce chapitre racontant comment le principal conseiller du fils du Ciel s'y est pris pour se venger de lui qui l'avait banni de l'empire. Sur la taie d'oreiller, j'ai mis aussi le journal que j'ai écrit depuis que je connais

Charles, non pour que s'épanchent mes sentiments, mais pour qu'il sache que je ne l'ai jamais aimé et que si je me suis donnée à lui, ce n'était que par ruse et parce qu'il fallait bien que les outrages commis par les Beau-chemin contre ma famille trouvent leur punition. Celle que j'ai imaginée contre Charles est à la mesure du mal qui a été fait au peuple malécite, lâchement exterminé parce qu'on voulait lui prendre ses terres, les meilleures du Bas-Saint-Laurent. Dans mon journal, je ne fais grâce à Charles d'aucun détail, même pas ce que je dois à la complicité de Manu. Je veux que Charles comprenne jusqu'à quel point je l'ai toujours agui et jusqu'à quel point j'ai poussé mon hostilité contre lui et sa famille.

Assise à l'indienne sur le bord du lit, j'attends cal-mement que Charles entre dans la chambre, les larmes ruisselant sur ses joues parce qu'Antoine est mort, épuisé par les hurlements d'effroi qu'il n'a pas cessé de pousser pendant trois jours et trois nuits, à cause de tous les fantômes à tête de hibou et aux oreilles en forme de chauves-souris que j'ai lancés contre lui en me servant des photos scotchtapées sur un mur dans sa chambre — faces sanglantes des chevaux battus à coups de fouet, balcons qui tombent du haut de la maison, écrasant sous ses décombres l'enfant terrorisé qu'An-toine a toujours été, énormes seins d'une mère dont le lait souillé s'est gorgé d'anchets et de crapottes gluants, à boire malgré les hauts-le-cœur. Charles renifle, essuie ses joues du revers de sa manche de chemise et, la voix pleine de mottons, dit :

— Pa est mort, et ça a été d'une tristesse infinie. J'ai besoin de ta chaleur, tant besoin, Léonie!

Je me suis levée et m'esquive quand il veut se jeter dans mes bras, je noue mes cheveux en chignon afin que les chauves-souris suspendues à mes oreilles se lancent à l'attaque contre lui, le repoussant vers le lit, le forçant à y tomber pour que ses mains se referment sur l'*Histoire de l'infamie* et sur mon journal. Je dis:

— Si tu veux savoir jusqu'à quel point ta douleur m'est étrangère, lis ce que tu as sous les yeux.

Je ne lui laisse pas le temps de me faire réplique et je sors de la chambre, me dirigeant vers celle où Antoine vient de mourir. Comme des pleureuses sont Victorienne et Eugénie près du lit, et Bouscotte qui renifle comme Charles le faisait tantôt, et Mélina presque allongée aux côtés d'Antoine, lui tenant la tête sur ses genoux, agissant comme si elle le berçait, et du bout des lèvres fredonnant — toutpetit toutpetit, que dit la chanson, vois le bleu du ciel, vois-le au-dessus de nous, toutpetit toutpetit, vois la profondeur du bleu du ciel au-dessus de toutes choses créées, au-dessus de toutes bêtes créées, au-dessus de tout espace créé, toutpetit toutpetit, si tu savais comme je t'ai aimé! Je comprends la douleur de Mélina qu'Antoine a d'abord refusé de reconnaître dans les premiers temps de sa maladie parce qu'il ne voulait pas qu'elle monte avec lui sur la jument de la nuit, trop désastreux c'est quand s'effondre l'intelligence, quand la raison culbute, quand le sentiment se renie, quand se dessèche le corps par grandes plaques noires — de l'émiettement comme finalité de la vie.

Je regarde, mais c'est sans émotion que j'enregistre ce que mes yeux voient, même lorsque Fanny entre dans la chambre — ce parfum dont l'odeur se mêle à celles de la mort, fait de pisse et de merde parce qu'au bout de l'agonie du corps, les sphincters se relâchent une ultime fois, si malodorantes ces odeurs-là, résidus de bête, détritus de ce qui fut autrefois souverain, corps glorieux de la bête en jeunesse pleine, si tôt enallé! Puis, brusquement, ce bras qui m'agrippe par derrière, me tire hors de la chambre et me plaque contre le mur. C'est Charles qui m'agresse enfin, son poing refermé s'enfonçant entre mes seins, ses yeux exorbités de cheval terrorisé, cette voix rendue aiguë par la colère qui dit:

— J'ai rêvé ce que j'ai lu dans ton journal, ce pas? Je veux te l'entendre dire maintenant: j'ai rêvé ce que j'ai lu dans ton journal, ce pas? Réponds-moi tusuite! Réponds-moi sans mentir, ce pas?

Ces deux petits mots ramenés de la nuit d'enfance, comme ils expriment bien que j'ai atteint Charles profondément, et comme ils m'autorisent à me montrer maintenant sans merci, ainsi que dans l'arène le fait le matador quand le taureau maintes fois dardé, il ne reste plus qu'à lui enfoncer jusqu'au cœur la lame fine de l'épée. Je dis:

— Tout ce que j'ai écrit est pure vérité, et c'est ainsi parce que je t'aguis du plus profond de ma mémoire! Sache-le donc! Une fois pour toutes, sache-le donc!

Je n'ai pas vu venir le poing de Charles, et ça m'a atteint sous l'œil, trente-six chandelles, mes jambes coupées, tout le bleu du ciel en train de foncer sur le plein de ma joue et m'injectant l'œil de sang. Malgré ma douleur, ce besoin irrépressible de rire, et pourquoi aurais-je dû lui dire non quand il venait ainsi, porté par une telle allégresse?

On ne voulait pas que je sois présente aux funérailles d'Antoine, ni même que j'aille veiller au corps dans ce salon funéraire si plein de fleurs qu'il y en avait même dans le fumoir. Celles envoyées par Manu furent jetées dans le container à déchets par Léonie Beauchemin quand, revenue de Normandie, elle se considéra à nouveau comme la femme d'Antoine et voulut que ça se sache jusque sur les hauteurs de l'arrière-pays. Je savais pourquoi elle se montrait aussi empressée à honorer un mort dont elle s'était déjeté froidement, mais Léonie Beauchemin, pas plus d'ailleurs que nul autre de sa tribu, ne pouvait encore se douter qu'Antoine aussitôt enterré, je ferais savoir péremptoirement qu'on ne jette plus les dés en l'air quand on a perdu la main.

L'église des Trois-Pistoles était pleine à craquer lorsque j'y suis entrée après tout le monde, exhibant mon œil meurtri comme dans les films font les héros guerriers quand ils reviennent de Somalie, d'Afghanistan et de Tchétchénie. J'ai traversé lentement la longue allée de l'église des Trois-Pistoles, tournant parfois la tête à gauche et la tournant parfois à droite afin de montrer à tous le mérite que j'avais eu de combattre et comme il m'en avait coûté cher de résister autant. Je me suis arrêtée devant le cercueil d'Antoine, je l'ai embrassé en ployant le genou, puis j'ai obligé Léonie Beauchemin, Charles et Bouscotte à se tasser sur le banc des marguilliers pour que je puisse prendre place à leurs côtés. J'étais habitée par une joie sourde qui me saillait comme les coups de boutoir de l'étalon quand, monté sur la jument, il s'enfonce, tout hennissant, en elle.

On ne voulait pas non plus qu'après la cérémonie au cimetière, je sois là pour la lecture par le notaire Saint-

Jean du testament d'Antoine. Mon triomphe, et l'on voudrait m'empêcher d'y assister? La démonstration parfaite de mon talent, et l'on voudrait que je me prive de sa jouissance? Quand j'ai menacé de recourir aux tribunaux, il a bien fallu qu'on me laisse entrer au salon où le notaire Saint-Jean, dans le fauteuil qu'on lui avait assigné, se tenait bien droit tout en sirotant le whisky qu'on lui avait offert. Il fit comme tous les notaires, il joua à l'innocent quand il ouvrit l'enveloppe dans lequel était le testament d'Antoine, et qu'il se mit à le lire d'un ton monocorde et sans lever les yeux, comme on fait presque négligemment lorsqu'on consulte une liste d'épicerie enfin remplie. Pareil à un coup de tonnerre ça a été, digne de faire chuter brutalement la maison d'Usher! Toutes ses possessions à moi léguées par Antoine, tous ses biens meubles et immeubles et tous ses placements faits dans des banques de Québec, si secrets que Charles en perdit le peu de placidité qui lui restait — comprenant enfin que si Antoine avait voulu sauver par lui-même la quincaillerie de la faillite, il aurait pu le faire d'un claquement de doigts tant ses réserves étaient bien garnies. Ce cadeau de Grec, à lui le fils prétendument bien-aimé, quel inqualifiable outrage pour Charles! Berné, trompé, trahi par la plus haute autorité comme le dernier des polissons! Charles ne put en entendre davantage et sortit du salon, Bouscotte, Eugénie et Victorienne sur ses talons. Seuls restèrent Philippe et Léonie Beauchemin. S'ils avaient su ce qu'Antoine avait gardé pour la fin de son testament, ils auraient fui en sautant dehors par la fenêtre, les hiboux sans face de hibou à leur poursuite, et mes oreilles chauves-souris sanguinaires lancées aussi contre eux. À cause d'une clause du contrat de mariage stipulant que si l'un des époux venait à manquer à son devoir conjugal en quittant délibérément la maison, la partie lésée se verrait dédommagée en devenant propriétaire de la moitié des biens de l'autre, Antoine me léguait aussi cinquante pour cent des avoirs de Pétro-Basques!

Un triomphe plus définitif que celui-là, ça s'appelle une révolution. Si Philippe ne l'avait pas empêchée, Léonie Beauchemin m'aurait labouré le visage de ses ongles normands tellement sa fureur était au-delà de toute colère. Avant que Philippe ne réussisse à l'entraîner hors du salon, elle pensa me faire peur en me disant du haut de son mépris:

— Mets-toi dans la tête que je ne m'appelle pas Charles et que s'il faut que je te fasse la guerre, je te la ferai, quitte à y engloutir toute ma fortune, à commencer par Pétro-Basques elle-même! Tu ne mettras jamais les pieds chez moi! Je te tuerai plutôt!

Depuis, c'est le calme plat dans la maison et j'attends tranquillement que Charles vienne prendre Brunante et Aurore qu'il va emmener à Montréal avec Fanny et Bouscotte. Il n'a jamais compris ce qu'était son pays natal, il n'en a jamais vraiment occupé le territoire, il n'y a jamais souffert que par sa tête, son corps ayant toujours été d'ailleurs. Il n'a jamais compris que ce pays ne pouvait pas être un rêve habitable pour lui, car c'est du cauchemar dont il est né, de l'injustice et de la trahison. Ignorant cela, comment pourrait-il admettre que je remets simplement à l'endroit ce que, par l'usurpation, on avait mis à l'envers? Je suis la seule autorité en ce qui concerne le pays natal, je suis la seule capable de l'habiter dans toute sa démesure et dans toute sa solitude. Moi je ne crains pas l'esseulement parce que j'y vivais déjà avant même de venir au monde, comme tous ceux de ma lignée avant moi. Moi je ne crains pas le rejet parce que c'est précisément le rejet qui m'a fait telle que je suis, d'une ruse retorse parce que forgée dans la patience. On ne force l'indifférence des autres que par opiniâtreté. Comme disait si souvent notre mère et, avant elle la Grand-mère porc-épic, il faut que le projet porté par soi s'imagine si vaste qu'il devient impossible de le perdre de vue. C'est ainsi qu'il devient menaçant, comme ça s'est écrit dans le vœu raconté par notre grand-oncle Thomas à notre grand-mère :

De là où je suis assis.
Du grand arbre au centre de la terre.
Je descendrai le courant rapide.
Dans le lieu craint,
Je demeure.
Dans le courant rapide,
Je demeure.
Toi qui me parles. J'ai de longues cornes.

Vois mon corps. Vois mon corps.
Tu vois que mes ongles sont usés
À force d'agripper la pierre.
Toi à qui je parle.
Je nage, je flotte doucement.

J'en ai terminé avec mon tambour.
Mon corps est comme dans toi.
Écoute-moi, toi qui me parles !
Regarde ce que je prends.
Regarde-moi,
Qui sors la tête hors de l'eau.

La porte s'ouvre et Benjamin en passe le seuil. C'est la première fois que je le vois depuis que je suis allé lui rendre visite à la réserve de Whitworth afin de lui demander ce qu'il y avait dans les pages censurées du journal de notre grand-mère. Je sais par contre par Eugénie qu'il me soupçonne d'avoir permis à Manu de mettre la main dessus et de s'en être servi dans la guerre qu'il livrait lui aussi aux Beauchemin. Je n'ai jamais été la gardienne de Manu et je me suis toujours approchée de lui qu'avec réserve et en prenant soin de ne succomber ni à son charme ni à la rigueur de son entendement. S'il a cru se servir de moi, je l'ai utilisé plus souvent à mon profit qu'il ne le croyait lui-même parce que l'idée de vengeance qui m'habitait était au-delà de toute l'amitié qu'autrement j'aurais pu avoir pour lui.

Benjamin a jeté au milieu de la table le petit livre qu'il tenait à la main puis, après avoir croisé les bras comme il le fait lorsqu'il est contrarié, il dit :

— C'est le journal de notre grand-mère que Manu a fait éditer et qu'il a envoyé à la presse régionale avant que Marie-Victor ne l'étrangle avec un lacet de cuir. Sais-tu au moins ce qu'il contient d'infamant pour les Beauchemin ?

— Je ne m'intéresse plus aux Beauchemin. Je les ai tous exterminés comme jadis ils le firent par-devers le peuple malécite. J'ai épargné Eugénie parce que tu l'aimes et qu'elle t'aime aussi, ce en quoi je ne l'ai jamais considérée comme une ennemie. Je te souhaite de continuer de vivre heureux avec elle. Tu peux me blâmer pour ce que j'ai fait, mais ce ne serait pas d'un point de vue sauvage que tu devrais t'y employer.

— Je ne suis pas venu pour te blâmer. On ne peut pas blâmer ce que le temps a inscrit dans les gènes de façon définitive. Je regrette simplement la complicité qui faisait de nous de véritables jumeaux.

— Je ne vois pas pourquoi il devrait en être autrement désormais. Ce que nous sommes tous les deux ne regarde que nous.

— Nous ne nous tenons plus du même bord des choses. La violence m'est étrangère et je n'ai pas choisi ce chemin-là pour redevenir ce que j'ai toujours été. J'espère pour toi que ça ne deviendra pas trop dur que d'être malheureuse tout le temps.

— Malheureuse ? De quoi devrais-je être malheureuse ?

— Le bonheur, Léonie. C'est difficile de vivre longtemps sans au moins espérer en jouir un jour. On finirait par devenir fou s'il n'y avait pas au moins cette idée-là pour nous conforter.

— Le bonheur est une invention des prédateurs pour que leurs proies leur soient plus facilement accessibles. Il n'existe rien dans l'esprit de la Terre qui soit relié de près ou de loin à l'idée de bonheur. Manger la vie est un acte barbare comme le sont tous les actes qui fondent l'Univers. Les planètes entrent en collision et se défont, puis se recomposent, puis se font avaler par des galaxies qui, elles-mêmes, finissent par se dissoudre dans des trous noirs.

— Je ne te parle pas de planètes, mais de ce qui fait que nous sommes différents des amas de fer et de gaz qui se meuvent dans l'espace.

— Es-tu si certain que ce soit véritablement différent ?

— Sinon, aussi bien nier l'intelligence et l'émotion.

— Je les nie aussi. Tous ces gens qui naissent, que l'école conditionne à l'esclavage, que la religion rend passifs, que le travail abrutit, tous ces gens qui lisent Marie Laberge et regardent les feuilletons télévisés de Lise Payette, tous ces gens que la bureaucratie écrase et que la béessitude rend indignes, crois-tu vraiment qu'en eux s'expriment l'intelligence et l'émotion? Ils en sont plutôt la négation et ne comptent pour rien dans le poids réel du monde. Ce sont des statistiques et pourquoi devrais-je m'intéresser aux statistiques?

Benjamin a hoché la tête et s'en est allé, oubliant sur la table le petit livre écrit par notre grand-mère et que Manu a fait imprimer. Je mets dans le poêle de l'écorce de bouleau, quelques rondins de cèdre, je fais craquer une allumette pour que se mettent à flamber l'écorce de bouleau et les rondins de cèdre. Je prends ensuite le livre sur la table et le jette dans le feu. Je n'ai plus besoin d'apprendre quoi que ce soit. Je n'ai plus qu'à être sans merci ce qui porte l'idée de meurtre, froidement. Dans l'idée de meurtre veille l'action, et c'est toujours tranchant comme la lame d'une scie de boucherie quand l'action se constitue en pensée.

Dans la chambre d'à côté, Brunante et Aurore se sont réveillées. Je les entends qui chialent parce qu'elles veulent que j'aille les prendre et les fasse boire. Dès que je leur effleure le corps du bout des doigts, leurs petits cris plaintifs se transforment en riants gazouillis. Elles veulent me mordre les pouces — de petites bêtes carnassières qui me ressemblent déjà, que rien ni personne ne sera capable d'apprivoiser jamais. Parce qu'elles viennent de mes muscles, de mes nerfs et de mon sang, qu'elles ont le même esprit sauvage et que cet esprit-là sauvage ne trouvera son quitus de vie qu'en ma proximité. Je n'ai pas eu besoin de les faire à mon image, elles étaient déjà toutes mes images quand je les portais, qu'elles frappaient à coups de poing et à coups de pied mon ventre pour que je sache qu'elles avaient pris possession de moi autant qu'elles m'appartenaient, trois corps et le même esprit, si liés que tout le reste ne pourra jamais que lui être étranger et hostile. C'est parce que je le sais que je vais laisser Charles les emmener à Montréal. Je les reprendrai quand il croira que je ne compte plus pour Brunante et Aurore, quand il s'imaginera les avoir domestiquées et que cela l'aura rendu heureux. Ce sont mes filles et pas les siennes, elles ne seront jamais du même bord des choses que lui.

Je les ai mises dans les paniers après leur avoir entouré la tête d'un bandeau malécite et j'ai déposé les paniers sur la table. Je joue avec elles pour que le hibou sans face de hibou passe de mon visage au leur, pour que les chauves-souris que sont mes oreilles puissent aussi se suspendre aux leurs. Ainsi nous resterons inséparables parce que nous verrons en même temps les mêmes images et entendrons en même temps les mêmes bruits, comme si nous étions toujours à portée de main et à portée de voix, capables de nous rejoindre en l'instant. Je vais moi aussi ceindre mon front d'un bandeau malécite, je vais oindre mon corps d'huile sauvage comme j'ai fait pour celui de Brunante et d'Aurore. Nos odeurs ne seront pas dissociables l'une des autres, elles seront la mémoire souveraine de ce qui nous lie, indéfaisable comme l'est l'esprit de la Terre. Pour Brunante et Aurore je chante :

Les roses
Embrasent les prés
De blanc et de mauve.

Les rouges-gorges
Emplissent les jours d'été
De leurs chants.

Les poissons blancs
Font briller leurs queues dorées
Dans les lacs et les rivières.

Le maïs
Pousse ferme et haut
Au soleil et à la pluie.

Le cerf
Devient élancé et gras
Dans les herbes.

Nos greniers sont pleins.
Nos médecines sont puissantes.
Nos armes sont rodées.
Nos esprits sont heureux.

Même quand Charles survient, je ne cesse pas de chanter. S'il ouvre la bouche, je chante plus fort. Je ne veux pas entendre ce qu'il a encore à me dire, ce mépris qu'il prend pour de la générosité, cette lâcheté qu'il prend pour de la force, cette sensiblerie qu'il prend pour de l'émotion. J'embrasse une dernière fois Brunante et Aurore, je laisse Charles prendre les paniers, je vais vers la fenêtre et regarde dehors. Fanny et Bouscotte sont à proximité de la minivan dont la portière de côté est ouverte. Bouscotte monte le premier dans la minivan et Charles lui remet les paniers. Il regarde vers la maison, puis regarde vers le bleu du ciel que la nuit est déjà en train de foncer, puis serre Fanny dans ses bras. Je baisse le store de la fenêtre et cesse de chanter. Je me rends jusqu'à l'armoire, je prends sur l'étagère les quatre grosses bougies, j'en mets une à chaque coin de la cuisine, et je les allume. Je mets sur la table la peau de caribou, je m'assois à l'indienne dessus en plein milieu, je sors de ma poche la photo de notre père, je la regarde, puis je dis simplement :

Père, laisse-les nous mépriser.
Du sel nous avons désormais.
Ici, derrière la ceinture d'arbres,
Nous habitons ensemble désormais.

Aux Trois-Pistoles,
ce 27 février 2002.

COMÉDIENS ET ARTISANS DE *BOUSCOTTE*

L'auteur tient à exprimer
toute sa reconnaissance
à celles et ceux qui,
du 14 janvier 1997 au 10 avril 2001,
ont rendu le téléroman *Bouscotte*
dans ses grosseurs :

COMÉDIENS

Antoine Beauchemin
Gilbert Sicotte

Léonie Beauchemin
Louise Laprade

Eugénie Beauchemin
Nancy Gauthier

Charles Beauchemin
Yves Soutière

Philippe Beauchemin
Michel Bérubé

Victorienne Beauchemin-Leblond
Chistine Bellier

Fanny Desjardins
Sonia Vigneault

Bouscotte Beauchemin
Julien Bernier-Pelletier

Marie-Victor Leblond
Gaston Lepage

Obéline Bérubé
Sylvie Tremblay

Léonie Bérubé
Marie Lefebvre

Borromée Bérubé
Luc Proulx

Benjamin Bérubé
Jean-François Beaupré

Samuel Bérubé
Martin Fréchette

Dief Bégin
Jean-Marie Lapointe

Manu Morency
Jean-Louis Millette
Guy Nadon

Mélina Morency
Sylvie Drapeau

Thomas Tamasse
Guy Thauvette

Sammèque Tamasse
Chantal Collin

Le Kouaque
Pierre Mailloux

Magloire Saint-Jean
Jean Lapointe

Judith Cohen
Ellen David

Gabrielle Lévesque
Viola Léger

Tibère Thériault
Martin Dion

Mandoline Thériault
Fidelle Boissonneault

David
Danny Gagné

Tinesse à Clophas
Richard Aubé

RÉPÉTITRICE DES ENFANTS
Gisèle Trépanier

CASTING
Philippe Cournoyer

MUSIQUE
Claude Lamothe
Jacques Roy

DESIGNERS DÉCORS
Francine Dion
Nicole Breton

ASSISTANTS AUX DÉCORS
Michel-W. Morin
Yves Desrosiers

DESIGNER COSTUMES
Lise Bernard

ASSISTANTE AUX COSTUMES
Sylvie Thériault

HABILLEURS
Carol Gagné
Michel L'Heureux
Claudine Bailey

MAQUILLAGE
Madeleine Gouin
Charlotte Vézina

ASSISTANTES AU MAQUILLAGE
Francine Martineau
Johanne Piette
Marie-Claude Paquette
Julie Bentaouet

COIFFURE
Jean-Claude Ménard
Jocelyn Gagnon

ASSISTANT À LA COIFFURE
Jean-Pierre Valiquette

INFOGRAPHIE
Graeme Ross

ARTS GRAPHIQUES
Daniel Deshaies

PHOTOGRAPHE
Michel Rouette

ENSEMBLIERS
Roger Dufour
Denis Paquette
Luc Bertrand

TAPISSIERS-DÉCORATEURS
Bernard Pelletier
Joseph Sita

CHEFS MACHINISTES
Denis Beaudoin
Marcel Richer

MACHINISTES
Claude Boisvert
Pierre Labelle
Pierre Bourgeois
Pierre Landriau

EFFETS SPÉCIAUX
Laurent Leclerc
André Daoust

CAMÉRAMEN
Marcel Beaudoin
Martin Boucher
Benoît Fortin
Normand Meloche
Annie Caya
Jocelyn Caron
Claudine Masson
Sylvain Pichette

AIGUILLEURS
Robert Piquette
Andrée Lacourse
Julie Lapierre

CONTRÔLE DE L'IMAGE
Gaston Galibois
Carol Morissette
Éric Laflamme

PRISE DE SON
Yves Bélanger
Richard Lefebvre
Robert Thomas
Serge Parent

PERCHISTES
Pierre Lemire
Normand Rhéault
Maurice Vézina
Frank De Jesus
Sylvain Leduc

ÉCLAIRAGE
Michel Théberge

RÉGIE ÉCLAIRAGE
Serge Émery
Serge Raquepas

ASSISTANTS À L'ÉCLAIRAGE
Suzie Benoît
Brigitte Couture
Jacques Deslandes
Patrick Dionne
Marc-André Hébert
Carmen Martinez
Pierre Pinsonneault

GROUPE ÉLECTROGÈNE
Jules O'Bomsawin
Abdiel Quintero

CHAUFFEURS
Benoît Lefebvre
Jean-Marie Pellerin
Pierre Pinsonneault
Jacques Riopel

MONTAGE
Pierre Grondin
Georges Corbeil
Marcel Claveau

ENREGISTREMENT DE LA MUSIQUE
Jocelyn Dion

EFFETS SONORES ET MIXAGE
Marc Doiron
Guy Bouchard
Jean Diamant
François Gladu

ADMINISTRATEURS
Roselyne Slythe
Gilles Turcot

ASSISTANTES À LA COORDINATION
Mireille Bienvenu
Colette Lemieux
Mariette Legault
Claude Lépine

SECRÉTAIRES DE PRODUCTION
Nathalie Gauthier
Julie Pelland

ASSISTANTS À LA PRODUCTION
Jean-Marc Drouin
Luc Gouin
Ronald Luttrell
Alain St-Pierre

DIRECTEURS DE SITE
Richard Charlebois
René Lapierre
Ronald Luttrell
Paul Sauvageau
Ninon Truchon

ASSISTANTES À LA RÉALISATION
Marie-Josée Boudrias
Nicole Lebel-Lefebvre
Nicole Marcoux
Ginette Panneton
Diane Putmans

CHEF DE LA PRODUCTION
Claudine Cyr

DIRECTEURS DES ÉMISSIONS
DRAMATIQUES
Claude Mayer
Jean Salvy
Myrianne Pavlovic

RÉALISATEURS COORDONNATEURS
François Côté
Albert Girard
Yves Mathieu

RÉALISATEURS
Laurent Craig
Jean Herquel
Raymonde Boucher
Monique Brossard

TABLE

AUX ÉDITIONS STANKÉ

EN PRÉPARATION, À PARAÎTRE
AUX ÉDITIONS TROIS-PISTOLES